被欺凌与被侮辱的

陀思妥耶夫斯基选集

[俄] 陀思妥耶夫斯基 著

南江 译

人民文学出版社

Ф. М. ДОСТОЕВСКИЙ

УНИЖЕННЫЕ И ОСКОРБЛЕННЫЕ

据 УНИЖЕННЫЕ И ОСКОРБЛЕННЫЕ, ГОСЛИТИЗДАТ, МОСКВА, 1946年版单行本，并参考 FOREIGN LANGUAGES PUBLISHING HOUSE (MOSCOW) 出版的英译本《THE INSULTED AND HUMILIATED》译出。

图书在版编目（CIP）数据

被欺凌与被侮辱的/（俄罗斯）陀思妥耶夫斯基著；南江译．—北京：人民文学出版社，2021（2022.11重印）
（陀思妥耶夫斯基选集）
ISBN 978-7-02-016758-6

Ⅰ.①被… Ⅱ.①陀… ②南… Ⅲ.①长篇小说—俄罗斯—近代 Ⅳ.①I512.44

中国版本图书馆CIP数据核字(2020)第253289号

责任编辑　李丹丹
装帧设计　陶　雷
责任印制　苏文强

出版发行　人民文学出版社
社　　址　北京市朝内大街166号
邮政编码　100705

印　　刷　三河市鑫金马印装有限公司
经　　销　全国新华书店等
字　　数　344千字
开　　本　880毫米×1230毫米　1/32
印　　张　14.625　插页2
印　　数　7001—10000
版　　次　1980年9月北京第1版
印　　次　2022年11月第3次印刷

书　　号　978-7-02-016758-6
定　　价　58.00元

如有印装质量问题，请与本社图书销售中心调换。电话：010-65233595

目　次

译本序…………………………………………… *1*

第一部 …………………………………………… *1*

第二部 …………………………………………… *113*

第三部 …………………………………………… *223*

第四部 …………………………………………… *339*

尾　声 …………………………………………… *427*

译 本 序

"这是一个阴森可怖的故事,在彼得堡阴沉的天空下,在这座大城市的那些黑暗、隐蔽的陋巷里,在那令人眼花缭乱、熙熙攘攘的人世间,在那愚钝的利己主义、种种利害冲突、令人沮丧的荒淫无耻和种种隐秘的罪行中间,在毫无意义的反常生活构成的整个这种地狱般的环境里,像这种阴森可怖、使人肝肠欲断的故事,是那么经常地、难以察觉地,甚至可说是神秘地在进行着……"

这是陀思妥耶夫斯基在本书第二部末尾写的一段话。

十九世纪中叶,封建农奴制俄国的一切基础急剧地土崩瓦解,广大人民群众由于资本主义的猛烈发展而遭到无穷的灾难。出身于城市的下层社会,自幼就尝到了贫困滋味的陀思妥耶夫斯基,同那些由于资本主义的发展而陷于水深火热之中的城市小市民阶层有着极为密切的联系。他十分熟悉居住在城市的陋巷和阴暗潮湿的地下室里的小市民的遭遇。在俄国文学史上,他是第一个以城市贫民为主要描写对象的作家。上面所引的那一段话,为作品所反映的那个时代彼得堡的悲惨凄凉、腐朽黑暗的可怕图景勾勒了一个轮廓。

在这幅图景中出现了两个家庭的全部成员——伊赫缅涅夫夫妇和他们的独生女儿娜塔莎,史密斯和他的女儿与外孙女涅莉,他们都是瓦尔科夫斯基公爵的直接受害者。作者怀着深挚的同情描写了这一群"被欺凌与被侮辱的"小人物的痛苦和不幸,愤怒地鞭挞了以瓦尔科夫斯基为代表的贵族资产阶级的虚伪、卑鄙与残忍,揭露了"朱门酒肉臭,路有冻死骨"的社会状况。

陀思妥耶夫斯基于一八四六年发表了他的第一篇小说《穷人》。《穷人》继承了普希金和果戈理的现实主义和人道主义传统,真实感人地描绘了小人物、小官吏的悲惨遭遇,并对他们寄予无限同情,因而立即博得俄国伟大的革命民主主义批评家别林斯基的热情赞扬(在《被欺凌与被侮辱的》第一部里提到了这件事,作品中的万尼亚在某些方面可说是作者的自画像)。一八四九年春,作家因参加彼特拉舍夫斯基小组(一个宣传空想社会主义、反对俄国专制农奴制的革命团体)的活动和传播别林斯基给果戈理的信而被反动当局逮捕。八个月后,他被判处苦役和流放。四年的苦役和五年的流放生涯,使陀思妥耶夫斯基身心遭到严重摧残,他的世界观发生了深刻的变化,青年时代的空想社会主义信念渐渐破灭,他不再相信沙皇专制制度有推翻的可能,并鼓吹受压迫的人民群众应该忍辱含垢、逆来顺受,到宗教教义中去寻求解脱。作家的这种错误思想,在本书中也有所反映。

在被迫沉默了十年之后,陀思妥耶夫斯基于一八五九年回到彼得堡,重新进行文学活动,从此开始了他创作中一个新的时期,即由他的处女作《穷人》到代表作《罪与罚》的过渡时期。《被欺凌与被侮辱的》发表于一八六一年,是他在过渡时期完成的第一部重要作品,也是他早期一系列有关"穷人"的作品的顶峰,它在陀思妥耶夫斯基的全部创作中具有明显的过渡性质。

首先,从作品的篇幅上来看,《穷人》是一部只有十万字的中篇,而《被欺凌与被侮辱的》则已是三十万字的长篇。到了《罪与罚》,篇幅扩展到四十余万字。至于作家晚期的名著《卡拉马佐夫兄弟》,更是洋洋八十万言的皇皇巨制了。

其次,从作品的结构来看,《穷人》写的是年老的小公务员马卡尔·杰武什金和孤苦伶仃的贫穷少女瓦莲卡纯朴真挚的友谊,只有一条情节线索。《被欺凌与被侮辱的》则同时叙述了两个故事:一个是娜塔莎的故事,另一个是小涅莉的故事。《罪与罚》写的是穷大学生拉斯柯尼科夫和退职九等文官马美拉多夫这两个人物及其家庭的悲惨遭遇,也是两条情节线索在作品中同时展开。因此,在陀思妥耶夫斯基的创作中,《被欺凌与被侮辱的》又是从"单线"到"双轨"的过渡。

《穷人》是陀思妥耶夫斯基在果戈理的小说《外套》的直接影响下写出来的。《外套》的主人公丢失了一件千辛万苦得来的新外套,但是外套毕竟是身外之物,而《穷人》的主人公马卡尔·杰武什金失去的却是他在人世间唯一的知己。果戈理可以用含泪的笑来叙述亚卡基·亚卡基耶维奇和他的外套,陀思妥耶夫斯基则不能不用充满哀怨然而又十分严肃的文笔来写马卡尔·杰武什金绝望的悲鸣了。《外套》基本上是讲故事,而《穷人》已经接触到了人物的内心世界。当然,对于陀思妥耶夫斯基这样一位心理描写的大师来说,这还仅仅是个开始。

由于作品的篇幅从中篇发展到长篇,结构从"单线"发展到"双轨",因而无论是在反映社会生活的广度和深度上,还是在对人物的性格和心理的刻画上,《被欺凌与被侮辱的》都比《穷人》大大前进了一步。就以本书中的娜塔莎和涅莉而论,她们心理内容的丰富与复杂程度都超过了《穷人》中的马卡尔与瓦莲卡。对于马卡尔与瓦莲卡的性格特征,我们用寥寥数语即可加以概括;然而对于娜塔莎和涅莉的形象,却绝不是三言两语所能概括得了的。娜塔莎和涅莉的悲剧,其社会内容比瓦莲卡的遭遇丰富得多,她们的性格也比瓦莲卡丰满得多。但是,同陀思妥耶夫斯基后期作品中的一系列被欺凌与被侮辱的女性形象（如《罪与罚》中的杜尼娅和索尼娅,《白痴》中的娜司泰谢·费里帕夫娜等）相比,娜塔莎和涅莉的形象却依然具有过渡性质。

在反映社会生活的广度和深度方面,《被欺凌与被侮辱的》之所以比《穷人》大大前进了一步,主要是因为这部长篇小说里出现了《穷人》没有写到的另一种类型的人物,即被欺凌与被侮辱者的对立面瓦尔科夫斯基公爵。这个恶魔是陀思妥耶夫斯基后期作品中一系列同一类型的人物（如《罪与罚》中的斯维里加洛夫和卢仁,《白痴》中的托慈基,《群魔》中的斯塔夫罗金等）的先驱。但是作为一个艺术形象,瓦尔科夫斯基在作家塑造的同类人物中却是最不成功的一个。陀思妥耶夫斯基未能以社会条件来解释瓦尔科夫斯基的性格,未能揭示出他那卑劣残忍的心理的社会本质,因此,瓦尔科夫斯基的反面特征便缺乏概括性。俄国伟大的革命民主主义批评家杜勃罗留波夫曾经指出,瓦尔科夫斯基是"以强烈的情感描写出来的连续不断的丑态,以及各种恶劣的、无耻的特征的集合",尽管瓦尔科夫斯基引起人们的厌恶和愤怒,但是人们却不能"怀着那种并非针对个人,而是针对这一类型的人,针对人所共知的这类现象的深刻仇恨"予以痛斥。瓦尔科夫斯基形象塑造中存在的这种缺陷,损害了作品的主题思想,削弱了它的社会意义。

作品的另一个缺陷,是通过娜塔莎和涅莉等形象宣扬了受苦受难的基督教精神。例如,娜塔莎对万尼亚说:"我只得继续受苦才能换取未来的幸福……痛苦能洗净一切……"万尼亚在谈到涅莉时也不止一次地说:"她仿佛……竭力刺激自己的创伤;她仿佛从自己的痛苦中,从这种只顾自己受苦的利己主义中获得一种快感。""忍受苦难"可说是陀思妥耶夫斯基后期创作中的基调。譬如在《罪与罚》里,斯维里加洛夫在同拉斯柯尼科夫谈到杜尼娅时曾经说道:"毫无疑问,她会成为一个殉难的人。当人们用烧得通红的大钳子烙她的胸膛时,她准会露出笑容来。而且她会有意地自己迎上前去。若在四世纪或者五世纪,她就会走到埃及的沙漠里,靠草根、喜悦和幻想过日子,在那里住上三十年。她渴望赶快为了某一个人去受苦受难,要是达不到受难的目的,她很可能从窗户里跳下去。"

我国著名作家邵荃麟同志在为本书旧译本写的《校订后记》中,曾对这种错误观点作了精辟的分析。他写道:"作者不是引导他的人物去面对生活的斗争,而相反的要求他们用一种倔强的忍受和高傲的蔑视来对待这些侮辱与损害,用他们彼此之间相互的爱和宽恕,来溶解自己心灵上的痛苦。在作者看来,似乎这种倔强的忍受和高傲的蔑视正是抵抗侮辱与损害的唯一的崇高的方法,是保卫自己灵魂的纯洁的唯一的方法,是缓和自己的痛苦的唯一的方法。人类只有从苦难的忍受中得到拯救。这正是这部作品中所反映的作者的一个基本的致命的观点,实质上就是基督教的受苦受难的精神……毫无疑问,这种思想是空想的,不健康的,而且是有害的。这是和现实斗争要求不相容的失败主义的思想。这种思想并不可能引导人们走上苏生之路,只有引导人们走向痛苦的毁灭,走向对压迫者的屈服。"

陀思妥耶夫斯基在本书中显示了他在写对话方面的卓越技巧。这部作品几乎是由各种人物的对话组成的,作者通过他们的对话来叙述故事、交代情节,又通过人物的长篇独白对他们复杂的心理活动进行细腻的刻画。作品故事情节的发展既紧张又曲折,各种事件纷至沓来,一波未平,一波又起,读来引人入胜。作者善于在叙述的过程中设置一个接着一个的悬念,诱使读者非终卷不忍释手。这都是陀思妥耶夫斯基的作品在艺术上可资借鉴的特点。

这部作品曾由荃麟同志根据英译本转译为中文,因此书名被译作《被侮辱与被损害的》。从俄文来看,似以译作《被欺凌与被侮辱的人们》(或简略地译为《被凌辱的人们》)更为确切。但是考虑到旧译名久已为读者所熟悉,因此这个新译本决定把书名译作《被欺凌与被侮辱的》,使它同旧译名比较接近。至于这种处理办法是否妥当,尚祈读者不吝赐教。

南　江

一九八〇年三月

第 一 部

第一部

第 一 章

去年三月二十二日傍晚,我遇到一件十分奇怪的事。我整天都在城里奔走,想找一个住所。我的旧居很潮湿,而我那时已经咳嗽得很厉害了。从秋天起我就想搬家,却一直拖到春天。我找了一整天也没有找到一个合适的住处。第一,我想找一个单独的住宅,而不是在别人的住宅里找一个房间。第二,哪怕只有一个房间,但必须宽敞,当然,房租也得尽可能地低些。我发现,住在一个狭小的房间里,思路也变得狭隘起来了。我在构思我未来的小说的时候,总是喜欢在室内踱来踱去。顺便说说:我往往觉得构思我的作品、想象着作品写成后会是什么样子,要比真正动笔去写更令人愉快。而这确实并非由于懒惰。那么是什么缘故呢?

我一清早就觉得不舒服,到夕阳西下的时候觉得更加难受了:我像是患了寒热病。况且我又奔波了一整天,已经疲惫不堪。在暝色四合的薄暮时分,我走在沃兹涅先斯基大街上。我喜爱彼得堡三月的太阳,特别是夕阳,当然,是晴朗而寒冷的黄昏时分的夕阳。整个街道骤然明亮起来,沐浴在耀眼的光芒里。所有的房屋仿佛一下子都亮了起来,它们的灰色、黄色和暗绿色,顿时把它们那种阴森的气氛一扫而光;你的心胸仿佛豁然开朗,你好像猛然一震,再不就是有人用胳膊肘轻轻地撞了你一下,使你的眼界和许多想法都焕然一新……一线阳光居然能使人的心情发生这样大的变化,岂非怪事!

然而阳光消失了;寒气逼人,鼻子开始感到刺痛;暮色更浓了;店铺里点上了煤气灯。走到米勒的糖果点心店前面,我忽然站住不动,向街道的对面看去,仿佛预感到马上就要碰见一桩不寻常的事件;就在这一刹那,我在街对面看见了那个老人和他的那只狗。我至今还清楚地记得,一种极不愉快的感觉使我的心都揪紧了,可是连我自己也弄不清这是一种什么样的感觉。

我不是神秘论者;我几乎是不相信预感和占卜的;可是我可能和大家一样,一生中也遇到过几桩简直是无法解释的事情。就拿眼前的这个老人来说罢:何以我当天一见到他就感觉到我当晚会碰到一桩不大寻常的事呢?不过我当时已经病了;病中的感觉几乎总是不大靠得住的。

那老人伛偻着腰,用拐棍轻轻地敲打着人行道上的石板,像木棍一样不会弯曲的两腿,挪着迟缓无力的步子,向糖果店走去。我一辈子还没有遇到过这么奇怪的人。在这次相遇之前,每当我在米勒的店里看到他的时候,他总是令我惊异不止。他身躯高大,驼背,有一张八十岁老人的那种毫无生气的面孔,穿着一件衣缝都裂开了的旧大衣,戴一顶已经用了二十年的破旧的圆帽。他的头已秃了,仅仅在后脑勺上还留下一小撮头发,但它已经不是灰白色,而是黄白色了;他的一举一动仿佛都是毫无意义的,都是由装在身上的发条所推动的,——所有这一切使任何一个初次见到他的人都难免会感到惊讶。看到这么一个早就到了风烛残年的老人,孑然一身,无人照料,的确是有点奇怪,何况他还像是一个从监视人那里逃出来的疯子。他那不同寻常的消瘦也使我感到诧异:他身上几乎没有肌肉,仿佛只有一张皮粘在他的骨架上。他的两只大大的、然而呆滞无神的眼睛像是嵌在两个蓝色的圆圈里,老是直勾勾地看着前方,从不斜视,而且我相信他任何时候都是视而不见的。即便他看见了你,他也会笔直地朝你走去,犹如他的前面是个一无所有的空间。我有好几次注意到了这种情形。他是不久以前才开始到米勒的店里来的,不知是来自何方,而且总是跟他的狗在一起。糖果店的顾客,从来没有一个想要同他攀谈,他也不跟他们当中的任何人说话。

"他为什么要到米勒的店里来,他在那里干什么呢？"我站在街对面,情不自禁地瞧着他,暗自纳闷。一种惆怅之感涌上我的心头——这是疾病和疲劳造成的。"他在想什么？"我仍在暗自寻思,"他脑子里在琢磨什么？莫非他现在还在想着什么？他面如死灰,毫无表情。这条讨厌的狗他是从哪里弄来的？它跟他形影不离,仿佛已经跟他成为一个不可分割的整体,而且又同他十分相像。"

这条倒霉的狗看来也有八十来岁了；是的,肯定是这样。首先,它看上去比通常看到的任何一条狗都老；其次,我不知何故第一次看见它就产生了这么一种想法：它不可能跟其他的狗是一样的；它是一条不同寻常的狗；它身上准有一种离奇的、着了魔的东西；这也许是一个装扮成狗的魔鬼,它的命运通过种种神秘莫测的方式同它主人的命运联结在一起了。你看到它以后立刻就会同意,它约莫已有二十年没有吃东西了。它瘦得犹如一具骷髅,或者就像它的主人,其实这二者并没有什么区别。它身上的毛几乎已全部脱落,尾巴上也是一样,那条尾巴就像一根棍子那样老是耷拉着。长着两只长耳朵的脑袋闷闷不乐地低垂着。我一生还没有见到过这么令人厌恶的狗。当主人在前,狗跟在后头,二者一同在街上行走的时候,狗的鼻子碰着主人衣服的下摆,犹如粘在上面似的。那时他们的步态和整个模样,几乎每走一步都在说道：

咱们老啦,老啦,主啊,咱们多么老哇！

我记得,有一次我还产生了这么一种想法:这个老人和这条狗似乎是从由加瓦尼①绘制插图的霍夫曼②作品的某一页上爬出来的,正在充当这个版本的活动广告而招摇过市。——我穿过街道跟随老人走进了糖果店。

老人在店里的举止非常古怪。站在柜台后面的米勒,近来一看到这位不速之客走进店里,便要做一个表示不满的鬼脸。首先这是因为这位怪客吃的喝的他全都不要。他每次都是径直朝屋角的火炉走去,在一张椅子上坐下。倘若他在炉边的位子被别人占据了,那么他就惘然若失地在占据了他的位子的那位先生面前站一会儿,然后仿佛大感不解似的离开那儿,朝另一个角落的窗口走去。他在那里挑了一张椅子,慢慢地坐下,摘掉帽子,放在身边的地板上,再把拐棍放在帽子旁边,然后向椅背上一靠,一连三四个钟头一动不动地坐在那儿。他从来没有取过一份报纸,没有说过一句话,甚至没有发出过一点声音;他只是坐着,两眼睁得大大地凝视着前方,但他的目光是那么呆滞,那么毫无生气,你完全可以跟别人打赌,说他对于周围发生的一切一无所见,一无所闻。至于那条狗,它在同一个地方绕了两三圈以后,便闷闷不乐地在主人的脚边卧下,把鼻子伸到他两只靴子当中,深深地叹一口气,然后直挺挺地躺在地板上,同样一动不动地度过整个晚上,就像在这段时间里死了过去。仿佛这两个动物整个白天都像死尸一般躺在什么地方,夕阳西下的时候突然复活,只是为了走进米勒的糖果店去履行某种神秘莫测的使命。坐了三四个钟头以后,老人终于站了起来,拿起他的帽子,动身向不知是在何处的家中走去。那条狗也爬了起来,重又耷

---

① 加瓦尼(1804—1866),法国讽刺画家。
② 霍夫曼(1776—1822),德国小说家和作曲家。

拉着尾巴,垂下脑袋,迈着跟先前一样缓慢的步子,机械地跟在他的后面。末了,糖果店的顾客开始千方百计地回避这个老人,甚至都不跟他并排入座,仿佛对他深恶痛绝似的。可他对此却毫无所知。

这家糖果店的顾客绝大多数是德国人。他们是从沃兹涅先斯基大街上的各个角落聚集到这儿来的——他们都是各行各业的经理:五金店掌柜,面包铺老板,染坊主,帽商,马具店东家,——全都是古板守旧(就这个词的德文含意而言)的人物。米勒店铺里的一切都使人有古板守旧之感。店东常常走到熟识的顾客身边,同他们一起在桌旁落座,喝上几瓶潘趣酒。店东养的那些狗和他的几个年幼的子女,有时也到顾客身边去玩,顾客则把它们和他们爱抚一番。大家彼此熟识,人人互相敬重。在宾客们全神贯注地阅读德国报纸的当儿,从通向店东住所的那扇门的后面,传来乐曲奥古斯汀①的声音,那是店东的大女儿在叮叮咚咚地弹奏钢琴。这位大女儿是个长着淡黄色鬈发的德国小姐,很像一只白老鼠。这支华尔兹舞曲听起来十分悦耳。——每月的开初几天,我总是要到米勒那里去阅读他订的几份俄国杂志。

走进糖果店,我看到那老人已经坐在窗前,那条狗像先前那样直挺挺地躺在他的脚边。我默默地在一个角落里坐下,暗自问道:"我为什么到这里来呢?眼下我在这里根本没有什么事可做,我正在生病,本来应该赶回家去,喝点茶,卧床休息。莫非我到这儿来就是为了瞧瞧这个老人?"我懊丧起来。"我同他有什么相干?"我这样想道,同时回忆起了我在街上看到他的时候所体验到的那种奇怪的、令人痛苦的感觉,"我同所有这些乏味

---

① 指当时在德国小市民当中流行的一首小调《我亲爱的奥古斯汀》。

7

的德国人有什么相干？这种古怪的情绪有什么用？我近来在我身上发现的那种对种种琐事廉价的担忧有什么用？"一位深思熟虑的批评家在气愤地分析我最近写的一篇小说的时候已经向我指出，这种廉价的担忧"既妨碍我生活，又使我不能清楚地观察人生"。我虽然在这样沉思和懊悔，可我依然待在那里，同时我的病情又越来越重，末了简直舍不得离开这个温暖的房间了。我拿起一份法兰克福的报纸，读了一两行就打起盹来。那些德国人也不打搅我。他们读着报，抽着烟，只是间或（大约半小时一次）断断续续地低声谈论法兰克福的一桩新闻，或者著名的德国才子沙菲尔①的妙语或警句；尔后怀着加倍的民族自豪感重又专心致志地读起报来。

　　我迷迷糊糊地睡了半个钟头，一阵强烈的寒战把我弄醒了。我的确是应该回家去了。不料这当儿室内演出了一幕哑剧，使我再次留了下来。我已说过，那个老人一旦在他的椅子里坐下，就立即牢牢地盯住一个地方，而且整个晚上不再把视线移向另一个对象。我偶尔也曾成为这种呆滞的、视而不见的目光盯住的目标：那当儿的感觉是极不愉快的，甚至是难以忍受的，我通常总是尽快换一个位子。这一次那老人的牺牲品是一个矮小的、圆圆的、衣着非常整洁的德国人，那人竖起来的衣领浆得很硬，脸色异常红润，他是新近从里加来的客商，名叫亚当·伊凡内奇·舒尔茨。我日后获悉，他是米勒的密友，但还不认识那个老人和店里的许多顾客。他正津津有味地读着《Dorfbarbier》②，一面呷着潘趣酒，蓦地抬起头来，发现那老人正目不转睛地盯着他。这使他觉得难堪。亚当·伊凡内奇是个器量很小、容易生

---

① 沙菲尔（1795—1858），德国幽默作家。
② 当时的一份德国报纸《农村理发师》。

气的人,同一切"高贵的"德国人一样。他觉得,有人竟如此无礼地死盯着他,这是奇怪的,令人不快的。他压住心头怒火,把视线从这位不懂礼貌的客人身上移开,低声嘟囔了几句,就默默地藏在报纸后面。但是他忍不住了,一两分钟以后,他多疑地从报纸后头朝外面瞧了一眼:还是那种固执的目光,还是那种毫无意义的监视。亚当·伊凡内奇这一次依然保持沉默。但是当同样的情况第三次出现的时候,他勃然大怒,认为维护自己的尊严、不让美丽的里加市的声誉在高贵的观众心目中遭到损害,这是他义不容辞的责任,因为他大概是以里加市的代表自居的。他按捺不住,猛地把报纸往桌上一扔,拿起手杖狠狠地在报上敲了一下,于是报纸便粘在手杖上了。接着他摆出一副凛然不可侵犯的神气,面孔因潘趣酒和自尊心而变得通红,也用那双发红的小眼睛盯住了那个惹人气恼的老人。看来这个德国人和他的对手都想凭借自己目光的催眠力制服对方,都等着要瞧究竟是谁首先不好意思地垂下视线。手杖的敲击声和亚当·伊凡内奇古怪的态度吸引了全体顾客的注意。大家立刻把自己的事撂在一边,默默地怀着认真的好奇心观察着两个对手。这个场面变得十分滑稽。但是红光满面的亚当·伊凡内奇两只挑衅的小眼睛里的催眠力完全消失了。而老人则十分沉着地依然直勾勾地瞧着气得发狂的舒尔茨先生,根本就没有发现他已成为众人好奇的对象,似乎他的脑袋是在月亮上,而不是在人世间。亚当·伊凡内奇再也忍不住了,他大发雷霆。

"您为啥这样死死地盯着我?"他以尖厉刺耳的声音用德语叫道,摆出一副气势汹汹的架势。

可他的对手依然沉默,似乎没有懂得,甚至根本就没有听见这个问题似的。亚当·伊凡内奇决定用俄语讲话。

9

"我闻您,您为杀这样眼也不扎地老是钉着我?"①他加倍气愤地嚷道,"我是朝中知名之士,你却是个无名之辈!"他加上一句,从椅子里一跃而起。

然而那老人却纹丝不动。那些德国人气愤地埋怨起来了。米勒被喧哗声所吸引,走进了这个房间。他把情况查明以后,认为那个老人也许是个聋子,于是向他的耳朵弯下身去。

"舒尔茨先生请求您不要死盯着他。"他尽量大声地说,一面凝视着那个莫测高深的顾客。

老人机械地瞧了米勒一眼,他那张迄今为止一直凝然不动的面孔突然流露出一种惊恐的神色,一种激动不安的表情。他手忙脚乱了,气喘吁吁地弯腰去拾他的帽子,急忙把它和拐棍一起抓在手里,从椅子上站了起来,脸上浮现出可怜的微笑,——就像一个穷人由于坐错了一个位子因而被人赶走时流露的那种诚惶诚恐的微笑,准备离开这个房间。这个可怜而衰弱的老人的那种温驯的、俯首帖耳的慌张神态是那么招人怜悯,那么令人心疼,因而所有在场的人,从亚当·伊凡内奇开始,立即改变了对这件事的看法。很清楚,这个老人非但不能侮辱别人,而且时时刻刻都很明白,他会被人当作一个乞丐从任何地方赶走。

米勒是个厚道的、有恻隐之心的人。

"不,不,"他拍拍老人的肩头鼓励他道,"你坐下!Aber②舒尔茨herr③诚恳地请求您不要老是盯着他。他在朝廷上是有名气的。"

不料可怜的人就连这个也不懂;他比先前更加手忙脚乱起来,弯腰拾起了他的手帕,那是从他的帽子里掉出来的一个破旧

---

① 此句原文有不少错误,以示舒尔茨的俄语说得不好。
② 德语:但是。
③ 德语:先生。

的蓝手帕,接着开始叫唤他的狗,那狗一动不动地躺在地板上,显然正在酣睡,两只前爪挡住了它的鼻子。

"阿佐尔卡,阿佐尔卡!"他用颤抖的、老年人的声音含混不清地说道,"阿佐尔卡!"

阿佐尔卡一动也不动。

"阿佐尔卡,阿佐尔卡!"老人忧郁地一再说道,用拐棍碰了碰那狗,可它还是照旧躺着。

拐棍从他手中掉了下来。他弯下身子,跪下去,用双手捧起阿佐尔卡的脑袋。可怜的阿佐尔卡!它已经死了。它静悄悄地在主人的脚旁死了,也许是由于衰老,但也许也是由于饥饿。老人看了它一会儿,像是大吃了一惊,像是不明白阿佐尔卡怎么已经死了似的。然后他轻轻地向他过去的奴仆和朋友俯下身去,把他苍白的脸贴在死狗的脸上。沉默了半晌。我们全都被感动了……末了,这个可怜的人站了起来。他面如死灰,浑身哆嗦,像是得了寒热病。

"可以把它制成舒舍尔,"有恻隐之心的米勒说道,他想多少给老人一点安慰(舒舍尔的意思是动物标本),"可以制成很好的舒舍尔;费奥多尔·卡尔洛维奇·克里格尔是制作舒舍尔的能手。"米勒反复地说,他从地上拾起拐棍,把它交给了老人。

"是啊,我制作舒舍尔制得很好。"克里格尔先生走上前去,亲自谦恭地证实道。

他是一个瘦长而善良的德国人,长着一绺一绺的红头发,鹰钩鼻子上戴着一副眼镜。

"费奥多尔·卡尔洛维奇·克里格尔的手艺高超,能制作各种各样精美绝伦的舒舍尔。"米勒补充了一句,对自己的主意感到兴奋起来。

"是的,我的手艺高超,能制作各种各样精美绝伦的舒舍

11

尔,"克里格尔先生又证实了一次,"我可以免费把您的狗制成舒舍尔。"他心中迸发出一股高尚的自我牺牲的热情,补充了一句。

"不,您制的舒舍尔由我付款!"亚当·伊凡内奇·舒尔茨发狂般地叫道,脸孔比平时红了一倍,他胸中也燃起了高尚的热情,而且天真地认为一切不幸都是由他造成的。

老人听着这一切,想必是一点也不明白,依然在浑身颤抖。

"别忙!咱们来喝一杯上等白兰地!"米勒看到那个神秘的客人急于要走,便叫了起来。

白兰地拿来了。老人机械地拿起酒杯,但他的手却在发抖,酒杯尚未沾唇,酒已泼掉一半,他一滴也没有喝便把酒杯送回托盘里了。接着他奇怪地、很不得体地微微一笑,加快了步子,颤颤巍巍地走出了糖果店,把阿佐尔卡留在原处。大家都惊讶地站着;可以听到人们的感叹声。

"Schwernoth! Was für eine Geschichte!"①那些德国人瞪着眼睛,面面相觑地说道。

可我却跟着老人跑了出去。离开糖果店向右走上几步,是一个又窄又黑的小胡同,周围全是高楼大厦。不知是什么东西提醒我,说是老人肯定拐入胡同去了。右侧的第二幢房屋尚未建成,四周全是脚手架。房屋周围的篱笆几乎伸到胡同的中央;贴着篱笆铺有供路人行走的木板。在由篱笆和房屋所构成的一个黑暗的角落里,我找到了那个老人。他坐在木板人行道的边沿上,胳膊肘撑在膝部,双手托住脑袋。我在他身边坐下。

"您听我说,"我几乎不知道该从哪里说起,便这样说道,"别为阿佐尔卡伤心啦。咱们走吧,我把您送回家去。把心放

---

① 德语:真糟糕!这是怎么回事!

12

宽些。我这就去叫马车。您住在哪儿?"

老人没有回答。我不知该怎么办了。那里没有过往的行人。老人突然抓住了我的手。

"我憋得慌!"他用嘎哑的、勉强能够听见的声音说道,"憋得慌!"

"咱们回您的家去!"我叫道,一面欠起身子强使他站起来,"您得喝点茶,然后卧床休息……我这就去叫马车。我要去找个医生……我认识一位医生……"

不记得我还对他说了些什么。他本来是想站起来的,但只抬了抬身子便又坐在地上,又用那种嘎哑、哽塞的声音嘟囔起来。我更近地向他弯下身去听他说话。

"在瓦西利耶夫岛上,"老人用嘶哑的声音说,"六号大街……六——号——大——街。"

他沉默了。

"您住在瓦西利耶夫岛上?可您并没有往那里走啊;应该向左,不是向右。我马上把您送到……"

老人没有动。我抓住他一只胳膊;这支胳膊像死人身上的胳膊那样掉下去了。我看了看他的脸,摸了摸他,——他已经死了。我觉得这一切犹如一场梦境。

这件事给我带来许多麻烦;在这期间,我的寒热症居然不治而愈。老人的寓所找到了。不过他并不是住在瓦西利耶夫岛上,而是住在离他去世的地方只有几步路的克卢根的屋子里,就在紧靠着屋顶的五层楼上一套单独的住宅里,这套住宅包括一个小小的外室,一个虽然宽敞但却很矮的房间,房间里有三个充当窗子的狭缝。家中一贫如洗。全部家具只有一张桌子,两把椅子和一个破旧不堪、硬得像石头的沙发,填塞在沙发里的小椴树内皮从四面八方露了出来;就是这几件东西也是属于房主的。

炉子显然久已不生火了;蜡烛也找不到。现在我确实认为,老人之所以想到米勒的店里去,只是为了在有烛光的地方坐坐,取点暖。桌子上有一个空空如也的陶制杯子,还有一片又干又硬的面包皮。连一个戈比也找不到;甚至找不到另一套换洗的衬衣给他当寿衣;已经有人把自己的衬衫拿出来做了他的寿衣。显然他是不可能这样完全孤独地生活的,肯定有人来看望他,哪怕是偶尔看望一下也罢。在抽屉里找到了他的身份证。原来死者是一个外国人,但却是俄国的臣民,名叫杰里米·史密斯,是个机械工程师,七十八岁。桌上放着两本书:一本简明地理和一本新约的俄译本,新约的页边空白上写满了铅笔字,还有指甲印。我把这两本书要去了。我向房客和房主打听了一番,——几乎所有的人都对他一无所知。这幢房子里的房客很多,几乎全都是手艺人和德国女人,她们出租寓所,还提供膳食和仆役。房屋的主管人是贵族出身,谈起他过去的房客,他所提供的情况就是这套住宅每月的房租是六卢布,死者在那里住了四个月,近两个月的房租分文未付,因此只得把他赶走。此外他也说不出更多的了。有人问起:是否有人常来看望他?然而谁也不能对这个问题做出令人满意的答复。这幢房屋很大;跑到这么一个诺亚的方舟①上来的人还能少得了?谁能把他们全都记住呢。一个曾在这幢房屋里干了将近五年的门房,也许能够提供点情况,可是他两周前回故乡休假去了,留下他的侄子替他看门。侄子是个年轻小伙子,有一半房客他还不认识呢。我不能确定,当时进行的这一番查询究竟取得了什么结果,不过老人终于被埋葬了。在那几天里,我曾抽空到瓦西利耶夫岛上的六号街去过,可我到了那里以后却只得嘲笑我自己:在六号街上,除了一排普普通通

---

① 诺亚是《圣经》中的人物,他在遇到洪水时乘坐一只方舟得免于难。

的房舍以外,我还能看到什么呢?然而使我感到纳闷的是,那老人在弥留之际究竟为什么要提到六号街和瓦西利耶夫岛呢?莫非他是在说胡话?

我察看了一下史密斯的那套空了出来的寓所,觉得它还不错。我把它租下了。主要是因为房间很大,虽然它太矮了,使我起初老是觉得我的脑袋会碰到天花板似的。不过我很快就习惯了。六个卢布一月的房租,哪能找到比这更好的房间呢。这套单独的住宅吸引了我;剩下的问题就是设法物色一名仆人,因为没有仆人是根本过不下去的。门房最初答应每天来一次,在万不得已的时候也可以来帮帮忙。谁知道呢,我想,说不定会有人来探望老人呢!然而他死后已经过了五天,却还没有一个人来过。

第 二 章

那个时期,也就是一年以前,我仍在给几家刊物撰稿,而且深信有朝一日我必将写出一部皇皇巨制。当时我正在写一部长篇小说;不料我现在却进了医院,而且看来已不久于人世,于是这一切也就宣告结束。既然我死期已近,又何必要写回忆录呢?

如今我情不自禁地一直在回忆我一生中这最后一年的全部沉痛的往事。我想把它全都记录下来,我觉得,倘若我没有找到这么一件工作,我就会抑郁而死。昔日的种种印象有时使我痛苦不堪。如能遣之笔端,它们就会变得和谐一点,就能使人稍感快慰,而不再会像一场噩梦那样可怕了。这就是我的想法。就拿写字这件事来说,它本身就有很大的作用;它能使我宽心,促我冷静,唤起我往日舞文弄墨的习惯,把我的回忆和痛苦的梦想吸引到工作中去……是啊,我这个主意还真不坏呢。何况医生也能从中捞到好处;至少他在安装双层窗框过冬的时候,可以用我的手稿来糊窗户了。

可是不知为什么,我这个故事是从中间写起的。既然要把它全都写出来,那就只得从头写起。好吧,咱们就从头说起吧,好在我的自传并不长。

我不是在这里出生的,而是生在遥远的某省。我的父母应该说都是好人,但是他们在我童年的时候便双双去世,我是在尼古拉·谢尔盖伊奇·伊赫缅涅夫的家中长大的。伊赫缅涅夫是个小地主,他出于怜悯之心收养了我。他只有一个女儿,叫娜塔莎,比我小三岁。我和她像兄妹一样一同长大。啊,我幸福的童年啊!一个人到了二十五岁的年纪还苦苦怀念自己的童年,到临终的时候仍以无比兴奋而感激的心情只想到它,这该有多么愚蠢!那时天上的太阳是那么明亮,与彼得堡的太阳截然不同,我们那两颗幼小的心灵跳动得那么轻快而欢乐。那时周围都是田野和森林,不像现在这样只是一堆堆死气沉沉的石头。在尼古拉·谢尔盖伊奇管理的瓦西利耶夫斯科耶,花园和公园都是那么优美。我和娜塔莎常在这个花园里散步,花园后面是一个潮湿的大森林,我们这两个孩子有一次在森林里迷了路……真是一个快乐的黄金时代!人生的序幕神秘而诱人地揭开了,看到它令人多么愉快。那时仿佛还有一个使我们感到神秘的陌生人生活在每一丛灌木和每一株树木后面;童话世界与现实世界融合在一起了;每当深谷里暮霭渐浓,像一条条弯弯曲曲的灰白色带子,缠住了紧贴在我们这个巨谷的右脊上的灌木林的时候,我总是和娜塔莎手拉手地站在谷沿,胆怯而好奇地窥视着谷底,期待着不久便会有一个人出现在我们面前,要不就是从烟雾弥漫的谷底回答我们的呼喊,那么我们的保姆讲的那些童话就会是千真万确的事实了。很久以后,有一次我曾偶然向娜塔莎提到,有一天我们得到了一本《儿童读物》,便立刻跑到花园里的池塘畔。在那里的一株枝叶浓密的老枫树底下,有一张我们喜爱的绿色长凳,我们坐下来就开始读《阿尔封斯和达琳达》这篇童话。我至今一想起这篇故事,仍不免感到一种奇怪的激动。一年前,当我向娜塔莎背诵头两行"我的故事的主人公阿尔封斯,出生在葡萄牙,堂-拉米罗是他的爸爸"等等的时候,我差一点哭了出来。那情景准是太荒唐了,也许正是这个缘故,当时娜塔莎才那么古怪地对我的激情笑了一笑。不过她立刻就醒悟过来(我至今还记得这一点),而且为了安慰我,她自己也回忆起往事来了。说着说着,她自己也激动起来。这是一个美妙的黄昏;我们一桩桩一件件地回想往事,也回想起我被送往省城去上寄宿中学时的情景,——天啊,那时她哭得多厉害啊!——也想起了我永远离开瓦西利耶夫斯科耶那天我们最后一次分手时的情景。当时我已在寄宿中学毕业,动身去彼得堡准备上大学。那年我十七岁,她不到十五岁。娜塔莎说,当时我笨手笨脚,又高又瘦,谁看见我那副模样都不禁哑然失笑。分别的时候我把她叫到一边去,想对她说一件非常重要的事;可是我的舌头不知为什么突然麻木了,粘住了。她记得我那时非常激动。当然,我们的谈话进行得很不顺利。我不知该说什么,而她也许还不懂我的意思,我只是伤心地哭着,临走的时候也是这样,一句话也没说。很久以后我们才在彼得堡重新见面。那是在两年以前。伊赫缅涅夫老人去那里是忙于打官司,而我当时则刚刚登上文坛。

第 三 章

尼古拉·谢尔盖伊奇·伊赫缅涅夫出身于一个早已破落的名门望族。不过他的双亲过世以后,他继承了一份殷实的产业,有一百五十个农奴。二十岁的时候,他当了一名骠骑兵,万事如意。不料在他服役的第六年,他在一个倒霉的晚上把家产输得一干二净。他一夜都没有入眠。翌日晚上,他又到牌桌边坐下,把他剩下的唯一财物——他的马拿出来孤注一掷。这副牌赢了,接着又赢了第二副、第三副。半个钟头以后,他赢回了他那些田庄之中的一个名叫伊赫缅涅夫卡的小村庄;根据最近的一次人口调查,那个小村庄有五十个农奴。他戒了赌,而且次日就申请退伍。一百个农奴一去不复返了。过了两个月,他被解除了中尉职务,动身回他的小村庄。此后他一辈子从来不提他输钱的事,尽管他的好脾气是人所共知的,可若是有人胆敢向他提及此事,那他准得跟那人吵起来。他在村里辛勤地经营他的家业,到三十五岁的时候,娶了一个贫穷的贵族小姐。这位小姐叫做安娜·安德烈夫娜·舒米洛娃,她出嫁的时候根本没有妆奁,不过她曾在外省的一所贵族寄宿中学里受教于法国女侨蒙-蕾苇什的门下,这是安娜·安德烈夫娜终生引以为豪的事,虽说从来也没有什么人弄得清楚,这种教育究竟包含什么内容。尼古拉·谢尔盖伊奇成了一个十分出色的当家人。邻近的地主都来向他请教理财之道。过了几年,一个叫做彼得·阿列克桑德罗维奇·瓦尔科夫斯基公爵的地主,突然从彼得堡来到了毗邻的庄园瓦西利耶夫斯科耶村,该村有九百个农奴。他的光临使整个这一带地区为之轰动。这位公爵还是个年轻人,虽说年纪也不算小了;他的官衔不低,结识不少权贵;他眉清目秀,富有家产;最后还有一条:他是个鳏夫,这是当地的太太小姐们特别感兴趣的。人们议论着跟他沾亲带故的省长在省城为他举行的盛宴;谈论着省里的太太们全都"被他的风流倜傥搞得神魂颠倒",如此等等,不一而足。总而言之,他是彼得堡上流社会出类拔萃的代表人物之一,这种人是难得在外省露面的,一旦露面就会引起轰动。不过这位公爵并不是那种和蔼可亲的人物,尤其是对于他并不需要,而且在他看来又不能跟他平起平坐之辈。他无意结识他领地周围的邻居,这就立即给他招来了许多敌人。因此,当他忽然想到要去拜访尼古拉·谢尔盖伊奇的时候,所有的人都大为诧异。诚然,尼古拉·谢尔盖伊奇是住得跟他最近的邻居之一。公爵在伊赫缅涅夫家中引起了强烈的印象。他立刻把他们夫妻俩给迷住了;安娜·安德烈夫娜对他尤为热情。不久以后,他就同他们混得很熟了,每天都到他们家里去,也邀请他们到自己的家中来。他说说俏皮话,聊聊奇闻轶事,弹弹他们那台蹩脚的钢琴,唱唱歌曲。伊赫缅涅夫夫妇感到惊奇的是:对于这么一位心地善良而又极其和颜悦色的人,左邻右舍居然异口同声,喋喋不休地说他是个傲慢的、目空一切的、索然无味的利己主义者,这怎么可能呢?应该承认,公爵的确喜欢尼古拉·谢尔盖伊奇这么一个朴实、坦率、无私而又高尚的人。然而这一切不久便得到了解答。公爵到瓦西利耶夫斯科耶来,为的是撵走他的管家。那管家是个挥霍无度的德国人,一个自视甚高的农学家,他有一头令人肃然起敬的白发,戴着眼镜,还长着一个鹰钩鼻子;虽说他具有上述种种优点,可就是厚颜无耻地肆意偷窃财物。更糟的是,他还把几个庄稼汉给折磨死了。最后,伊凡·卡尔洛维奇被擒获和揭露了,他十分伤心,说了许多关于德国人一向诚实之类的话;尽管如此,他还是被赶走了,甚至还遭到了一番羞辱。公爵需要一个新管家,于是选中了尼古拉·谢尔盖伊奇。这是一个不可多得的当家人,为人又非常诚实,对此当然是丝毫不必怀疑的。看来公爵殷切地希望尼古拉·谢尔盖伊奇能自告奋勇充当他的管家。可是这种希望未能实现,于是公爵便在一个风和日丽的清晨,做出一副非常友好、极为恳切的样子,亲自提出了这一建议。伊赫缅涅夫起初拒不接受;然而一笔相当可观的薪俸使得安娜·安德烈夫娜动心了,请求者那种加倍亲切的姿态,也把其他种种顾虑全都打消了。公爵达到了自己的目的。应该承认,他很有识别人的眼力。在结识了伊赫缅涅夫夫妇以后的这一段短暂的时间内,他清楚地认识到他是在跟什么样的人打交道,而且懂得应该用热情友好的态度来博得伊赫缅涅夫的好感,应该赢得他的心。没有这一点,单凭金钱是无济于事的。他正是需要这样一个管家:他可以闭上眼睛永远信任这个管家,因而他就再也不必到瓦西利耶夫斯科耶来了,他的确就是这么盘算的。他让伊赫缅涅夫感受到的魅力十分强烈,因此后者真诚地相信了他的友谊。尼古拉·谢尔盖伊奇是那种心地非常善良,而且具有天真的浪漫主义气质的人,不论人们对这种人有些什么议论,他们在咱们俄国一向是招人喜欢的。他们一旦爱上了谁(有时是出于只有上帝才知道的原因),就会把整个心灵都献给他,他们那份痴情有时简直令人忍俊不禁。

许多年过去了。公爵的领地繁荣兴旺。瓦西利耶夫斯科耶的领主和他的管家之间的关系一直十分融洽,而且没有超出纯事务性的信函往来的范围。公爵丝毫也不干预尼古拉·谢尔盖伊奇的经营管理,不过时而也给他出点主意,这种主意都十分精明而且切实可行,使得伊赫缅涅夫惊奇不止。显然,他不但不喜欢挥霍浪费,而且还精于生财之道。大约在他访问瓦西利耶夫斯科耶的五年以后,他委托尼古拉·谢尔盖伊奇在该省购置另一处拥有四百个农奴的异常富饶的田庄。尼古拉·谢尔盖伊奇乐不可支;他非常关心公爵的成就,关心有关他一帆风顺、步步高升的传闻,仿佛公爵就是他的亲兄弟似的。然而直到公爵有一次果真向他表示了极大的信任时,他的高兴才达到了顶点。事情是这样的……不过下笔至此,我觉得有必要谈谈这位瓦尔科夫斯基公爵生平的几件轶事,因为他在某种程度上是我这个故事里最主要的人物之一。

第 四 章

我在前面已经提到,他是个鳏夫。他在青春年少的时候就娶了亲,是为了金钱才结婚的。他的父母在莫斯科把家产挥霍殆尽,从他们那里他几乎一无所得。瓦西利耶夫斯科耶被一再抵押出去;他债台高筑。二十二岁的公爵,当时不得不在莫斯科某机关任职,他腰无分文,犹如"乞丐世家的子孙"一般踏进了人世。他娶了一个包税商的早已过了花信之年的女儿,这门婚事把他给救了。当然,那包税商在嫁妆的问题上把他骗了,可是就用妻子的私房钱也还可以赎回世袭的领地并重整家业。公爵娶来的这位商人的女儿,几乎是个文盲,简直没法把两个词儿捏在一起;她容貌丑陋,只有一样重要的美德:心地善良,唯命是从。公爵充分地利用了这种美德:结婚一年以后,他把在此期间给他生了一个儿子的妻子留在莫斯科,交给她那做包税商的父亲照料,自己跑到外省去供职,他在那儿通过彼得堡一个显贵的亲戚谋得了一个相当重要的职位。他一门心思想出人头地、步步高升、飞黄腾达,他认为跟他的妻子在一起,无论在彼得堡还是在莫斯科他都是混不下去的,于是决定到外省去寻找做官的门路,等待发迹的时机。据说他在婚后的头一年里就百般虐待他的妻子,险些儿把她折磨死。尼古拉·谢尔盖伊奇每次听到这种流言都怒不可遏,他激烈地为公爵辩护,说公爵不会干出那种卑劣的事。但是大约七年以后,公爵夫人终于死去,她那丧偶之夫便立刻回到彼得堡去了。他在彼得堡甚至还引起了一阵轰

23

动。他还年轻,是个美男子,富有家产,具备许多杰出的品质、无可置疑的机智、风雅的谈吐和永不衰竭的豪兴,因此他并不像是前来谋求发迹和寻找靠山的,而完全像是一个独立自主的人。人们都说他身上确实有一种令人心醉的东西,一种使人倾倒的东西,一种强有力的东西。女人们特别喜欢他,他同一个交际花勾搭上了,搞得声名狼藉。尽管他生性俭朴,甚至达到吝啬的程度,可他却挥金如土;若有必要,他在牌桌上哪怕输掉一笔巨款,也不皱一下眉头。然而他来彼得堡并不是为了寻欢作乐:他得彻底打通升官的门路,巩固自己的地位。他达到了这一目的。他的一个显赫的亲戚,纳英斯基伯爵,对他在社会上取得的成就感到惊讶,认为给予他特殊的关照是可取的和适宜的,甚至大开恩典,把他七岁的儿子接到自己家里抚养。倘若公爵像一个普通的求职者那样出现在伯爵面前,那么伯爵对他就不屑一顾了。也就是在这一段时期,公爵去了一趟瓦西利耶夫斯科耶,结识了伊赫缅涅夫夫妇。通过伯爵从中斡旋,他终于在一个极为重要的使馆里谋得一个要职,出国去了。此后关于他的消息就不太准确了:据说他在国外碰到了一件不愉快的事情,不过谁也说不清究竟是怎么回事。大家只知道他增购了四百个农奴,此事我已谈到过了。很多年以后,他从国外回来时已身居要职,而且立刻在彼得堡获得了显赫的地位。在伊赫缅涅夫卡,盛传他即将再娶,跟一个有钱有势的显赫门第联姻。"他要当大官了!"尼古拉·谢尔盖伊奇乐不可支地搓着手说道。我当时在彼得堡上大学,我还记得,伊赫缅涅夫曾特意写信给我,让我打听一个关于这门婚事的传说是否可靠。他还给公爵写了封信,请求他对我多加关照;但公爵没有回信。我只知道,他那个起初在伯爵家中、后来又在高等法政学校受教育的儿子,在十九岁时结束了他的学业。我写信把此事告诉了伊赫缅涅夫夫妇,还说公爵十分喜欢儿子,对他宠爱备至,现在就已经给他安排前程了。凡此种种,我都是从认识年轻公爵的我的大学同学那里听来的。就在那个时候,尼古拉·谢尔盖伊奇在一个风和日丽的早晨收到公爵给他的一封信,使他大为惊愕……

我已谈到过,迄今为止,公爵同尼古拉·谢尔盖伊奇的关系,只限于纯事务性的信函往来,然而这一次公爵在给他的信中却非常详尽、坦率而友好地谈到了自己的家庭情况:他埋怨自己的儿子,说儿子品行不端,使他痛心;当然,对这么一个孩子的淘气行为还不能过于认真(他显然在竭力替他的儿子辩护),不过他决计要惩戒他一下,吓唬吓唬他,也就是要把他送到乡下去生活一段时间,让伊赫缅涅夫照料他。公爵写道,他完全信任"极为善良又无比高尚的尼古拉·谢尔盖伊奇,尤其信任安娜·安德烈夫娜",他请求他们二位接受他那个浪荡公子加入他们的家庭,对他进行个别教导,使他通情达理,并且尽可能地疼爱他,最主要的则是要改变他轻浮的性格,"使他懂得为人处世所必不可少的那些有益而又严格的规矩"。不用说,伊赫缅涅夫老人欣然接受了这个任务。年轻的公爵来到了;他们像接待亲生儿子似的接待他。不久,尼古拉·谢尔盖伊奇就非常喜欢他了,一如爱他自己的娜塔莎;即便到了后来,当那孩子的父亲同伊赫缅涅夫彻底反目之后,老人有时依然满怀深情地回忆起他的阿辽沙——他习惯于这么称呼阿列克谢·彼特罗维奇公爵。他确是一个非常可爱的孩子,像女人那样既漂亮,又娇嫩,而且十分敏感,但同时又很快乐天真,有一颗愿意接受也能够接受种种最高尚的感情的心灵,有一副博爱、诚实并充满感激的胸怀,——他在伊赫缅涅夫家中不啻是天之骄子。虽说他已十九岁,可还完全是个孩子。难以想象,他那个据说是十分疼爱他的父亲,究竟为了什么居然能把他送往乡下?据说,这个年轻人在彼得堡

25

过着浪荡公子的生活,不愿去供职,因而使他的爸爸感到痛心。尼古拉·谢尔盖伊奇没有盘问阿辽沙,因为彼得·阿列克桑德罗维奇公爵在信中显然避而不谈驱逐儿子的真正原因。不过有一些流言蜚语却说阿辽沙为人轻浮,令人难以宽容;他跟一个女人发生了暧昧关系,甚至要找人决斗;他在牌桌上输掉了令人难以置信的巨款。更有甚者,还有人说他滥用别人的钱财。另有一种说法,认为公爵撵走他的儿子根本不是由于儿子有什么过失,而是出于别的一些自私的考虑。尼古拉·谢尔盖伊奇愤然驳斥这种说法,特别是因为阿辽沙非常喜欢他在整个童年时代和少年时代一直没有见到过的爸爸;他在谈到爸爸的时候总是笑逐颜开、一往情深;看来他完全接受了爸爸的影响。阿辽沙有时也曾谈到,他和爸爸曾同时追逐一位伯爵夫人,可是他阿辽沙占了上风,爸爸因此对他耿耿于怀。他在谈到这件事的时候总是那么开心,带着孩子般的天真神气,发出响亮而愉快的笑声;但是尼古拉·谢尔盖伊奇则立即制止他。阿辽沙也证实了他爸爸打算娶妻之说。

他差不多已经过了一年被放逐的生活,每隔一定的时间他总要给爸爸写一封毕恭毕敬、通情达理的信,末了他已经非常习惯于瓦西利耶夫斯科耶的生活,以至于当公爵在夏天亲自下乡的时候(他预先通知了伊赫缅涅夫夫妇),这个被放逐的儿子竟亲自请求爸爸允许他在瓦西利耶夫斯科耶尽可能住得久些,说是只有农村生活才真正使他称心如意。阿辽沙的一切决心和冲动,都来自他那过于神经质的敏感,来自一颗火热的心,来自有时简直近于荒唐的轻率,来自过分容易受到任何外在影响的支配,也来自他的毫无主见。然而公爵听到他的请求却不无疑虑……总之,尼古拉·谢尔盖伊奇已经难于认出他先前的"朋友"了:彼得·阿列克桑德罗维奇公爵发生了很大的变化。他忽然之间对尼古拉·谢尔盖伊奇特别吹毛求疵;他在检查庄园的账目时流露出令人作呕的贪婪、吝啬和不可思议的神经过敏。这一切使忠厚善良的伊赫缅涅夫大为伤心;他很长一段时间都竭力不愿相信自己的感觉。公爵此次访问瓦西利耶夫斯科耶,同十四年前第一次访问时的情况截然相反:这一次公爵结识了所有的邻居,当然,这是指那些最显要的邻居;至于尼古拉·谢尔盖伊奇,公爵却一次也没有去过他那里,而且对待他犹如对待自己的部属。猝然发生了一件不可思议的事:在公爵和尼古拉·谢尔盖伊奇之间爆发了一场激烈的争吵,但是却找不到任何引起争吵的明显原因。人们听见双方都说了一些肝火太旺、足以伤人的话。伊赫缅涅夫怒气冲冲地离开了瓦西利耶夫斯科耶,可是此事并未到此结。一个极其令人难堪的谣言蓦地传遍了那一带地方。谣言说,尼古拉·谢尔盖伊奇看透了年轻公爵的性格,蓄意利用他的所有缺点以牟取私利;他的女儿娜塔莎(当时已是十七岁芳龄)设法让这个二十岁的年轻人爱上了她;父母双方都鼓励他俩相爱,可又装出一副毫未察觉的样子;诡计多端而且"不知羞耻"的娜塔莎终于完全迷住了那个年轻人,虽说在邻近的一些德高望重的地主的家中,真正品貌出众的姑娘犹如群芳争妍,然而在她的精心策划下,那个年轻人整整一年几乎没有见到过一个这样的姑娘。最后,还有人说,这一对情人已经约定,在距瓦西利耶夫斯科耶十五俄里的格里戈利耶沃村的教堂里举行婚礼,此事表面上瞒着娜塔莎的父母,其实他俩对于此事的任何细节都无不知晓,而且还给女儿出了一些卑鄙龌龊的主意。总而言之,要把当地那些喜欢饶舌的男男女女就此事所制造的流言蜚语全部记载下来,整整写上一本书也写它不完。不过最为令人惊奇的,却是公爵对这一切全都深信不疑,甚至仅仅由于这个原因才来到瓦西利耶夫斯科耶,因为他收到从外省寄往彼得堡的一封匿名信。当然,凡是对尼古拉·谢尔盖伊奇的为人多少有点了解的人,看来对于所有这些对他的诽谤是一句也不会相信的;不过实际上却像通常那样,大家都在奔走相告,信口雌黄,摇头叹息,而且……坚决地谴责他。而伊赫缅涅夫则过于高傲,他不屑于在那班饶舌鬼面前为自己的闺女辩护,而且严禁他的安娜·安德烈夫娜对左邻右舍作任何解释。至于遭到如此恶毒的诽谤的娜塔莎,甚至在整整一年之后对这一切造谣中伤都毫无所知:人们小心翼翼地向她隐瞒了一切,因而她宛如一个十二岁的孩子那样快乐和天真。

与此同时,双方的争吵越演越烈。爱管闲事的人是不打瞌睡的。告密者有之,作证者也有之,末了他们终于使公爵相信,尼古拉·谢尔盖伊奇对瓦西利耶夫斯科耶多年的经营管理,绝非诚实廉洁的楷模。尤有甚者:三年以前,尼古拉·谢尔盖伊奇在出售一小片树林的时候私吞了一万二千卢布,对此可以向法院提出确凿的证据,何况他出售这一片树林又没有得到公爵合法的委托,而是自作主张,事后才说服公爵,说是非卖不可,而且他交给公爵的款子也比出售树林所得的实际款项要少得多。不用说,凡此种种都不过是造谣,而且事后也证明了这一点,可是公爵居然完全信以为真,并且当着证人们的面把尼古拉·谢尔盖伊奇呼之为贼。伊赫缅涅夫忍无可忍,便用同样伤人的言词予以回敬;造成了一个可怕的局面。紧接着就是一场官司。尼古拉·谢尔盖伊奇由于缺少某些证明文件,主要还是由于他既没有后台,又缺乏办理这种事情的经验,这场官司立刻就打输了。他的庄园被查封了。老人一气之下抛掉了一切,最后决定迁往彼得堡,以便亲自出马张罗这桩公案,留下一个有经验的代理人替他照料外省的事务。看来公爵很快就明白过来,他对伊赫缅涅夫的侮辱是不应该的。但是由于彼此都把对方尽情侮辱了一番,因此表示和解的话也就难以出口,于是忿忿然的公爵便不遗余力地促使此事朝着对自己有利的方面发展,实际上就是要夺去他过去的管家最后一块面包。

第 五 章

于是伊赫缅涅夫夫妇便迁往彼得堡了。我不想在此描述在这么长久的分别之后同娜塔莎重逢的情景了。这四年里我从来没有忘记过她。当然，连我自己也不完全明白我在怀念她时的那种感情；但是我们重逢的时候，我很快就意识到她命中注定是属于我的。起初，在他们来后的最初几天，我一直觉得她这几年不知为什么没有怎么成长，她似乎毫无变化，依然是我们分别以前那样的一个小姑娘。然而日后我每一天都发现她身上有点什么新的东西，这种东西是到那时为止我一点也不熟悉的，似乎是故意对我隐瞒的，似乎这个姑娘有意要躲着我，——这一发现叫人心花怒放！那老人在来到彼得堡的初期怒气冲冲、肝火很旺。他的事进行得不顺利；他老是义愤填膺、怒不可遏，忙于办理各种证明文件，哪有工夫来管我们。安娜·安德烈夫娜则是六神无主，起初她的脑子简直都不听使唤。彼得堡把她吓坏了。她唉声叹气，担惊受怕，哭哭啼啼地怀念着过去的生活方式，怀念着伊赫缅涅夫卡，她挂虑着娜塔莎已经成年，可是却没有一个人想到她；她对我是推心置腹、无话不说的，因为她再也找不到另一个可以倾心相与的人了。

就在这个时期，在他们到来之前不久，我完成了我的第一部长篇小说，从而开始了我的文学生涯。由于是一名新手，我起初不知道该把小说送往何处。在伊赫缅涅夫家中，我对此只字未提；而他们则由于我游手好闲，也就是说既不上班办公也不设法替自己谋个职位,几乎同我吵了起来。老人伤心地,甚至是气愤地责备我,当然,这是出自对我慈父般的关怀。我只不过是不好意思告诉他们我做的工作罢了。说实在的,我哪能直言不讳地告诉他们,说我不想上班办公,而是想写小说呢？所以那时我就只得欺骗他们,说是我找不到职位,不过我正千方百计地在找。他并没有工夫去核实我说的话。我还记得,有一次娜塔莎听到了我们的谈话,便悄悄地把我拉到一边,含着热泪恳求我想想自己的前程,她盘问我,想打听我究竟在做什么工作？但我就是对她也讳莫如深,这时她就要我发誓,说我绝不愿像一个懒汉和二流子那样毁掉自己。虽说就是对她我也没有透露我做的工作,但是我还记得,我情愿把我日后从批评家和评论家那里听到的所有最为动听的恭维,都拿来换取她对我的作品,即对我的第一部长篇小说的一句表示赞许的话。我的小说终于出版了。早在它问世之前很久,文艺界就已经是一片喧哗。Б读了我的手稿,像孩子般兴高采烈。① 不！如果说我确曾感到过幸福的话,那也并不是在我获得成功之初的那一段令人神魂颠倒的时刻,而是在我尚未读过,也没有给任何人看过我的手稿的时候；在那些漫漫长夜里,我沉浸在那些令人兴奋的希望和幻想之中,沉浸在对我的作品的无比热爱之中；那时我同我的幻想,同我自己创造的那些人物生活在一起,一如同自己的亲人,同真实的人们生活在一起似的；我爱他们,同他们哀乐与共,有时甚至为我那天真的主人公流下一掬赤诚的眼泪。我简直难以描述,两位老人对我的成就有多么高兴,尽管他们最初确是大吃一惊：这对他们来说简直是一桩不可思议的奇闻！就拿安娜·安德烈夫娜来说,

---

① 这里是指陀思妥耶夫斯基的第一部作品《穷人》的问世与别林斯基对它的赞赏。

她无论如何也不愿意相信,这位人人赞扬的新作家,居然就是干过这件事也干过那件事的万尼亚,她摇头不止。那老人很久都不肯认输,当他听到最初的消息时甚至吓了一跳;他谈起我的前程从此断送,谈到作家们一般都是放荡不羁的。然而源源而来的各种新消息、报刊上的广告,最后还有他从他深信不疑的人们口中听到的一些对我的溢美之辞,逼着他改变了对这件事的看法。而当他看到我突然有了一大笔钱,而且知道从事文学创作能得到多少稿酬的时候,他最后的疑虑就烟消云散了。他对我的怀疑很快就变为完全的、热情的信任,像孩子那样为我的幸运感到高兴,而且骤然对我的未来充满了想入非非的希望和令人眼花缭乱的幻想。他每一天都要为我安排新的前程和计划,这些计划真是包罗万象,应有尽有!他甚至对我流露出一种异乎寻常的、在此之前还不曾有过的敬意。可是我还记得,种种疑虑往往蓦地向他袭来,而且常常是在他兴高采烈、想得天花乱坠的时候,于是他又糊涂起来了。

"作者,诗人!真有点奇怪……诗人究竟是什么时候出人头地、飞黄腾达的呢?他们终归只是一些舞文弄墨、靠不大住的人罢了!"

我发现,他通常都是在黄昏时分提出这一类的怀疑和所有这些微妙的问题(我清楚地记得一切细节和那整个黄金时代!)。我们的老人不知为什么一到天黑就变得特别焦躁、敏感和多疑。我和娜塔莎已经知道了这一点,于是预先就暗笑起来。我还记得,为了使他开心,我就给他讲述苏马罗科夫[1]被擢升为将军的故事,杰尔查文[2]收到了一只装满金币的鼻烟壶的故事,

---

[1] 苏马罗科夫(1717—1777),俄国作家。
[2] 杰尔查文(1743—1816),俄国诗人。

女皇陛下亲自去拜访罗蒙诺索夫①的故事;我还向他谈到过普希金和果戈理。

"我知道,老弟,我全知道,"老人答道,尽管他也许是生平第一次听到所有这些故事。"咳!你听着,万尼亚,你那个不像样子的作品没有用诗来写,这倒使我高兴。老弟,诗都是胡说八道;你别跟我争,你得相信我这个老人的话;我是希望你好;纯粹是胡说八道,白白浪费时间!写诗是中学生的事;诗把你们这些年轻人给送进疯人院啦……就算普希金是个伟人,可那是另一码事!诗就是押韵的句子,如此而已;它不过是昙花一现的玩意儿……其实我读的诗并不多……散文就是另一码事了!作者可以在散文里教导读者,——譬如说鼓励大家热爱祖国,再不就是一般地宣扬种种美德……是的!老弟,我就是不会表达我的意思,可你是了解我的;我说这话是爱护你。喂,喂,你就读罢!"他用鼓励我的神气说完了这一番话,这时我终于把书拿了出来,我们已经喝完茶,全都围着圆桌坐下。"把你在那里写的东西读一读吧;他们吵吵嚷嚷地说了你那么多的话!咱们就来听听,听听!"

我打开书本,准备朗读。我的长篇小说是当天晚上刚刚出版的,我终于找到了一本,于是就到伊赫缅涅夫夫妇那里朗读自己的作品。

我没能在早先向他们朗读这部作品的手稿(因为我把它交给出版商了),我是多么惋惜和懊恼啊!娜塔莎甚至委屈得哭了起来,她跟我吵嚷,责备我居然让别的人先于她读到了这部小说……不过我们终于在桌边坐下了。老人摆出一副异常严肃和

---

① 罗蒙诺索夫(1711—1765),著名的俄国学者和诗人,叶卡捷琳娜二世曾亲自拜访过他。

准备发表评论的表情。他要十分严格地来评判这部小说,"亲自加以验证"。老太婆的神态也异常庄重,说不定她是专为听这次朗读才戴上了一顶新的包发帽。她早就觉察到我总是带着无限爱慕的神情盯着她的宝贝女儿娜塔莎;每当我跟娜塔莎说话的时候,我总是激动得喘不过气来,而且两眼发黑,而娜塔莎在看着我的时候她的眼睛不知为什么也比过去更为明亮。是啊!这样的时候终于到来了,它是在功成名就、前途无量、心满意足的时刻到来的,所有这一切一下子同时来到了!那老太婆还注意到,就是她的老头子不知为什么也大大地夸起我来,不知为什么还用一种特别的眼神瞧着我和他的女儿……她蓦地一惊:我毕竟既不是伯爵,更不是公爵,又不是大权在握的亲王,甚至还不如一个年轻美貌、戴满勋章的六品法官!安娜·安德烈夫娜是不喜欢半途放弃自己的希望的。

"大伙儿都在夸奖这个人,"她对我这样想道,"可不知是什么缘故。作家,诗人……可作家到底是个啥呢?"

第 六 章

我向他们一气读完了我的小说。我们一喝完茶就读了起来,一直坐到后半夜两点。那老人起初皱着眉头。他当初以为这是一部无比崇高的作品,也许是他本人所不能理解的,但肯定是崇高的;不料他突然听到了一些平凡无奇而又司空见惯的事情,就跟通常在周围发生的那些事情一模一样。倘若主人公是个伟大的或有趣的人物,再不就是一个像罗斯拉夫列夫或尤里·米洛斯拉夫斯基①那样的历史人物,那该有多好;没曾想到写的却是一个渺小的、低声下气的,甚至还有几分痴呆的官员,此人连制服上的纽扣都掉光了;而且这一切都是用普普通通的口气写出来的,同咱们平常说话没有丝毫差别……真怪!老太婆大惑不解地不时瞧瞧尼古拉·谢尔盖伊奇,甚至像受了什么委屈似的微微噘着嘴:"像这种胡说八道的东西,难道真的值得印出来念给别人去听,还得为这个付钱?"她脸上的表情分明这样说道。娜塔莎全神贯注,贪婪地倾听着,两眼一直谛视着我,瞧着我的嘴唇吐出每一个字眼,她自己的漂亮嘴唇也随着我的嘴唇微微翕动。你猜怎么着?我还没有读到一半,我的听众便全都流起眼泪来了。安娜·安德烈夫娜真心实意地哭着,她打心眼里可怜我的主人公,我从她的惊叹中明白,她非常天真地想

---

① 罗斯拉夫列夫和尤里·米洛斯拉夫斯基是俄国作家扎戈斯金(1789—1852)两部长篇小说的主人公。

在我的主人公遭到不幸的时候多少帮帮他的忙。那老人已经完全放弃了他对崇高的东西的一切幻想："从第一部作品就看得出来，你是永远爬不到最高峰的；这不过是一部中不溜儿的作品；可是它能抓住你的心，"他说，"不过它能让你渐渐地懂得并记住周围发生的事情；它能使你明白，一个最受压、最卑微的人也是一个人，而且是咱们的兄弟！"娜塔莎边听边哭，还偷偷地在桌子底下紧紧地握住我的手。朗读结束了，她站了起来，双颊绯红，热泪盈眶；她蓦地抓住我一只手，吻了它一下，便跑出了房间。她的父母彼此面面相觑。

"唉！她怎么这么激动，"老人说，他对女儿的行动感到愕然，"不过这没有什么，这是件好事，是好事，是一种高尚的激情！她是个好心的姑娘……"他斜视着他的老伴，喃喃自语，仿佛想为娜塔莎辩护，同时也有点想为我辩护。

虽说安娜·安德烈夫娜在听我朗读的时候自己也有点激动，也受到了感动，可她现在的神气却似乎想说：

"马其顿的亚历山大当然是个英雄，可为什么要弄坏椅子？"①等等。

娜塔莎很快就回来了，她满面春风，喜气洋洋，经过我身边的时候悄悄地拧了我一下。老人本想又来对我的小说作一番"严格的"评论，可他由于高兴而没能坚持到底，他已经入迷了：

"哦，万尼亚老弟，好哇，好哇！你真叫我高兴！我都没有料到会这么高兴。它既不高超，也不伟大，这是显而易见的……瞧，我那里摆着一部《莫斯科的解放》，那是在莫斯科写的，——你看了头一行就看得出来，老弟，那作者可说是像一只鹰那样飞

---

① 这是果戈理的名剧《钦差大臣》第一幕中市长说的一句话。说的是一个历史教员讲课时过于热情冲动，竟弄坏了几把椅子。

翔……不过你可知道,万尼亚,你写的不知怎么要简单一点,比较好懂。可我就是因为它比较好懂才喜欢它呢!它不知怎么使人感到比较亲切;仿佛这一切都是我碰到过的事情似的。可那种高超的东西又怎么样呢?恐怕连写的人自己也未必懂得。倘若是我,我会把文体加以改进,尽管我也称赞它,可不管你怎么说,它毕竟不大高超……不过现在来不及啦:书已经出版了。也许再版的时候可以补救?老弟,说不定它还会再版吧?那就又能赚钱了……嗨!"

"莫非你果真得到了那么多钱,伊凡·彼特罗维奇?"安娜·安德烈夫娜说,"我瞧着你,不知怎么总不大相信。上帝保佑,如今人们为这种事都要付钱啦!"

"你可知道,万尼亚?"老人越来越热心地接着说,"这虽说不是当官,可毕竟也是一条门路。就是那些大人物也要读它的。你不是说过吗,果戈理有年俸,还被派出国了。你是不是也会这样?嗯?也许为时尚早?还得写点什么?那你就写吧,老弟,尽快地写吧!可别躺在荣誉上睡觉。干吗还东张西望呢!"

他说这番话的时候带着深信不疑的表情,而且出于一片好心,实在叫我不忍制止他的幻想,不忍给他泼冷水。

"说不定会给你一只,譬如说,鼻烟壶……不是吗?仁慈是没有边的。他们要鼓励你嘛。谁知道呢,也许你还会到朝廷上去当官呢,"他放低嗓门补充了一句,还眯起左眼做了个意味深长的表情,"不会吗?入朝做官是不是为时尚早?"

"哼,都已经入朝做官了!"安娜·安德烈夫娜像是受了委屈似的说道。

"再过一会儿你们就要把我提升为将军了。"我由衷地笑着答道。

老人也笑了起来。他异常满意。

"阁下,您不想吃点什么吗?"淘气的娜塔莎叫道,她把晚餐给我们预备好了。

她哈哈大笑起来,跑到爸爸身边,用两条灼热的手臂紧紧地拥抱他。

"我亲爱的好爸爸!"

老人大为感动。

"嗯,嗯,好哇,好哇!我只是随便说说罢了。不管当不当得上将军,晚饭总是要吃的。你真是个多情的姑娘!"他添了一句,轻轻地拍了拍娜塔莎绯红的面颊,每逢适当的时机他都爱这样做。"你瞧,万尼亚,我说的是对你的爱护。噢,就算当不上将军(离将军还远着呢!),也还是个名流,作者嘛!"

"爸爸,现在叫做作家。"

"不叫作者?我可不知道。噢,就算是作家吧。可我想说的是这么回事:写了一本长篇小说,自然还当不上宫廷高级侍从,——这是想都没法去想的。可总还是可以在社会上得到个地位,弄个外交官什么的当当。会把你派到国外,去意大利休养休养,再就是到那里去深造一番,会给你一笔津贴。当然,你也得体体面面地尽到自个儿的职责,你得做工作,真正的工作,这才能得到金钱和荣誉,可不能找靠山,托人情……"

"那时候你可别骄傲啊,伊凡·彼特罗维奇。"安娜·安德烈夫娜笑着补上一句。

"你不如尽快给他一枚星形勋章,爸爸,说实在的,当外交官又算得了啥!"

她又拧了一下我的胳膊。

"这丫头老是拿我开心!"老人高兴地瞧着娜塔莎嚷道,娜塔莎红霞满腮,两眼像星星般闪烁着愉快的光芒。"孩子们,我好像确实说过头了,有点想入非非了;我老是这样……可你得知道,万尼亚,我瞧着你一直在想:你太平凡了……"

"啊,我的天!他又能是什么样呢,爸爸?"

"不,我不是这个意思。我只不过是说,万尼亚,你的面孔……根本不像一个诗人的面孔……你知道,据说他们,诗人们,都是面色苍白,留着长发,眼睛里有那么一种……就像歌德或别的什么诗人那样……我在《阿巴顿纳》①里读到过……嗯?我又说错了?瞧这个调皮丫头,笑我都笑成了这副模样!朋友们哪,我又不是什么有学问的人,不过我能感觉。面孔什么的,都没有什么要紧;我觉得你的面孔也不错,我很喜欢……我要说的不是这一点……只是为人要正直,万尼亚,要正直,这是主要的;要正直地生活,别想入非非!你前程远大。你要诚实地工作;这就是我要说的,我要说的就是这一点!"

多美好的时光!每一天的晚上,每一个空闲的时刻,我都是在他们那里度过的。我给老人带来文艺界和文学家们的消息,也不知道是什么原因,他骤然对文学家们发生了非常浓厚的兴趣;他甚至还读起Б的评论文章来了。我曾多次向他谈起Б的情况,对于Б,他虽然几乎毫不了解,但却称颂备至,而且痛骂那些在《北方雄蜂报》上舞文弄墨的Б的论敌。老太婆紧盯着我和娜塔莎;可她看不住我们!我们之间已经说出了那一句话,我也终于听到娜塔莎低着头、半张着嘴、几乎是耳语般对我说:是的。但两位老人也知道了;他们猜度着、考虑着;安娜·安德烈夫娜摇头不止。她觉得又奇怪,又可怕。她不信任我。

"你若是干得好,那自然不坏,伊凡·彼特罗维奇,"她说,"要是突然干糟了,或是出了别的什么事,那可怎么办?不如还是到什么地方找个事情做做吧!"

---

① 俄国作家尼·阿·波列沃依(1796—1846)写的一部浪漫主义小说。

"我有话要对你说,万尼亚,"老人考虑再三,终于下了决心,"我自己也看到了,我已经注意到了,而且我承认,我甚至乐于看到你和娜塔莎……你明白我的意思!你瞧,万尼亚:你们俩还很年轻,我的安娜·安德烈夫娜说得对。再等一等吧。就算你很有才干,甚至是杰出的才干……可你并不是天才,并不像人们起初谈到你时所嚷嚷的那样,而不过是有点才能罢了(我今天还在《雄蜂报》上读到一篇批评你的文章,他们对你的态度太坏了;这算是一份什么报纸!)。是的!你瞧:才能毕竟还不是当铺里的钱;你们俩都很穷。咱们还是等一等吧,等上一年半,起码也得等上一年。若是你混得不错,站稳了脚跟——娜塔莎就是你的了;要是你没能这样——那你自己看该怎么办吧!……你是个正直的人;你考虑考虑吧!……"

我们的事就到此为止了。一年以后出现了以下的情况。

是的,几乎整整过了一年!在九月的一个晴朗的日子里,我在傍晚时带病来到两位老人那里,心情非常紧张,几乎是昏倒在椅子里了,他俩看到我这副模样,简直吓坏了。当时我头昏目眩,忧心忡忡,在我走进他们的家里之前,我曾十次走到他们的门口,十次都退了回去,但这并不是因为我没有飞黄腾达,既没有获得名望,也没有发财致富;这并不是因为我尚未当上什么"外交官",而且还远远不够资格被派往意大利去休养;而是因为这一年对于我来说就像十年那么长,我的娜塔莎度过这一年也像度过了十年。一片无限的时间横亘在我们中间……我还记得,我坐在那老人面前,默默无言,心不在焉地揉着我那顶帽子的本来就揉皱了的帽檐;我坐在那儿,也不知为了什么,等待着娜塔莎出来。我的服装既寒酸又不合身;我面容憔悴,脸色发黄,——依然一点也不像个诗人,我的眼里也依然没有一点好心的尼古拉·谢尔盖伊奇当年孜孜以求的那种伟大的东西。老太

婆带着真挚的、过于性急的怜悯之情看着我,暗自思忖道:

"就像这样的一个人居然险些儿成了娜塔莎的未婚夫,上帝保佑!"

"怎么啦,伊凡·彼特罗维奇,不喝点茶吗?(桌上的茶炊已经开了)老弟,您过得怎么样?您像是病得很厉害。"她用悲哀的声调问道,我至今还听得见她的声音。

我现在似乎也能看见:她在对我说话,而她的两眼却透露出她正在为另一件事操心,她的老头子也在为这件事发愁,他正面对着慢慢凉下去的茶水闷闷不乐地想着心事。我知道,当时正在同瓦尔科夫斯基公爵打官司,这场对他们来说凶多吉少的官司使他们十分担心,而且他们还碰到了一些新的不愉快的事情,使得尼古拉·谢尔盖伊奇心烦意乱,乃至生起病来了。那位年轻公爵(导致这场官司的那场风波,就是由他引起的)大约在五个月前找到了一个机会前来看望伊赫缅涅夫夫妇。那老人像疼爱自己的亲儿子那样疼爱他心爱的阿辽沙,差不多每天都要念叨他,因此就欣然予以接待。安娜·安德烈夫娜想起了瓦西利耶夫斯科耶,不禁哭了起来。阿辽沙瞒着他爸爸,日益频繁地去看望他们;尼古拉·谢尔盖伊奇为人坦率正直、光明磊落,别人劝他应有所戒备,他却愤然一概予以拒绝。他高傲矜持,因此想都不愿去想,倘或公爵获悉他的儿子又在伊赫缅涅夫家中受到接待,将会说些什么,而且他心里也很鄙夷他的一切荒唐的疑虑。不过老人并不知道他是否经受得住新的侮辱。年轻的公爵几乎每天都到他们家去。两位老人同他在一起觉得很快活。天一擦黑他就来到他们家里,一直坐到夜阑人静的时分。当然,做爸爸的终于知道了一切。传出了不堪入耳的谣言。他写了一封可怕的信把尼古拉·谢尔盖伊奇侮辱了一番,依然借先前的那个题目来做文章,而且断然禁止儿子前去看望伊赫缅涅夫夫妇。

此事发生在我去拜访他们之前的两周。老人愁闷已极。怎么！他那天真而高尚的娜塔莎又被牵扯到这种卑鄙的诽谤、无耻的污蔑中去啦！先前欺侮过他的人，如今又糟蹋起她的名声来了……而且对这一切居然不闻不问，不思报仇雪耻！最初几天他绝望地躺在床上。这一切我全都知道。这件事的每一个细节我无不知晓，尽管近三周以来我一直有病在身，灰心失望，躺在我的寓所里没有去找他们。然而我还知道……不！我当时还只有一种预感，我虽然知道，却不愿相信，——那就是除了这一件事情之外，他们现在还碰到了另一件事情，这后一件事情给他们带来的烦恼肯定超过了世上的一切，而我也正无比痛苦地注视着这件事的发展。是的，我很痛苦；我怕我已猜中了这件事情，怕去相信它，我千方百计地想回避这一不祥的时刻。同时我又是为了这个时刻而来的。这天晚上我似乎是身不由己地到他们家里去的！

"万尼亚，"老人像蓦地清醒过来似的突然问道，"你不是病了吧？你怎么好久不来啦？我该向你道歉：我早就想去看望你，可不知怎么老是……"他又陷入沉思中了。

"我不大舒服。"我答道。

"哼，不舒服！"过了五分钟，他重复道，"真是不舒服啦！我那时就说过，提出过警告，——可你不听！哼，不，万尼亚老弟，诗神大概自古以来都是饿着肚子坐在阁楼上的，而且还会这么坐下去。就是这么回事！"

是啊，老人心绪不佳。若是没有心灵上的创伤，他是不会跟我谈起忍饥挨饿的诗神的。我凝视着他的脸：他面色发黄，眼中流露出困惑的神情，像是有什么难以解答的疑问。他有点感情冲动，而且异乎寻常地暴躁。他的老伴心神不宁地瞧着他，摇着脑袋。当他转过身去的时候，她偷偷地朝他点点头向我示意。

"娜塔莉娅①·尼古拉夫娜身体可好？她在家吗？"我问忧心忡忡的安娜·安德烈夫娜。

"在家,老弟,在家,"她答道,似乎对我的问题感到有点为难,"她马上就会出来看你。这可不是闹着玩的！三个礼拜没看到你啦！她变得有点……简直都认不出是她了：也不知道她是好好的呢还是得了什么病,上帝保佑她吧！"

她怯生生地瞧瞧丈夫。

"什么？她什么事也没有,"尼古拉·谢尔盖伊奇不太乐意地、生硬地答道,"她很健康,女孩子长大了,不再是个娃娃了,就是这么回事。谁搞得清楚姑娘家的这种烦恼和怪癖呢？"

"可真是怪癖！"安娜·安德烈夫娜用埋怨的口气附和道。

老头子默不作声,用手指尖敲打着桌子。"天哪,莫非他们之间已经有了什么事啦？"我心惊胆战地想道。

"喂,你们那里情况怎么样？"他又说了起来,"Б还一直在写评论吗？"

"还在写。"我答道。

"唉,万尼亚,万尼亚!"他把手一挥,断然说道,"现在评论还有什么用呢！"

门开了,娜塔莎走了进来。

---

① 即娜塔莎,娜塔莉娅是大名。

43

第 七 章

　　她手中拿着自己的帽子,进来以后便把它放在钢琴上,然后走到我跟前,默默无言地向我伸出一只手来。她双唇微微颤动;她仿佛想对我说点什么,想说一两句问候的话,可什么也没有说。

　　我们有三周没有见面了。我又惊又怕地瞧着她。这三周她发生了多大的变化! 我看到那苍白的双颊陷了下去,嘴唇像患了寒热病那样干燥,两眼在长长的睫毛下闪烁着火热的光芒和无比强烈的决心,不禁一阵心酸。

　　但是,天哪,她又是多么美啊! 无论是在这之前还是在这之后,我从来没有见到过她在那个不祥的日子里的那种模样。难道她就是那个娜塔莎,就是那个姑娘? 仅仅在一年以前,这个姑娘在听我朗读我的长篇小说的时候一直目不转睛地盯着我,嘴唇随着我的嘴唇翕动,进晚餐的时候又是笑得那么开心、那么无忧无虑,还同她的爸爸和我开玩笑。难道她就是曾在那个房间里低垂着头、脸儿羞得绯红、对我说"是"的那个娜塔莎?

　　传来了低沉的钟声,召唤人们去做晚祷。她打了一个寒噤;老太婆在自己身上画了个十字。

　　"你不是要去做晚祷吗,娜塔莎,已经敲钟了,"她说,"去吧,娜塔申卡①,去祈祷吧,反正很近! 同时还可以散散步。干

---

① 娜塔莎的昵称。

吗老坐在家里呢?瞧,你脸色多白,就像中了邪似的。"

"我……也许是……我今天不去啦,"娜塔莎慢吞吞地说,声音轻得犹如耳语,"我……不舒服。"她补充了一句,面色苍白如纸。

"还是去的好,娜塔莎。你刚才不是还想去吗,你把帽子也拿来了。去祈祷吧,娜塔申卡,祈祷吧,求上帝保佑你健康。"安娜·安德烈夫娜劝道,一面怯生生地瞧着女儿,仿佛有些怕她。

"是啊,去吧;还可以散散步,"老头子加上一句,他也忐忑不安地瞧着女儿的面孔,"妈妈说得对。万尼亚会陪你去的。"

我觉得,娜塔莎的唇边掠过一丝苦笑。她走到钢琴旁边,拿起帽子就戴上了;她双手发抖。她的一举一动都仿佛是无意识的,——仿佛她不明白她在做什么。爸爸和妈妈都留心地察看着她。

"再见!"她用勉强听得见的声音说道。

"我的宝贝,干吗要说再见呢,又不是上远路!呼吸点新鲜空气对你有好处;瞧你的脸色有多白啊。哦!我还忘啦(我什么事都记不住啦!)——我给你做了一个护身符;符上还绣了一篇经文,我的宝贝;那是去年基辅的一个修女教给我的;很好的一篇经文;我刚把它绣好。戴上吧,娜塔莎。说不定上帝会让你健康起来的。我们只有你一个啊。"

老太婆从针线筐里取出了娜塔莎的一个贴身戴的金十字架;在同一条带子上挂着刚刚绣好的护身符。

"戴上它你就会好起来的!"她补充了一句,一面给女儿戴上十字架,还在女儿身上画了个十字,"早先我每天晚上都要像这样祝福你一夜平安,还要读一篇经文,让你跟着我读。现在你不是从前那样啦,上帝也不让你心里安宁。唉,娜塔莎,娜塔莎!就连我这妈妈的祈祷也帮不了你的忙啦!"老太婆哭起来了。

45

娜塔莎默默地吻了吻她的手,向门边走了一步;可她猝然转过身来走到爸爸身边。她的胸脯剧烈地起伏着。

"好爸爸!您也祝福一下……您的女儿吧。"她气喘吁吁地说,在他的面前跪下了。

我们都站在那里,对于她这种出乎意料的、过于庄重的举止感到莫名其妙,她的爸爸六神无主地把她看了好一会儿。

"娜塔申卡,我的孩子,我的女儿,我的心肝,你是怎么啦!"他终于叫了起来,不禁泪如雨下,"你为什么烦恼?你为什么昼夜啼哭?我全都看见了;我夜里不睡,站在你房间外面听着!……把一切都告诉我吧,娜塔莎,把一切都说给我听吧,我老啦,咱们……"

他说不下去了,把她拉起来紧紧地拥抱着。她浑身痉挛地贴在他的胸前,把头埋在他的肩上。

"没有什么,没什么,我不过是……不大舒服……"她反复地说,压抑在内心的眼泪使她哽咽了。

"上帝会祝福你的,就像我祝福你这样,我可爱的孩子,我的宝贝!"父亲说,"上帝会使你永远得到心灵上的安宁,会使你摆脱一切痛苦。向上帝祈祷吧,我的宝贝,让上帝听到我有罪的祷告吧。"

"还有我的,我对你的祝福!"老太婆热泪满面地补充道。

"再见啦!"娜塔莎低声说。

她在门口停留片刻,又看了他们一眼,还想说点什么,但没能说出来就迅速走出了房间。我怀着不祥的预感紧随在她的身后。

第 八 章

她默默地快步走着,垂着头,也不看我。可是在穿过街道走到滨河街的时候,她蓦地站住,抓着我的一只手。

"真闷啊!"她低声说,"心里憋得难受……闷啊!"

"回去吧,娜塔莎!"我惊慌地叫道。

"莫非你还没有看出来,万尼亚,我是永远出走了,离开他们了,而且永远不回去了?"她用难以描述的苦恼神情看着我说。

我的心沉了下去。还在我到他们那里去的时候这一切我就预感到了。也许在这一天之前很久,我就已经像在雾中那样朦朦胧胧地看到了这一切;但是她的话现在仍像一声霹雳那样使我震惊。

我们郁郁不乐地在滨河街上走着;我无话可说;我思索着、想象着,茫然不知所措。我头昏目眩。我觉得这简直是太可怕、太不可思议了!

"你责怪我吗,万尼亚?"她终于说道。

"不,可是……可是我不相信;这是不可能的!……"我答道,也不知我说的是什么。

"不,万尼亚,这是真的!我离开了他们,而且不知道他们将会怎样……我也不知道我将会怎样!"

"你是去找他的!娜塔莎?是吗?"

"是的。"她答道。

47

"可这是不可能的!"我发狂似的叫道,"你知道吗,这是不可能的,娜塔莎,我可怜的人儿! 这简直是发疯。你会把他们急死,也会毁掉你自己! 你明白这一点吗,娜塔莎?"

"我明白。可我又该怎么办呢,不是我能做得了主的。"她说,从她的话里可以听到一种无比绝望的感情,仿佛她是去上断头台似的。

"回去吧,回去吧,现在还不迟,"我恳求她,我对她的恳求越是热切,越是坚决,我就越清楚地认识到我的规劝完全是徒劳的,在当前也是十分荒唐的。"你明白吗,娜塔莎,你会使爸爸怎么样呢? 你想过这一点吗? 要知道,他的爸爸是你爸爸的仇人;公爵侮辱了你的爸爸,怀疑他偷了钱;他说你爸爸是贼。他们在打官司……天哪! 这还是最无关紧要的事呢,你可知道,娜塔莎……(哦,天哪,你当然全都知道!)——你可知道,公爵怀疑,当阿辽沙在乡下你们家中做客的时候,你的父母故意把你和阿辽沙弄到一起? 你想想看,你只要想想,听到这种诽谤,你爸爸当时有多么痛苦。这两年以来,他的头发全都白了,——你瞧瞧他吧! 主要的是:这一切你全都知道,娜塔莎,我的天哪! 至于永远失去了你,会使他们付出多大的代价,那我就不必说了! 你是他们的掌上明珠,是他们在老年所剩下的一切。这一点我都不想说了:你自己也应该知道;你要记住,你爸爸认为你无缘无故受到了这些傲慢家伙的诽谤和侮辱,还没有报仇雪耻! 可是现在,就在现在这个时候,这一切重又激化了,所有这一切旧仇宿怨都更加强烈地被翻腾出来了,原因就在于你们家接待了阿辽沙。公爵又侮辱了你的爸爸。老人受到这次新的侮辱,正在气头上的时候,突然发生了这一切,所有这些责难如今全都成了事实! 凡是知道这件事的人,如今都会替公爵辩护,责怪你和你的爸爸。唉,现在他会怎么样呢? 这立即就会把他置于死地!

羞愧,耻辱,究竟是谁招来的呢?都是由于你,他的女儿,他唯一的宝贝孩子!还有妈妈呢?她不会活得比老头长久……娜塔莎,娜塔莎!你在做什么呀?回去吧!醒醒吧!"

她默然无语。末了,她仿佛带着责备的神色瞥了我一眼,她这一瞥流露出一种肝肠欲断的痛苦和悲哀,于是我明白了,即使我不说上面的那一番话,她那颗深受创伤的心现在已经是鲜血淋漓的了。我明白了,她做出的决定使她付出了多么大的代价,我那番白费唇舌、为时已晚的话,又使她受到了多大的折磨和痛苦;这一切我全都明白,可我依然忍不住要继续说下去。

"你不是方才还亲口对安娜·安德烈夫娜说,也许你不会离家……去做祷告。那么,你也曾想留下来;那么,你还没有完全下定决心?"

她只是凄然一笑作为回答。我为什么要问她这个呢?我能够明白,一切都已不可挽回。可是我也有点失去常态了。

"难道你爱他居然爱到了这般地步?"我心情沮丧地瞧着她嚷道,几乎连我自己也不明白我在问什么。

"叫我怎么回答你呢,万尼亚?你瞧:他要我上这儿来,于是我就来这儿等他。"她还是带着那种凄然的微笑说。

"可你听呀,听呀,"我抓住了一根稻草,又开始恳求她,"这一切还可以挽回,还可以采取别的办法,完全是另一种办法!也可以不离开家。我教你怎么办,娜塔舍奇卡①。由我来替你们安排一切,见面啦,别的什么啦……就是别离开家!……我会替你们传递信件。为什么不能传递呢?这种办法比现在的办法好。我会做这件事;我会使你们两个都满意的;你瞧着吧,会让你们满意的……你也不至于像现在这样把自己毁掉,娜塔申

---

① 也是娜塔莎的昵称。

卡……你现在是在彻底毁掉自己,彻底毁掉!你得同意我的意见,娜塔莎:一切都会十分美满幸福,你们想怎么爱就可以怎么爱……一旦你们俩的爸爸言归于好(因为他们肯定会言归于好的)——那时候……"

"够了,万尼亚,别说啦,"她打断了我的话,紧紧地握住我的手,含着眼泪笑了一笑,"亲爱的好万尼亚!你真是个又善良又正直的人!关于你自己你一句话都不说!我把你给抛弃了,而你却原谅了一切,只想到我的幸福。你还想给我们传递信件……"

她哭了。

"我知道,万尼亚,你是多么爱我,而且至今还爱着我,可是在整个这一段时间里,你既没有说过一句责备我的话,也没有说过一句埋怨我的话!而我,我!……我的天哪,我是多么对不起你啊!你可记得,万尼亚,你可记得咱俩在一起度过的那一段时间?啊,真不如我从来不认识他,也没有遇到过他!那么我就会同你一起生活,万尼亚,同你,我好心的人,我心爱的人!……不,我配不上你!你瞧,我是个什么样的人啊:此时此刻我居然还向你提起我们往日的幸福,而你本来就够痛苦的了!你有三个礼拜不来啦:我向你起誓,万尼亚,我一次也没有想到过你会骂我、恨我。我知道你为什么走开:你不愿妨碍我们,不愿让我们因为看到你而受到良心的责备。你看到我们不也是感到痛苦吗?我是多么惦记你啊,万尼亚,多么惦记你!万尼亚,你听呀,如果说我像一个疯子、一个狂人那样爱阿辽沙的话,那么我是把你当作我的朋友而爱着你,这种爱也许更为强烈。我已经感觉到,我也知道,没有你我是活不下去的;我需要你,我需要你的心,你那黄金般可贵的心……啊,万尼亚!一个多么痛苦、多么可怕的时期来到了啊!"

她泪如泉涌。她确是悲痛欲绝!

"啊,我是多么想看到你啊!"她抑制住眼泪接下去说,"你瘦多啦,你满面病容,脸色苍白;你真是病了吗,万尼亚?我连这一点都还没有问呢!我一直在说自己的事。哦,你跟那些评论家处得怎么样?你的新作怎么样啦,写得还顺利吧?"

"现在哪有工夫去谈那些小说和我的事呢,娜塔莎!我的事有什么要紧的呢!没有什么,一切顺利!可我要问你,娜塔莎:是他要求你去找他的吗?"

"不,不光是他,还有我。当然,他是说过,可我……你瞧,亲爱的,我把一切都告诉你吧:他们给他找了一个未婚妻,很有钱,门第也很高,亲戚都是达官显贵。他爸爸一定要他娶她,可你知道,他爸爸是个诡计多端的人;他把所有的发条都开动起来了:这样的机会是十年中间碰不到第二次的。有钱有势……据说她长得很漂亮;受过教育,心眼也好,——十全十美;阿辽沙已经被她迷住了。况且他爸爸又想尽快把他的事安排好,这样他自己也可以结婚,所以他无论如何也一定要把我们拆散。他怕我,怕我对阿辽沙的影响……"

"莫非公爵知道你们相爱?"我惊讶地打断了她的话,"他只不过有怀疑,而且还是隐隐约约的。"

"他知道,全都知道。"

"谁告诉他的呢?"

"不久以前阿辽沙全都对他说了。他亲自告诉我,说他把这一切都对爸爸说了。"

"天哪!怎么会弄成这样!自己去把一切都说了出来,而且又是在这样的时候?……"

"别责怪他,万尼亚,"娜塔莎打断了我的话,"别嘲笑他!不能像对别的人那样来评论他。你得讲公道。他跟你我不同。

他是个孩子;他受的教育也跟咱俩不同。他哪里明白他在做什么呢?第一个印象,他遇到的第一个人对他的影响,可以使他背叛一分钟以前他矢志不渝的一切。他性格软弱。他发誓要忠实于你,但同一天他又同样真挚而诚恳地表示要献身于另一个人;而且他还会第一个跑来把这件事告诉你。他也可能做坏事,但却不可由于他做了这件坏事而责备他,而只能为他惋惜。他也能做出自我牺牲,你不知道,那是什么样的自我牺牲!可是只要他获得一个新的印象,就又会把一切全都忘光。倘若我不经常和他在一起,他也会像这样把我给忘了。他就是这么一个人!"

"啊,娜塔莎,说不定这一切都不是真的,人们只不过是这么说说罢了。唉,像这样一个还是孩子的人哪能结婚呢?"

"我告诉你,他爸爸自有他的打算。"

"你又怎么知道,他的未婚妻长得那么美,他已经被她给迷住了?"

"这是他自己告诉我的。"

"怎么!他自己告诉你他可能爱上另一个女人,于是现在便要求你做出这样的牺牲?"

"不,万尼亚,不!你不了解他,你同他接触不多;要对他做进一步的了解,然后才能对他做出判断。天下没有一个人的心能比他的心更加真诚,更加纯洁!怎么?莫非还不如他是撒谎?至于他被别人迷住,那是因为只要他有一周不见到我,他就会忘掉我而爱上另一个女人,往后他若是又看见了我,便会再次跪在我的脚下。不!我知道这一点,他没有向我隐瞒这一点,这毕竟是件好事;否则我会得疑心病死去的。是的,万尼亚!我已下了决心:倘若我不是永远地、经常地、时时刻刻地同他在一起,他就会不再爱我,忘掉我、抛弃我。他就是这么一个人:他可能被任何一个女人迷住。到那时我又该怎么办呢?我只得去死……死又怎么呢！我现在也乐于去死！若是没有他,活着对我又有什么意思呢？这比死了还糟,这比一切痛苦都糟！哦,万尼亚,万尼亚！有一样东西促使我现在为了他而抛弃了妈妈和爸爸！你别劝我了：一切都决定了！他必须时时刻刻待在我的身边；我不能回去。我知道我毁了自己,也毁了别人……啊,万尼亚！"她蓦地叫道,浑身颤抖,"倘若他果真已经不爱我了,那会怎么样啊！倘若你方才谈到他时所说的话（我从来没有说过这种话）是真的,也就是说他只是骗骗我,只是装出一副真挚和诚恳的样子,其实他却是个邪恶的、贪图虚荣的人,那会怎么样啊！我现在正在你面前替他辩护；可他此时此刻也许正跟另一个女人在一起,而且正在暗笑……可我,我却这么下贱,居然抛开了一切在大街上跑来跑去找他……啊,万尼亚！"

发自她心底的这一声叹息饱含着那么深的痛苦,不禁使我一阵心酸。我明白,娜塔莎已经完全控制不住自己了。只有极度盲目与疯狂的嫉妒才能促使她做出如此狂妄的决定。然而我也是妒火中烧,醋劲大发。我忍不住了：一种卑劣的感情缠住了我。

"娜塔莎,"我说,"我只有一点不明白：在你方才说了关于他的这一番话以后,你怎么还能爱他？你并不尊重他,甚至也不相信他的爱情,可你却头也不回地要去找他,难道你要为了他而把所有的人都给毁掉？这究竟是怎么一回事呢？他会折磨你一辈子,你对他也会这样。你爱他已经爱得太过分了,娜塔莎,太过分了！这种爱情我不理解。"

"是的,我发疯般地爱他,"她答道,仿佛是由于痛苦而面色苍白,"我从来没有这样爱过你,万尼亚。我自己也知道,我发疯了,我这样爱他是不应该的。我爱他是不对的……你听呀,万尼亚：我早先就知道,甚至在我们最幸福的时刻我就预感到,他只会给我带来痛苦。可是,倘若我现在觉得,即便为了他而痛苦那也是一种幸福,那又怎么办呢?难道我现在去找他是为了欢乐?难道我事前就不知道,在他那儿等待着我的是什么,我会从他那儿遭受到什么?他曾经发誓说他爱我,做出了种种保证;可我对他的山盟海誓一个也不相信,尽管我知道他没有骗过我,他也不会骗我,可我根本不把他的保证当作一回事,早先我也是这样。我亲自告诉过他,亲自告诉他,我并不想用任何办法拴住他。和他相处,这是上策,因为谁都不喜欢受到束缚,我首先就不喜欢。可我还是喜欢做他的奴隶,心甘情愿地做他的奴隶;我情愿忍受他的一切,一切,只要他能和我在一起,只要我能看到他!我觉得,即使他爱上另一个女人那也不妨,只要我也能在场,只要我也能在旁边……这很下贱,是吧,万尼亚?"她猝然问道,用热病患者的那种红肿的眼睛看着我。刹那之间我觉得她是在说胡话,"这种愿望不是很下贱吗?不是吗?我自己也说很下贱,可他若是抛弃了我,我会追赶他到天涯海角,哪怕追上了他以后又被他推开,赶走。你现在劝我回去,——这会怎么样呢?我今天回去了,明天又得跑出来,只要他让我出来我就会出来;他会像对待一条小狗那样呼唤我,吆喝我,我就会跟着他跑……痛苦!他给我的任何痛苦我都不怕!只要我知道,我是由于他才受苦的……啊,这是说不清楚的,万尼亚!"

"可她的爸爸、妈妈呢?"我想道。她似乎已经忘记他们了。

"倘若他不和你结婚呢,娜塔莎?"

"他答应过的,全都答应了的。他要我现在到这儿来,就为的是明天到城外偷偷结婚;可他不知道该怎么办。说不定他都不知道结婚是怎么个结法呢。他会是个什么样的丈夫呢?确实可笑。一旦结了婚,他就会觉得苦恼,就会开始埋怨……我可不希望他有朝一日会为了什么事情埋怨我。我愿为他牺牲一切,而不要他为我做任何事情。若是他会由于结婚而感到苦恼,那又何必使他苦恼呢?"

"不,这简直是胡闹,娜塔莎,"我说,"怎么,你现在径直去找他?"

"不,他答应到这儿来带我走,我们约定了……"

于是她焦急地引颈远望,但一个人影也看不见。

"他还没来呢!你倒先来啦!"我愤然叫道。娜塔莎像是挨了一拳,身子晃动了一下。她的脸上出现一阵痉挛。

"说不定他根本不会来了,"她凄然一笑,说道,"前天他写信给我说,倘若我不答应他到这儿来,那他就只得放弃他的决定——不能到城外同我结婚了;他爸爸就会把他带到他未婚妻那里去。他写得那么简单,那么自然,仿佛这是一件无关紧要的事……倘若他果真到她那里去了,那可怎么办,万尼亚?"

我没有回答。她紧紧地握住我的手——她两眼熠熠发光。

"他去她那儿了,"她用几乎听不见的声音说道,"他希望我不要到这里来,这样他就可以到她那里去,事后还可以说他是对的,他预先通知了我,可我自己没有来。他对我厌倦了,所以对我越来越冷淡……啊,天哪!我真是疯啦!最后一次见面的时候他亲口对我说,他对我厌倦了……我为什么还在这里等他呢!"

"他来啦!"我蓦地看见他远远地从滨河街走来,便叫道。

娜塔莎打了个寒噤,惊呼了一声,凝视着慢慢走近的阿辽沙,猛然放开我的手,向他飞奔而去。他也加快了步伐,过了一会儿,他已经把她拥抱在怀里了。除了我们以外,街上几乎阒无一人。他们接吻,欢笑;娜塔莎又哭又笑,仿佛他们是久别重逢似的。她那苍白的双颊泛起了红晕;她像是发了狂……阿辽沙看到了我,立即向我走来。

55

第 九 章

  虽说在此时此刻之前我已见过他许多次,可我依然贪婪地凝视着他;我盯着他的眼睛,似乎他的眼神能消除我的一切疑虑,能够向我解释清楚:这个孩子怎么竟然能迷住了她,在她心中煽起如痴如狂的爱情——这种爱情使她忘却了她首要的职责,使她不惜轻率地牺牲迄今为止对于她是最为神圣的一切?公爵抓住我的双手,紧紧地握住它,他那柔和而明亮的目光穿透了我的心扉。

  我感觉到,我仅仅根据他是我的情敌这一点而对他做出的一些结论,可能是错误的。是的,我不喜欢他,而且我承认,我永远也不会喜欢他——在认识他的人们当中,也许唯独只有我一个人不喜欢他。他身上的许多东西都是我怎么也不会喜欢的,甚至他那优美的外貌也是如此,说不定正是因为他的外貌过于优美,所以我才不喜欢他。日后我才明白,就是对这一点的看法我也有欠公允。他的身材颀长、匀称、优美;椭圆形的脸总是那么苍白;头发是淡黄色的,浅蓝色的大眼睛流露出柔和的、若有所思的表情,有时突然闪现出极为憨厚、极为天真的喜悦。他那一对丰满、殷红、线条优美的小嘴唇,几乎永远带着一种严肃的表情;因此,每当他的唇边蓦地掠过一丝微笑,便尤为使人感到意外,尤为使人心荡神驰;这微笑是那么天真,那么憨厚,因而不论你的心情如何,你都会感到非立即报之以同样的一笑不可。他衣饰并不华丽,但总是很优雅,看来这种优雅对他来说是不费吹灰之力的,是与生俱来的。诚然,他身上也有一些不大好的作风,一些上流社会的恶习:轻佻,自负,粗鲁无礼而又故作谦恭。但他的心灵非常坦率淳朴,他总是自己首先揭露自己的恶习,表示懊恼,并加以嘲笑。我觉得,这个孩子永远不会撒谎,甚至为了开玩笑而撒谎他也不会,倘若他也撒谎,那他肯定不曾怀疑这样做有什么不对。哪怕是他身上的利己主义也有点惹人喜爱,这也许正是由于他襟怀坦荡,胸无城府。他没有任何隐私。他内心是软弱的,轻信的,胆怯的;他毫无主见。欺侮他,诓骗他,就犹如欺侮和诓骗一个孩子,是罪恶的,可耻的。他的天真同他的年龄已不相称,对于人情世故他几乎是一窍不通;不过他就是到了四十岁看来也依然会一窍不通的。像他这样的人,仿佛命中注定一辈子也不会成年。我觉得,没有一个人能够不喜欢他;他会像一个孩子那样博得你的怜爱。娜塔莎说得对:在别人的强烈引诱之下,他也会干坏事;不过我认为,一旦认识到他的恶行所造成的后果,他就会悔恨致死。娜塔莎本能地感觉到,她将成为他的主宰和支配者;他甚至将成为她的牺牲品。她预先就尝到了神魂颠倒地热恋他和折磨他所给她带来的欢乐,她只是由于爱他所以才去爱他,说不定也就是由于这个缘故,她才急于首先成为他的牺牲品。——可是他的眼中也闪烁着爱情的光辉,他欣喜若狂地瞧着她。她得意洋洋地瞥了我一眼。在这一瞬间她忘却了一切——父母,离别,疑虑……她很幸福。

"万尼亚!"她嚷道,"我对不起他,我配不上他!我以为你不会来了呢,阿辽沙。忘掉我的这些坏念头吧,万尼亚。我会赎罪的!"她怀着无限深情瞧着他,补充了一句。他莞尔一笑,吻了吻她的手,还不等把她的手放下便转身对我说:

"您也别责怪我。我早就想拥抱您了,就像拥抱我的亲兄弟那样;她向我谈到过您的许多事情!直到现在我和您几乎还不相识,不知怎么还没有成为朋友。我们会成为朋友的……请原谅我们。"他低声补充了一句,脸孔微微发红,但同时又迷人地粲然一笑,这使我不能不以我的全部心意来回答他的这一番问候。

"是啊,是啊,阿辽沙,"娜塔莎附和道,"他是我们的人,他是我们的兄弟,他已经原谅我们啦,没有他,我们是不会幸福的。我已经对你说过了……啊,我们真是狠心的孩子,阿辽沙!可是我们三人要在一起生活……万尼亚!"她接着说,嘴唇直颤抖,"现在你回到他们那儿去吧,回家去吧;你的心简直是金子做的,即使他们不原谅我,可是看到连你也原谅我了,说不定他们就会对我温和一点了。你把一切的一切都告诉他们吧,用你自己的心里话说给他们听;你去想想这样的话……你得保护我,救救我;你把所有的原因都告诉他们,就照你所理解的那样去讲。你可知道,万尼亚,倘若我今天没有碰到你,说不定我还下不了决心这样做呢!你救了我;我立刻把希望寄托在你的身上,希望你在把这件事转告他们的时候,起码能使他们乍一听到这个可怕的消息不至于过于悲痛。啊,我的天啊,天啊!……你替我告诉他们,万尼亚,我知道,我现在是不可能被原谅的:即使他们原谅了我,上帝也不会原谅;可是即便他们骂我,我也还是要一辈子为他们祝福,为他们祈祷。——我整个的心都在挂念他们!啊,为什么我们不能全都幸福呢!为什么,为什么!……天啊!我这做的是什么事啊!"她仿佛苏醒过来似的蓦然叫道,浑身因恐惧而颤抖,并用双手捂住面孔。阿辽沙拥抱着她,默默地让她紧贴在自己胸前。沉默了几分钟。

"您居然会要求做出这样的牺牲!"我用责备的目光看着他说。

"不要责怪我!"他再次说道,"我向您保证,现在所有这一切不幸,尽管是很大的不幸,都只是片刻间的事。我完全相信这一点。需要的只是坚定,只有坚定才能熬过这一关;上面这一番话她也对我讲过。您知道:一切的根源就在于这种家庭的尊严,这些毫无必要的争吵,还有就是那些官司!……但是……(我向您保证,我对这一点想过很久)……这一切都应该结束了,我们大家将重新团圆,那时候就会非常幸福了,就连老人们看到我们的样子也会言归于好的。谁知道呢,说不定我们的婚姻恰恰就是他们和好的开端呢!我认为,不可能不是这样。您看呢?"

"您说:婚姻。你们究竟什么时候结婚?"我向娜塔莎瞥了一眼,问道。

"明天或者后天;最晚是后天——这是肯定的。您瞧,我自己也还不太清楚,而且老实说,我还没有做任何安排呢。我以为,娜塔莎今天也许还不能来。况且爸爸今天一定要带我去见未婚妻(您知道,他们正在给我说亲;娜塔莎对您说过吗?可我不愿意)。所以我还不能把一切安排停当。可是我们后天还是肯定要结婚的。起码我是这么觉得,因为只能够这样。明天我们就要动身去普斯科夫。那儿离我住的地方不远,在乡下,有我在高级政法学校里的一个同学,是个很好的人;我说不定会把他介绍给您。那个村子里还有一位神父,不过我也不能肯定,究竟是有还是没有。本来应该事先打听一下,可我还没来得及……不过说实在的,这都是些小事。要紧的是把主要的事放在心上。不妨从附近的村子里请一位神父,您看怎么样?——附近肯定会有别的一些村子!只可惜到现在为止我还没有来得及给那里写一行字呢,本来应该预先通知他们的。说不定我的朋友现在不在家……不过这件事是无关紧要的!只要下定了决心,一切都会自行安排好的,不是吗?此外,到了明天或者后天,她就会到这里来和我待在一起了。我租了一个单独的住宅,我们回来时就可以住在那里。我不会到爸爸那里去住了,——不是吗?您可以来找我们,我已经安排得妥妥帖帖的了。我的同学们会来看我,我要举行晚会……"

我怀着困惑而悲伤的心情看着他。娜塔莎向我递眼色,恳求我对他的评判不要太严,要宽容一些。她带着忧郁的笑容听他讲话,同时又像是在欣赏他,犹如在欣赏一个可爱的、快乐的孩子,一边聆听着他那不懂事的、但却是讨人喜爱的唠叨。我带着责备的神色看了她一眼。我心头感到难以忍受的沉重。

"但是您的爸爸呢?"我问,"您确信他会原谅您吗?"

"那是肯定的,他还能怎么样呢?当然,起初他也会骂我,我甚至确信他会骂的。他就是这样,对我就是这么严厉。说不定他还会向什么人去告我的状,总之,他会利用做父亲的权威……可是这一切都没有什么了不起。他爱我简直都爱得神魂颠倒了,他发过一阵脾气就会原谅我的。那时候大家都会言归于好,我们大家也就都幸福了。她的爸爸也是这样。"

"倘若他不原谅您呢?您想过这一点吗?"

"肯定会原谅的,不过也许不会那么快。可这有什么关系呢?我会向他证明,我也是个性格刚强的人。他总是骂我性格软弱,骂我轻浮。现在他就可以看看我究竟是不是轻浮?一个人成了家,那可不是闹着玩的;那时我就不再是个孩子了……我是说我也会像别人一样……像别的那些成了家的人那样。我将自食其力。娜塔莎说,这比咱们现在这样全都靠别人养活要好得多。您不知道,她对我说过多少金玉良言!我可是永远也想不出这些来的;——我不是这样长大的,人们也不是这样教育我的。当然,我自己也知道,我为人轻浮,几乎什么也干不了;但是您可知道,前天我想到一个绝妙的主意。虽说现在不是时候,可我还是要告诉您,因为娜塔莎也应该听听,您也可以给我们几句忠告。您瞧：我也想跟您一样写小说,然后卖给杂志。您会帮助我去跟那些编辑打交道,不是吗？我一直在指望您,昨天我通宵都在构思一部长篇小说,想试一试笔,您可知道：说不定会成为一篇脍炙人口的杰作。情节我是取自斯克里布①的一出喜剧……不过这我以后再告诉您吧。主要的是它能赚来一笔稿费……您不就得到了稿费吗？"

我忍俊不禁,笑了起来。

"您笑了,"他说,也跟着我笑了起来。"不,您听啊,"他带着不可思议的憨厚表情补充道,"您别以为我就像我看上去的这副模样；真的,我的观察力非常敏锐；您自己也会看见的。为什么不试一试呢？说不定会搞出点名堂……不过您好像也是对的：我对人情世故一窍不通,娜塔莎也这么对我说；不过大家也都是这么对我说,我会成为什么样的作家呢？您就笑吧,笑吧,可您得帮助我改正；您这样做是为了她,而您是爱她的。我实话对您说吧：我配不上她,我感觉到了这一点,这叫我很难过,我也不知道她为什么这样爱我？看来,我会把我的一生都献给她！真的,我在此时此刻以前什么都没有怕过,可现在我怕了：我们在干什么呢！天哪！莫非当一个人完全献身于自己的职责的时候,果真有人会故意跟他为难,就是不让他获得足够的能力和毅力去履行他的职责？起码您得帮助我们,因为您是我们的朋友！您是我们剩下的唯一的朋友了。您可知道我说这'唯一'二字的意思？请原谅我对您抱着这么大的希望；我把您看成一个最最高尚的人,比我好得多。然而我会改正的,请相信我,我会配得上你们两个的。"

这当儿他又握住了我的一只手,他那双漂亮的眼睛里洋溢

---

① 斯克里布(1791—1861),法国剧作家。

着真挚亲切之情。他是那么表示信赖地向我伸出手来,他是那样地相信我是他的朋友!

"她会帮助我改正的,"他接着说,"不过您也别把什么想得太坏,不要过于为我们担心。我毕竟还抱着许多希望,在物质方面我们是完全可以有保障的。拿我来说吧,要是小说没能获得成功(老实说,我前不久还认为写小说是个愚蠢的想法,我现在提起这件事情只不过要听听您的意见),——要是小说没能获得成功,在不得已的时候我还能去教音乐。您不知道我懂得音乐吧?靠这种办法谋生,我并不引以为耻。在这一点上我的思想是非常先进的。此外,我还有许多贵重的小摆设和金银首饰;它们有什么用呢?我要把它们卖掉,您知道,这样我们就可以生活很长一段时间!最后,到了万不得已的时候,我说不定真会去找个事情做做。爸爸甚至会高兴的呢;他老是催我去做事,我却总是拿身体不好做理由推脱了。(不过我的名字已经在什么地方挂上号了。)他看到结婚给我带来了好处,使我变得稳重起来,而且我果真开始做事了,——他就会高兴起来并且原谅我了……"

"但是,阿列克谢·彼特罗维奇,您可曾想过,如今在令尊和她的父亲之间会发生什么事呢?今天晚上他们在家里会怎么样,您是怎么想的呢?"

我向他指了指娜塔莎,她听到我的话变得面如死灰。我毫无怜悯之心。

"是啊,是啊,您说得对,这真可怕!"他答道,"我已经想到过这一点,心里很难受……可又有什么办法呢?您说得对:只要她的父母能原谅我们,那就好了!您不知道,我是多么爱他们俩!他们就像是我的亲爹娘,可我竟是这样来报答他们!……啊,就是因为这些争吵,这些官司!您没法想象,我们现在是多么讨厌这些啊！他们为什么要吵架呢？我们都彼此相爱,可还要吵架！言归于好不就完啦！真的,我要是处在他们的地位,我就会这么做……您的话真叫我害怕。娜塔莎,我和你做的事真可怕！我先前就说过……你却坚持……可是您听我说,伊凡·彼特罗维奇,也许这一切会顺利解决;您看怎么样？他们末了总会和解的！我们去帮助他们和解。就是这样,一定会这样;他们总不会一直反对我们相爱……让他们去咒骂我们,可我们还是会爱他们的;他们也不会老是这样。您不知道,我的爸爸有时候心肠是多么好啊！他不过偶尔皱起眉头瞧人,可在别的时候却非常通情达理。您不知道,今天他同我讲话、开导我的时候是多么和蔼可亲！而我就在今天却不听他的话走了,这使我很难过。这一切都是由于这些荒谬的成见！简直是发疯！要是他能好好地看看她,哪怕只和她在一起待上半个钟头,那又会怎么样呢？说不定他马上什么都会答应我们的。"阿辽沙说这话的时候,温柔而又热情地瞥了娜塔莎一眼。

"我已经十分高兴地想象了一千次,"他又絮絮不休地说下去,"当他了解了她的时候,他会多么地喜欢她,她会让所有的人都大吃一惊的。他们从来没有看见过这样的姑娘！爸爸深信她不过是一个诡计多端的女人。我的责任就是恢复她的名誉,我要这样做的！啊,娜塔莎！所有的人都会喜欢你的,所有的人;没有哪个人会不喜欢你,"他眉飞色舞地补充道,"尽管我压根儿配不上你,但你却爱我,娜塔莎,而我……你是了解我的！而且也并不需要许多东西才能使我们幸福！不,我相信,我相信,今天晚上一定会给我们两人带来幸福、安宁与和睦！愿今晚大吉大利！是吗,娜塔莎？可你怎么啦？我的天哪,你怎么啦？"

她面如死灰。在阿辽沙唠叨不休的当儿,她一直凝视着他;

但她的眼神越来越模糊呆滞,脸色也越来越苍白。我觉得,到了最后她已经不是在听,而是陷入了一种昏迷状态。阿辽沙的惊呼仿佛使她猛然醒来。她清醒过来后环顾了一下四周,蓦地向我扑来。她迅速地、仿佛很性急似的从衣袋里掏出一封信交给了我,似乎想瞒过阿辽沙。信是写给两位老人的,是前一天就写好了的。她把信交给我的时候目不转睛地瞧着我,她的目光宛如已经牢牢地粘在我的身上了。这目光充满了绝望,我永远忘不了这可怕的目光。我也陷入恐惧中了,我看到,她直到如今才完全感觉到了自己行为的全部可怕的性质。她竭力想对我说点什么;她甚至已经开了个头,却突然晕过去了。我赶紧扶住了她。阿辽沙的脸都吓白了:他揉她的太阳穴,吻她的双手和嘴唇。一两分钟以后,她苏醒过来。不远的地方停着一辆轿式马车,阿辽沙就是乘这辆车来的,他把马车叫到跟前。娜塔莎坐上马车以后,像发疯一般抓住我一只手,一滴灼热的眼泪烫得我的手指发痛。马车开动了。我在原地还站了很久,目送着马车远去。我的全部幸福都在这一瞬间逝去了,我的一生也断裂为二了。我痛苦地感到了这一点……我慢慢地沿着来时的那条路回到两位老人那里去。我不知该对他们说什么,不知该怎样去进他们的家?我的思想麻木了,两腿也发软了……

这就是我的幸福的全部经过,我的爱情就这样了结和收场了。现在我再回头叙述中断了的故事。

第 十 章

史密斯死后五天,我迁入了他的寓所。这一整天我都烦恼不堪。天气又阴又冷;飘着潮湿的雪花,还夹杂着雨点。直到傍晚才有一瞬间的工夫看到太阳,一线误入歧途的阳光,也许是出于好奇,居然也窥探了一下我的房间。对于我搬到这儿来住,我开始感到后悔。不过房间确实不小,只是太低,熏得太黑,还有一股霉味,虽说也有几件家具,可还是空荡荡地叫人难受。那时我就想到,我肯定要在这个住宅里把我最后的健康也给葬送掉。实际上正是如此。

整个早晨我都忙于收拾我的稿纸,把它们分门别类地整理好。由于没有皮包,我是把稿纸放在枕头套里的;这就把它们全都压皱了,弄乱了。然后我坐下来写作。当时我还在写我那个大部头的长篇小说,但是依然不能专心致志,满脑子装的并不是这件事……

我把笔一扔,在窗前坐下。暮色四合,我的心情越来越忧郁了。各种令人沮丧的念头纠缠着我,我始终觉得,末了我会死在彼得堡的。春天快要到了。我想,只要我能跳出这个牢笼,到广阔的天地中去呼吸一下田野和森林中的新鲜空气,也许我还能恢复健康。我好久没有看到森林和原野了!……——我还记得,我也产生过这样的念头:倘能运用一种魔术,或者出现一种奇迹,使我得以把过去的一切,近几年来所经历的一切,全都忘得干干净净;忘却一切,使头脑焕然一新,以新的力量从头开始,那该有多好。当时我还在梦想着这一点,企望获得新生。——"哪怕进疯人院也好,"末了我这样想,"那样就可以把我脑袋里的东西全都翻个过儿,再重新把它安排妥帖,那时我就能复原了。"我依然怀着对生活的渴望和信念……可是我还记得,当时我就哑然失笑了。"出了疯人院我又干什么呢?又去写小说?……"

我就这样沮丧地盘算着,时间慢慢地过去了。黑夜已经降临。我原定这天晚上去找娜塔莎的;头一天她就给我送来一纸便笺,让我务必前去。我一跃而起,开始做准备。其实我本来就想尽快离开这个住宅,哪怕外面下着雨,哪怕道路泥泞难行,我也要出去。

随着夜色逐渐加浓,我的房间似乎越来越宽敞,似乎在不断地扩展。我觉得每天夜里我都会在每个屋角看见史密斯:他将坐在那里目不转睛地盯着我,犹如在糖果点心店里盯着伊凡内奇那样,阿佐尔卡也将躺在他的脚边。就在这一刹那,我碰到了一件意外的事,使我大为惊愕。

不过我应该坦白承认:不知是由于我神经不大正常,还是由于在新寓所里感受到的种种新的印象,也可能是由于不久前的悒郁,不论是什么原因,反正天色刚刚擦黑,我就渐渐陷入了如今在我病中夜间常常向我袭来的那种心情,我把这种心情称之为神秘的恐怖。这是对某种东西的一种令人不堪忍受、使人无比痛苦的恐惧,这种东西是我难以形容的,是根本不可理解、完全异乎常态的,然而也许在同一分钟它就会成为实在之物,仿佛嘲笑理智的一切判断似的向我走来,像一个无可争辩的事实那样站在我的面前,阴森可怖,没有定形,铁面无情。这种恐惧往往不顾理性的任何阻挠而逐渐增强,终于使理性丧失了任何抗拒这种感觉的能力,尽管在此时此刻,理性也许具有更大的鲜明性。理性被忽视了,变得没有用了,这种精神上的分裂使得忐忑不安的苦恼心情变得更为强烈。我觉得,这有点像是那些害怕死人的人所感到的那种苦恼。但是在我的苦恼里那种可能发生的危险是模糊不清的,这就使我更加痛苦。

我还记得,我背朝着门站在那儿,从桌上拿起帽子,就在这一瞬间,我忽然产生一种想法,即当我回来的时候,我一定会看到史密斯:起初他将轻轻地把门打开,站在门口环视室内;然后悄悄地低着头走进室内,站在我面前,两只浑浊的眼睛盯着我,蓦地冲着我的脸长久地、软弱无力地、听不见声音地笑起来,笑得浑身颤抖,而且要抖很久。这样一幅景象突然非常鲜明而清晰地在我的脑海中浮现出来,同时我也突然产生了这样一种极为充分、完全无可置疑的信念:这一切是无可避免地会发生的,而且已经发生了,只不过我背朝门站着,所以没有看见罢了,而且说不定就在这一刹那,门已经打开了。我迅速回头一看,怎么?——门果然打开了,正像我一分钟以前所想象的那样轻轻地、无声无息地打开了。我惊叫了一声。很久也看不到一个人,门仿佛是自动打开的;突然在门口出现了一个奇怪的人影,我在黑暗中可以看出,一个人的两眼正全神贯注地紧盯着我。一股寒流通过我的四肢。使我大为骇异的是,我看见这是一个孩子,一个小姑娘,这个素不相识的孩子此时此刻这般奇特地、出人意料地出现在我的房间里,这甚至要比史密斯本人亲自前来还更加使我害怕。

我已经说过,她无声无息地、缓慢地把门打开,仿佛害怕进来似的。她把门打开以后,便站在门口久久地看着我,惊讶得呆若木鸡;末了她轻轻地、慢慢地向前走了两步,在我面前站住了,依然一言不发。现在我可以较近地看着她了。这是一个十二三岁的小姑娘,身材矮小,消瘦苍白,仿佛大病初愈,这使她那对又

67

大又黑的眼睛显得更加明亮了。她用左手把一块又旧又破的头巾贴在胸前,拿它来遮住她那受到晚间寒气的侵袭仍在发抖的胸脯。她穿的完全是破衣烂衫;浓密的黑发既未弄平也未梳理。我们就这样站了两三分钟,彼此凝视着对方。

"外公在哪儿?"她终于问道,声音是嘶哑的,几乎听不见,仿佛她的胸部或喉部染了什么疾病。

听到这个问题,我的神秘的恐怖顿时烟消云散。这是在打听史密斯,终于意外地发现了他的踪迹。

"你的外公?可他已经死了!"我突然说道,根本就不打算回答她的问题,但我立刻又后悔了。她像先前那样站了一会儿,蓦地浑身战栗,而且战栗得很厉害,仿佛立即会发作一场危险的神经病。我急忙把她扶住,使她不至于倒下。几分钟以后,她略见好转,于是我清楚地看见,她很不自然地努力要在我面前掩饰她的激动。

"原谅我,原谅我,小姑娘!原谅我,我的孩子!"我说道,"我对你说的话是脱口而出的,也许实际上并不是这样……可怜的小姑娘!……你在找谁呀!是找在这里住过的那个老人吗?"

"是的。"她吃力地低声说道,不安地瞧着我。

"他姓史密斯?是吗?"

"是的!"

"那他……是的,那他是死了……不过你不要伤心,我亲爱的。你早先怎么不来呢?你现在是从哪儿来?昨天把他安葬了,他是突然死去的……你是他的外孙女?"

小姑娘没有回答我这些急速而又不连贯的问题。她默默转过身去,轻轻地走出了房间。我大为惊愕,甚至都没有留她,也没有进一步盘问她。她又在门口站住了,向我半转过身来问道:

"阿佐尔卡也死啦？"

"是的，阿佐尔卡也死啦。"我答道，我觉得她的问题很奇怪：她好像深信阿佐尔卡一定会同老人一齐死去似的。

听到我的回答，小姑娘悄悄地走出了房间，小心翼翼地把身后的门掩上了。

过了一会儿，我跑出去追赶她，我后悔莫及：居然让她走掉了！她走出去的时候声音很轻，我没有听见她打开楼梯上另一扇门的声音。"她还没有下楼。"我想，于是就站在暗处倾听。但是一片岑寂，听不到任何人的脚步声。只听见底层的一扇门砰地响了一声，一切又重归岑寂。

我急忙下楼。从五层楼上我的寓所门口到四层楼的楼梯是弯弯曲曲的，四层楼以下便是直的了。这是一个肮脏的、黑黢黢的、总是很阴暗的楼梯，在那些分成一个个小寓所的庞大的住宅里，这种楼梯是司空见惯的。当时楼梯上已是一片漆黑。我摸索着下到四层楼便站住了，我像是猛然一怔，因为这里的过道上有一个人在躲着我。我便伸手摸索起来：小姑娘就在这儿的屋角里，她面对着墙壁，轻轻地、不出声地啜泣着。

"你听我说，你怕什么呢？"我开始说道，"我吓住了你，这是我的错。你外公临死的时候提起过你；那是他的临终遗言……我还弄到了他留下的一些书，想必是你的。你叫什么？你住在哪儿？他说是在六号街上。"

但我没有说完。她惊叫了一声，仿佛是由于我知道她的住处，接着用她一只瘦骨嶙峋的手把我推开，向楼下奔去。我跟着她，我还听得见下面传来她的脚步声。脚步声戛然而止……我跑到街上的时候，她已不见了。我一直跑到沃兹涅先斯基大街，发现我不论怎么寻找也是枉然：她已消失了。"也许在她下楼的时候，"我想，"她就在什么地方躲了起来，没有被我发现。"

69

第十一章

我刚刚踏上这条大街肮脏潮湿的人行道,便碰上一个行人,他显然心事重重,耷拉着脑袋急煎煎地朝什么地方走去。我认出这是伊赫缅涅夫老人,不禁大为惊愕。对我来说,这简直是个充满了意外会见的一晚。我知道,三天前这位老人病得不轻,不料我现在竟突然在这么潮湿的天气同他在街上相遇。何况就是在先前,他也几乎从来不在黄昏时分外出的,自从娜塔莎走后,也就是在约莫半年以前,他更是成了一个真正足不离户的人了。他见到我真是高兴得有点异乎寻常,宛如一个人终于找到了一个可以与之倾吐积愫的朋友,他抓住我的一只手,紧紧地握着,也不问我上哪儿去,便拉着我随他前去。他有些不安,神色仓皇,心情激动。"他究竟上哪儿去呢?"我暗自问道。问他是多余的;他已变得非常多疑,有时听到一个最普通的问题或意见,他都会认为其中含有冒犯他、侮辱他的意思。

我偷偷地瞟了他一眼:他面带病容,近来他瘦多了,胡子有一周未刮。完全变白了的头发从压皱了的帽子底下乱蓬蓬地耷拉下来,像一条条长辫子似的搭在他又破又旧的大衣的领子上。我先前便已发现,有时他犹如陷于忘乎所以的状态,例如,他会忘记室内并非只有他一个人,会自言自语,比画手势。看着他真叫人难过。

"你好吗,万尼亚,好吗?"他说道,"你上哪儿去?老弟,我出来了,有事。你身体可好?"

"可您的身体怎样?"我答道,"前不久您还有病来着,可现在却出门了。"

老人没有回答,像是没有听见我的话。

"安娜·安德烈夫娜身体可好?"

"不错,不错……不过她也有点小病。她有些忧愁……她常想起你:为什么不来看我们。你这会儿是去看我们的吧,万尼亚?不是的?莫不是我耽搁了你,妨碍你去干什么事情了?"他蓦地问道,一面不大相信地、有点怀疑地谛视着我。多疑的老人已经敏感和容易激动到了这样的程度:倘若我现在回答他说,我不是去看望他们,他准会见怪,准会冷冰冰地同我分手。因此我急忙用肯定的语气答道,我正是去看望安娜·安德烈夫娜的,虽说我也明白,这会耽误时间,说不定我根本就没有时间再去看娜塔莎了。

"这敢情好,"老人说道,我的回答使他完全平静下来了,"这很好……"突然他默不作声地沉思起来,像是言犹未尽似的。

"是啊,这很好!"过了四五分钟,他又机械地重复一遍,仿佛刚从深思中醒悟过来,"咳……你瞧,万尼亚,你永远都跟我们的亲生儿子一样;上帝没有赐给我和安娜·安德烈夫娜……一个儿子……就把你送给我们了;我老是这么想。老太婆也是……是的!你也总是很尊敬我们,待我们很亲热,就像一个知恩图报的亲儿子。上帝会为此保佑你的,万尼亚,就像我们老两口这样祝福你、喜爱你……是的!"

他的声音颤抖了,他停顿了片刻。

"是啊……哦,怎么?你没有病吧?你为什么好久没有到我们那里去了呢?"

我把史密斯的事全都告诉他了,我表示道歉,说是史密斯的

71

事叫我抽不开身,此外我还差一点生病,由于忙于张罗这些事情,所以就没有工夫跑到老远的瓦西利耶夫岛(他们那时住在该岛)去看望他们了。我还差一点告诉他,这期间我一直在找机会去看娜塔莎,但我及时把话咽了下去。

老人对史密斯的故事很感兴趣。他更加聚精会神地听我讲。当他知道我的新居潮湿,说不定比先前的住处还糟,可是每个月还得付六个卢布的时候,他甚至激动起来了。总而言之,他变得非常容易激动,也非常性急。在这种时候只有安娜·安德烈夫娜还能对付他,可也不是总能对付得了。

"哼……这就是你搞文学的好处,万尼亚!"他几乎带着愤激之情叫道,"文学把你塞进了阁楼,还会把你送进坟墓!我那时就对你说过,我是有言在先!……Б还在写评论吗?"

"他已经去世啦,死于肺病。① 我好像已经对您说过了。"

"死了,嗯……死了! 这也是在意料中的。可他给妻子儿女留下什么了呢? 你不是说过,他有一个妻子,是吧……这样的人为什么要娶妻呢!"

"没有,什么也没有留下。"我回答。

"哦,果然如此!"他满怀热情地叫道,仿佛此事与他休戚相关,又仿佛已故的Б是他的亲兄弟,"没有什么,没有什么,你知道,万尼亚,我早先就预感到他会这么死去的,当时,你可记得,当时你老是在我面前夸奖他。说得倒轻巧:什么也没有留下! 嗯……赢得了荣誉。好吧,就算是这样,而且是不朽的荣誉,可是荣誉是不能当饭吃的。老弟,当时我就对你有此预感,万尼亚;我虽也夸奖你,可还是暗自担忧。那么说Б已经死啦? 又哪能不死呢! 咱们的日子过得不错……住的地方也不错,

---

① 别林斯基于一八四八年六月七日因肺病逝世。

你瞧!"

  他迅速地、不知不觉地做了个手势,指给我看被那在潮湿的烟雾中若隐若现的街灯照亮的朦胧街景、龌龊的房舍,因潮湿而闪闪发光的铺路石板,那些闷闷不乐、怒气冲冲、浑身湿透了的行人,以及在彼得堡黑如涂墨的苍穹笼罩下的整个景象。我们已经走到广场上了;在我面前的幽暗中矗立着一座被下面的煤气灯照亮的纪念碑,再远一点的地方升起了以撒①黑黢黢的巨像,由于背景是阴暗的天空,因此几乎难于分辨。

  "你不是说过吗,万尼亚,他是个好人,是个宽宏大量的、有同情心的、热心肠的人。嗯,他们都是这样的,你的那些热心肠的、有同情心的人!只不过他们也会制造孤儿!哼……我想他死的时候准也很快活!……天哪!我真想离开这儿,哪怕是去西伯利亚!……你怎么啦,小姑娘?"看到人行道上一个正在乞讨的孩子,他蓦地问道。

  这是一个又瘦又小的姑娘,最多只有七八岁,穿着肮脏的破衣烂衫;她的一双小脚没有穿袜子,套在一双破鞋里。她身上那件破烂衣服早就小得不称身了,可她还是竭力拿它来裹住自己冷得发抖的身躯。她把消瘦、苍白、带着病容的小脸蛋转过来瞧着我们,怯生生地默然无语。一只哆哆嗦嗦的小手向我们伸了过来,带着一种低声下气的、唯恐遭到拒绝的神情。老人看到她不禁浑身打了个寒噤,迅速向她转过身去,甚至把她吓了一跳。她浑身一震,急忙躲开了他。

  "怎么啦,怎么啦,小姑娘?"他叫道,"怎么啦?你在要钱吗?是吗?哦,这是给你的……拿去吧!"

  他慌慌张张、激动得有些发抖地忙着在自己的衣袋里摸索

---

① 以撒是基督教《圣经》中的希伯来族长。

起来,掏出了两三个银币。但他嫌少;他取出钱包,抽出一张一卢布的钞票——钱包里的全部财产,放到小乞丐的手里。

"基督保佑你,小姑娘……我的孩子!愿天使与你同在!"

他用一只颤抖的手在可怜的孩子身上画了好几个十字;但他突然想到我也在场,而且在看着他,他不禁皱起眉头,快步向前走去。

"你瞧,万尼亚,这种事真叫我不忍心看,"在相当长时间可怕的沉默之后他开始说道,"一些无辜的孩子在街上的寒风中发抖……都怪该死的父母。不过做母亲的若不是自己也遭到了不幸,又哪能让这样的孩子落到这步田地!……她家里准还有其他的孤儿,这小姑娘是老大;做妈妈的生了病;还有……哼!他们不是王孙公子!万尼亚,世上的孩子……哪有几个是王孙公子!哼!"

他沉默了片刻,像是不知说什么是好似的。

"你瞧,万尼亚,我答应过安娜·安德烈夫娜,"他有点吞吞吐吐、支支吾吾地开始说道,"我答应过她……这就是说我和安娜·安德烈夫娜都同意领一个孤女来抚养……总之是把一个可怜的小姑娘带到家里去;你明白吗?要不然只剩下我们老两口,真有点无聊,嗯……不过你瞧:安娜·安德烈夫娜开始有点反对这么办了。你去跟她谈谈吧,可你别说是我让你这么办的,就说是你自己的主意……开导开导她……你明白吗?我早就想求你这么办了……求你说服她赞同这么做,让我自己去逼着她同意,总有点不大方便……咳,何必说这些废话!小姑娘跟我有什么相干?我不需要,也不过为了找点安慰……想听听孩子的声音……不过老实说,我这么做是为了老伴;那时节她就会比守着我一个人快活些了。可这一切都是废话！你知道,万尼亚,像咱们这么个走法,走一天也走不到家;咱们叫一辆马车吧。还远着呢,安娜·安德烈夫娜都等急了……"

我们到达安娜·安德烈夫娜那儿的时候已七点半了。

第十二章

  老两口十分恩爱。爱情和多年的习惯把他俩紧紧地拴在一起了。然而尼古拉·谢尔盖伊奇对他的安娜·安德烈夫娜却有点冷淡,有时甚至还有点严厉,尤其是在有别人在场的时候。不仅现在如此,甚至早先在最幸福的时候也是如此。有些多情善感的人往往有一股倔劲,有一种洁癖,他们不愿意表现自己,甚至对自己心爱的人也不愿表示自己的多情,不仅在别人的面前如此,就是在私下里也是如此,甚至比在别人面前尤甚;他们只是偶尔热情迸发,这种热情被压抑的时间愈长,它迸发出来的时候就愈热烈,愈冲动。伊赫缅涅夫老头对待他的安娜·安德烈夫娜多少也是如此,甚至从年轻的时候开始便是这样。他无限尊敬她和热爱她,尽管她只不过是个除了爱他之外别无其他能耐的温顺贤惠的女人,而且由于心地淳朴,有时对他坦率得很不得体,使他大为恼火。但在娜塔莎出走以后,他们相互之间就变得亲切体贴一些了;他们感觉到自己在世上孤孤单单,很为伤心。虽说尼古拉·谢尔盖伊奇有时非常阴沉,但他俩只要有两个小时不在一起,就不禁会感到烦恼与不安。他们之间有一种默契,那就是只字不提娜塔莎,仿佛世上根本就没有她这个人似的。安娜·安德烈夫娜在她丈夫面前甚至都不敢间接地提到她,虽说这种自我克制对她来说并非易事。她早就在自己的心里宽恕了娜塔莎。每当我前去看望他们的时候,我都得给她带去一些有关她那个心爱的和难以忘怀的孩子的消息,这不知怎么已经成为一种惯例了。

倘若这位老太太很久听不到消息,她就会生病,而当我给她带去消息的时候,她总想知道每一个最小的细节,总是怀着急不可待的好奇心盘问我。我的叙述能使她"宽心";有一次娜塔莎生了病,她几乎吓死了,甚至差一点亲自前去探望娜塔莎。不过这是一个极端的例子。起初,即使在我的面前她也不想表示要前去看望她的女儿,而且几乎每当我们谈话以后,每当她从我的口中掏去了她要知道的一切之后,她便认为必须在我面前装出一副冷冰冰的样子,她还一定要说,虽说她对她女儿的命运感兴趣,可是娜塔莎终究是个不可宽恕的罪人。——可是这一切都是装模作样。有的时候,安娜·安德烈夫娜悲痛欲绝,哭哭啼啼,在我面前用一些最多情的名字呼唤娜塔莎,恶狠狠地埋怨尼古拉·谢尔盖伊奇,而且当着他的面旁敲侧击地、虽然又非常小心谨慎地提及某些人如何死爱面子,如何心如铁石,还说我们若是不能原谅别人的过失,上帝也就不能原谅那些不能原谅别人的人;不过在他的面前,她说的话从来不超过这个限度。这当儿那老人立刻变得冷酷无情,闷闷不乐,他不是愁眉不展地默不作声,就是十分尴尬地、突然高声地改变话题,或者径直走进他自己的房间,把我们留在那儿,以便给安娜·安德烈夫娜一个机会,使她得以老泪纵横、牢骚满腹地向我倾吐她的悲哀。每当我来到的时候,他总是像这样走进他自己的房间,有时仅仅同我寒暄一下,这就使我有机会把有关娜塔莎的一些最新的消息告诉安娜·安德烈夫娜。现在他也是如此行事。

"我浑身都湿透了,"他一走进室内便对她说,"我要到我的房间里去。那么你,万尼亚,就在这里待一会儿吧。他在寻找住处的时候碰到一件事。你给她说说。我马上就回来……"

他急忙走开了,甚至竭力避免看我们一眼,仿佛由于亲自把我们弄到一起而感到害臊似的。在这种情况下,尤其是在他回到我们跟前来的当儿,他对我和安娜·安德烈夫娜二人总是采取一种怒气冲冲、令人生畏的态度,甚至有些吹毛求疵,仿佛是对他自己的温和宽厚与容易让步感到生气与烦恼似的。

"他就是这样,"老太太说,近来她把在我面前的那种拘谨和她对我的不信任全都抛到一边去了,"他对我总是这个样子,他还知道我们看穿了他的一切花招。他干吗总是要跟我装模作样呢!莫非我对他来说是个陌生人?对女儿他也是这一套。你知道,他是可以宽恕她的,说不定他也想宽恕她,天知道。他夜里老是哭,我听到过!可他表面上还是硬撑着。一肚子的傲气……老弟,伊凡·彼特罗维奇,你快告诉我,他上哪儿去啦?"

"你问尼古拉·谢尔盖伊奇吗?我不知道,我正想问你呢。"

"他出去的时候我可是吓坏了。他有病,而且是在这样的天气,又这么晚。嗯,我想,他出去准是为了什么重要的事,可是还有什么事情能比你知道的那件事更重要呢?我暗自这么寻思,可我却不敢问。现今我什么事都不敢问他啦。我的老天爷,为了他,也为了她,我简直都吓呆了。我想,若是他是去找她的,那会怎么样呢?若是他决计宽恕她,那会怎么样呢?他全都搞清楚了,他知道她最近的消息,我觉得他一定知道,可他是怎么知道这些消息的,我却猜不透。昨天他非常懊恼,今天也是这样。可你为啥不说话呢!告诉我,老弟,那里还出了什么事?我一直眼巴巴地等着你,就像在等上帝的一名天使。喂,那个坏蛋要抛弃娜塔莎吗?"

我立刻就把我所知道的一切全告诉了安娜·安德烈夫娜。我从来不对她隐瞒任何事情。我告诉她,娜塔莎和阿辽沙之间的关系似乎确是濒于破裂,这一次的情况要比先前的不和严重得多;昨天娜塔莎给我送来一纸便笺,请求我今晚九时前去找她,因此我本来无意在今晚前来看望他们,是尼古拉·谢尔盖伊奇亲自把我带来的。我详细地向她叙述和解释,眼下的局面总的说来十分危急;阿辽沙的父亲已经从外地回来了两个礼拜,他什么话都听不进去,对阿辽沙管束很严;不过最重要的似乎是阿辽沙自己离不开他的未婚妻,据说他甚至还爱上了她。我还说,根据我的猜测,娜塔莎的便笺是在十分焦急的心情下写的;她写道,一切都要在今晚决定,不过怎样决定我就不得而知了;还有一点也很奇怪,那就是便笺是她昨天写的,可却要我今晚去找她,而且规定了时间:九点钟。所以我非去不可,而且越快越好。

"那就去吧,老弟,一定得去!"老太太急忙催促我,"不过得等他出来,你喝一杯茶吧……咳,还没有把茶炊拿来!玛特辽娜!你弄的茶炊怎么样啦?她是个土匪,不是个姑娘!……哦,你喝了一杯茶以后,就找一个适当的借口离开这里。可你明天一定要来把一切都告诉我,还要早点来。老天爷!难道还会发生什么不幸!还会有什么比现在的情况更糟的呢!尼古拉·谢尔盖伊奇什么都知道,我的心告诉我他什么都知道。我从玛特辽娜那里听到了许多事情,而她是从阿加霞那里听到的,阿加霞是住在公爵家里的玛丽亚·瓦西利耶夫娜的教女……哦,你全都知道。我的尼古拉今天气得要命。我好歹劝了他一番,可他几乎对我嚷了起来,后来他像是觉得后悔了,说他缺钱用。好像他是由于钱才叫嚷的。哦,你知道我们的情况。吃完午饭他要去午睡。我从门缝里偷偷地看他(门上有一道缝,但他不知道),他这个可怜的人儿,正跪在神龛前面祈祷哩。我看到这幅景象,两条腿都软了。他没有喝茶,也没有睡,拿起帽子就出去了。他是在四点多钟出去的。我不敢问他:要不然他会冲着我嚷的。他近来常常叫嚷,大都是冲着玛特辽娜,不过有时候也冲着我;他一叫嚷起来我的腿就发软,吓得心惊胆战。我知道,这只是发发脾气,可还是吓坏了我。他出去以后,我整整祷告了一个钟头,求上帝让他发点善心!她的便笺呢?让我瞧瞧!"

我把便笺给了她。我知道,安娜·安德烈夫娜暗地里梦想着阿辽沙(她有时把他称作坏蛋,有时又把他称作没有心肝的傻孩子)最后终究会娶娜塔莎,而他的父亲彼得·阿列克桑德罗维奇公爵,也会允许他这样。她甚至不知不觉地向我说出了这种想法,尽管在别的时候她又反悔,硬不承认她说过的话。然而当着尼古拉·谢尔盖伊奇的面,她无论如何也不敢说出她的希望,虽说她也知道,老头子怀疑她有这种希望,甚至不止一次旁敲侧击地责备她。我认为,倘若他获悉有可能结下这门亲事,他就会狠狠地咒骂娜塔莎,并且强迫自己永远把她忘掉。

当时我们都是这么想的。他一门心思想念着他的女儿,可是只想念她一个人,他期待着娜塔莎会后悔,会把阿辽沙忘得一干二净。这是他原谅她的唯一条件,虽说他并没有把它说出口来,可是人们看到他的时候也能明白而且毫不怀疑他的这个条件。

"他是个没有主见的娃娃,一点主见也没有,心也太狠,我一直这么说,"安娜·安德烈夫娜又打开了话匣子,"他们不会管教他,所以他就变成了一个轻浮的孩子;她是那么爱他,可他现在却想抛弃她。我的天哪!她会变成什么样呢,可怜的孩了!他在他的新欢身上发现了什么长处,我真觉得奇怪!"

"我听说,安娜·安德烈夫娜,"我反驳道,"他的未婚妻是个迷人的姑娘,娜塔莉娅·尼古拉夫娜提到她的时候也这么说……"

"你别相信这个!"老太太打断了我的话,"什么迷人不迷人!不论是哪一个女人,只要她把裙子一晃,你们这些蹩脚的作家就会觉得她迷人。至于娜塔莎说她的好话,那是因为她心眼大方。她不会想法子抓住他;她原谅他的一切,可她自己却吃够了苦头。他骗了她多少次!这帮狠心的坏蛋!这简直把我给吓坏了,伊凡·彼特罗维奇!他们全都傲气十足。要是我的老伴能压一压他的傲气,要是他能原谅我的宝贝并把她接回家来,那该有多好。我要把她搂在怀里,把她瞧个够!她瘦了吧?"

"是瘦了,安娜·安德烈夫娜。"

"我的心肝!我难过极了,伊凡·彼特罗维奇!我昨晚哭了一夜,今天又哭了一天……可是你瞧!……往后我会告诉你的!——我有好多次向他暗示,让他原谅她;我不敢直说,所以就只得兜圈子,耍点花招。我的心里一直很不安:我想,要是他发起火来,而且骂她一通,那可怎么办呢!我还没有听到他骂过她呢……我就怕这个,就怕他会骂她。那样一来会出什么事呢?受到爸爸的咒骂,就会受到上帝的惩罚。所以我每天都怕得要命。你也应该觉得害臊,伊凡·彼特罗维奇,你想想,你是在我们家里长大的,我们老两口都把你当作儿子看待,可你却胡诌什么迷人!这跟你有什么相干?什么迷人!他们的玛丽亚·瓦西利耶夫娜说得更清楚。(我有罪,因为有一天我的老伴整个上午出去办事,我曾请她上我家来喝咖啡。)她把这件事的全部底细都告诉我了。那位公爵,就是阿辽沙的爸爸,同这位伯爵夫人有不正当的关系。据说这位伯爵夫人老早就责备他不跟她结婚,可是他总是躲避。这个伯爵夫人在她丈夫还活着的时候,就干伤风败俗的勾当,因而臭名远扬。她丈夫死后,她出国去了;她身边老是围着各种各样的意大利人和法国人,还有一些贵族;她就是在那里把彼得·阿列克桑德罗维奇公爵弄到手的。在这期间,她的继女,也就是她那个做包税人的前夫的女儿,渐渐长大了。这位伯爵夫人,这个继母,把钱全花光了,而卡捷琳娜·

费奥多罗夫娜却渐渐长大了,她的包税人爸爸为了她而拿去生息的二百万卢布也不断地增加。据说,现在她已经有三百万了;公爵看明白了:要是把那姑娘许配给阿辽沙,那倒是天赐良缘!(他是个精明的人!他可不会坐失良机)那位伯爵是宫廷内侍,是个显贵,你还记得吗,也是他们的亲戚,他也表示同意;三百万可不是闹着玩的。'好吧,'他说,'就去同这位伯爵夫人谈谈吧。'于是公爵便把他的心愿告诉了伯爵夫人。她拼命反对这件事。据说,她是个不讲道理的女人,简直是个泼妇!我听说,这儿有些人再也不愿意接待她了;这里不像在国外。'不行,'她说,'你自己和我结婚吧,公爵,至于我的继女同阿辽沙的婚事,那是绝对办不到的。'那个姑娘,也就是她的继女,据说很崇拜她的继母;她尊敬她,对她千依百顺。据说她是个温柔的姑娘,一个十全十美的天使!公爵看到这种情况,便劝伯爵夫人不必担心:'你把你的家产全都花光了,你欠的债永远也还不清。但是,一旦你的继女嫁给了阿辽沙,他们,你的那个小笨蛋和我的那个小傻瓜阿辽沙,就会成为天造地设的一对;我们可以让他们服从我们,我们一起监护他们,那时你就有钱花了。你嫁给我对你会有什么好处呢?'他是个狡猾的人!共济会会员!半年前,伯爵夫人还没拿定主意,可现在,据说他们去了一趟华沙,便在那里达成了协议。这就是我听到的。都是玛丽亚·瓦西利耶夫娜告诉我的,她把全部底细都告诉我了,她是从一个可靠的人那里听来的。所以你瞧,这完全是一个金钱问题,是几百万卢布的问题,迷人不迷人跟它毫不相干!"

安娜·安德烈夫娜说的这一番话使我大吃一惊。它完全符合我自己前不久从阿辽沙那里听到的一切。他在谈起这件事的时候总要做出一副很勇敢的样子,说他决不为钱结婚。可是,他却被卡捷琳娜·费奥多罗夫娜给迷住了,被她弄得神魂颠倒。

我从阿辽沙那儿也曾听说他的爸爸可能也要结婚,虽说他否认这种传闻,以免过早地触怒伯爵夫人。我已经提到过,阿辽沙非常喜欢他的爸爸,他钦佩他,为他自豪,对他深信不疑,仿佛他是一位先知。

"你的那位迷人的小姐出身并不高贵,"安娜·安德烈夫娜接着说,她对我称赞年轻公爵的未婚妻大为不满,"娜塔莎倒更加配得上他。那个女人是包税人的女儿,而娜塔莎却是出身名门的大家闺秀。昨天(我忘记告诉你了)我的老伴打开他的箱子——你可知道,就是包着铁皮的那一只?他整个晚上都坐在我的对面,清理咱家过去的书信文件。他是那么一本正经地坐在那里。我正在织袜子,没有瞧他,我怕瞧他。他看到我一言不发,便大为生气,主动跟我打招呼,整整一个晚上他都用来向我解释咱家的家谱。原来我们伊赫缅涅夫家族远在伊凡雷帝时代就已经是贵族,我的家庭,就是舒米洛夫家族,早在阿列克谢·米哈伊洛维奇时代就已经出名了;我们有文件可以证明这一点,在卡拉姆辛写的史书里也提到过这件事。所以你瞧,老弟,从这一点来看我们也不在别人之下。只要老头子一向我谈起这些事情,我就知道他心里在想什么。知道娜塔莎被人瞧不起,他也很伤心。他们只不过因为有钱,这才比我们高出一头。好吧,就让那个强盗彼得·阿列克桑德罗维奇去为钱财而奔走吧,人人都知道他是个既无情又贪婪的人。据说,他在华沙时秘密地参加了耶稣会?这是真的吗?"

"这是胡说八道。"我回答道,虽说我对这个谣言的久传不衰也不禁感到诧异。不过关于尼古拉·谢尔盖伊奇清理他的家庭文书的消息倒是很有趣的。先前他从未夸耀过他的家系。

"他们全是狠心的坏蛋!"安娜·安德烈夫娜接着说,"喂,我的宝贝怎么样啦,她是在伤心流泪吗?喔唷,你该上她那儿去啦!玛特辽娜,玛特辽娜!她真是个土匪,不是个姑娘!……他们没有欺负她吧?告诉我,万尼亚?"

我能回答她什么呢?老太婆哭起来了。我问她,她前不久要告诉我的那桩新近碰到的不幸的事是怎么回事?

"噢,老弟!别人可能以为我们吃的苦头还不够多呢,好像我们杯子里的苦酒还没有斟满似的!你还记得吧,我亲爱的,莫非你不记得了?我有一个挂在项链上的小金盒,是个纪念品,里面有娜塔莎儿时的一幅画像;那时她才八岁,我的小天使。那是当时我和尼古拉·谢尔盖伊奇请一个过路的画家画的,不过我看你已经忘啦,老弟!他是个出色的画家,他把她画得像一个爱神:那时候她的头发有多美,老是蓬蓬松松的;他画的她穿着一件细纱衬衣,透过衬衣可以看到她那小小的身体,她看上去那么漂亮,真叫你百看不厌。我恳求那画家给她添上两只小翅膀,可是他不同意。老弟,在我们遭到了当时那些可怕的不幸以后,我就把小金盒从首饰箱里取出来,系在一根链子上,挂在我的胸前,紧挨着十字架,虽说我很怕老伴会看见。你知道,那时他曾下令把她的东西全都从家里扔出去,要不就烧掉,使任何东西都不会让我们想起她来。不过她的画像我总是还要看看的;有时候我伤心落泪,看一看它就会得到一点安慰。在另一些时候,只剩我一人在家,我就不停地吻它,好像我吻的真就是她一样;我用最亲切的名字呼唤它,每天夜里都在她身上画十字。在我独自一人的当儿,我就大声对她讲话,问她一个问题,想象着她已做了回答,于是就再问她一个问题。啊,亲爱的万尼亚,提起这些事来我就难受!喔,他对这个小盒子什么都不知道,也没有注意到它,这叫我很高兴;不料昨天早上我一找,小盒子不见了,只有小链子在晃荡,它准是被磨断了,竟是我把小盒子遗失了。我吓呆啦。我找啊找啊,找啊找啊,——找不到!它就是不见了!

它能掉到哪里去呢？我想,也许我把它掉在床上啦;于是我把所有的东西都翻了过来,——没有!假若它是从链子上掉下来落在什么地方,总有人会把它拾起来,这个人除了他或者玛特辽娜以外还能是谁呢？我想不会是玛特辽娜,她对我是忠心耿耿的……(玛特辽娜,你是不是马上就会把茶炊拿来?)我一直在想,若是他找到了小盒子,那会怎么样呢？我坐在那里直发愁,我哭啊哭啊,简直就止不住我的眼泪。而尼古拉·谢尔盖伊奇对我却越来越温存了;他看到我就发愁,就像他也知道我哭的原因似的,他还可怜我呢。于是我暗自寻思:他是怎么知道的呢？莫不是他果真找到了那个小盒子并把它扔到窗外去啦。你知道,他在气头上是会这么做的;他准是把它扔了出去,现在他自己又为这事难过,——后悔他干了这事。我跟玛特辽娜已经去窗外的地上找过,——啥也没有找到。不翼而飞了。我哭了一整夜。这是我第一次没有在夜晚为她祝福。啊,这是不吉之兆,伊凡·彼特罗维奇,这是不吉之兆,这是一个凶兆;我哭了两天,止不住眼泪。我一直在等你,老弟,就像在等上帝的一名天使,我有多少心里话要对您说啊……"

老太婆哀哀地哭起来了。

"噢,对啦,我忘了告诉您啦,"她蓦地说道,由于想起了什么事而高兴起来,"他向您谈到过什么孤女的事么?"

"说到过,安娜·安德烈夫娜,他告诉我,似乎你们俩都想到过这件事,而且同意找一个穷姑娘,一个孤女,来抚养。这是真的吧?"

"我没有想过,老弟,我没有想过!我什么孤女也不要!她会使我想起我们的苦命,我们的不幸。除了娜塔莎,我谁也不要。她过去是,将来也还是我唯一的女儿。可他居然想起了一个孤女,老弟,这是什么意思呢?你是怎么想的,伊凡·彼特罗维奇？你以为他是由于看见我流泪所以想安慰我呢,还是他想彻底忘掉亲生的女儿,去爱上另一个孩子？他在上这儿来的路上跟你谈起我的时候是怎么说的？你觉得他的情绪怎么样,——是闷闷不乐,还是怒气冲冲？嘘！他来啦！以后再说吧,老弟,你以后再告诉我吧,以后！……别忘了明天上这儿来……"

第十三章

老人走了进来。他好奇地,而且好像为什么事感到羞愧似的瞧瞧我们,一面皱着眉头,朝桌子走去。

"茶炊怎么啦,"他问,"难道直到现在也不能把它拿来?"

"就来啦,老爷子,就来啦。呶,这不是拿来啦吗!"安娜·安德烈夫娜张罗起来了。

玛特辽娜一看到尼古拉·谢尔盖伊奇,就端着茶炊出来了,似乎她定要等他进来这才送上茶炊。她是一个忠实可靠的老仆人,但在世界上的女仆之中,数她的性情最为古怪,她喜欢唠叨,脾气倔强而固执。她怕尼古拉·谢尔盖伊奇,在他面前总是一言不发。不过她同安娜·安德烈夫娜在一起的时候就完全得到了补偿。玛特辽娜经常对她很粗鲁,公然企图左右自己的女主人,虽说与此同时她又热烈而真诚地喜爱女主人和娜塔莎。在伊赫缅涅夫卡的时候我就知道这个玛特辽娜。

"唉……浑身湿透了可真不舒服,可是到了这里还不想给你茶喝。"老人低声埋怨道。

安娜·安德烈夫娜立刻冲着他对我使了个眼色。他不能容忍这种神秘的眼色;虽然他此刻竭力不看我们,但从他的脸色却可以看出,安娜·安德烈夫娜刚才冲着他给我使了一个眼色,他是完全知道的。

"我去办那个案子,万尼亚,"他蓦然开口道,"糟透了。我对你讲过了吧?完全是陷害我。看来我没有证据,缺乏必要的文件,现有证件是不可靠的……哼……"

他说的是他跟公爵打的那场官司。这场官司依然悬而未决,近来形势已经变得对尼古拉·谢尔盖伊奇很为不利。我默不作声,不知该怎么回答他。他带着猜疑的神色瞧了我一眼。

"好吧!"他突如其来地说道,仿佛被我们的沉默激怒了似的,"越快越好!他们休想把我诬陷成一个坏蛋,即使他们判决我必须赔款也罢。我的良心是清白的,他们爱怎么判就怎么判。起码这案子总算了结了:他们会解决的,会让我破产的……我要抛弃一切去西伯利亚。"

"天哪!你要上哪儿去?为什么要去那么远呢!"安娜·安德烈夫娜忍不住说了起来。

"可我们在这里接近的又是些什么呢?"他粗声粗气地问道,显然对她的提出异议感到高兴。

"啊唷,不管怎么说……总能接近一些人吧……"安娜·安德烈夫娜说道,她忧伤地瞥了我一眼。

"哪一种人?"他嚷道,把炽热的目光从我身上移到她的身上,接着又移了回来,"什么人?强盗,诽谤者,叛徒?这种人比比皆是,你别担心,我们在西伯利亚也找得到的。你若是不愿意跟我一同去,你也可以留在这儿,我不会逼你去的。"

"老爷子,尼古拉·谢尔盖伊奇!你把我留下跟谁过呢!"可怜的安娜·安德烈夫娜嚷了起来,"在这世界上我只有你一个……"

她结结巴巴地说,接着又沉默了,用惊恐的眼色瞧着我,似乎在乞求庇护和帮助。那老人怒火满腔,谁的碴儿他都要找;他是不能顶撞的。

"好啦好啦,安娜·安德烈夫娜,"我说,"西伯利亚一点儿也不像你想的那么坏。倘若发生了不幸,你们就只得把伊赫缅涅夫卡卖掉,那时尼古拉·谢尔盖伊奇的打算甚至还很好呢。在西伯利亚可以从私人那里找一个不坏的差事,那时……"

"是啊,你这话说得倒还有点道理,伊凡。我就是这么想的。我要抛弃一切,远走高飞!"

"哟,这我可没有想到过!"安娜·安德烈夫娜举起两手一拍,惊讶地叫道,"还有你,万尼亚,也来这一套!我可没料到你也会这样,伊凡·彼特罗维奇……我们可从来没有亏待过你,可现在……"

"哈哈哈!你又想到过什么啦!我们在这里怎么过得下去呢,你想想吧!我们的钱都花完了,我们现在只剩下最后一个铜板了!莫非你要命令我去找彼得·阿列克桑德罗维奇公爵,恳求他饶恕?"

听到公爵的名字,老太婆便吓得发抖。她手里拿的茶匙碰在茶托上叮当直响。

"不行,可是说真的,"伊赫缅涅夫接着说,一种恶意的、难于抑制的快感使他激动起来了,"你是怎么想的,万尼亚,也许确实应该上他那儿去!干吗去西伯利亚呢?我不如明天穿上漂亮的衣服,把头发梳好抿平;安娜·安德烈夫娜会给我准备一件新的胸衣(去拜望这么一位大人物,没有这玩意儿可不成!),我要给自己买一副新手套,打扮得像个十足的贵族;然后我就去叩见公爵大人:'老爷阁下,我们的恩人和亲爹!请原谅我,可怜可怜我,请赏给一块面包吧,——我有妻儿老小!……'是不是得这样,安娜·安德烈夫娜?你是不是希望这样?"

"老爷子……我什么都不想!我一时糊涂说了那句话。要是我使你难过的话,那就原谅我吧,只是你别嚷啦。"她说,由于害怕而益发颤抖得厉害了。

我深信,当他看到他可怜的妻子泪流满面、惊恐万状的模样时,他心里一定非常痛苦与不安。我深信,他受到的痛苦远远在她之上,但他却控制不住自己。那些非常善良但又神经衰弱的人有时会出现这样的情况:他们尽管心地善良,但却沉浸在自己的忧伤和愤怒中,甚至到了自我陶醉的地步;他们还不惜任何代价要表现他们自己,哪怕这会伤害另一个人,一个清白无辜的、在绝大多数情况下对于他们是最亲近的人。譬如说,一个女人有时渴望感到不幸和悲伤,纵令她既没有不幸也没有悲伤。从这一点来看,有许多男人同女人相似,甚至是那些性格毫不软弱、根本没有多少女人气的男人亦是如此。这老人感到需要同别人争吵,虽说他自己也由于这种需要而痛苦。

我还记得,当时我脑子里曾闪过这样一个想法:他是否果真会像安娜·安德烈夫娜所揣测的那样,在这之前有过什么乖张的举动呢?说不定上帝已经指点了他,他也的确曾要去找娜塔莎,但半路上又改变了主意,再不就是有什么事情出了差错,使得他打消了他的主意(这种情况是肯定会发生的),现在他因受到羞辱而怒气冲冲地回到家里,对于他不久前的心愿和感情感到害臊,想找一个人发泄一下他对自己的软弱所感到的愤恨,恰巧就选中了他非常怀疑跟他怀着同样的心愿和感情的那些人。也许当他想宽恕女儿的时候,他曾想象过他那可怜的安娜·安德烈夫娜欣喜若狂的神情,而当事情毫无结果的时候,她自然要首先为此而受苦了。

然而当她在他面前因恐惧而发抖的时候,她那副痛不欲生的模样感动了他。他仿佛为他的狂怒感到羞耻,片刻之间控制住了自己。我们全都默不作声,我竭力不去看他。不过这个难得的时刻持续不长。他是一定要表现他自己的,要么发作一通,要么臭骂一顿。

"你瞧,万尼亚,"他蓦地说道,"我很抱歉,我本来是不想说的,可是时候已经到了,我应该直言不讳地和盘托出,就像每一个坦率的人所应当做的那样……你明白吗,万尼亚?我很高兴地看到你来了,所以我就想当着你的面大声地说说,好让别的人也能听见:我讨厌所有这一切废话、眼泪、叹息和不幸。我付出了那么多的心血和痛苦强迫自己忘掉的那个东西,也许永远也不会重返我心头了。是的!我既然这么说了,我就要这样去做。我现在说的是半年前发生的事,你可明白,万尼亚!——我要开门见山地、直截了当地把它说出来,好让你决不会对我的话发生误解。"他补充道,一面用发红的两眼瞧着我,显然要回避他妻子惊恐不安的视线,"我重复一遍:这是胡闹。我见不得这个!……我恼火的是,大家都认为我会有这么下贱、这么脆弱的感情,似乎我是个笨蛋,是个最卑鄙的贱货……他们以为我伤心得都发疯了……胡说!我已经抛开了,我已经忘掉了过去的感情!我是没有回忆的!……没有!没有!没有!就是没有!……"

他从椅上一跃而起,一拳打在桌上,把杯子震得叮当直响。

"尼古拉·谢尔盖伊奇!您就一点也不可怜安娜·安德烈夫娜吗?您瞧您对她做了什么。"我控制不住自己,几乎是愤慨地看着他说道,可这只不过是火上浇油。

"不可怜!"他浑身颤抖、面色苍白地叫道,"不可怜,因为也没有人可怜我!不可怜,因为就在我的家里就有人在耍阴谋来侮辱我,袒护应该受到咒骂和一切惩罚的腐化堕落的女儿!……"

"老爷子,尼古拉·谢尔盖伊奇,你别骂……你爱怎么就怎么,只是别骂女儿!"安娜·安德烈夫娜喊叫起来。

"我要骂!"老人用比先前高一倍的声音叫道,"因为有人要我这个受到欺凌与侮辱的人去找这该死的女儿并请求她宽恕!

是的,是的,就是这么一回事!有人就是这样日以继夜地天天折磨我,就在我的家里,用眼泪、叹息、愚蠢的暗示!想引起我的怜悯……你瞧,你瞧,万尼亚,"他补充道,一面用颤抖不已的双手急忙从旁边的衣袋里掏出几张纸来,"这是我们的案子的摘录,照这案卷的说法,如今我成了窃贼,成了骗子,我偷了我的恩人!……我为了她蒙受了羞辱!喏,喏,瞧,瞧!……"

他开始从常礼服旁边的口袋里把各种各样的文件一张张掏出来扔在桌上,急忙从中寻找他想拿给我看的那一份;可是需要的那份文件却偏偏找不到。他在焦躁中把口袋里的一切都攥在他一只手里掏了出来,突然之间有一件东西响亮而沉重地掉在桌上了……安娜·安德烈夫娜惊叫了一声。这是那只失落的小金盒。

我几乎不相信自己的眼睛。热血涌上老人的头脑,充满了他的双颊。他哆嗦了一下。安娜·安德烈夫娜叠着双手站在那里,带着哀求的神色看着他。她的脸上浮现出明亮、喜悦的希望的光辉。老人的赧颜,他在我们面前的尴尬……是啊,她没弄错,如今她可明白了她的小金盒是怎么遗失的了!

她明白了:他找到了它,对自己的发现大为高兴,说不定高兴得发抖,而且嫉妒地珍藏起来不让任何人看见;然后找一个地方,独自一人悄悄地怀着无限热爱看着他的心肝宝贝的小脸蛋,——怎么看也看不够;说不定他也像那可怜的妈妈一样,避开众人把自己独自锁在屋里,跟他最亲爱的娜塔莎谈话,想象着她该怎么回答,然后自己做出答复;夜里,怀着无限的悲痛和压抑在心头的啜泣爱抚着、亲吻着可爱的画像,不是诅咒,而是宽恕与祝福他不愿看到的,而且要在众人面前加以咒骂的女儿。

"我亲爱的,这么说你还爱着她哪!"安娜·安德烈夫娜叫道,在方才还咒骂过她的女儿的那个严父面前,她再也控制不住自己了。

不料一听到她的叫喊,他两眼便闪现出疯狂的怒火。他抓起小金盒,使劲地把它摔在地板上,开始发狂一般拿一只脚去踩它。

"我要永远、永远地咒骂你!"他气喘吁吁地用嘶哑的嗓子吼道,"永远,永远!"

"天哪!"老太婆叫了起来,"她,她!我的娜塔莎!她的小脸蛋……拿脚去踩!……拿脚!……暴君!你这个冷酷无情、心狠手辣、骄傲自大的家伙!"

听到妻子的啼哭,发了疯的老人停止了片刻,被他所做的事吓坏了。蓦地他从地板上抓起小金盒,向室外奔去,但他刚迈了两步,双膝便跪了下来,两手抓住他面前的沙发,精疲力竭地耷拉下脑袋。

他像孩子和女人那样号啕大哭起来。哭声折磨着他的肺腑,使他肝肠寸断。一个威严的老人顿时变得比一个婴儿还孱弱可怜。啊,如今他再不能詈骂了;在我们任何人面前他都不再害羞了,一阵狂热的爱的冲动,促使他当着我们的面,再次把无数的热吻印在一分钟前被他用脚践踏过的画像上。他的一片深情,被他长期压抑在心底的对女儿的全部的爱,如今似乎以不可遏制的力量迸发出来,这股力量又使他的整个身心化作了齑粉。

"宽恕她,宽恕她!"安娜·安德烈夫娜哭哭啼啼地大声说道,一面俯下身去拥抱他,"把她带回家来,亲爱的,到最后审判的时候,上帝会亲自奖赏你的仁慈和善心的!……"

"不,不!绝不,永不!"他用嘶哑的、哽咽的声音叫道,"永不!永不!"

第十四章

　　我来到娜塔莎那儿的时候已经迟了,已经十点了。当时她住在谢苗诺夫桥畔的方坦卡,住在商人科洛图什金的一幢肮脏的大厦的四楼上。在离家出走的初期,她和阿辽沙住在利捷伊纳亚大街上一幢考究的寓所的三楼上,房子虽然不大,但漂亮而舒适。可是年轻公爵的钱很快就花光了。音乐教师他没当成,却开始借债度日,而且欠下了一笔对他来说已很庞大的债务。他把钱都花在装饰住宅、给娜塔莎采购礼物上了,娜塔莎反对他这么挥霍,温和地责备他,有时甚至还哭了。阿辽沙是个多情善感的人,他有时整整一个礼拜都喜气洋洋地幻想着怎样送给她一件礼物,她又怎样接受这个礼物,把这当作自己的赏心乐事,而且事先就眉飞色舞地把他的期望和幻想告诉我。听到她的责备,看到她的眼泪,他那副垂头丧气的模样不禁使人觉得可怜,后来他们之间就常常由于礼物问题而互相责备,引起一些不快和争吵。此外,阿辽沙还背着娜塔莎大肆挥霍,跟他的同伴们一样寻欢作乐,对她不忠。他经常去找各种各样的若瑟芬和明娜,同时他依然十分爱她。他多少带着一点痛苦在爱她,他常常流露着伤心、忧郁的神情来找我,说他还不及娜塔莎的一根小指头,说他为人粗鲁、恶劣,不能理解她,也配不上她的爱情。他的话有一部分道理。他俩确是大不相同。他在她面前觉得自己是个孩子,她也总是把他看作一个孩子。他含着眼泪向我忏悔他跟若瑟芬的来往,同时又恳求我别把此事告诉娜塔莎。每当他向我坦白了这一类事情,然后畏畏葸葸、战战兢兢地同我一起(他一定要我和他一起,说是他犯了罪以后就怕看她,只有我才能给他打气)去见她的时候,娜塔莎只要一看见他就知道是怎么一回事了。她妒心很重,但对他的过失却总是一概予以宽恕,我不明白她是怎么样做到这一点的。通常是这么一种情况:阿辽沙同我一起走进室内,怯生生地跟她讲话,用一种羞怯而又温柔的神情瞧着她的眼睛。她立刻就会猜到他做了坏事,但丝毫不动声色,从来也不会首先谈起这事,什么也不追问,相反,她会立即加倍地对他表示亲热,变得更加温存、愉快,——从她这一方面来说,这并不是装模作样,也不是预谋的手腕。不是的;原谅和宽恕对于这个好人来说是无限的幸福,她仿佛从原谅阿辽沙的过程本身发现了一种特殊的、非常精致的美。自然,当时问题还只是出在那些若瑟芬身上。看到她那温顺、宽容的样子,阿辽沙便控制不住自己,不待向他提出任何问题,他就立刻主动悔恨不已地坦白了一切,——为的是使心里轻松一些,或者是如他所说的"改邪归正"。他获得了宽恕便欣喜若狂,有时甚至由于喜悦和感动而哭了起来,吻她,拥抱她。事后又马上高兴起来,以孩子般的坦率开始详详细细地叙述他同若瑟芬的艳遇,时而微笑,时而扬声大笑,祝福并赞美娜塔莎,一个晚上就在幸福和欢乐中度过了。一旦把钱花光,他就开始卖东西。由于娜塔莎的坚持,在方坦卡找到了一个虽然比较窄小、但价钱便宜的寓所。他们继续出售衣物,娜塔莎甚至把自己的连衣裙也卖了,并且开始找工作做;阿辽沙知道以后无比伤心:他诅咒自己,叫嚷着说他瞧不起自己,但并没有找到任何办法来改善他们的处境。如今就连这最后的财源也断绝了,只有去找工作做,但收入又非常微薄。

当他们刚刚开始同居的时候,阿辽沙就为此跟爸爸发生过激烈的争吵。当时公爵已有意让儿子娶卡捷琳娜·费奥多罗夫娜·菲莉莫诺娃，即伯爵夫人的继女为妻，虽说这种意图还只是一项计划，但他决心要实现这一计划。他常带阿辽沙去看未婚妻，劝他竭力博得她的欢心，威逼利诱，什么手段都用上了。然而由于伯爵夫人从中作梗，使这件事遭到了挫折。当时做父亲的对于儿子同娜塔莎的关系装聋作哑，想把它留给时间去解决；他知道阿辽沙为人轻浮，便指望他的痴情很快就会结束。对于他有可能娶娜塔莎这一点，公爵直到最近几乎一直都并不放在心上。至于那一对情侣，他们则是想把此事一直拖到同父亲正式和解之日，再不就是情况发生变化之时。不过娜塔莎显然不愿谈及此事。阿辽沙曾偷偷地向我透露，他爸爸对于整个这件事情好像还觉得有一点高兴似的：使他高兴的是，伊赫缅涅夫在这件事上受尽了屈辱。可表面上他依然装出一副对儿子表示不满的样子：把儿子的一份本来就不很多的生活费给削减了（他对儿子非常吝啬），还扬言要全部取消。但不久伯爵夫人有事到波兰去了，他也跟踪前往，依然不知疲倦地力求实现他的保媒计划。诚然，说到娶妻，阿辽沙还太年轻；可是未婚妻太有钱了，机不可失啊。末了公爵达到了目的。我们风闻，这桩婚事终于有了个眉目。在我现在描述的那个时候，公爵刚刚回到彼得堡。他亲热地接待了儿子，可是儿子跟娜塔莎难舍难分的那股痴情却使他感到吃惊和不快。他开始发生怀疑，开始觉得胆怯。他严厉而坚决地要求儿子断绝这种关系；但他很快想出了一种比这好得多的办法，便带阿辽沙去见伯爵夫人。伯爵夫人的继女虽说几乎还是一个小姑娘，却长得十分美貌，心肠也罕见的好，有一颗光明磊落、清白无瑕的心灵，愉快，聪明，温柔。公爵估计，不出半年定见成效。娜塔莎对于他的儿子已经失去了新鲜的吸引力，他现在已经不会用半年前的那种眼光去看自己的未婚妻了。他只猜对了一部分……阿辽沙确实被迷住了。我还要补充一点:做爸爸的突然对儿子异乎寻常地亲热起来(虽说依然不给他钱)。阿辽沙感觉到,在这种亲热下面隐藏着一种固执的、不可改变的决心,这使他郁郁不乐,——但是,倘若他不能天天看到卡捷琳娜·费奥多罗夫娜,他会更加不快乐的。我知道,他已经有五天没去见娜塔莎了。我从伊赫缅涅夫家到达她那里的时候,心神不安地猜测着:她会对我说些什么呢?我老远就看见了她窗口的灯光。我早就同她约定,倘若她十分迫切地要看到我,那她就在窗口点一支蜡烛,所以每当我打她的寓所附近走过(几乎每晚都会如此),我总是能根据窗口不寻常的灯光猜到有人在等我,猜到她需要我。近来她经常把蜡烛放在……

第十五章

  我只见到娜塔莎一人。她双手抱在胸前,在室内轻轻地踱来踱去,陷入深思之中。一只快要熄灭的茶炊放在桌上,她已经等候我很久了。她默默地微微一笑,向我伸出手来。她脸色苍白,满面病容。她的微笑中有一种痛苦、温柔和富于耐性的神情。一双蔚蓝色的明亮的眼睛显得比先前大了一些,头发也显得更浓密了,——这一切看来都是由于消瘦和疾病。
  "我还以为你不来了呢,"她向我伸出手来,说道,"我甚至想派玛芙拉到你那儿去打听一下,我想,莫非你又病啦?"
  "没有,没有病,我被耽搁了,我这就告诉你。可你怎么啦,娜塔莎?出什么事啦?"
  "什么事也没有,"她答道,仿佛有些诧异,"怎么啦?"
  "可你写……你昨天写信让我来,还指定了时间,不能早,也不能晚。这像是有点特别。"
  "是啊!我昨天等他来着。"
  "他怎么啦,还是没有来?"
  "没有来。于是我想:倘若他不来,那就该跟你谈谈。"她沉默了片刻,补充道。
  "今晚你还等他吗?"
  "没有,没有等他,今晚他在那儿。"
  "你是怎么想的呢,娜塔莎,他是不是从此再也不会来了呢?"

"当然会来的。"她答道,一面特别严肃地看了我一眼。

她对我连珠炮似的提问不大高兴。我们不做声了,继续在室内来回踱着。

"我一直在等你,万尼亚,"她面带笑容地又说了起来,"你可知道我做什么了吗?我在这儿走来走去地背诵诗句;你还记得吗——小铃铛,冬天的道路:'我的茶炊在橡木桌上沸腾……'我们还一齐朗诵:①

  风雪已经停息;道路微微发亮,

  睁开千万只晦暗的眼睛,黑夜正在张望……

——接下去是:

  蓦地我听见一个热情的声音在歌唱,

  伴随着一只小铃和谐的叮当:

  '啊,什么时候,什么时候我的情郎

  '会前来把头枕在我的胸上!

  '我的生活多么富有朝气!朦胧的曙光

  '夹着寒气嬉戏在玻璃窗上,

  '我的茶炊在橡木桌上沸腾,

  '我的炉子在屋角噼噼啪啪,发出亮光,

  '彩色的帷幔后面是一张木床……'

"写得多好啊!这些诗句叫人多么痛苦啊,万尼亚!这是一幅多么富于想象力的生气勃勃的图画。它简直是一幅只能用来绣花的绣花布,——你爱绣什么就可以绣什么。诗里有两种感情:先前的感情和最近的感情。这只茶炊,这幅印花布帷

---

① 以下引自俄国诗人雅·彼·波隆斯基(1819—1898)的诗《小铃铛》(1854年)。

幔,——这一切都令人感到那么亲切……这就像是在咱们那个小县城的那些小市民住的小房子里;我仿佛看见了这种房子:新盖成的,用圆木盖的,墙上还没有镶木板……接着又是另一幅景象:

  我蓦地听见同样的声音在歌唱,
  伴随着一只小铃忧郁的叮当:
  '我的挚友现在何方?我怕他会进来
  '拥抱我,绵绵情长!
  '我过的是什么生活!——我的屋子狭窄、
  '黑暗而又沉闷;风儿吹进门窗……
  '窗外只有一株樱桃树在那儿生长,
  '但我看不见它,因为窗上结满了冰霜,
  '也许它早已死亡。
  '什么样的生活啊!花花绿绿的帷幔已经褪色,
  '我病恹恹地踱来踱去,不愿把亲人探望,
  '没有人来骂我——我已没有情郎……
  '只有那老太婆还在嘟囔……'

  "'我病恹恹地踱来踱去……'这'病恹恹地'几个字放在这里可真好!'没有人来骂我',——这一行诗里包含着多少温情和愁绪,包含着多少怀旧之情,还有那些你自己寻来的烦恼,而你现在却正沉浸在这种烦恼中自怨自艾……天哪,这有多好啊!这是多么真实啊!"

  她沉默了,仿佛在抑制已涌上喉头的抽噎。

  "我亲爱的,万尼亚!"过了一会儿她对我说道,但猝然又沉默了,仿佛她自己也忘记了她想说什么,也可能她说这话时未假思索,是一时感情冲动脱口而出的。

同时我们仍不停地在室内踱来踱去。神像前燃着一盏神灯。近来娜塔莎越来越笃信上帝,可又不喜欢别人跟她谈到这一点。

"怎么,明天是节日?"我问,"你点上了灯。"

"不,不是节日……不过,万尼亚,你坐下!你准是累啦。你想喝茶吗?你还没喝过吧?"

"咱们坐下吧,娜塔莎,茶我喝过了。"

"你从哪儿来的呢?"

"从他们那里。"我和她总是这样称呼她的老家。

"从他们那里来?你怎么来得及?是你自个儿去的?是把你叫去的?……"

她一口气向我提出了许多问题。由于激动,她的脸色变得更加苍白了。我详细地向她叙述了我同老人的会见、同她妈妈的谈话和小金盒事件,——我叙述得很详细,可说是绘声绘影。我从来不对她隐瞒任何事情。她贪婪地倾听着,一句话也不放过。她眼里闪着泪花。小金盒事件使她深受感动。

"停一停,停一停,万尼亚,"她常常打断我的话说,"你说得详细点,把一切都告诉我,尽可能详细点,你说得还不够详细!……"

我说了一遍又一遍,不时回答她不断对一些细节提出来的种种问题。

"你真的认为他是来看我的吗?"

"我不知道,娜塔莎,我甚至也不能肯定这种看法。他为你而忧愁,他爱你,这是很明显的;至于他是否是来看你,这……这……"

"他还吻了吻小金盒?"她打断了我的话,"他吻小金盒的时候说什么了?"

101

"他语无伦次,只是长吁短叹。他用一些最温存的名字叫你,呼唤你……"

"呼唤我?"

"是啊。"

她轻声地哭了。

"真可怜,"她说,"要是他全都知道,"沉默了片刻她又补充道,"这并不奇怪。他对阿辽沙的爸爸也了解得很多。"

"娜塔莎,"我怯生生地说,"咱们上他们那儿去吧……"

"什么时候去?"她问,脸色变白了,同时微微地从圈椅上欠起身子。她以为我要她现在就去。

"不,万尼亚,"她把双手搭在我的肩上,凄然微笑着补充道,"不,亲爱的,你总是这么说,但是……最好别提这个。"

"难道这场可怕的争吵就永远、永远也不会了结啦!"我难过地叫道,"难道你就这么骄傲,就不愿迈出第一步。这该由你来做,应该由你来迈出第一步。说不定你爸爸只等你迈出这一步就会原谅你了……他是爸爸,他被你欺侮了!你要尊重他的自尊心;这种自尊心是合乎情理的,是很自然的!你应该这么做。你试试看,他会无条件地原谅你的。"

"无条件!这不可能。你也别责怪我,万尼亚,没有必要。无论过去还是现在,我日夜都在想这件事。自从我离开他们以后,也许我没有一天不想这件事。我和你谈这件事又谈了多少次啊!你自己也知道,这是不可能的!"

"你试试看!"

"不,我的朋友,不能这样。要是我试着这么办了,那会使他更加恨我。一去不返的东西是召不回来的,你可知道,在这种情况下召不回来的是什么吗?那就是咱俩一起在他们身边度过的那些童年的幸福岁月。即便爸爸宽恕了我,那他现在也还是认不出我来了。他爱的还是那个小姑娘，那个大孩子。他喜欢的是我儿时的淳朴；他在爱抚我的时候还摸我的头，就像我还是个七岁的小姑娘，正坐在他的膝上对他唱着我的那些儿歌。从小时候起直到最后一天，他每晚都要到我床前祝福我一夜平安。在我们的不幸发生前的一个月，他偷偷地给我买了一对耳环（可我还是知道了），想象着我看到礼物时会有多么高兴，便乐得像个孩子似的，可当他从我口中知道，我早就听说他给我买了耳环，他就对所有的人，首先是对我，大发脾气。在我离开他们的三天前，他注意到我郁郁不乐，他自己也立刻难过起来，甚至都生病了，还有，——你对这有什么想法？——为了让我高兴起来，他想到了去买张戏票！……真的，他想用这种办法使我摆脱烦恼。我再向你说一遍，他所了解和喜爱的是一个小姑娘，他根本不愿意去想我有朝一日也会成为一个女人……他就没有想过这一点，要是我现在回家，他会认不出我来的。就算他会原谅我，那他现在将要看到的又是什么人呢？我已变样了，已经不是孩子了，我已经饱经沧桑。即便我也能使他满意，——他照旧会叹惜逝去的幸福，说他从前一直像爱一个孩子那样爱我，可我却跟从前大不相同了。往昔总像是更加美好！真是不堪回首！啊，往昔有多么美好，万尼亚！"她悠然神往地叫道，从她的心里痛苦地迸发出来的这一声感叹中断了她的话。

"这一切都不错，"我说道，"你说的一切都对，娜塔莎。这就是说，他现在得重新设法了解你和爱你。主要的是设法了解你。不是吗？他也会爱上你的。莫非你认为，像他这么个好心的人却不能了解你！"

"哦，万尼亚，你可得说实话。我有什么特别的地方值得去了解呢？我不是这个意思。你瞧，还有别的：父爱也是充满嫉妒的。同阿辽沙的事从开头到解决一直是背着他的，他不知道，也没有注意到,这伤了他的心。他知道,他根本就没有怀疑过会发生这样的事,他把我们的爱情的不幸后果和我的私奔都归咎于我'忘恩负义'的守口如瓶。从一开始我就没有去找他,后来也没有去向他忏悔从我的爱情开始以来的每一个心理活动;相反,我把一切都藏在自己心里,我瞒着他,我还可以肯定地对你说,万尼亚,从他的内心深处来说,这种做法要比爱情的后果本身,也就是比我离开了他们并完全投入了情人的怀抱这件事本身,更为使他伤心,更为使他感到委屈。就算他现在会像做爸爸的那样热情而温存地欢迎我,但怨恨的种子会依然存在。到了第二天,第三天,就会开始感到不快,开始发生疑虑和埋怨。此外,他是不会无条件地原谅我的。假定我去对他说,而且是打心眼里如实地对他说:我明白,我使他受到了多大的委屈,我在他面前罪孽有多么深。要是他不愿意了解,我同阿辽沙的幸福使我付出了多大的代价,我自己又受了多大的痛苦,——尽管这会使我痛苦,但我会抑制这种痛苦,会忍受一切,——然而对他来说这也还不够。他会要求我付出我不可能付出的报酬:他会要求我诅咒我的过去,诅咒阿辽沙,对我爱上了他表示忏悔。他会要求办不到的事:回到往昔,把最近这半年从我们的生活中抹去。可是我不会诅咒任何人,我也不会忏悔……事已至此,那就由它去吧……不,万尼亚,现在不成。还不到时候。"

"那什么时候才到时候呢?"

"我不知道……我只得继续受苦才能换取未来的幸福;拿一些新的痛苦来购买这种幸福;痛苦能洗净一切……啊,万尼亚,人生有多少痛苦啊!"

我默默无言,若有所思地瞧着她。

"你干吗这样看着我,阿辽沙?不对,我是说万尼亚。"她说道,发现自己说错了话,不禁笑了一笑。

"我现在看着你的笑容,娜塔莎。你从哪里学会这么笑的?你早先可没有这么笑过。"

"我的笑里有什么呢?"

"那里还保留着往日孩子般的淳朴,真的……但是在你微笑的同时,你的心却似乎在经受强烈的痛苦。——你瘦啦,娜塔莎,你的头发也像是更浓了……你穿的这是什么衣服?是你还在他们那里的时候做的吧?"

"你多么爱我啊,万尼亚!"她温情脉脉地看了我一眼,答道,"嗯,可你呢,你现在在做什么?你的情况怎样?"

"没有什么变化。一直在写小说。难哪,写不下去啦。灵感枯竭了。马马虎虎地写当然也写得出来,也许还能写得引人入胜呢,可是把一个不坏的计划给破坏了却怪可惜的。这是我心爱的计划之一。但一定得按时给刊物送去。我甚至想抛开这个长篇,尽快写出一个中篇,一个轻松而优美的作品,毫无令人感伤的东西……这是肯定的……人人都应该愉快、欢乐!……"

"你这可怜的劳苦人!史密斯怎么样?"

"史密斯死了。"

"他没有缠住你吧?我严肃地对你说,万尼亚:你病了,你神经错乱了,老是陷入这种幻想里。当你向我谈到租下这个住宅的时候,我就注意到了你的这种情况。住宅很潮湿,不大好吧?"

"对啦!今天晚上我还碰到一件事……不过,这件事我以后再说吧。"

她已不再听我讲话,坐在那儿陷入了深思。

"我不明白,我当时怎么能离开他们。我准是得了热病啦。"她终于说道,用一种并不期待我回答的神情看着我。

倘若我此刻对她说话，她也不会听见。

"万尼亚，"她用几乎听不见的声音说道，"我请你来是要跟你商量一件事。"

"什么事？"

"我要跟他分手。"

"你是已经跟他分手了呢，还是将要跟他分手？"

"应该结束这种生活了。我叫你来，就是为了把现在郁积在心里的一切，把我至今一直瞒着你的事情都告诉你。"她一向都是这样开始向我倾吐自己的秘密意愿，可结果所有这些秘密几乎总都是她早就对我说过了的。

"啊，娜塔莎，这件事我从你口中已听了一千次了！当然，你们不能再一起生活下去了，你们的关系太奇怪了，你们没有任何共同之处。但是……你有勇气这样做吗？"

"早先只不过有这样的想法，万尼亚，可现在我已下定了决心。我无限爱他，不料我却成了他的头号对头；我葬送了他的前程。应该把他解放出来。他不可能娶我；他不能违抗他的爸爸。我也不想拴住他。因此他爱上了介绍给他的未婚妻，我甚至还感到高兴呢。这会使他在同我分手的时候感到轻松一些。我必须这么办！这是我的责任……要是我爱他，我就应该为他牺牲一切，应该向他证明我的爱情，这是责任！不是吗？"

"可是你说不服他。"

"我根本不会去说服他。哪怕他现在就来，我也会像从前那样对待他。不过我必须找到一个办法，使他能很容易地离开我，不会受到良心的谴责。——使我痛苦的就是这件事，万尼亚，帮帮忙吧。你有什么好主意吗？"

"只有一个办法，"我说，"根本不再爱他，并且爱上另一个人。不过这个办法也未必有效。你不是了解他的性格吗？他有五天没来看你了。姑且假定他已经完全抛弃了你,你只要给他写一封信,就说你自己要离开他,那么他立刻就会跑来找你。"

"你为什么不喜欢他,万尼亚?"

"我!"

"是啊,你,你!你是他的对头,既是秘密的,又是公开的!你一说到他总是满腔怨恨。我已注意到了一千次:你最大的乐事就是侮辱他和诽谤他!你就是爱诽谤他,我说的是实话!"

"这话你对我也说过一千次了。够啦,娜塔莎,咱们不谈这个了吧。"

"我真想搬到另一个寓所去住,"她沉默了一会儿之后重又说道,"你别生气,万尼亚……"

"哼,他也会找到另一个寓所去的,我向你保证,我没有生气。"

"爱情的力量是强大的,新的爱情能把他约束住的。倘若他回到我这儿来,也不过待一会儿罢了,你是怎么想呢?"

"我不知道,娜塔莎,他太反复无常,既想娶那一个,又想爱你。他好像会同时进行这两件事似的。"

"要是我能肯定他爱她,我就可以下决心了……万尼亚!你什么事也别瞒我!你像是知道一点什么,可又不愿告诉我,是吗?"

她用焦躁不安、寻根究底的神色看着我。

"我什么都不知道,我的朋友,我对你说的是实话,我对你一向是很坦率的。不过我还有这么一种想法:说不定他根本不像我们所想的这样强烈地爱伯爵夫人的继女。无非是一时着了迷……"

"你是这么想的吗,万尼亚?天哪,要是我能肯定这一点那该多好!啊,我真想现在就看到他,只要看他一眼就成。我从他的脸色就能知道一切！可他却不来！他不来！"

"那你是在等他吗，娜塔莎？"

"不，他在她那里。我知道，我派人去打听过。我还真想看看她……你听，万尼亚，我在说胡话了，可是，难道我就决不能看见她，在任何地方也遇不到她吗？你有什么想法？"

她焦急不安地等我回答。

"你还可以看到她。不过只是看看还不够。"

"只要能看到她我也就心满意足了，那时我自己就能猜得出来。你听啊：我居然变得这么蠢，我在这里走来走去，老是一个人，老是一个人，——老是在想；思想就像一阵阵旋风似的打转，真烦人！我还想到这么一件事，万尼亚：你不能和她认识一下么？你知道，伯爵夫人称赞过你写的小说（当时你亲口说的）。你有时还去 P 公爵家参加晚会，她也常去那里。你设法让别人把她介绍给你。说不定阿辽沙也会介绍她和你认识。那时你就可以把她的情况全都告诉我了。"

"娜塔莎，我的朋友，这件事咱们以后再谈。你告诉我：难道你当真认为你会有勇气跟他分手？你现在瞧瞧你自己：难道你很平静？"

"会——有——的！"她用勉强听得见的声音答道，"一切都是为了他！我的整个生活都是为了他！可是你知道，万尼亚，我不能忍受的是他现在在她那儿就把我给忘了，他坐在她身边说说笑笑，你可记得，一如他通常坐在这里的时候那样……他直勾勾地瞧着她的眼睛，他总是这样看人，——他现在压根儿没有想到我在这儿……同你在一起。"

她没有说完，绝望地瞥了我一眼。

"唉，娜塔莎，刚才，你刚才还说……"

"让我们一起，我们大家一起分手吧！"她神采焕发地打断了我的话,"我自己允许他这样做……可是,万尼亚,他会首先忘记我的,这叫人难过!啊,万尼亚,这叫人多么伤心!我不了解我自己:这么想是一回事,可做起来却是另一回事!我会怎么样啊!"

"得啦,得啦,娜塔莎,你平静一下吧!……"

"已经有五天了,每一小时,每一分钟……无论是在梦里还是醒着,——一直想着他,一直想着他!你知道,万尼亚:咱们上那儿去吧,你送我去!"

"得啦,娜塔莎。"

"不,咱们去吧!我就等着你了,万尼亚!这件事我已经想了三天啦。我给你的信写的也是这件事……你一定得送我去,你不能拒绝我……我等你……等了三天……那里今天举行晚会……他在那里……我们走吧!"

她像是在说胡话。从前厅传来一阵嘈杂的声音,玛芙拉似乎在同什么人争吵。

"等等,娜塔莎,这是谁?"我问道,"你听!"

她带着怀疑的笑容倾听着,猝然面色惨白。

"天哪!谁在那儿?"她用几乎听不见的声音说道。

她本想拉住我,可我还是到前厅去找玛芙拉了。果然如此!那是阿辽沙,他在盘问玛芙拉什么事,玛芙拉起初不让他进来。

"你是打哪儿来的?"她摆出一副当家的神气说,"什么?你这些天在忙些什么?好吧,你进去吧,进去吧!你休想在我面前讨好!你进去呀;看你有什么话说?"

"我谁也不怕!我这就进去!"阿辽沙说,不过多少有点忸怩不安。

"那你就进去吧!你太机灵啦!"

"我这就进去!哦!您也在这儿!"他看见我便说,"您也在

109

这儿，这真好！哦，我也来了；您瞧，我现在怎么办……"

"进去就是了，"我答道，"您怕什么？"

"我什么也不怕，我向您保证，因为我确实没有什么罪过。您认为我有罪过吗？您就会看到，我马上就会把事情说清楚。娜塔莎，我可以进来吗？"他站在关上了的门前，故作勇敢地叫道。

没有人回答。

"这是怎么回事？"他忐忑不安地问。

"没有什么，她刚才还在那儿，"我答道，"不过也许……"

阿辽沙小心翼翼地把门打开，怯生生地朝室内瞧了瞧。一个人也没有。

忽然他看见她在一个角落里，在一个柜子和一扇窗户之间。她站在那儿，仿佛是在那儿藏身似的，一副半死不活的神气。我至今回想起那幅情景仍不禁哑然失笑。阿辽沙蹑手蹑足地走到她跟前。

"娜塔莎，你怎么啦？你好，娜塔莎。"他怯生生地说，神色惊恐地看着她。

"哦，这个，哦……没什么！……"她心慌意乱地答道，仿佛有罪的倒是她，"你……想喝茶吗？"

"娜塔莎，你听呀……"阿辽沙六神无主地说，"也许你确信我有罪……可我并没有罪，我一点罪过也没有。你会看见的，我马上把一切都告诉你。"

"这是为什么呢？"娜塔莎低声说道，"不，不，不必……还是把手给我……这就完了……像往常一样……"于是她从屋角里走了出来。她的两颊泛起了红晕。

她垂下视线，仿佛怕看阿辽沙似的。

"啊，我的天哪！"他欣喜若狂地叫道，"要是我真有什么罪过,那我在这之后就不敢看她了!您瞧,您瞧!"他向我转过身来叫道,"她认为我有罪过。什么都跟我作对,一切现象都跟我作对!我有五天不来了!有人传说我在未婚妻那儿,可结果怎么样呢?她已原谅我了!她已经在说:'把手给我,这就完了!'娜塔莎!我亲爱的,我的天使!我没有过错,你得明白这一点!我一点点过错也没有!恰恰相反!恰恰相反!"

"可是……可你现在在那儿……他们叫你现在去那儿……你怎么待在这儿了呢?几……几点钟啦?"

"十点半!我去过那儿了……可是我说我不舒服,接着便走了,五天来,这是我第一次,第一次获得自由,第一次能够勉强脱身到这儿来看看你,娜塔莎。也就是说,我早先本也能来,可我故意不来!为什么呢?你马上就会知道,我会告诉你的;我就是为了这个才来的,为了向你说清楚。只有这一次我在你面前确是一点过错也没有,一点也没有!"

娜塔莎抬起头来瞧了瞧他……但却看到他的目光是那么真挚,他的脸色是那么愉快、诚实而欢乐,叫你不能不相信他。我预料他们会喊叫起来,扑上去互相拥抱,先前在这种言归于好的时刻就出现过若干次这样的情况。然而娜塔莎则似乎经受不住这样强烈的幸福,把头垂在胸前,蓦地……轻声啜泣起来。这当儿阿辽沙也忍受不住了。他扑倒在她的脚下,——他吻着她的双手、双足,他像是疯了。我把一张圈椅推给了她。她坐下了。她的两腿发软了。

第 二 部

第 一 章

　　一分钟后,我们都像疯子似的大笑起来。

　　"让我说,让我说呀,"阿辽沙银铃般的声音压倒了我们的笑声,"他们以为这一切都跟先前一样……我又来说一套废话……我告诉你们,我有一桩非常有趣的事。你们什么时候才能不出声呀!"

　　他非常想说他的故事。从他的表情可以看出,他有一些重要新闻。但是,由于掌握这些新闻而感到的那种天真的自豪,使得他不免有点神气活现,惹得娜塔莎立刻大笑起来。我不禁跟着她笑了。他对我们越是生气,我们就笑得越是厉害。阿辽沙起初感到恼火,继而又陷入孩子般的绝望,这种情况末了竟使得我们犹如果戈理笔下的米奇曼①,只要有人向他伸出一根小指头,他就会哈哈大笑起来。玛芙拉从厨房里出来,站在门口,严肃而气愤地看着我们,她觉得恼火的是,这五天以来她一直巴不得娜塔莎会结结实实训斥他一顿,不料现在不但没有训斥,大家反倒这么高兴。

　　末了,娜塔莎看到我们的笑使得阿辽沙难过起来,这才不再笑了。

　　"你想告诉我们什么事呢?"她问。

　　"是不是要把茶炊端上来?"玛芙拉问道,她毫无礼貌地打

---

① 指果戈理的戏剧《结婚》中的人物米奇曼·迪尔卡。

断了阿辽沙的话。

"你走吧,玛芙拉,你走吧,"他向她挥着双手答道,急于把她撵走,"我要把过去发生了的、现在正在发生的和将来要发生的一切都说出来,因为这一切我全都知道。我看得出,我的朋友们,你们想知道这五天当中我在哪里,——这也是我想说的,可你们不让我说。哦,首先我这些时候一直在骗你,娜塔莎,一直是这样,早就在骗你了,这是最主要的。"

"骗我!"

"不错,骗你,已有整整一个月了;爸爸回来以前就开始了,现在到了彻底坦白的时候了。一个月以前,那时爸爸还没有回来,我突然收到他寄来的一封很厚很厚的信,我把这件事瞒过了你们两个。他在信里开门见山地告诉我,——请注意,他的口气是那么严肃,简直把我吓了一跳,——他告诉我,我的那门亲事已经说定了,我的未婚妻十全十美;我当然配不上她,可我还是一定得娶她。所以我必须做好准备,把脑子里的一切胡思乱想统统打消,等等,等等,——哦,我们当然知道他说的胡思乱想是什么意思。就是这封信我向你们隐瞒了……"

"根本没有隐瞒!"娜塔莎打断了他的话,"瞧他吹的!其实你马上就把一切全都告诉我们了。我还记得,你突然之间变得那么听话,那么温存,也不离开我,就像犯了什么过失似的,而且你断断续续地已经把信的内容全都说出来了。"

"不可能,主要之点我肯定没说。说不定你们俩猜到了一点什么,那是你们的事,我可没有说过。我闷在心里,痛苦极了。"

"我记得,阿辽沙,您那时一刻不停地要我出主意,而且把事情全都告诉我了,当然,是断断续续地说的,用的是假定的语气。"我看着娜塔莎补充道。

"你全都说了！你别吹牛啦！"她帮腔道，"你有什么事瞒得了人？哦，你还当得了骗子？就连玛芙拉也全知道了。你知道吗，玛芙拉？"

"哪能不知道呢！"玛芙拉从门外探进头来回答道，"不出三天，你就全都说了。你可耍不了滑头！"

"咳，跟你们说话真伤脑筋！你做这一切都是出于怨恨，娜塔莎！而你，玛芙拉，也弄错啦。我记得我当时就像个疯子，你记得吗，玛芙拉？"

"哪能不记得。你现在也像个疯子。"

"不，不，我说的不是这个。你记得吗？那时我们没有钱，你就去把我的银烟盒给当了；可主要的是，我要提醒你，玛芙拉，你在我面前太放肆了。这全是娜塔莎把你给惯的。哦，就算我当时的确全都告诉了你们，断断续续地（我现在想起来了）。可是口气，那封信的口气你们并不知道，可信里主要的就是口气。我现在要说的就是这一点。"

"那好，什么样的口气呢？"娜塔莎问。

"你听呀，娜塔莎，你问这事的口吻像是在开玩笑似的。可别开玩笑。我肯定地对你说，这件事十分重要。信的口气很严厉，使我垂头丧气。爸爸从来没有这样跟我说过话。也就是说，宁肯让里斯本陷进地下，也不可违反他的愿望——就是这么一种口气！"

"好啦好啦，你就说吧；你究竟为什么要瞒着我呢？"

"哦，我的天哪！为的是别吓着你。我希望自己能把一切都安排好。谁曾想收到这封信以后，爸爸就来了，我的苦难也就跟着来了。我决心给他一个坚定、明确、严肃的答复，可不知为什么总没有碰到机会。而他甚至都没有问起过这事，他真刁！相反，他倒装出这么一副样子：仿佛事情全都解决了，我们之间已不可能发生任何口角和误会了。你听见了吗,甚至已不可能了,这么自信!他对我变得那么亲切,那么和蔼。我简直觉得奇怪。他多聪明啊,伊凡·彼特罗维奇,您可不知道!他什么书都读过,什么事都知道;哪怕您只看到过他一次,他就会知道你的一切心思,就像知道自己的心思一样。大概就是由于这个原因,人们才给他取了个伪君子的绰号。娜塔莎不喜欢听到我夸奖他。你别生气,娜塔莎。好吧,就是这样……哦,这是顺便说说!起初他不给我钱,可现在给了,昨天给的。娜塔莎!我的天使!咱们的穷日子算过完啦!你瞧!这半年来为了惩罚我而克扣的钱,他昨天全都补给我了;你们瞧,有这么多呢;我还没有数呢。玛芙拉,你瞧,这么多钱!今后咱们不必再去典当匙子和领扣了!"

他从衣袋里掏出厚厚的一沓钞票,大约一千五百卢布,把它们放在桌上。玛芙拉高兴地看了看钱就夸起阿辽沙来了。娜塔莎焦急地催促他往下讲。

"咳——我就想,我该怎么办呢?"阿辽沙接着说,"咳,我怎能违抗他呢?这就是说,我向你们两个起誓,要是他对我很凶,不像当时那样和蔼,我是什么都不考虑的。我会直截了当地告诉他,我不愿意,我已经长大成人,现在事情已经定了。请相信我,我会拿定自己的主意的。可到了那时——我对他说什么好呢?不过你们别怪我。我看到你像是不大高兴,娜塔莎。你们两个为什么互相递眼色呢?你们准是在想:他马上就掉进了圈套,一点点坚定性也没有。我有坚定性,有的,而且比你们所想的还多!证据就是尽管我处境困难,可我还是立刻对自己说:这是我的责任;我应该把所有的一切,所有的一切都告诉爸爸。于是我就说了起来,把一切全都说了,他听着我说。"

"说些什么,你究竟对他说了些什么?"娜塔莎焦急地问。

"我要说的是,我不愿意跟任何别的女人结婚,我已经有了自己的未婚妻,——那就是你。这就是说,我直到现在还没有把这件事直说出来,可是我已经准备向他这么说,明天就说;我已经这么决定了。开头的时候我说,为了金钱而结婚是可耻的、不体面的,我们以贵族自居简直是愚蠢(我对他说得非常坦率,就像亲兄弟似的)。后来我向他解释,说我是tiersétat,tiersétat c'est l'essentiel;①我同大家一样,这使我感到自豪,我不愿意有什么与众不同的地方……总之,我向他阐述了所有这些正确的思想……我说得热情洋溢,娓娓动听。我对我自己感到惊奇。最后,我还根据他的观点向他证明……我直率地说:我们算是什么公爵?只不过出身是公爵罢了,实际上我们身上有什么公爵的气派呢?首先,我们并没有巨大的财富,而财富却是主要的东西。眼下最有名的公爵是罗特希尔德。其次——在真正的上流社会里,早就听不到人们谈论我们了。最后一个是伯父谢苗·瓦尔科夫斯基,他也只是在莫斯科还有点名气,而且是由于他把卖掉最后三百个农奴得到的钱也花光了,要是爸爸不是自己挣钱,说不定他的孙子也得自己去种地,现在就有这样的公爵。咱们没有什么值得骄傲的。总之,我把憋在心里的话全都说了,——全都说了,热情而坦率,甚至还说过头了。他对我的话不加理会就责备起我来了,说我不该不去看望纳英斯基伯爵,后来,又说我应该去巴结我的教母K公爵夫人,要是K公爵夫人对我很好,那就意味着我到处都会受到欢迎,我的前程也就有保障了,他就说呀,说呀,添枝加叶地说个没完。这全都是暗示,自从我和

---

① 法语:第三等级,第三等级——这是主要的。(第三等级是法国一七八九年革命前无特权的城乡居民,多指市民及资产阶级。)

你,娜塔莎,同居以后,我就把所有的人都抛弃了,所以这都是你的影响。可是直到现在他都没有直接提到你,其实他显然是避免提到你。我和他都在耍滑头,都在等待时机,一心想抓住对方的小辫子,你可以相信,我们会胜利的。"

"那好啊,结果怎么样,他怎么决定的?这是主要的。你真是个饶舌鬼,阿辽沙……"

"天知道他是怎么一回事,根本搞不清他是怎么决定的;我绝不是饶舌,我说的是真情实话;其实他并没有做出什么决定,对我的一番议论他只是笑笑,可他的笑仿佛是可怜我似的。我也知道,这是有损体面的,可我并不羞愧。他说:'我完全同意你说的话,不过咱们还是去看看纳英斯基伯爵,你要注意,到了那里对这件事啥也别说。我是了解你的,可他们并不了解你。'看来他们所有的人对他的接待也并不太热情;他们为了什么事都气呼呼的。现在上流社会的人一般都不大喜欢爸爸。伯爵起初对我非常威严,非常高傲,甚至好像完全忘了我是在他的家里长大的,装出一副苦苦回忆的样子,真的!他对我的忘恩负义简直是勃然大怒,其实我一点儿也没有忘恩负义;他的家里非常闷气,——这样一来我就不再上他那儿去了。他对爸爸也很冷淡;那一副冷淡的样子叫我简直不明白,爸爸为什么还要上他那儿去。这一切都叫我生气。可怜的爸爸在他面前几乎不得不卑躬屈节;我懂得,这一切都为了我,可我却什么也不需要。我本想日后把我的感受全都告诉爸爸,可我憋住了。为什么要告诉他呢?他的想法我是改变不了的,我只会使他大为烦恼;而他本来就够烦恼的了。好吧,我想,那么我就耍耍滑头吧,而且要比他们所有的人都更滑头,我要让伯爵尊重我,——你们猜怎么着?我立刻达到了全部目的:就在一天之内一切都全部改观!纳英斯基伯爵现在不知道该让我坐在哪里是好。这一切都是我独自一个人干的,全凭我自己的滑头,所以爸爸就只得摊开双手大吃一惊了!……"

"你听着,阿辽沙,你最好不要离题!"娜塔莎不耐烦地嚷道,"我以为你会谈谈咱们的事呢,可你只想说你在纳英斯基伯爵那里如何大出风头。你的伯爵跟我有什么相干!"

"什么相干!您听见了吗,伊凡·彼特罗维奇,什么相干?这才是最主要的事情。你自己也会看出来的,到了最后,一切都会说清楚的。不过得让我说下去……可到了最后(为什么不坦白地说呢!),我会告诉你,娜塔莎,还有您,伊凡·彼特罗维奇,也许我有的时候的确是太不聪明,太不聪明了;好吧,甚至假定我简直就是愚蠢的吧(我有时也确是这样)。不过这一次,我向你们保证,我可耍了许多滑头……甚至也可以说是……费了不少脑筋;所以我想,你们准会高兴的,因为我并不总是那么……傻……"

"咳,你呀,阿辽沙,得啦!我亲爱的!……"

娜塔莎不能忍受别人把阿辽沙看成是愚蠢的。曾经有许多次,每当我不大客气地向阿辽沙证明他干了什么蠢事的时候,她就会对我绷起脸来,尽管她什么也不说;这是她心上的一个伤疤。她不能忍受别人侮辱阿辽沙,也许是因为她自己也知道他的局限性,所以她这种感情就尤为强烈。可是她从来不把自己的看法告诉他,怕这样一来会使他的自尊心受到伤害。在这种情况下他不知怎么也特别敏感,而且总能猜到她的隐秘的感情。娜塔莎看到了这一点,心里很难过,于是立刻奉承他,爱抚他。他的话现在之所以会引起她心里的痛苦,原因就在这儿……

"得啦,阿辽沙,你不过是有点轻率罢了,你根本不是那样,"她补充道,"你为什么要贬低你自己呢?"

"那好吧,那就让我说完吧。在伯爵接待了我们之后,爸爸对我大为恼火。我想,等一会儿吧!当时我们正乘车去找公爵夫人;我早就听说,她已经是老糊涂了,外加耳聋,可她非常喜欢小狗。她有一大群小狗,她对它们宠爱备至。尽管如此,她在上流社会却有很大的势力,就连 le superbe① 纳英斯基伯爵也得 antichambre② 她。于是我就在一路上制订了进一步采取种种行动的计划,你们可知道我的计划是根据什么制订的吗?根据这样一点:所有的狗全都喜欢我,真的!我注意到了这一点。这也许是由于我身上有一种吸引力,也许是由于我很喜欢一切动物,我也弄不清究竟是什么原因,反正狗确实喜欢我,就是这么一回事!顺便谈谈吸引力的问题,我还没对你说呢,娜塔莎,我们前几天去招了一次魂,我去找了一个招魂的巫师;真是有趣极了,伊凡·彼特罗维奇;我甚至大吃一惊。我把朱利叶斯·恺撒的魂给招来了。"

"唉,我的天哪!真是的,朱利叶斯·恺撒和你有什么相干?"娜塔莎叫道,一面哈哈大笑起来,"这不可能!"

"那为什么……就像我是个什么……为什么我没有权力给朱利叶斯·恺撒招魂?这对他会有什么影响呢?瞧她笑的!"

"当然,不会有任何影响……啊,我亲爱的!那好吧,朱利叶斯·恺撒对你说了些什么呢?"

"他啥也没说。我只不过拿着一支铅笔,铅笔就自个儿在纸上移动,写出字来了。他们说这是朱利叶斯·恺撒在写。我可不信。"

"那他写的是什么呢?"

---

① 法语:鼎鼎大名的。
② 法语:前厅;这里是巴结什么人的意思。

"他写的像是果戈理的'奥勃莫克尼'①……你别笑啦!"

"那你就谈谈公爵夫人吧!"

"嘿,可你们老是打断我的话。我们到了公爵夫人那里,一开头我就向咪咪献殷勤。咪咪是一条又老又丑、最招人讨厌的小狗,脾气又倔,还爱咬人。公爵夫人非常喜欢它,把它给宠坏了,她像是跟它同岁。开头的时候我拿糖果去喂它,不到十分钟我就教会它握手了,可别人一辈子也没能教会它这么做。公爵夫人简直是欣喜若狂,她差一点高兴得哭了:'咪咪!咪咪!咪咪会握手了!'每逢来了个什么人,她就说:'咪咪会握手了!是我的教子教会它的!'纳英斯基伯爵走了进来,她又说:'咪咪会握手了!'她几乎是含着充满温情的眼泪看着我。真是个好得不能再好的老太太,我简直有点可怜她了。我可精明啦,又把她奉承一番:她有一个烟盒,盒上嵌着她的一幅肖像,画这幅肖像的时候,她还是个姑娘,那是六十年前的事了。她把烟盒掉到地上了。我把它拾起来,装作不知道的样子说:Quelle charmante peinture!② 真是貌若天仙!这么一来她就彻底软化了。她跟我天南海北地扯开了,问我在哪里上的学,都有哪些朋友,还夸奖我长了一头漂亮的头发,说起来就没个完了。我也想方设法逗她乐,给她讲了一桩丑事。她喜欢这一套,她只是伸出一根指头吓唬了我一下,不过大部分时间她都是满面笑容。她放我走的时候又是吻我,又是画十字为我祝福,要我天天都去让她开心。伯爵紧紧地握住我的手,他的两眼亮晶晶的。我爸爸呢,虽说他是个最善良、最正直也最高尚的人,可是呢,不管你们相信还是

---

① 该词引自果戈理的剧本《诉讼》。原指一个死去的女人的签名,她的名字叫"叶夫多基娅",自己却胡乱签为"奥勃莫克尼"。后来用以嘲笑那些书写潦草、难以辨认的墨迹。

② 法语:画得多美啊!

不相信,当我们俩一起回家的时候,他高兴得差一点哭起来。他拥抱我,很坦率地,坦率得有点神秘地谈起了什么前途啊,交际啊,金钱啊,婚姻啊,许多事我都听不懂。这时候他给了我钱。这是昨天的事。明天我又要去找公爵夫人,可爸爸毕竟还是个非常高尚的人——你们不要有什么想法,虽说他总想让我离开你,娜塔莎,可这是因为他看花了眼,因为他想要卡佳的几百万卢布,而你却没有钱;他要钱只是为了我,他对你不公道只是因为他没有见识。哪有一个做爸爸的不希望自己的儿子幸福呢?他总是认为有钱才有幸福,这并不是他的错。他们这些人全都是这样。只要用这种观点来看待他,他就立刻会是正确的了。我特意赶来看你,娜塔莎,想让你相信这一点,因为我知道你对他有成见,当然,这不是你的错。我不怪你……"

"那么这一切只不过是你在公爵夫人那里得到了宠幸?你要了那么多滑头得到的就是这个结果?"娜塔莎问道。

"哪能呢!瞧你说的!这只是一个开头……我谈到公爵夫人只不过是因为,你可明白,因为我通过她可以把爸爸抓在手里,我要说的主要的事还没开始呢。"

"那你就说吧!"

"我今天还碰到一件事,而且还是一件很奇怪的事,我直到现在还觉得奇怪,"阿辽沙继续说,"我得向你们指出,虽说爸爸和伯爵夫人已经把我们的婚事定了下来,可是到现在为止还根本没有正式宣布,所以哪怕我们现在就分开也不会出丑;只有纳英斯基伯爵一个人知道,不过他被看作是我们的亲戚和恩人。况且,虽说这两个礼拜我同卡佳非常要好,可是直到今晚我还没有跟她谈过一句关于将来的事,也就是关于婚姻问题……以及关于爱情。此外,起初应该征得 K 公爵夫人的同意,因为我们想得到她的种种保护和源源不绝的金钱。她说什么,上流社会也就说什么;她结交的都是那样的人物……他们一定要把我推到上流社会里去。可是特别坚决地要求这样安排的则是伯爵夫人,即卡佳的继母。问题在于公爵夫人鉴于她在国外的种种行为也许会不接待她,而公爵夫人若不接待,别人大概也不会接待了;所以我同卡佳的婚事对于她就是一个良机。所以先前反对这门亲事的伯爵夫人,今天对我在公爵夫人跟前取得的成功便大为高兴,不过这还是次要的,主要的是:我从去年就认识了卡捷琳娜·费奥多罗夫娜,可我那时候还是个孩子,什么都不懂,所以那时候也就看不出她的任何……"

"这不过是因为你当时更加爱我,"娜塔莎插话道,"所以啥也看不出来,而现在……"

"一句话也别说,娜塔莎,"阿辽沙激动地叫道,"你完全错了,你这是侮辱我!……我甚至都不想驳你;你往下听就全会明白……啊,要是你了解卡佳,那该有多好!要是你知道她有一颗多么温柔、清澈、像鸽子一般的心灵,那有多好!但是你会知道的,不过你得听我说完!两个礼拜以前,当爸爸在他们刚刚到达就带我去看卡佳的时候,我开始仔细地观察她。我发现她也在观察我。这引起了我强烈的好奇心。至于我有一种想更好地了解她的愿望,就不必说了。从我收到爸爸的那封曾使我大吃一惊的信开始,我就产生了这种强烈的愿望。关于她我什么都不想说,我不想夸奖她,我只说一点:她同周围的人截然不同。她的性格是那么独特,她具有一颗那么坚强而真诚的心,她的坚强正是来自她的纯洁和真诚,我在她面前简直是个孩子,是她的小弟弟,尽管她才十七岁。我还注意到一点:她满腔忧愁,像是有什么秘密;她沉默寡言,在家里几乎总是默不作声,像是害怕……她像是在考虑什么。她好像怕我的爸爸。她不爱她的继母——我看出了这一点;伯爵夫人自己出于某种目的,到处散布说她的继女非常爱她；这完全是假的：卡佳只是绝对服从她，仿佛她俩在这一点上达成过协议似的。四天以前，在我进行了种种观察以后，我决定要实现我的愿望，今天晚上我终于实现了。这就是：把一切都告诉卡佳，向她供认一切，把她争取到我们这一边来，那时就可以一下子把事情了结……"

"怎么！告诉她什么，供认什么？"娜塔莎不安地问。

"一切，确实是一切，"阿辽沙答道，"感谢上帝，是他启发我想出了这个主意；可是你们听呀，听呀！四天以前，我下决心离开你们，自个儿来了结这一切。要是我跟你们在一起，我就老会犹豫不决，我就会听信你们的话，无论如何也下不了决心。要是只有我一个人呢，那我就会让自己处于这样一种状态：我每一分钟都得提醒自己说，应该了结了，我必须把它了结；于是我就鼓起勇气——把它给了结了！我决定把这件事了结以后回来见你们，于是我把它了结以后就回来了！"

"那又怎么样了，怎么样了？发生什么事了？你快说呀！"

"很简单！我坦率地、诚实地、勇敢地去见她……可是我在这之前先得给你们说一桩使我大吃一惊的事。我们动身之前，爸爸收到一封信。当时我正要走进他的书房，在门口便站住了。他没有看见我。这封信使他惊讶得喃喃自语起来，他还发出几声惊叹，发狂般地在室内走来走去，末了又突然哈哈大笑起来。他手里拿着信。我简直害怕走进去，等了一会儿这才进去。爸爸为了什么事这样高兴，高兴得很；他跟我说话的时候神情有点古怪；后来他忽然不说了，让我马上准备动身，虽说时间还很早。他们家里今天没有一个客人，只有我们俩，你本来以为，娜塔莎，以为那里举行晚会，其实不然。你听到的消息不准确……"

"唉，阿辽沙，请你不要离题；你就说，你对卡佳说了些什么吧！"

"很幸运,我和她两个人在一起待了整整两个钟头。我开门见山地对她说,虽然有人想给我们俩提亲,但是我们是不可能结婚的;我心里是很喜欢她的,只有她一个人能救我。这时我就向她供认了一切。你想想看,她对我们的事,对我跟你的事居然一点也不知道,娜塔莎!可惜你没能看到她那受感动的样子!起初她简直吓坏了。她脸色煞白!我把我们的事全都告诉了她:你怎样为了我而抛弃了自己的家,我们怎样单独在一起生活,我们现在有多么苦恼,什么事都怕,我们现在跑来找她(我说这话也代表你,娜塔莎),就是希望她也能站在我们一边,而且直截了当地告诉她的继母,就说她不想嫁给我;这是我们的唯一生路,此外我们对任何人都别无所求了。她是那样津津有味、满怀同情地听着。当时她的两眼是那样一种表情!她的整个灵魂都像是倾注在她的目光中了。她有一双湛蓝湛蓝的眼睛。她感谢我对她不怀疑忌,而且答应尽力帮助我们。后来她就仔细打听你的情况,说她很想和你认识,请求我转告你,说她已经像爱自己的姐姐那样爱你,希望你也能像爱自己的妹妹那样爱她;当她知道我已有五天没见到你的时候,她就立刻催着我来看你……"

娜塔莎被感动了。

"可是你在这之前居然大谈了一通你在一个耳聋的公爵夫人面前立下的功绩!唉,阿辽沙,阿辽沙!"她用责备的神态看着他叫道,"好吧,那么卡佳怎么样呢?她送你走的时候很高兴、很愉快吗?"

"是啊,她很高兴,因为她做了一件高尚的事,可她哭了。因为她也爱我,娜塔莎!她承认,她已经开始爱我了;还说她见不到什么人,她早就喜欢我了;她特别注意我,因为她的周围全是欺诈和虚伪,但她觉得我却是一个真诚而正直的人。她站起来说道:'好吧,上帝保佑你,阿列克谢·彼特罗维奇,我曾想……'她没有说完就哭了起来,转身走了。我们决定,她明天就要告诉继母,说她不愿意嫁给我,明天我也得把一切都告诉爸爸,而且要说得坚定而勇敢。她责备我为什么早先不告诉他:'一个正直的人什么都不必怕!'她是那么高尚。她也不喜欢我的爸爸;她说,他为人狡猾,贪财。我为他辩护,她不相信我。要是我明天同爸爸谈不成(她断定谈不成),她同意我去找 K 公爵夫人撑腰。那时他们就谁也不敢反对了。我和她答应互相保持兄妹一般的关系。啊,要是你也知道她的身世那就好了,你不知道她是多么不幸,她对自己生活在继母身边,对整个这种环境是多么厌恶……她没有直接谈到这些,像是也有点怕我,可我从她的一些话里猜到了这一点。娜塔莎,我亲爱的!要是她看到了你,她会多么喜欢你呀!她的心有多好啊!跟她在一起是那么轻松愉快!你们是天生的一对姐妹,准会相亲相爱。我一直在这么想。真的:我要把你们俩弄到一起,我自己则站在一边欣赏你们。你不要有什么别的想法,娜塔舍奇卡,就让我谈谈她的事吧。我就是想跟你谈谈她,跟她谈谈你。你是知道的,我最爱的是你,我爱你超过爱她……你是我的一切!"

娜塔莎默默地看着他,既温柔,又有点惆怅。他的话既像是给了她慰藉,又像是给了她苦恼。

"老早以前,两个礼拜以前,我就看出了卡佳的优点,"他接着说,"因为我每天晚上都去他们那里。回家的时候我总是想啊想啊,一直想着你们俩,一直把你们拿来比较。"

"我们俩当中哪一个更好呢?"娜塔莎笑着问。

"有的时候是你,有的时候是她。可是最后总是你最好。我同她谈话的时候总是觉得自己渐渐变得好起来,聪明起来,高尚起来。可是明天,明天就要决定一切了!"

"你不可怜她吗?她不是爱你吗,你不是说你注意到了这一点?"

"我可怜她,娜塔莎!可是我们三个人要彼此相爱,那时候……"

"那时就得再见了!"娜塔莎轻轻地说,像是自言自语。阿辽沙莫名其妙地看着她。

但是我们的谈话突然非常意外地被打断了。厨房(又是门厅)里响起了一阵轻微的嘈杂声,像是有什么人走了进来。过了一会儿,玛芙拉把门打开,偷偷地向阿辽沙点了点头,让他出去。我们全都转过身去看着她。

"有人找你,出来吧。"她用一种神秘的口气说道。

"谁会在现在来找我?"阿辽沙纳闷地瞧着我们,说道,"我就来!"

厨房里站着公爵(也就是他爸爸)的一名穿着制服的仆人。原来公爵在回家的途中让他的轿式马车在娜塔莎的住宅旁边停下,派人来打听一下,阿辽沙是不是在她这儿?那仆人说明了这一点之后就马上走了。

"真奇怪!还从来没有见过这样的事,"阿辽沙说,一面惶惑地看着我们,"这是怎么回事?"

娜塔莎不安地看着他。忽然玛芙拉又把门打开了。

"他亲自来了,公爵!"她急匆匆低声说道,就立刻藏起来了。

娜塔莎面色苍白,从座位上站了起来。她的两眼顿时发亮了。她稍微靠着桌子站在那儿,心情激动地看着即将走进一位不速之客的那一扇门。

"娜塔莎,你别怕,有我和你在一起!我不会让你受到侮辱的。"阿辽沙低声说,他虽然有点窘,但并没有张皇失措。

门开了,瓦尔科夫斯基公爵本人出现在门口。

第 二 章

  他迅速而留心地瞥了我们一眼。单凭这一瞥还猜不透他此来是怀着敌意还是抱着善意。不过还是让我把他的外貌仔细描述一番。这天晚上,他格外使我感到惊讶。

  我先前曾见到过他。此人年龄不超过四十五岁,长得五官端正,眉目清秀,面部表情随着外界情况而变幻无常;不过这种变化来得很突然,很彻底,而且非常之快,刚才还是心花怒放、眉开眼笑,转瞬之间却阴霾密布或满腔懊恼,就像猛然拨动了一根发条。一张端端正正的椭圆形的脸,略微有些黝黑,两排整整齐齐的牙齿,两片轮廓分明的又小又薄的嘴唇,一个笔直的、稍嫌过长的鼻子,高高的前额上还看不出一丝最细微的皱纹,一双灰色的、相当大的眼睛,——凡此种种几乎足以使他称得起是一个美男子,然而他的面孔却并不能使人感到愉快。这张脸之所以使人反感,就是因为脸上的表情似乎不是他自己的,而总是矫揉造作的、精心装扮的、模仿他人的,使你情不自禁地会产生这样一种想法:你永远也抓不住他的真正表情。倘若对他的面孔进行比较仔细的观察,你就会开始怀疑,在这副永远不变的假面之下可能隐藏着一种恶意的、狡诈的和极端自私的东西。尤其引人注目的是他的那双看上去很漂亮的、灰色的、毫不掩饰的眼睛。仿佛唯有这双眼睛不能听从他任意摆布。他可能也想用温和亲切的目光看人,但他的目光仿佛具有两重性,在温和亲切的目光之中也闪动着残忍的、不信任的、寻根究底的、居心不良的神情……他的身材相当高,体态优美,稍稍有点瘦弱,他看上去比他的年龄要年轻许多。他那一头松软的深褐色头发几乎还未见银丝。他的双耳、双手和双足都非常匀称。这完全是一种贵族式的美。他的衣饰优雅、考究而又时髦,可是多少带一点年轻人的派头,不过这同他倒也相称。他就像是阿辽沙的哥哥。反正你怎么也不会认为他是这个已成年的儿子的父亲。

他径直向娜塔莎走去,凝视着她对她说:

"我此刻前来造访,事先又未通报,这不免有些奇怪,而且也违反惯例;但我希望您会相信,对于我的怪僻行为,我至少还能有所认识。我也知道我现在是在同什么人打交道,我知道您为人聪明而又高尚。只请您赏给十分钟的时间,我希望您就会了解我,并相信我的举动是正当的。"

他说这一番话的时候是彬彬有礼的,但说得很有力量,可说是柔中有刚。

"请坐。"娜塔莎说,她还没有摆脱最初的窘态和三分惊惧。

他微微鞠了一躬,便坐下了。

"首先,请允许我对他说两句话,"他指着儿子开始说道,"阿辽沙,你走的时候既没有等我,甚至也没有同我们告别;但你刚刚离开,就有人禀报伯爵夫人,说卡捷琳娜·费奥多罗夫娜病了。她本想立刻前去看她,不料卡捷琳娜·费奥多罗夫娜忽然自己走来了,她心绪不佳,而且十分激动。她坦率地告诉我们,说她不能做你的妻子。她还说,她要进修道院,说你曾经请求她帮助,而且亲自向她承认,说你爱娜塔莉娅·尼古拉夫娜……卡捷琳娜·费奥多罗夫娜这一番非同寻常的自白,而且又是发生在这样一个时候,无疑是由于你同她做了那一次非常奇怪的谈话。她几乎疯了。你会明白,我当时有多么惊讶与害怕。方才我乘车经过这儿,看到您窗口的灯光,"他向娜塔莎转过脸去,继续说,"那时,早已萦回在我脑海里的一个想法便完全支配了我,使我抑制不住最初的冲动,于是就进来看您。为了什么呢?我马上就告诉您,但我预先请求您不要对我的解释中的某些粗鲁之处感到惊讶。一切全都是突如其来的……"

"我希望我会明白,而且一定会……正确地评价您将要说的话。"娜塔莎讷讷地说。

公爵凝视着她,仿佛急于把她一眼看穿似的。

"我也把希望寄托在您的明智上,"他接着说,"如果说我斗胆现在前来找您,那正是因为我知道我将要同什么人打交道。我早就知道您了,尽管有一个时期我对您很不公道,也很对不起您。请听我说下去:您知道,我同令尊长久失和。我现在不想替自己辩解,我对不起他的程度可能比我迄今所估计的更为严重。倘若果然如此,那我自己也受骗了。我为人多疑,我也承认这一点。我对人对事往坏处想得多,往好处想得少——这是心肠冷酷的人所特有的一种不幸的性格。但我没有掩饰自己缺点的习惯。我相信了所有的诽谤,当您离开您的父母的时候,我真为阿辽沙担心。但当时我还不了解您。后来我一点一点地进行调查,调查的结果使我欢欣鼓舞。我对您进行观察、研究,末了确信我的怀疑是没有根据的。我获悉您跟您的家庭闹翻了,我还知道,令尊竭力反对您同我的儿子结婚。尽管您很能左右阿辽沙,甚至可以说拥有驾驭他的权威,然而迄今您还不曾运用过这种权威,也没有强迫他娶您,仅仅这一点便足以说明您为人之好。但是,我要向您彻底坦白,我当时仍然决心千方百计地阻止您和我儿子结婚。我知道,我的这一番话说得太坦率了,然而此时此刻我的坦率比什么都更为重要;您听完了我的话也会同意这一点的。您离家出走以后不久,我就离开了彼得堡;不过在离开的时候我已经不再为阿辽沙担心了。我寄希望于您高尚的自尊心。我明白,在我们两家的纠纷结束之前,您自己也不想结婚;您不愿破坏阿辽沙和我之间的和睦,因为倘使他和你结了婚,我是决不会饶过他的,您也不愿意别人议论您,说您要找一个公爵做丈夫,想同我们家联姻。相反,您甚至表示瞧不起我们,说不定还指望我有朝一日亲自登门请求您给我们面子,接受我儿子的求婚。可是我依然顽固地对您不怀好意。我不想替自己辩解,但我不隐瞒我对您不怀好意的原因。这原因就是您无钱无势。我虽说也薄有家财,可我们需要更多的财产。我们这个家族没落了。我们需要权势和金钱。齐娜伊达·费奥多罗夫娜伯爵夫人的继女虽说并无权势,但很有钱。只要稍一耽搁,就会有人前去求婚,把这姑娘从我们手里夺走;这样的机会是不能错过的,尽管阿辽沙还太年轻,可我还是决定要给他说亲。您瞧,我什么都没有隐瞒。您可以鄙视这样一个父亲,这个父亲亲口承认,他出于贪财和偏见而驱使儿子去干坏事;因为抛弃一个宽宏大量的姑娘,这是一桩恶劣的行为。这个姑娘为他牺牲了一切,他非常对不起她。可是我不替自己辩护。我想让我的儿子娶齐娜伊达·费奥多罗夫娜伯爵夫人的继女的第二个原因,就是这个姑娘非常值得爱慕和尊敬。她美貌动人,受过很好的教育,性情非常之好,也很聪明,虽说在许多方面还是一个孩子。阿辽沙性格软弱,为人轻浮,非常不明事理,二十二岁还完全是个孩子,也许他只有一个优点,那就是心眼好,——然而在具有其他种种缺点的情况下,这种优点简直是危险的。我早就注意到,我对他的影响开始减退;冲动、年轻人的热情,完全支配了他,甚至压倒了一些真正的责任感。我也许是太爱他了,但我相信,他只有我一个人指点是不够的。而且他还一定得经常接受什么人的良好影响。他生性柔顺、软弱而多情,他宁肯去爱别人、服从别人,却不愿发号施令。他一辈子就这样了。您想象得到,当我发现卡捷琳娜·费奥多罗夫娜就是我想让我儿子娶的那么一个理想的姑娘时,我有多么高兴。但是我高兴得迟了,他已经牢牢地受到另一种影响的支配——您的影响。一个月前我回到彼得堡后,一直在密切地观察他,我惊奇地发现他明显地变好了。他的轻浮和幼稚几乎毫无变化,但是一些高尚的情操却已在他身上生了根;他不再对一些玩具感兴趣,而是对崇高的、高尚的、真诚的东西感兴趣了。他的思想是古怪的,不稳定的,有时是荒谬的;不过他的愿望、热情、心灵却变得好一些了,而这却是一切的基础;他身上的所有这些比较好的东西,无疑都是从您那儿来的,您改造了他。我要向您承认,当时我脑子里曾经闪过这样一种想法:您也许要比其他任何人都更能使他幸福。但是我抛开了这种想法,我不愿意有这种想法。我无论如何也得让他离开您;我开始行动起来,并认为已达到了自己的目的。就在一小时以前我还认为胜利是在我这一边,不料在伯爵夫人家中发生的事一下子就把我的估计全部推翻了,使我惊讶的首先是一件出乎意料的事:他对您真挚而坚贞的热爱,一种执着而富有生气的热爱,这种热爱在阿辽沙的身上简直使人感到奇怪。我向您重复一次:您把他彻底改造了。我突然发现,他的变化甚至比我想象的还大。今天他忽然在我面前显示出一种我完全不曾料到的聪明的迹象,同时还显示出一种非常敏锐的、洞察幽微的感情。他选择了一种最恰当的办法来摆脱在他看来是很困难的处境。他触动并唤醒了人们心中最高尚的心弦,——这就是宽恕别人和以德报怨的能力。他向受到他欺负的人投降,同时又请求她给予同情和帮助。他触动了一个已经爱上了他的女人的全部自尊心,坦率地向她承认她有一个情敌,同时又引起了她对自己的情敌的同情心,使得她宽恕了他,并答应同他保持无私的兄妹般的友谊。敢于做出这样的解释而又不使对方蒙受羞辱和委屈——这一点就连那些最机灵的聪明人有时也未必能够做到,而只有像他那样具有朝气蓬勃的、纯洁的和得到很好指点的心灵的人才能做到。我相信,您,娜塔莉娅·尼古拉夫娜,没有参与他今天的行动,既没有对他说过什么,也没有给过他什么暗示。说不定您还是方才从他那里知道这一切的。我没有弄错吧?是吗?"

"您没有弄错,"娜塔莎赞同道,她满面通红,两眼闪烁着奇异的光芒,仿佛灵感涌现似的。公爵这一番滔滔不绝的话开始发生作用了。"我有五天不见阿辽沙了,"她补充道,"这全是他自己想出来,又自己去做的。"

"准是这样,"公爵证实道,"但是,尽管如此,他的全部出人意料的洞察力,他的全部决心和责任感,最后,还有他的全部高尚的坚贞,——这一切全都是您对他的影响产生的结果。我已对这一切做了彻底的考虑,方才我乘车回家的时候一直在想这件事,终于恍然大悟,感到我可以做出决定了。我们同伯爵夫人家的亲事已经破裂,而且不可能恢复了;即便能够恢复,——它也决不会实现。那好吧,我自己也已经相信,只有您才能使他幸福,您是他真正的导师,您已经为他未来的幸福打下了基础!我不曾对您有任何隐瞒,现在也不隐瞒:我贪图功名、钱财、名望,甚至官爵;我清楚地认识到这大都是偏见,可我喜欢这些偏见,绝对不想去侵犯它们。但是在某种情况下也得从别的方面考虑考虑,不能对一切东西都拿一种尺度去衡量……此外,我非常喜欢我的儿子。总之,我得出结论,阿辽沙决不能离开您,因为没有您他就会毁掉。怎能不承认这一点呢?我可能在整整一个月以前就得出了这个结论,可直到现在我才认识到这个结论是正确的。当然,若是为了把这些话都告诉您,我本可以明天前来拜访,以免几乎在深更半夜的时候打扰您。不过我现在这种匆忙也许能向您表明,我对待此事是多么热情,主要的是多么真诚。我不是个小孩子,在我这种年纪我是不会贸然行事的。我上这儿来的时候,一切都已决定,都已周密考虑过了。然而我觉得,我还得等候很长一段时期才能使您完全相信我的真诚……不过还是让我言归正传吧!我现在就向您解释我上这儿来的原因!我上这儿来,为的是履行我对您的责任,并且——郑重地、怀着我对您的无限敬意、请求您使我的儿子幸福,并接受他的求婚。噢,您不要认为我是这样一个严厉的父亲,他终于决定饶恕自己的子女,并仁慈地同意赐给他们幸福。不!不!倘使您认为我有这种想法,那您就伤害了我的自尊心。您也不要认为,根据您为我的儿子做出的牺牲,我预先就能肯定您会同意;也不是的!我要第一个大声宣布,他配不上您,还有……(他是善良的、直率的)——他自己也会承认这一点。但这不是一切。此时此刻吸引我到这儿来的不仅是这一点……我上这儿来……(他毕恭毕敬地,而且颇为庄重地从座位上站起来)我上这儿来是为了做您的朋友!我知道,我根本没有这种权利,恰恰相反!但是——请允许我赢得这种权利,请允许我抱有这种希望!……"

他恭恭敬敬地低着头站在娜塔莎面前,等候她的回答。他说话的时候我一直仔细地观察着他。他注意到了这一点。

他讲这番话的时候是冷冰冰的,有点故意追求词藻,有时甚至有点漫不经心。他这一番话的语调,有时简直同吸引他在这种不合时宜的时刻前来对我们进行初次访问的那股热情不相称,尤其是我们之间还是这么一种关系。他的某些措词显然是精心选择的,在他这篇冗长的,而且长得有些奇怪的讲话中,有些地方他似乎故意把自己装扮成一个怪人,这怪人正竭力做出一副幽默、漫不经心和诙谐打趣的样子来掩饰自己迸发出来的感情。不过这一切都是我日后才想起来的,而当时则是另一回事。他末尾的几句话说得那么热情洋溢,那么富有感情,还做出那么一副非常真诚地尊敬娜塔莎的样子,所以把我们全都征服了。他的睫毛上甚至还闪耀着泪花般的东西。娜塔莎的高贵心灵完全被征服了。她跟着他从自己的座位上站起,默默无言地、十分激动地把自己的手伸给了他。他握住她的手,亲切而有感情地吻了它一下。阿辽沙欣喜若狂。

"我不是跟你说过吗,娜塔莎!"他叫道,"你不相信我!你不相信,他是世界上最高尚的人!现在你看见了,你亲眼看见了!……"

他向爸爸扑过去,热烈地拥抱他。公爵也同样热烈地拥抱自己的儿子,但他急于缩短这激动人心的场面,仿佛不好意思流露自己的感情似的。

"够了,"他说,同时拿起了自己的帽子,"我要走了。我本来要求在您这儿只待十分钟,可却整整坐了一个钟头,"他笑着补充道,"但我在离开这里的时候又非常殷切地希望能尽快再次同您相见。您允许我经常前来拜访您吗?"

"可以,可以,"娜塔莎答道,"什么时候来都成!我希望能尽快地……喜欢您……"她忸怩不安地补充道。

"您多么真诚,多么正直!"公爵听了她的话笑了笑说,"您甚至都不想客套一番。但是您的真诚却比所有这些虚假的客套更加珍贵。是的!我认为,我得经过很长很长的时间才能赢得您的喜爱!"

"得了吧,别夸我啦……够啦!"娜塔莎不好意思地低声说道。此刻她是多么可爱!

"那就这样吧!"公爵最后说道,"不过还要说两句眼前的事。您难以想象我现在有多么不幸!要知道明天我不能上您这

137

儿来了;明天不能,后天也不能。今天晚上我收到一封信,这封信对我说来是那么重要(它要我立即参与办理一件事情),我是无论如何也躲不开的。明天凌晨我要离开彼得堡。请您不要认为,我之所以这么晚才来拜访您,就是因为我明天或者后天都没有时间。当然,您不会这样想的,不过这正好是可以说明我生性多疑的一个例子! 为什么我觉得您一定会这么想呢? 不错,这种多疑在我一生中给我带来了很多麻烦,我同你们家的整个这一场纠纷,也许只不过是我这种倒霉的性格造成的结果! ……今天是星期二。星期三、星期四、星期五,我都不在彼得堡。我希望星期六我一定能回来,而且当天就来看您。请告诉我,我可以上您这儿整整待一个晚上吗?"

"当然可以,当然可以!"娜塔莎叫道,"星期六晚上我等候您! 殷切地等待您!"

"那我就太荣幸了! 我要进一步更好地了解您! 可是……我得走了! 不过不同您握握手我还是不能走,"他霍地向我转过身来,接着说,"请原谅! 我们现在说话全都是这么缺乏连贯性……我已经荣幸地同您相见了几次,有一次还互相做了介绍。在离开这儿之前,我不能不向您表示,能够重新同您认识,我是多么高兴。"

"我见到过您,这是真的,"我握住他的手答道,"不过很抱歉,我不记得我们互相做过介绍。"

"去年在P公爵家中。"

"很抱歉,我忘了。不过我向您保证,这一次我可不会忘记。今晚对于我是特别难以忘怀的。"

"是啊,您说得对,我有同感。我早就知道,您是娜塔莉娅·尼古拉夫娜和我儿子的真正的挚友。我希望能在你们三位之外忝居第四。您看呢?"他向娜塔莎转过身去,补充道。

"是的,他是我们的挚友!我们一定要在一起!"娜塔莎深受感动地答道。可怜的姑娘!她看到公爵没有忘记同我寒暄,不禁高兴得满面春风。她多么爱我啊!

"我见到过许多崇拜您的天才的人,"公爵接着说,"我还知道有两位极其真诚地仰慕您的女士。倘若她们能同您本人认识一下,那她们一定会感到三生有幸。她们一个是伯爵夫人,我最好的朋友,另一个是她的继女,卡捷琳娜·费奥多罗夫娜·菲莉莫诺娃。请允许我希望您不会拒绝我荣幸地把您介绍给这两位女士。"

"那我可是太荣幸了,虽说我现在交游不广……"

"可是您能把您的住址告诉我吗?您住在何处?我将荣幸地……"

"我不接见宾客,公爵,至少在目前是如此。"

"但是,虽说我也不配作为例外……但是……"

"好吧,倘若您要这样的话,我将十分荣幸。我住在某胡同的克卢根大厦里。"

"克卢根大厦!"他像吃了一惊似的叫道,"怎么!您……在那儿住了很久了吗?"

"不,不久,"我情不自禁地谛视着他,答道,"我住在四十四号公寓。"

"四十四号?您是……一个人住在那里?"

"就我一个人。"

"是啊!我这是因为……我像是知道这幢房屋。这倒更好……我一定去拜访您,一定!我有许多事要跟您谈谈,我还有许多事有求于您。您能对我有很大的帮助。您瞧,我开门见山地向您提出要求了。可是再见啦!再次握您的手!"

他同我和阿辽沙握了握手,再次吻了吻娜塔莎的小手,便掉头而去,他没有要阿辽沙跟随他去。

我们三人都愣住了。这一切都来得那么出乎意料,那么突然。我们全都感到,在一瞬间的工夫,情况完全变了,一种新的、不可知的局面开始了。阿辽沙默默地在娜塔莎身边坐下,轻轻地吻着她的手。他间或看看她的脸,像是在问:她会说什么呢?

"亲爱的阿辽沙,你明天去看看卡捷琳娜·费奥多罗夫娜吧。"她终于说道。

"我自己也想到了这一点,"他答道,"我一定去。"

"但也说不定她看到你会难过的……那怎么办呢?"

"我不知道,我的朋友。我也想到了这一点。我得想想……我得看看……然后再决定。好啦,娜塔莎,我们的处境现在完全变啦。"阿辽沙再也忍不住地说道。

她嫣然一笑,温情脉脉地久久看着他。

"他是多么圆滑。他看到你的住处这么寒碜,可一句话也没有……"

"什么话?"

"喏……让你搬一个住处……或别的什么。"他红着脸补充道。

"够啦,阿辽沙,这是何苦呢!"

"我说的就是这个,他是那么圆滑。瞧他把你给夸的!我不是对你说过嘛……我说过!不,他什么都懂,什么都感觉得到!可他谈到我的时候就像谈论一个孩子似的,他们全都这么看待我!不过我觉得我的确也是这样。"

"你是个孩子,可比咱们所有的人都精明。你真好,阿辽沙!"

"可他却说我的好心害了我。这是怎么回事?我不明白。你知道是怎么回事,娜塔莎。我现在是不是应该尽快去找他?

明天天一亮我就马上回到你这儿来。"

"去吧,去吧,亲爱的。你想到了这一点,这很好。你一定要向他表示一番,听见了吗?明天你尽早回来。往后你不会从我这里一走就是五天了吧?"她温柔地看着他,调皮地补充道。我们全都沉浸在一种静谧的、心满意足的喜悦里。

"跟我一起去吗,万尼亚?"阿辽沙离开屋子时叫道。

"不,他还得待一会儿;我还有些事要和你谈谈,万尼亚。你别忘了,明天天一亮就回来!"

"天一亮就回来!再见,玛芙拉!"

玛芙拉异常激动。她一直在听公爵讲话,什么都听到了,但有许多话听不懂。她很想弄明白,很想问个究竟……同时她的脸色又那么严肃,甚至有些骄傲。她也猜到,许多情况发生了变化。

只剩下我们两人了。娜塔莎抓住我一只手,沉默了片刻,仿佛在找什么话说似的。

"我疲倦了!"她终于有气无力地说道,"你听呀:你明天去看望咱们的老人吗?"

"一定去。"

"你去告诉妈妈,可别告诉他。"

"可我从来也不跟他谈你的事的。"

"这就对了,你不告诉他他也会知道。你要注意他说什么,他对这事是什么态度。天哪,万尼亚!莫非他真会为了这门亲事诅咒我吗?不,不会的!"

"公爵准会把一切都安排好的,"我急忙附和道,"他一定会跟他言归于好,那时就万事大吉了。"

"哦,我的天哪!但愿如此!但愿如此!"她哀求般地叫道。

"你别担心,娜塔莎,一切都会顺利解决的。看来确是如此。"

她凝视着我。

"万尼亚！你对公爵是怎么看的？"

"倘若他说的话是真诚的,那么我觉得他就是个十分高尚的人了。"

"倘若他说的话是真诚的？这是什么意思？莫非他说的话会是不真诚的？"

"我有这种感觉,"我答道,"这么说来他脑子里隐隐约约地有什么想法了,"我暗暗地想,"奇怪！"

"你一直盯着他……目不转睛……"

"是啊,他有点奇怪,我有这种感觉。"

"我也是。他不知为什么老是这么说……我累啦,亲爱的。你知道吗？你也回家去吧。明天你去看望他们以后尽早上我这儿来。还有一件事:我刚才对他说,我想尽快地喜欢他,这是不是有点无礼？"

"不……有什么无礼的呢？"

"那么……是不是有点愚蠢？因为这岂不等于是说我现在还不喜欢他吗。"

"恰巧相反,这很好,很天真,很自然。当时你真可爱！倘若他由于受了上流社会的熏陶而不理解这一点,那么愚蠢的将是他。"

"你像是在生他的气,万尼亚？可是我却多么叫人讨厌,多么多疑,又多么爱面子！你别笑话我;我什么都不瞒你。啊,万尼亚,我的好朋友！倘若我又遭到不幸,又碰到叫人痛苦的事情,你一定会上这儿来陪着我;说不定将来只有你一个人会陪着我！对这一切我拿什么来报答你呢！永远不要骂我,万尼亚我会来！……"

回到家里，我立刻脱衣就寝。我的房间像地窖一般潮湿、阴暗。许多奇怪的念头和感情涌上心头，我久久不能入眠。

但是，有一个人此刻却即将在他舒适的卧榻上酣然入梦，倘若他感到我们还值得嘲笑一番的话，他是一定会嘲笑我们的。不过他未必会感到我们值得他嘲笑！

第 三 章

翌日上午十时许,我正要出门,赶往瓦西利耶夫岛,去探望伊赫缅涅夫夫妇,以便尽快从他们那里去看娜塔莎。这时,我突然在门口碰见了昨天来访的那个女孩子,史密斯的外孙女。她是来找我的。我记得,我看到她以后觉得很高兴,虽说我并不知道是什么缘故。昨天我还没有来得及好好地看看她,在白天,她尤为使我惊讶。真是难得看到比她更为奇特和古怪的人了,至少从外表上看是这样。她个子矮小,有一双炯炯发光的、不大像是俄国人的黑眼睛,一头浓密而蓬松的黑发,一种不可思议的、缄默而固执的神态,她简直可以吸引街上任何一个行人的注意。她的目光尤为令人惊奇:其中闪烁着智慧的光芒,同时也流露出审判官似的不轻信的神色,甚至是怀疑的表情。她穿的那件又旧又脏的外衣,在白天的光线下显得比昨天更为破烂。我觉得,她患着一种难以治愈的慢性病,这种病正渐渐地,但又是无情地摧残着她的身体。她那张苍白而消瘦的脸,具有一种不自然的褐黄色,还带着怨恨的神情。尽管贫穷和疾病使她显得难看了,但是总的说来,她还是相当秀丽的。两道清晰的眉毛又细又美;尤其漂亮的是那宽阔的、稍稍偏低的前额,还有那两片优美的嘴唇,它们的线条显得高傲而又大胆,然而却那么苍白,几乎没有血色。

"啊,你又来啦!"我叫道,"好吧,我也想到你会来的。进来吧!"

她像昨天那样慢吞吞地迈过门坎走了进来,带着不信任的神情环顾四周。她仔细地打量着她外公住过的房间,仿佛在察看这个房间住进新房客以后发生了多大的变化。"嘿,外祖父是什么样,外孙女也是什么样,"我这么想,"她是不是疯子?"她一直默不作声;我等着。

"我是来取书的!"她终于低声说道,一面垂下眼睛看着地面。

"哦,对啦!你的书;就在这儿,拿去吧!我是特意为你把它们保存起来的。"

她好奇地看了我一眼,有点古怪地撇着嘴,仿佛想给我一个表示不相信的嘲笑。但这种嘲笑的欲望转瞬即逝,重又恢复了先前那种严肃的、莫测高深的表情。

"难道外公对您说起过我?"她问,同时带着讽刺意味把我从头到脚打量了一番。

"没有,他没有谈到过你,可是他……"

"那您怎么会知道我要来呢?谁告诉您的?"她急忙打断我的话问道。

"因为我觉得你的外公不可能没有任何人照料独自一人生活。他年纪那么大了,身体又很弱,所以我认为总会有人来看他的。这就是你的书,拿去吧。你是把这些书当作课本在学吗?"

"不是的。"

"那你要它们做什么?"

"早先我来看我外公的时候他都教我。"

"难道后来你就不来了?"

"后来就不来了……我生病啦。"她像为自己辩解似的补充道。

"你有家吗?有爸爸妈妈吗?"

她顿时皱起眉头,甚至有点惊恐地瞥了我一眼。接着她垂下视线,默默掉转身子,轻轻地走出了房间,也不回答我的问题,同昨天一模一样。我惊奇地目送她出去。但她在门口站住了。

"他怎么死的?"她稍稍向我转过身来,有点粗鲁地问道,她的姿势和动作同昨天完全一样,当时她也是正朝室外走去,面对着门站住,问起阿佐尔卡的情况。

我走到她跟前,急忙把我所知道的情况告诉她。她垂着头,背朝我站着,默默地、贪婪地听着。我还告诉她,老人临死的时候提到过六号街。"我猜,"我补充道,"那里肯定住着他的什么亲人,所以我才预料会有人来探望他。他一定很喜欢你,因为他临死的时候还想着你。"

"不,"她像是无意识地低语道,"他不喜欢我。"

她非常激动。我在说话的时候向她弯下腰去盯着她的脸。我注意到她费了很大的劲压制着自己的激动,仿佛是由于高傲而蓄意对我掩饰似的。她的面色越来越显得苍白,她还紧紧地咬着她的下唇。然而尤为使我惊愕的则是她心脏的奇异跳动。她的心跳越来越强烈,而且在两三步之外都能听见,仿佛长了动脉瘤似的。我以为她会像昨天那样突然泪如雨下,但她控制住了自己。

"那个篱笆在哪儿?"

"什么篱笆?"

"他在那下面死去的那个篱笆。"

"我会带你去看的……在我们出去的时候。对了,你听我说,你叫什么名字?"

"你别……"

"别什么?"

"你别这样,没什么……我根本没有名字!"她断断续续地,又好像生气似的说道,而且迈步要走了。我止住了她。

"你等等,你真是个古怪的小姑娘!要知道我是为了你好,昨天你在那边楼梯的拐角上哭的时候,我就可怜起你来了。我想起这件事就难过……何况你的外公就死在我的怀里,当他提到六号街的时候,他准是想起了你,他的意思好像是想把你留给我来照顾。我常梦见他……我不是还把书给你保存起来了吗?可你却这么野,好像怕我似的。你一定很穷,又是个孤儿,说不定还住在陌生人当中;是不是这样?"

我热情地安慰她,我自己也不知道,为什么她对我有这么大的吸引力。我的感情里不单单只有怜悯,还有另一种东西。这究竟是整个这件事所具有的那种神秘色彩,是史密斯给我留下的那种印象,还是我自己的一种奇特情绪,——我不知道,然而确有什么东西使她对我具有一种不可抗拒的魅力。我的话看来打动了她;她有点古怪地看了看我,但表情已经不是那么严峻,而是比较温和了,持续的时间也比较长;后来她又垂下视线,仿佛陷入了沉思。

"叶莲娜。"她蓦地低声说道,使人感到意外,而且说得很怪。

"你的名字叫叶莲娜?"

"是的……"

"那好,你以后常上我这儿来吗?"

"不行……我不知道……我会来的。"她低声说,既像是在进行思想斗争,又像是在沉思。这时某处有一口钟突然敲响了。她打了一个寒噤,带着一种难以形容的病态的苦闷神情看着我,低低地说:"几点了?"

"想必是十点半了。"

她惊叫了一声。

"天哪!"她说,顿时拔腿就跑。我再次在穿堂里止住了她。

"我不能这样放你走,"我说,"你怕什么?你耽误啦?"

"是啊,是啊,我是偷偷地跑出来的!您放我走吧!她会打我的!"她叫了起来,显然说漏了嘴,而且想从我的手中挣脱出去。

"你听着,别跑,你要去瓦西利耶夫岛,我也要去那儿,去十三号街。我也迟了,想坐马车去。你愿意跟我一齐去吗?我会把你带去的。比走路快……"

"你不能去我那里,不能。"她惊恐万状地叫道。一想到我可能上她住的地方去,吓得她脸都扭歪了。

"我告诉你,我是去十三号街办我自己的事,不是上你那儿去!我不会跟在你后头。坐马车很快就到。咱们走吧!"

我们急忙跑下楼去。我叫住了碰到的第一辆简便马车。叶莲娜显然十分焦急,因为她同意和我一起坐车。最叫人莫名其妙的是,我甚至都不敢再问她什么了。我问她在家里怕什么人怕得这么厉害,她只是挥挥手,而且差一点从马车上跳下去。"这里有什么秘密呢?"我这样想。

她坐在马车上觉得很不自在。只要马车一晃,她就要用那只肮脏的、布满裂口的、小小的左手抓住我的衣服,以免跌倒。她用另一只手紧紧地抱着她的书;从一切方面都可以看出,这些书对于她十分珍贵。她把身子坐正以后,突然露出了一只脚,我不禁大吃一惊,因为我看见她只穿着一双有窟窿的破鞋,没有穿袜子。虽说我本来已经决定不再问她什么事,可这当儿我又憋不住了。

"难道你就没有袜子?"我问,"在这种又潮又冷的天气里,哪能光着脚走路呢?"

"没有。"她干巴巴地答道。

"唉,我的天哪,可你总是跟什么人住在一起的吧!你若是要上街,总可以向别人借一双袜子穿穿呀。"

"我自己愿意这样。"

"那你会生病的,会死的!"

"死就死吧。"

她显然不愿意回答,而且对我的问题感到气恼。

"他就是在这儿死的。"我说,一面指给她看一幢房屋,那老人就是在这幢房屋跟前死去的。

她凝视了片刻,猝然转过身来向我哀求:

"看在上帝的分上,你别跟着我。我会来的,会来的!我一有机会就会来的!"

"好吧,我已经说过,我不会去找你的!可你怕什么呢!你一定有什么不幸。我看到你,心里真难过……"

"我谁也不怕。"她声音有点激动地答道。

"可你刚才还说:'她会打我的!'"

"让她打吧!"她答道,两眼闪闪发光,"让她打!让她打!"她痛苦地一再地说,上唇鄙夷地向上翘起,而且微微颤抖……

末了,我们到了瓦西利耶夫岛。到了六号街街口,她叫马车停下,从车上跳了下去,一面焦灼不安地环首四顾。

"你走吧;我会来的,会来的!"她惶恐万状地一再地说,还恳求我别跟着她,"你快走吧,快走吧!"

我驱车走了。但是我坐的车在滨河街上没走多远,我就下车走回六号街,迅速跑到街对面去。我看见了她;她还没走多远,尽管她走得很快,而且老是回头张望;她甚至还停下来站了一会儿,以便看看清楚:我是不是跟在她后头?可是我老是躲在附近的门后,所以她没有发现我。她继续朝前走,我跟着她,但我一直在街道的另一侧行走。

149

我的好奇心已达到了顶点。虽说我已下决心不跟踪她,可我又觉得一定要查明,她究竟要走进哪一幢房屋,以备万一。我被一种令人难以忍受的古怪感情所支配,当阿佐尔卡在糖果店里死去的时候,她的外公也曾使我产生过类似的感情……

第 四 章

我们走了很久,一直走到马雷街。她几乎是在跑,末了,她走进一个小铺子。我站住了等候她。"她肯定不会住在小铺子里。"我想。

果然,不大一会儿她就出来了,但她手里的书却不见了。她手里拿的不是书,而是一只陶碗。她走了不多几步,便走进一幢不大好看的房屋的大门里去了。这幢房屋不大,石砌的,是一幢古老的两层楼的房子,被刷成暗黄色。底层有三个窗子,其中的一个窗子里露出一口小小的红棺材,——这是一个小棺材匠的招牌。上层的窗子都非常小,都是正方形的,镶着晦暗的、边缘呈现裂痕的绿色玻璃,可以看到玻璃后面挂着粉红色的细棉布窗帘。我穿过街道,走到房屋跟前,看到大门上的一块铁牌上有这么一行题字:女市民布勃诺娃寓所。

我刚刚看清楚这一行题字,顿时听见布勃诺娃的院子里传来一个女人刺耳的尖叫声,继而是一顿臭骂。我朝便门内看了看;在木制门廊的台阶上站着一个肥胖的婆娘,一身小市民打扮,戴着帽子,披一幅绿披巾。她长着一个难看的酱红色脸膛,一对鼓出来的充血的小眼睛闪射着凶光。她显然是喝醉了,尽管还不到吃午饭的时候。她冲着可怜的叶莲娜尖叫,叶莲娜双手捧着碗,呆呆地站在她面前。酱红脸婆娘背后的楼梯上出现了一个女人,她的头发乱蓬蓬的,脸上涂着脂粉。不大一会儿工夫,从地下室楼梯口通向底层的一扇门打开了,阶梯上出现了一个衣着寒碜、风度优雅的中年妇女,她大概是被尖叫声吸引出来的。住在底层的其他的人,一个年老体衰的男人和一个姑娘,也从半打开的门里向外张望。一个高大结实的汉子,大概是门房,手执一把扫帚站在院子中央,懒洋洋地瞧着这个场面。

"啊,你这个该死的,你这个吸血鬼,你这个坏种!"那婆娘尖叫道,一口气就把一肚子骂人的话全都倒了出来,这些话大部分既无逗号也无句号,只不过夹杂着喘气的声音,"你就是这样报答我对你的关心的吗,你这个邋遢鬼!刚才让她去买黄瓜,可她却溜了!我打发她出去的时候,心里就觉得她会溜的。我真伤心,真伤心!昨天晚上我刚刚揍过她一顿,可她今天又跑了!你要上哪里去,小婊子,上哪里去!你去找什么人,你这该死的蠢货,傻瞪着两眼的坏蛋,毒蛇,去找什么人!你说呀,你这个死不要脸的贱胚,要不我就把你勒死在这里!"

于是这个怒气冲冲的婆娘就向可怜的小姑娘扑了过去;但一看到那个住在底层的女人正从门廊那里瞧着她,便突然站住了,她向那女人转过身去,叫嚷得比先前更加刺耳,还挥动着双手,像是要那女人充当证人,证明她那不幸的牺牲者确实犯了什么弥天大罪。

"她妈妈死了!你们都知道的,好人们:留下她孤苦伶仃的一个人。我看见你们这些穷人在抚养她,可你们自己也吃不饱啊;我想,看在圣尼古拉的分上我不能怕麻烦,我得收留这个孤儿。我把她收留了。可你们猜怎么着?我收留她两个月了,——这两个月她喝的是我的血,吃的是我的肉!这吸血鬼!响尾蛇!顽固不化的魔鬼!她老不吭气,哪怕你揍她也罢,扔开她不管也罢,她总是不吭声;就像嘴里含满了水似的,——老是不吭气!我那么伤心——她还是不吭气!你把你自己看成什么人了,你算得上是个什么人物,绿毛猴?要不是我,你还不得在大街上饿死。你真该先给老娘洗脚,完了再喝洗脚水,你这个妖精,你这个黑炭似的法国烧火丫头。没有我,你早就翘辫子了!"

"您干吗这样伤心,安娜·特里芳诺夫娜?她又干了什么叫您难过的事啦?"那女人看见这个大发雌威的母夜叉冲着她喊叫,便恭恭敬敬地问道。

"这还用得着问吗,我的好人,这还用得着问吗?我不愿意别人违背我的心意!不管是好是坏,我办事总有自己的一套规矩,——我就是这么个人!可她今天却差一点把我送进了棺材!我打发她上小铺子去拿黄瓜,可她过了三个钟头才回来!我打发她出去的时候就料到她会这样;我伤心哪,伤心;难过啊,难过!她在哪儿呢?她上哪儿去啦?她给自己找了一些什么样的保护人?难道我就没有给过她什么好处!我勾销了她不要脸的妈妈欠下的十四个卢布的债,自己掏钱把她给埋了,还把她的小鬼领来抚养,我的好人,你自己也知道,你全都知道!怎么,难道在这以后我还没有权力管教她吗!她本来应该感觉到这一点,可她非但没有感觉到这一点,反而跟我作起对来!我是希望她幸福的。我想让她这个贱货穿上细布衣服,到市场上给她买了一双皮鞋,把她打扮得像一只孔雀,——就像过节那样!你们哪里想得到,好人们!不到两天工夫,她就把衣服给弄破了,弄得稀巴烂,撕成一片片的,她就是这德行,就是这德行!你们猜怎么着,她是故意这么干的,——我不想撒谎,我是亲眼看见的;她说,她就是想穿粗布衣服,不愿穿细布衣服!好吧,我当时就给了她一点厉害瞧瞧,狠狠地揍了她一通,后来只得把医生请来,还得给她付钱。要是我把你给掐死了,你这个贱货,我大不了一个礼拜不喝牛奶,——我要为你受的报应也就这么多了!我为了惩罚她,就逼着她擦地板;你们猜怎么着:她就擦了起来,这个坏蛋,她擦呀,擦呀！我心里直冒火,——可她还在那里擦！好吧,我想:她会从我这里逃走的！我刚有这么个想法,抬头一看——她已经跑了,昨天跑的！你们都听见了,好人们,为了这件事我昨天狠狠地揍了她一顿,把我的手都揍痛了,我把她的袜子、鞋都拿走了,——我想,她光着脚总不会跑了吧;可她今天又跑了！你上哪儿去啦？说呀！你向谁去诉苦啦,小杂种,你向谁去告我啦？你说呀,你这个茨冈人,假洋鬼子,你说呀！"

她怒气冲冲地向吓呆了的小姑娘扑过去,揪住她的头发,把她一下子摔倒在地上。装着黄瓜的碗飞到一边摔碎了,醉醺醺的泼妇更加狂怒起来。她朝着她的牺牲品的脸上、头上不停地打着;可是叶莲娜固执地沉默着,她一声不响,一声不叫,一声也不抱怨,就是在挨打的当儿也是这样。我几乎是气愤若狂地冲进院子,径直向那个醉醺醺的婆娘走去。

"您这是干什么？您怎么胆敢这样对待一个可怜的孤儿！"我抓住这泼妇的一只胳膊,叫道。

"怎么回事？你是什么人？"她尖叫道,放开了叶莲娜,双手叉着腰,"您在我家里要干什么？"

"要告诉您,您是个残忍的婆娘！"我叫道,"您怎么胆敢这样折磨一个可怜的孩子？她又不是您的;我亲耳听见,她只不过是您收养的一个可怜的孤女……"

"我主耶稣！"那泼妇嚎叫起来,"你是什么人,跑到这儿来多管闲事！你是跟她一齐来的吧,嗯？我这就去叫警察长！安德隆·季莫费伊奇对我可是很敬重的！莫非她是去找你来着？你是什么人！居然跑到别人家里胡作非为！救命呀！"

她举起拳头向我扑来。然而就在这一霎时,响起了一声刺耳的、惨绝人寰的尖叫。我一看,——像是失去了知觉一般站在那里的叶莲娜,猛然发出一声可怖的、古怪的尖叫倒在地上,浑身可怕地痉挛着扭来扭去。她的脸抽搐着。她的癫痫症发作了。那个头发蓬松的少女和那个从地下室上来的女人跑了过来,把她抬起急忙送往楼上。

"你还不如死了呢,该死的东西!"那婆娘跟在她后面尖叫道,"一个月发作了三次……你滚吧,混蛋!"她又向我扑来。

"门房,你站着干吗?你拿薪水是干什么的?"

"走吧!走吧!你是想挨耳光怎么着,"那门房只是虚应故事似的懒洋洋地低声说,"狗拿耗子,多管闲事。鞠一个躬就快逃吧!"

毫无办法,我走出大门,深信我的举动完全是徒劳的。可是我怒火填膺。我站在大门对面的人行道上察看门内的动静。我刚刚离开,那婆娘便向楼上奔去,那门房做完自己的事情也不见踪影了。过了一会儿,那个帮忙抬起叶莲娜的女人从楼梯上下来,急急忙忙地往地下室走去。她看见我就站住了,好奇地打量着我。她那善良的、温和的脸孔鼓舞了我。我又走进院里,径直向她走去。

"请问,"我开始说道,"这个小姑娘是什么人,这个可恶的婆娘收下她做什么?请您别认为我提这些问题只是由于好奇。我见到过这个小姑娘,由于某种情况,我对她十分关心。"

"要是您关心她,那您最好是把她领走,再不就是给她安排到一个什么地方去,以免让她在这里给毁掉。"这个女人仿佛不大愿意似的说,做出一副要离开我而去的模样。

"可是倘若您不给我指点清楚,我又能怎么办呢?我告诉您,我对她一无所知。那个婆娘大概就是女房主布勃诺娃吧?"

"就是她。"

"那么小姑娘是怎么落到她手里的呢?她的妈妈是在这儿死去的吗?"

155

"所以就落到她手里去了……这不关咱们的事。"她又想走开。

"您费心了,我想告诉您,我很关心这件事。我也许还能够做点什么。这个小姑娘究竟是什么人呢?她的妈妈是什么人,——您知道吗?"

"她好像是一个外国女人,是新来的;她跟我们一起住在地下室里;她病得很厉害;她是生肺病死的。"

"要是她住在地下室的一个角落里,那她一定很穷吧?"

"穷极了!看着她真叫人心里难过。我们的日子过得就够艰难的了,可她跟我们在一起住了五个月,还欠了我们六卢布的债呢。我们还把她埋了,我丈夫给她做了一口棺材。"

"布勃诺娃不是说,是她埋的吗?"

"哪里是她埋的!"

"她姓什么?"

"我也说不准,老爷;很难说;可能是个德国人的姓。"

"是史密斯吗?"

"不,不是的。安娜·特里芳诺夫娜收留了这个孤女;她说是要抚养她。其实根本不是这么一回事……"

"她收留她准有什么目的吧?"

"她没有安什么好心,"女人答道,她若有所思,仿佛拿不定主意:是说,还是不说?"这跟咱们有什么相干;咱们是局外人……"

"你就不能把舌头给拴起来么?"我们身后传来一个男人的声音。这是一个中年人,穿着一件长袍,外面罩着罩衣,像是一个城里的手艺人,他是跟我谈话的那个女人的丈夫。

"老爷,她跟您没啥可谈的;这不关咱们的事……"他斜着眼睛瞟了我一眼说,"你走吧!再见,先生;我们是棺材匠。要是哪一天用得着我们这一行,我们就太高兴了。除了这事以外,我们跟您就毫不相干了……"

我走出了这幢房屋,思绪万千,十分激动。我完全无能为力,但是又感到,若是由它去吧,心情又很沉重。棺材匠的老婆说的一些话尤为使我气愤。这里隐藏着什么不好的事,我预感到了这一点。

我低着头沉思冥想地走着,蓦地听见一个尖厉的声音呼唤我的姓氏。我抬头一看——面前站着一个几乎站不稳的醉汉,他穿得相当整洁,但披着一件肮脏的军大衣,戴着一顶沾上油污的便帽。面貌很眼熟。我仔细端详起来。他向我眨了眨眼,嘲弄地笑了笑。

"认不出来啦?"

第 五 章

"噢！原来是你，马斯洛鲍耶夫！"我突然认出了他就是我早先在省立中学时的一位同学，不禁叫了起来，"真是巧遇！"

"的确是巧遇！我们有五六年不见了。但不如说我们也见到过，只是阁下对我不屑一顾罢了。您已当上了将军，文坛名将！……"他说这话的时候面带嘲讽的微笑。

"得了吧，马斯洛鲍耶夫老兄，别胡扯啦，"我打断了他的话。"首先，将军的模样跟我可大不相同，哪怕是文坛上的将军；其次，让我告诉你，我确是记起来曾在大街上见到过你一两次，可你显然是回避我，若是我看到某人想回避我，我干吗还迎上前去呢。你可知道我现在的想法吗？倘若你现在没有喝醉——那你现在也不会喊我的。是吗？喏，你好！老兄，我看到你真是非常、非常之高兴。"

"真的！我不会由于我的……异乎寻常的外貌而有损你的令名吧？不过这是无须去问的；这并不是什么了不起的事情；我一直记得，万尼亚老弟，你一向是个满不错的小伙子。你可记得你为我挨鞭子的事吗？你不吭声，没有检举我，可我却并没有感谢你，反倒把你取笑了一个礼拜。你是个没有坏心眼的好人！你好哇，我的好人，你好！（我们互相亲吻）多少年来，我一直独自一人受熬煎，——从早忙到夜，从夜忙到早，可我还没有忘记过去。难以忘怀啊！可你过得怎样，你过得怎样？"

"我还能怎么样，不也是独自一人受熬煎……"

他带着因酗酒而使体力日渐衰弱的人的那种强烈的感情久久地盯着我。不过他本来就是一个非常善良的好人。

"不,万尼亚,你跟我不一样!"末了,他用悲凉的声音说,"我拜读过了;拜读过了,万尼亚,拜读了!……你听呀:咱们推心置腹地谈谈吧!你有急事么?"

"我确有急事;老实告诉你,我正为了一件事心情非常不好。怎么才能使心情好一些呢?你住在哪里?"

"我会告诉你的。可这并不能使你的心情好转,要我告诉你怎么样才能使心情好转吗?"

"是啊,怎么样呢?"

"这不就是嘛!你瞧见啦?"他指给我看距离我们站的地方有十来步远的一块招牌,"你瞧:糖果点心店兼饭店,换句话说就是吃东西的地方,不过这是个好地方。我可以告诉你,这地方很不错,至于伏特加,那简直就甭提啦!是从基辅步行运来的!我喝过,喝过多次,我知道;在这里他们不敢拿次货给我喝。他们知道菲利普·菲利佩奇。我就是菲利普·菲利佩奇。你干吗挤眉弄眼的?别这样,你让我说完嘛。现在是十一点一刻,我刚看过钟;到十一点三十五分我准时放你走。那时我们就喝醉了。为老朋友耽误二十分钟,——是不是就这么定了?"

"倘若只要二十分钟,那就这样吧;因为,我的老兄,我的确是有事……"

"一言为定。不过首先我有两句话要说:你的脸色不佳,像是为什么事很伤脑筋,是吗?"

"是的。"

"我也猜到了。老弟,现在我正在研究相面术,这也是一种消遣呀!好吧,我们走吧,一块儿聊聊。在这二十分钟里,我首先要呷一杯提神酒,干一杯白桦酒,接着再喝一杯苦味橘子酒、一杯酸橙露酒、一杯 parfait amour①,然后我还想要点别的什么。我爱喝酒,老弟!只有在节日的弥撒之前我才是清醒的。你不喝也成。我只要你去那儿坐坐。可你要是喝了酒,你就能显示出你的心特别高尚。我们走吧。我们去聊一会儿,往后又得一别十载。老弟,我可配不上你,万尼亚!"

"得啦,你就别啰唆了,我们快些走吧。这二十分钟是你的,过后你就放我走吧。"

要走进那家饭店,得登上从门廊通往二层楼的一座分两段的木头楼梯。不料在楼梯上我们突然碰见两位喝得酩酊大醉的先生。他们看到我们便摇摇晃晃地让开了。

其中一个十分年轻、脸面也长得很嫩的小伙子,还没有长胡子,嘴唇上刚长出一些茸毛,一副蠢相。他一身纨绔子弟的打扮,但有点令人可笑:他像是穿着别人的衣服,手指上戴着一个个贵重的宝石戒指,领带上别着一枚贵重的佩针,头发的式样很笨,还梳着刘海。他一直面带笑容,还吃吃地笑。他的同伴已经五十左右,身躯肥胖,大肚子,衣着相当随便,领带上也别着一枚大佩针,秃顶的周围长着稀稀拉拉的头发,一张皮肉松弛、醉意蒙眬的麻脸,纽扣般的鼻子上架着一副眼镜。这张脸的表情是凶恶的,好色的。一双下流、恶毒、多疑的眼睛,四周堆满了脂肪,仿佛是从缝隙里向外张望。他俩显然都认识马斯洛鲍耶夫,但是那个大肚子看到我们的时候,做了一个转瞬即逝的表示不满的鬼脸,那个年轻人脸上却堆起一种卑躬屈膝的甜蜜的微笑。他甚至把便帽也摘下来了。先前他戴着便帽。

"请原谅,菲利普·菲利佩奇。"他温和地看着马斯洛鲍耶夫说。

---

① 法语:完美的爱情。这里是一种酒名。

"什么事?"

"我很抱歉……(他弹了弹衣领)米特罗什卡坐在那儿。他是个流氓,菲利普·菲利佩奇。"

"这是怎么一回事?"

"就是这么一回事……他(年轻人朝自己的伙伴点了点头)上个礼拜就是由于这个米特罗什卡,在一个不体面的地方被别人抹了一脸酸奶油……嘻嘻!"

他的同伴不满地用胳膊肘撞了他一下。

"跟我们一起去吧,怎么样,菲利普·菲利佩奇,我们上杜索酒家去喝上它半打,您愿意跟我们一起去吗?"

"不行,老弟,现在不行,"马斯洛鲍耶夫答道,"我有事。"

"嘻嘻!我也有点小事,找您……"他的同伴又用胳膊肘撞了他一下。

"以后再说,以后再说!"

马斯洛鲍耶夫显然竭力不去看他们。我们走进了第一个房间,一长条相当整洁的柜台横贯全室,柜台上摆满了各种小吃、馅饼、糕点、一瓶瓶五颜六色的露酒。我们一走进这个房间,马斯洛鲍耶夫立刻把我拉到一个角落里说道:

"那个年轻人是著名粮商的儿子西佐勃柳霍夫,他爸爸死后,他弄到五十万卢布,现在正在纵酒作乐。他去了一趟巴黎,在那里挥金如土,兴许在那里把钱都花光了,但他的叔叔死后,他又得到一笔遗产,便从巴黎回来了;现在他正在这里花他剩下的钱。再过一年,他无疑就得讨饭了。他蠢得像一只鹅,——经常出入高级饭店、地下室和小酒馆,同女演员们鬼混,他已报名加入骠骑兵,——不久以前呈上了申请书。另一个年纪较大的是阿尔希波夫,他也是个商人或代理商之类的人物,还包收税款;他是个老滑头,骗子手,现在是西佐勃柳霍夫的同伴,犹大和福斯塔夫①的混合体,双料的破落户,令人作呕的色鬼,他的歪门邪道真是层出不穷。我知道他曾被卷进一桩这一类的刑事案件,他溜掉了。我现在在这里碰见他,觉得很高兴,这是有原因的;我一直在等他……阿尔希波夫无疑正在盘剥西佐勃柳霍夫。他知道各种各样稀奇古怪的寻欢作乐的场所,所以他对于那班青年人才那么可贵。老弟,我早就对他怀恨在心了。米特罗什卡也对他怀恨在心,米特罗什卡就是站在那边窗子跟前的那个矫健的小伙子,穿着华丽的紧身上衣,一张茨冈人的脸。他在倒卖马匹,这里的骠骑兵全都认识他。我告诉你,他可滑头啦,他会在你眼前制造伪钞,哪怕你也看见了,可你还得替他把伪钞破开。不错,他现在穿的是一件紧身上衣,天鹅绒的,而且他又像一个斯拉夫主义者(我觉得这倒适合于他),可是假若现在给他穿上一件最考究的燕尾服和诸如此类的东西,把他带到英国人的俱乐部去,在那里宣称:这一位是领主巴拉班诺夫伯爵,那么在两小时内那里的人就会把他当作伯爵而向他表示敬意,——他会玩惠斯特牌,会像伯爵那样高谈阔论,绝不会被人识破;他可会招摇撞骗啦。他不会有好下场的。就是这个米特罗什卡,现在把那个大肚皮给恨透啦,因为米特罗什卡眼下手头拮据,而大肚皮则把西佐勃柳霍夫从他那儿给夺走了,西佐勃柳霍夫先前是他的朋友,可他没有来得及把这个朋友的毛给剪光。要是他俩方才在饭店里碰上了,那准会出事。我甚至知道会出什么事,我还可以料到,阿尔希波夫和西佐勃柳霍夫会上这儿来,会在这种地方钻来钻去干什么坏事,因为就是米特罗什卡而不是别的什么人曾提醒过我。我想利用米特罗什卡对阿尔希波夫的

---

① 犹大是《圣经》中出卖耶稣的恶棍,福斯塔夫是莎士比亚一系列剧本中的一个好色、爱吹牛并且贪嘴的人物。

仇恨,因为我有自己的原因;我之所以上这儿来,几乎也是由于这个原因。我不想让米特罗什卡看到我,你也不要老是盯着他。当我们离开这儿的时候,他一定会自己前来找我,并把我要知道的事告诉我……现在咱们走吧,万尼亚,到那个房间去,你看见了吗?喂,斯杰潘,"他对一个茶房说,"你明白我要什么吗?"

"明白,老爷。"

"你办得到吗?"

"办得到,老爷。"

"那就去办吧。坐下,万尼亚。唉,你为什么这样看着我?你知道,我看见你在看着我。你觉得奇怪吗?不必奇怪。一个人是什么事都会碰上的,甚至连他做梦也从来没有梦见过的事也会碰上,尤其是在那个时候……甚至在我和你都还在死背柯涅琉斯·涅波斯①的著作的时候也是这样!好吧,万尼亚,你得相信一件事:虽说马斯洛鲍耶夫误入歧途,可他的心却还没有变,只是情况发生了变化。我虽然并不太好,可也不比别人更糟。我当过医生,还曾准备去教俄国文学,写过论果戈理的文章,曾想去淘金,还曾打算结婚,——一个活生生的人总是想得到一点人生的乐趣,她也同意了,虽说我穷得就连能把猫儿从屋子里骗出来的东西也找不到。我已经准备举行婚礼了,我本想借一双结实的皮靴,因为我的那双一年半以前就破了……可我还是没有结婚。她嫁给了一个教师,我到办事处去谋了个差事,不是在商务办事处,而是在普通的办事处。那时可就是另一种调门了。几年过去了,虽说我现在不再做事,可钱倒挣得不少:我接受贿赂,同时又捍卫真理;我在绵羊面前是好汉,在好汉面

---

① 柯涅琉斯·涅波斯(约公元前100—前32年以后),古罗马历史学家,传记这一文学体裁的奠基人。

前我又是绵羊。我有做人的原则:譬如说,我知道单枪匹马上不了阵,于是我就专心干我的事。我干的事主要是刺探别人的隐私……你明白吗?"

"你是不是什么密探?"

"不,不完全是密探,不过我干的确实是这一类的事,一部分是职业,一部分是出于我自己的意愿。是这么一回事,万尼亚:我喝伏特加。可我从来不会喝得失去理智,所以我知道自己的前途。我的时代已经过去了,黑马是洗不白的。我只说一点:要是我身上的人性已经泯灭,我今天是不会前来找你的,万尼亚。你说得不错,我碰见过你,我先前就看到过你,有许多次我都想走上前来跟你打招呼,可我始终不敢,一直拖延下来。我配不上你。你说得对,万尼亚,这次我之所以上前跟你说话,只是因为我喝醉了。这全都是一派胡言,咱们还是别再谈我的事了吧。不如谈谈你的情况。噢,亲爱的:我读过!读过,而且读完了!好朋友,我说的是你的处女作。我读完了以后,老弟,几乎变成了一个正人君子了!真是这样;不过我好好地想了一想,却又情愿照旧做一个不正派的人。就是这样……"

他对我还讲了许多话。他醉得越来越厉害,变得非常伤感,几乎怆然落泪了。马斯洛鲍耶夫始终是一个顶好的人,可他在智力上总是过于早熟;从学生时代开始他就为人狡猾,诡计多端,无孔不入,刁钻古怪,不过从本质上来说他倒并不是一个没有心肝的人;他是堕落者。在俄国人当中这种人为数不少。他们往往很有才能;但是他们身上的一切不知怎么都弄得颠三倒四的,此外,在某些情况下,他们由于软弱竟能故意去干违背自己良心的事,他们不仅一直堕落下去,而且他们预先知道自己是在往死路上走。顺便说说,马斯洛鲍耶夫已陷在酒海里难以自拔了。

"现在我还有一句话要说,朋友,"他接着说,"我起初听说你名声震耳;后来我读到一些批评你的文章(我确实读过,你别以为我是什么也不读的);后来我看到你穿着破靴子,在泥泞中行走也不穿胶皮套鞋,戴的是一顶破帽子,我心里就有数了。你现在是依靠给杂志撰稿为生?"

"是的,马斯洛鲍耶夫。"

"这就是说你加入了雇佣文人的行列?"

"好像是这样。"

"好吧,关于这一点,老弟,听我对你说:不如去喝上一盅!我喝醉以后就往沙发上一倒(我有一个很漂亮的沙发,带弹簧的),不禁觉得我就是什么荷马或但丁,再不就是什么巴巴罗萨大帝①,——你知道,你爱怎么想就可以怎么想。可你却不能想象你是但丁或巴巴罗萨大帝,第一,因为你想做你自己;第二,因为别人不让你有任何希望,因为你是一个雇佣文人。我有想象,可你只有现实。你听我说,请你坦率地、开门见山地、兄弟一般地告诉我(否则你就会使我受十年的委屈和侮辱),——你需要钱用吗?我有。你别做鬼脸哪。你把这钱拿去,把欠出版商的钱还清,扔掉枷锁,然后设法保证自己一年的生活费用,坐下来按照自己的心愿去构思,写一部伟大的作品!好吗?你说怎么样?"

"你听我说,马斯洛鲍耶夫!我感谢你这一片兄弟之情,可我现在不能作任何答复,——为什么呢?——说起来话就长了。有一些情况。不过我答应日后像兄弟一般地把一切都告诉你。感谢你的一番心意:我答应去看望你,而且要去许多次。可是现在是这么一回事:你对我一片赤忱,所以我决定听取你的忠告,

---

① 巴巴罗萨大帝(1123—1190),即腓特烈一世,神圣罗马帝国的皇帝。

尤其是因为你在这些事情上像是个内行。"

于是我就把史密斯和他外孙女的事全都告诉他了，从糖果点心店讲起。奇怪的是，我在叙述的当儿从他的神态中感到，他对这件事也不无所知。我就问起他这一点来。

"不，不是这样，"他答道，"不过对史密斯我也略有所闻，听说有一个老头死在一家糖果店里。至于布勃诺娃太太的情况，我倒确实知道一些。两个月以前我从这位太太那里拿到一笔贿赂。Je prends mon bien, où je le trouve,①仅仅从这个意义上而言我才像莫里哀。虽说我敲了她一百卢布，可我当时就起誓还要敲她一笔，那就不是一百卢布，而是五百卢布了。可恶的婆娘！她干的都是一些伤天害理的勾当。这本来也算不得什么，可有时却搞得太不像样了。请你别认为我是堂吉诃德。全部问题在于我可以从中狠狠地捞上一票，当我半个钟头以前碰到西佐勃柳霍夫的时候，我非常高兴。西佐勃柳霍夫显然是被带到这里来的，把他带来的就是那个大肚皮，由于我知道大肚皮干的是一种什么样的特殊行当，所以我就断定……好吧，我要把他当场擒获！我很高兴能从你这里听到这个小姑娘的事情，现在我掌握了另一条线索。你知道，老弟，我承办各种各样私人交办的事务，我还认识一些赫赫有名的人物！不久以前我曾替一位公爵探听一件小事，我可以告诉你——谁都想不到这位公爵竟会关心这么一件小事。要不你可想听我说说另一件事，关于一个已婚女人的事？老弟，你就上我那儿去吧，我给你准备了好多这样的故事情节，要是你把它们写出来，简直令人难以置信……"

"这位公爵姓什么？"我产生了一种预感，便打断了他的话。

---

① 法语："我在什么地方找到自己的东西，我就从那里把它拿走。"这是法国剧作家莫里哀喜爱的一句俗话。

"你问这个干什么？我就告诉你吧：瓦尔科夫斯基。"

"彼得？"

"是的。你认识他？"

"认识，可并不很熟。好吧，马斯洛鲍耶夫，往后我要不止一次地去找你打听这位先生的情况，"我站起来说，"你引起了我浓厚的兴趣。"

"好哇，老朋友，你爱来多少次就来多少次。我可会讲故事啦，可是只能讲到一定的程度，——你明白吗？否则我的信用和名誉就完了（我说的是业务上的名誉），别的一切也就会随之完蛋。"

"那好吧，讲到无损于你名誉的程度就可以了。"

我甚至激动起来了。他注意到了这一点。

"哦，关于我方才告诉你的这一件事，你还有什么要对我说的么？你是不是想起了什么事情？"

"关于你说的事？你等我一会儿，我现在去付账。"

他走到柜台前，像出于无心一般突然站到那个被人随便地称作米特罗什卡的穿紧身上衣的小伙子身边了。我觉得，马斯洛鲍耶夫同他的关系要比他自己对我说的更深一些。起码他们现在显然不是首次晤面。从外表上来看，米特罗什卡是个相当古怪的小伙子。他穿着紧身上衣，红绸衬衫，面部轮廓分明，但也很清秀；他还相当年轻，皮肤黝黑，目光大胆，而且炯炯有神；他使人感到好奇，而且不无吸引力。他有一种故意显示自己大胆的神态，不过此刻他显然有所收敛，竭力装出一副非常认真、严肃和稳重的模样。

"喂，万尼亚，"马斯洛鲍耶夫回到我跟前时说，"你今晚七点钟来找我，我也许会有什么事情要告诉你。你瞧，我自个儿是无所作为的；先前我倒有点作为，如今却不过是一个酒鬼，与世无争了。可我还保持着过去的联系；我可以打听到一点情况，可以同形形色色的聪明人来往；我现在就是这么办的；不错，在空闲的时候，也就是在我清醒的时候，我自己也做一点事，也是通过熟人……大都是进行调查……但这无关紧要！够了……这是我的住址：在六铺街。而现在，老弟，我疲倦极了。我还得再喝一杯，然后回家去躺一会儿。你来的时候我给你介绍阿列克桑德拉·谢苗诺夫娜，如果有时间，我们可以谈谈诗歌。"

"好吧，也得谈谈那件事吧？"

"也许那件事也得谈谈。"

"我想我会去的，一定会去的……"

第 六 章

　　安娜·安德烈夫娜已经等待我很久了。我昨天向她谈到了娜塔莎的便笺,引起了她强烈的好奇心,她希望我一大早就去,最迟不要超过十点钟。可我到她那里的时候已经是下午一点多钟,可怜的老太太已经焦急到了极点。此外,她还很想对我谈谈她从昨天开始产生的种种新的希望,谈谈尼古拉·谢尔盖伊奇,他从昨天起有点不舒服,变得忧郁起来,同时对她像是特别温存。我到达的时候,她带着不满和冷淡的表情接待我,几乎没有开口,做出一副完全无动于衷的样子,似乎差一点就会说道:"你来干什么?老弟,你何苦每天都上这儿来逛呢。"她对我来得太迟大为生气。可是我很着急,所以不再迟疑就把昨天在娜塔莎那里发生的事全都告诉她了。老太太一听到老公爵的登门拜访和他郑重其事的建议,她那副假装出来的忧郁神情便顿时化为乌有。我简直找不到适当的字眼来形容她的喜悦,她甚至有点忘乎所以了,又是画十字,又是哭泣,又是给圣像叩头,又是拥抱我,她还想立刻跑到尼古拉·谢尔盖伊奇那里,把她的喜悦全都告诉他。

　　"你要知道,老弟,他是因为受了种种欺负和委屈,这才老是愁眉苦脸的,要是现在他知道娜塔莎的心愿完全得到了满足,他一眨眼的工夫就会把一切都忘掉的。"

　　我好不容易才拦住了她。这个好心的老太太,尽管她跟丈夫在一起过了二十五年,但对他还很不了解。她还急不可待地想马上和我一起去找娜塔莎。我向她指出,尼古拉·谢尔盖伊奇也许不但不会赞成她的行动,而且我们此刻前去找她,还会把整个事情给弄糟。她好不容易才改变了主意,但她又白白耽搁了我半个钟头,而且老是她一个人在讲。"我现在是这样高兴,"她说,"可又是独自一个人坐在四面墙壁中间,你走了以后我找谁去谈谈心呢?"最后我终于说服她放我走了,我提醒她说,娜塔莎现在正焦急万状地等待着我。老太太在我离开的时候连连画着十字,赐予娜塔莎特别的祝福。我断然向她表示,倘若娜塔莎没有发生什么特别事故,当天晚上我就不再来了,这时她几乎哭了起来。我这一次没有看到尼古拉·谢尔盖伊奇:他通宵失眠,抱怨着头疼、浑身发冷,现在在他的书斋里睡着了。

娜塔莎也等了我一个上午。我进门的时候,她像通常那样抄着手在室内踱来踱去,苦苦思索着什么。即便是现在,每当我想到她的时候,我都始终看见她总是独自一人待在一间陋室里,神思迷惘、孤孤单单、若有所待,同时抄着双手、垂下两眼、茫无目的地踱来踱去。

她一面继续在室内徘徊,一面轻声问道,为什么我这么迟才来?我把我碰到的事情向她简略地叙述了一遍,但她几乎没有听我的叙述。可以看出,她对什么事很为焦虑。"有什么新的情况?"我问。"没有什么新情况,"她回答,但是根据她的神色我立刻猜到她碰到了新情况,她等待我就是为了把这新情况告诉我,但她像往常一样不愿马上就告诉我,而要在我快要离开的时候才说。我们总是这样。我已习惯了她的做法,于是只好等待。

不用说,我们开始谈起昨天的事情来了。使我特别惊奇的是,我和她对老公爵的印象完全一致;她非常不喜欢他,不喜欢的程度大大超过昨天。当我们对他昨日的来访进行详细分析的

时候,她猝然说道:

"你听呀,万尼亚,情况总是这样:若是你起初不喜欢一个人,那么这几乎就预示了你日后一定会喜欢他。起码我碰到的情况总是这样。"

"但愿如此,娜塔莎。我的意见是这样的,而且这是我最后的意见:我分析了整个情况,我得到的结论是,虽说公爵也许是在玩弄花招,但他却是真诚而认真地同意你们结婚的。"

娜塔莎在房间中央站住了,严峻地看了我一眼。她的脸色陡然大变,甚至嘴唇也微微颤抖起来。

"他怎么会在这样的情况下耍花招,并且……撒谎呢?"她高傲地,同时又困惑莫解地问道。

"当然不会,当然不会!"我急忙附和道。

"他当然不是撒谎。我觉得这是丝毫不必怀疑的。甚至根本就找不到什么理由去怀疑他是在耍花招。此外,若是他居然能用这种办法来取笑我,那他把我看成什么人了?谁能受得了这样的侮辱!"

"当然,当然!"我赞同道,但我却暗自寻思,"我可怜的姑娘,你现在在房间里走来走去,大概就是在想这件事,兴许你的疑虑比我还要重呢。"

"啊,我多么希望他尽快回来!"她说,"他想跟我一起消磨整整一个晚上,当时……他一定是有重要的事情,要不然他是不会抛开一切就走的。你知道他有什么要事吗,万尼亚?你可听到一点什么?"

"天知道。你知道,他一直在忙于赚钱。我听说他在彼得堡的什么包工合同里入了一股。娜塔莎,咱们对生意上的事一窍不通。"

"当然,一窍不通。阿辽沙昨天谈到过一封什么信……"

171

"是什么新闻。阿辽沙来过吗?"

"来过。"

"来得早吗?"

"十二点来的:你知道,他睡得太久了。他坐了一会儿。我催他去看望卡捷琳娜·费奥多罗夫娜;我必须这样,万尼亚。"

"难道他自己就不打算上那儿去吗?"

"不是的,他自己也打算去……"

她还想补充点什么,却默不作声了。我看着她,等待着。她的脸色忧伤。我本想问问她,但她有时很不喜欢别人问她。

"真是个古怪的孩子。"她终于说道,微微撇了撇嘴,而且像是竭力避免看我似的。

"怎么?你们出了什么事吗?"

"没有,什么也没有。我是想……不过他是可爱的……只是……"

"可如今他的一切悲哀和忧虑都烟消云散了。"我说。

娜塔莎聚精会神、寻根究底地看着我。她也许是想回答我:"他先前也没有多少悲哀和忧虑",但是她觉得我的话里也有这种意思。于是她就绷着脸。

不过她立刻又变得亲切热情起来。这一次她非常温柔。我在她那儿待了个把钟头。她十分不安。公爵吓住了她。我从她的一些问题看出,她很想确切地知道,昨天她给他留下的究竟是什么样的印象?她的举止是否得体?她在他面前流露自己的喜悦是否太过分了?她是不是器量太小了?或者与此相反,她是不是太宽宏大量了?他是不是有什么想法?他不会笑话她吧?他不会看不起她吧?……想到这些问题,她的两颊就火辣辣的。

"只是因为一个坏人会有什么想法就这么激动,这犯得上吗?他爱怎么想就让他怎么想吧!"我说。

172

"为什么你说他是坏人?"她问。

娜塔莎是多疑的,但她心地纯洁,襟怀坦白。她的多疑来自她的纯洁。她是骄傲的,但这是一种高尚的骄傲,她不能忍受她认为是高于一切的东西居然在她的眼前变成了笑柄。对于一个小人的蔑视,她当然只会报之以蔑视,然而她心目中的神圣事物一旦受到嘲笑,则不论嘲笑者是谁,她心里依然会感到痛苦。这不是由于不够坚定。这一部分是由于对人情世故知道得太少,由于不习惯同人们打交道,由于长期幽居在自己的角落里而与世隔绝。她一辈子都生活在自己的角落里,几乎从来也不曾离开过。此外,心地极其善良的人们的一种特性(也许是她父亲遗传给她的),在她身上得到了充分的发挥,——这就是总喜欢过分地赞美他们遇到的人,顽固地认为这个人比他实际的样子还好,凭一时的热情过分夸大他身上的一切好的东西。这种人日后将由于失望而感到伤心;一旦感到自己错了,那就更加伤心。为什么人们所企求的东西总是多于他们所能得到的呢?这种失望的情绪时时刻刻都在等待这种人。他们真不如安安静静地蹲在自己的角落里,不要踏入人世;我甚至注意到,他们确实非常喜爱自己的角落,甚而至于逐渐在这些角落里变得腼腆孤僻起来。不过娜塔莎却遭到过许多不幸,许多屈辱。她已是一个受了创伤的人,倘若我的话里确有什么责备意味的话,那也不能责备她。

但是我急于要走,便站起身来。她看到我要走,不禁一怔,差点儿哭了起来,虽然我坐在她那儿的时候她对我一直没有什么特别亲切的表示,恰恰相反,她对我好像比往常还要冷淡。她热情地吻了吻我,不知为什么久久地盯着我的眼睛。

"你听呀,"她说,"阿辽沙今天非常可笑,使我大吃一惊。从外表来看,他很可爱,很幸福,但他像一只蝴蝶,像一个花花公子那样飞了进来,一直在镜子面前搔首弄姿。他现在有点过于放肆……他待在这儿的时间也不久。你想想看吧:他给我带来了糖果。"

"糖果?好哇,这可是太好啦,太天真啦。啊,瞧你们这一对!现在你们已经开始互相观察,互相刺探,互相研究对方的面部表情,辨认脸上隐秘的思想(而你们却什么也没有明白!)。他倒还不错。他跟先前一样快乐,像小学生那样天真。而你,你!"

我记得,每当娜塔莎改变语调向我埋怨阿辽沙,或者要我帮助她解决什么棘手的难题,或者告诉我什么秘密,希望我听到她的片言只语就能明白她的意思,那么她总是要张开嘴看着我,仿佛恳求我一定要给她一个明确的答复,使她立刻就能安下心来。我还记得,在这种情况下,我不知为什么总是采取一种严厉而生硬的语调,仿佛在申斥什么人,我这样做完全出于无心,然而总能奏效。我的严厉和傲慢总是恰到好处,因而也就显得更有权威,要知道人们有的时候会感到非让别人骂他们一顿他们才舒服。至少娜塔莎在离开我的当儿有时是完全释然了。

"不,你瞧,万尼亚,"她接着说,一只手搭在我的肩上,另一只手握着我的手,带着恳求的神色盯着我的眼睛,"我觉得,他不知怎么还没有充分感觉到……他使我觉得他已经是个mari①,——你知道,他就像结婚已有十年,但对妻子却还是很殷勤。这不是太早了吗?……他笑着,还搔首弄姿,可是这一切仿佛只是部分与我有关,而不是像先前那样……他急不可待地要去看卡捷琳娜·费奥多罗夫娜……我跟他说话,可他要么不听我的,要么就谈起别的事来,你知道,这是我们两个都已经抛

---

① 法语:丈夫。

弃了的那种令人厌恶的贵族习气。总之,他是那么……甚至像是漠不关心……我说些什么呀!我又来了,又说起这些来了!噢,万尼亚,我们都是一些多么苛刻、多么任性的暴君!直到如今我才看见!我们不能原谅一个人面部表情微不足道的变化,然而只有上帝知道他面部表情为什么变化!你方才责备我,万尼亚,你是对的!全是我一个人的过错!我们是自找苦吃,可现在还要埋怨……谢谢,万尼亚,你使我完全安心了。哦,要是他今天能来那有多好!算了吧!也许他还在为不久前的事生气呢。"

"难道你们已经吵过嘴了?"我惊异地叫道。

"我并没有流露出来!我只是有点心烦,他本来是兴高采烈的,一下子就变得若有所思了,而且我觉得他同我分手的时候有点冷淡。不过我要打发人去找他……你今天也来吧,万尼亚。"

"一定来,除非被一件事给耽搁了。"

"瞧你,有什么事?"

"我自己找的!不过看来我是一定会来的。"

第 七 章

我整七时到达马斯洛鲍耶夫那里。他住在六铺街上一所不大的房屋的厢房里,这一套住宅共有三个房间,室内相当凌乱,但陈设倒还考究。可以看得出来,这是一个小康之家,同时家务却根本无人料理。一个十八九岁长得非常漂亮的姑娘给我开开门,她衣着很朴实,但楚楚动人,她的表情很纯真,长着一对非常善良又非常愉快的眼睛。我立刻猜到,这就是他不久以前顺便提到过的那个阿列克桑德拉·谢苗诺夫娜,他还答应要把她介绍给我。她问我是什么人,听见我的姓氏,她便说他在等我,但他现在正在自己的房间里睡觉,于是她就把我带到那儿去了。马斯洛鲍耶夫睡在一个漂亮而柔软的沙发上,盖着他那件肮脏的大衣,枕着一个破旧的皮枕头。他睡得并不酣;我们刚刚进去,他便喊起我的名字来了。

"噢!是你?我正等着呢。我刚才梦见你来了,把我唤醒了。到时候了,咱们走吧。"

"上哪儿去?"

"去找一个太太。"

"找哪一个太太?为什么?"

"去找布勃诺娃太太,为了惩罚她。——真是一个美人儿!"他向阿列克桑德拉·谢苗诺夫娜曼声说道,想起布勃诺娃太太,他甚至吻了吻自己的指尖。

"瞧他又要出去胡闹了!"阿列克桑德拉·谢苗诺夫娜说,

她认为自己理当做出一副生气的模样。

"还不认识吧？那就认识一下吧,老弟:这位是阿列克桑德拉·谢苗诺夫娜。——而我向你介绍一位文坛名将;他们每年只有一次可以让人白看,在其他的时候可就得付钱了。"

"得了吧,你别把我当成傻瓜。请您别听他那一套,他老是嘲笑我。他们算是什么将军？"

"这就是我要告诉您的,他们是特殊的将军。而你,阁下,你别认为我们都很愚蠢:我们比乍看上去聪明得多。"

"您别听他的！他老是在好人面前让我出丑,真不害臊！什么时候他带我上戏院去看看那才好哩。"

"阿列克桑德拉·谢苗诺夫娜,您要热心料理家务才是……您没有忘记您该热心的是什么吧？您没有忘记那句话吧？就是我教给您的那一句？"

"当然,没有忘记。我看那是胡说八道。"

"哦,那是一句什么话呢？"

"我可不在客人面前丢丑。这句话也许说的是什么丢人的事情。我要是说了舌头就会烂掉。"

"那您准是忘了。"

"我没有忘:宅神！要爱自己的宅神……瞧他胡诌些什么！也许压根儿就没有什么宅神,干吗要爱他们呢？他老是胡说八道！"

"可是在布勃诺娃太太那儿……"

"呸！让你和你的布勃诺娃都见鬼去吧！"阿列克桑德拉·谢苗诺夫娜勃然大怒地跑了出去。

"咱们该走啦！再见,阿列克桑德拉·谢苗诺夫娜！"

我们出去了。

"你瞧,万尼亚,首先,咱们坐上这一辆马车。这就好了。

177

其次,我不久以前和你分手以后又发现了一点情况,这次不是凭推测,而是有根有据的。我又去瓦西利耶夫岛调查了整整一个钟头。那个大肚皮是个可怕的恶棍,他卑鄙,下流,专搞歪门邪道,他还有种种无耻的嗜好。这个布勃诺娃早就由于精通这一类勾当而臭名远扬。她前不久险些儿弄到一个大家闺秀。你今天上午谈到,她让那个孤儿穿上细布衣服,这使我感到不安,因为在这之前我就听到过这种事情。我不久以前还打听到一点情况,这是真的,完全出于偶然,但似乎是可靠的。那个小姑娘几岁了?"

"从面貌上看大约十三岁。"

"但从身材来看却比这小些。当然,她也会这么办的。只要需要,她会说是十一岁,有时也会说是十五岁。由于这个可怜的姑娘既没有保护人,又无家可归,那么……"

"难道会这样?"

"你有什么想法?布勃诺娃太太是不会单单出于怜悯之心收留一个孤儿的。要是大肚皮常到那儿去的话,那就肯定是这么一回事了。他今天上午见到过她。他们今天答应给西佐勃柳霍夫那个傻瓜找一个美女,是个已婚的女人,官太太,丈夫是个军官。这帮花天酒地的商人子弟就喜欢这一套,他们总是醉心官衔。这就像拉丁文语法讲的,你还记得吗:意义比结尾重要。不过我上午喝醉以后好像至今还没有醒过来。布勃诺娃最好还是不敢去干这种勾当。她还想欺骗警察,可这是妄想!所以我要吓唬她一下,因为她知道我要报旧仇……还有其他种种原因——你明白吗?"

我大为吃惊。所有这些消息使我非常不安。我一直担心我们会迟到,便不停地催促车夫。

"别担心,已经采取了措施,"马斯洛鲍耶夫说,"米特罗什卡在那儿。对西佐勃柳霍夫,要他拿出钱来;而对那个大肚皮恶棍,则要剥他的皮。这是前不久决定的。哦,布勃诺娃的一份将归我……因为她最好是不敢……"

我们到饭店前面停下了,但那个叫做米特罗什卡的人却不在那儿。我们吩咐车夫在饭店的台阶前等候我们,便去找布勃诺娃。米特罗什卡在大门口等我们。窗内灯烛辉煌,可以听到西佐勃柳霍夫醉醺醺的哈哈大笑声。

"他们全在那儿,待了一刻钟了,"米特罗什卡告诉我们,"现在正是时候。"

"咱们怎么进去呢?"我问。

"像客人那样进去,"马斯洛鲍耶夫答道,"她认识我,也认识米特罗什卡。真的,全都上了锁,但不是对付我们的。"

他轻轻地敲了敲大门,大门立即打开了。门房打开了门,和米特罗什卡交换了一个眼色。我们轻轻地走了进去,屋里的人没有听到我们的声音。门房领着我们走上小小的楼梯,便敲起门来。室内的人问,是谁在敲门;他回答,是他一个人,有事要进来。门开了,我们一拥而入。门房溜掉了。

"嘿,是什么人?"布勃诺娃叫道,她醉醺醺地、蓬头散发地站在小小的前厅里,手里拿着一支蜡烛。

"什么人?"马斯洛鲍耶夫应声道,"您是怎么啦,安娜·特里芳诺夫娜,连贵宾都认不出来啦?不是咱们又能是谁呢?……菲利普·菲利佩奇。"

"哦,菲利普·菲利佩奇!是您啊……真是贵宾……可您怎么……我……没有什么……请进吧。"

她手忙脚乱了。

"这是什么地方?这里还有隔板……不行,您得把我们接待得好一些。我们要在您这儿喝一点冷饮,有没有标致的小

179

姑娘?"

老板娘顿时精神焕发。

"为了招待这样的贵宾,我就是挖地三尺也得把她们给挖出来;我要去中国订购。"

"向您打听一点事,亲爱的安娜·特里芳诺夫娜:西佐勃柳霍夫在这儿吗?"

"在……这儿。"

"我就是要找他,他这个混蛋,怎么竟敢不跟我一起就独自出来饮酒作乐?"

"他哪能忘了您呢。他一直在等什么人,准是等您。"

马斯洛鲍耶夫把门一推,我们便走进了一个小房间,房间里有两个窗子,摆着天竺葵,几张藤椅,一架破旧的钢琴;一切都跟人们所想象的没有什么不同。然而在我们进来之前,当我们还在前厅里谈话的时候,米特罗什卡就已经不见了。我事后知道,他根本就没有进去,而是躲在门后了。他往后得给什么人开门。那天上午从布勃诺娃的肩膀后面窥探的那个蓬头散发、涂脂抹粉的女人是他的干亲家。

西佐勃柳霍夫坐在一个仿红木的简陋的小沙发上,面前是一张铺着桌布的圆桌。桌上有两瓶微温的香槟酒,一瓶劣等的罗姆酒;一个个碟子里盛着买来的糖果、饼干和三种果仁。隔着桌子坐在西佐勃柳霍夫对面的是一个面目可憎、生着麻子的四十岁上下的女人,她穿一件用塔夫绸做的衣服,戴着古铜色的手镯和胸针。她就是那位军官太太,显然是个冒牌货。西佐勃柳霍夫喝醉了,一副心满意足的样子。他那个大肚皮的同伴没有和他在一起。

"干的好事!"马斯洛鲍耶夫放开嗓门吼叫起来,"还邀请别人到杜索酒家去呢!"

"菲利普·菲利佩奇,荣幸之至!"西佐勃柳霍夫喃喃地说,一面带着怡然自得的表情站起来迎接我们。

"你在喝酒?"

"请原谅。"

"你别道歉,还是招待客人吧。我们是来找你寻欢作乐的。我还带来一位客人:一个朋友!"马斯洛鲍耶夫指指我。

"我很高兴,也就是说十分荣幸……嘻嘻!"

"哼!这叫什么香槟!简直是酸菜汤。"

"你太看不起人了。"

"我就知道你不敢去杜索酒家,可你还邀请我去呢!"

"他刚才还告诉我他去过巴黎,"军官太太插嘴道,"他准是撒谎!"

"费多霞·季季什娜,您别看不起人。我去过那儿。真去过。"

"怎么,这么一个乡巴佬还去过巴黎?"

"去过的。去过的。我在那里跟卡尔普·瓦西利伊奇可大出风头。您可认识卡尔普·瓦西利伊奇?"

"我认识你的卡尔普·瓦西利伊奇有什么用?"

"是这么一回事……政界的事。这件事也许值得你们听听。我和他曾在那儿,在一个叫做巴黎的地方,在茹伯特太太那里打碎了一面英国的穿衣镜。"

"打碎了什么?"

"穿衣镜。那里有一面穿衣镜,挡住了整整一堵墙,顶端直到天花板;那时卡尔普·瓦西利伊奇已经醉得很厉害,所以就跟茹伯特太太说起俄国话来了。他就站在穿衣镜前面,把臂肘支在镜面上。于是茹伯特太太就用她本国的话对他嚷了起来:'穿衣镜值七百法郎(合咱们两百卢布),你会把它弄碎的!'他嬉皮笑脸地看着我；我坐在他对面的长沙发上，有一位美人陪着我，她可不像这一个那么丑，而是一个迷人精，只能这么说。他也嚷了起来：'斯杰潘·杰连季伊奇，喂，斯杰潘·杰连季伊奇！咱俩平分了吧，怎么样？'我说：'行！'他抡起拳头就朝穿衣镜上来了这么一下，——砰！碎片四飞。茹伯特太太径直朝他走去，冲着他的脸嚷道：'你这个强盗，你要干啥？'（这句话是用她那个国家的话说的）他却对她说：'菇伯特太太，你把钱拿去，可是不要碍我的事。'说着就很大方地给了她六百五十个法郎。经过讨价还价，我们少给了她五十个法郎……"

就在这个时候，从几扇门的后头，从跟我们所在的房间相隔两三个房间的什么地方，传来了可怕的尖叫声。我打了一个寒噤，也喊叫起来。我听出了这喊叫声：这是叶莲娜的声音。在这一声悲哀的喊叫之后，紧接着又传来了别人的喊叫声、詈骂声、扭打声，末了还传来清脆而响亮的打耳光声。这大概是米特罗什卡在用自己的办法进行惩罚。那扇门猛然打开，叶莲娜冲了进来。她面色苍白，泪眼模糊，身上的那件白细布衣衫全给弄皱了，撕破了，梳理过的头发像是跟谁打过架似的被搅乱了。我面朝门站着，她径直向我扑来，伸出两手搂住了我。大家都跳了起来，感到惊恐不安。她一露面便引起了一片尖叫声和吵嚷声。随后米特罗什卡也在门口出现了，他揪住他那个狼狈不堪的大肚皮对头的头发，把他给拖来了。他把他拖到门口，便把他朝我们屋里一推。

"这就是他！揪住他！"米特罗什卡心满意足地说。

"你听着！"马斯洛鲍耶夫泰然自若地走到我跟前，拍了拍我的肩膀说，"叫上我的马车，带上小姑娘，上你那儿去吧，这里没你的事了。我们明天就会把剩下的事料理好。"

我无须等他向我重复一遍。我抓住叶莲娜的一只手便把她带出了这个魔窟。至于他们在那里是怎样把此事了结的,我就不得而知了。没有人阻拦我们,老板娘吓呆了。这一切都是突如其来的,使得她简直无法阻拦。马车在等着我们,二十分钟以后我就回到自己的寓所了。

叶莲娜仿佛已奄奄一息。我解开了她衣服上的扣钩,给她喷了些水,便让她躺在沙发上了。她开始发烧,说胡话。我看着她苍白的小脸蛋、毫无血色的嘴唇,看着她原先梳得很整齐而且涂过头油、现在却乱到一边去了的黑发,看着她这一身打扮,看着她的衣服上残留下来的那些粉红色花结,——我彻底明白了整个这一桩丑恶的勾当。可怜的小姑娘!她的情况越来越糟。我没有离开过她,而且决定当天晚上不去找娜塔莎了。有时叶莲娜抬起她长长的睫毛看着我,她看得很久,很专心,像是在辨认我是谁。她入睡的时候已经很晚,到半夜十二点多了。我睡在她身边的地板上。

第 八 章

我起身很早。这一整夜我几乎每隔半小时醒来一次,走到我可怜的小客人身边,仔细地看看她。她在发烧,神志也不大清楚。接近拂晓时分,她酣然入梦了。我想,这是个好兆头,可是我早晨醒来的时候,却决定趁可怜的小姑娘还在梦中之机,尽快去请一位大夫。我认识一位大夫,他是个和蔼可亲的孤老头,就记忆所及,他一直住在弗拉基米尔街上,只有一个女管家(她是德国人)同他住在一起。我便前去请他。他答应十点钟去我那儿。我去请他的时候是八点。我很想顺路去看看马斯洛鲍耶夫,可是后来又改变了主意:他昨天回去睡下以后肯定还没有起床,此时叶莲娜也可能醒来,她若是看到她独自一人待在我的房间里,说不定会害怕的。她在病中会忘记她是什么时候、又是怎样来到我的住处的。

就在我走进室内的当儿,她醒来了。我走到她跟前,小心翼翼地问她觉得怎么样?她没有回答,但她那双富于表情的黑眼睛却久久地凝视着我。我从她的目光中看出,她什么都明白,记忆力也很健全。她之所以不答理我,兴许是由于她一向都是这种习惯。昨天和前天她来找我的当儿,对于我提出的另一些问题,她也一句话都没有回答,而只是忽然用她那固执的目光久久盯着我的眼睛,这目光中除了诧异和强烈的好奇之外还有一种古怪的自豪感。可现在我却发现她的目光中有严峻的神色,甚至仿佛有一种不信任感。我本想伸手摸摸她的前额,看她是不是还在发烧,但她却伸出一只小手默默地、轻轻地推开了我的手,而且掉过脸去面对着墙壁。我走开了,免得打扰她。

我有一只大铜壶。我早就拿它代替茶炊,用来烧水。我有木柴,门房一下子给我拿来了够用五天的木柴。我烧着了炉子,下楼去弄了些水,便把铜壶放在炉上了。我在桌上摆好了我的茶具。叶莲娜向我转过头来,好奇地看着这一切。我问她是不是想吃点什么?可她又掉过头去,一言不发。

"她为什么生我的气呢?"我想,"古怪的小姑娘!"

我那位老大夫十点钟准时到达。他以德国人那种专心致志的态度检查了病人,然后对我说,她虽然还有热度,但没有任何特别的危险,这使我大为高兴。他还补充道,她可能患有另一种慢性病,心跳不大正常,"不过这一点须要进行特殊的观察,目前她并无危险。"他给她开了一种混合药水和几种药粉,这主要是出于习惯,并不一定是出于必要,接着他立刻盘问起我来了:她是怎么到我这儿来的?同时他又惊讶地打量我的住处。这个老头儿可真啰唆。

叶莲娜也使他感到奇怪:他给她号脉的时候她却把手抽了回去,她也不愿给他看舌头。对于他提的种种问题,她一句也不回答,可老是死盯着挂在他脖子上的那枚巨大的斯坦尼斯拉夫勋章①。"她一定头疼得很厉害,"老头儿说,"可你瞧她看人的那副模样!"我认为无须告诉他叶莲娜的事,便说这事说来话长,把他搪塞过去了。

"用得着我的时候,就通知我,"他临走时说,"现在是没有危险的。"

我决定整天陪伴着叶莲娜,尽量不把她独自留下,直到她完

---

① 当时给文职官员颁发的一种勋章。

全康复。但是我知道,娜塔莎和安娜·安德烈夫娜倘若久久等不到我,一定会非常痛苦,所以我决定通过市邮局给娜塔莎写封信,告诉她我今天不去看她了。至于安娜·安德烈夫娜,则不能给她写信。有一次在娜塔莎生病的时候,我曾寄过一封信给她,后来她亲自请求我再不要给她写信了。"老头子看到你的信便皱起眉头,"她说,"他很想知道信上说些什么,可怜的人儿,可他又不能问,他下不了这个决心。一整天他都是愁眉不展的。再说,老弟,你的信只能激起我的好奇心。十来行字有什么用!我要打听得详细些,可你又不在。"因此我只给娜塔莎一人写了信,当我把药方送到药房去的时候,同时就把信寄出了。

这当儿叶莲娜又睡着了。她在睡梦中发出轻微的呻吟声,还不停地颤抖。大夫猜对了:她头疼得很厉害。有时她还轻轻地叫出声来并从梦中惊醒。她甚至面带苦恼的神色看着我,仿佛对我的关心感到特别难堪。我得承认,这使我非常难过。

十一点钟的时候,马斯洛鲍耶夫来了。他心事重重,又像是心不在焉;他只是顺便前来打一个照面,十分性急地要到什么地方去。

"喂,老弟,我料到你住的地方并不怎么漂亮,"他环顾着室内说,"不过老实说,我却没有想到我居然会看到你住在这样的箱子里。要知道这是一个箱子,而不是一所住宅。不过这毕竟算不得什么,最糟糕的是这些不相干的麻烦事情只能妨碍你的工作。昨天我们去布勃诺娃那里的时候我就想到过这一点。你知道,老弟,从我的天性和我的社会地位来说,我属于这么一种人,他们自己是什么有用的事也不做的,而只是吆喝别人去做。现在你听着:我可能明天或者后天前来找你,而你星期天早上一定要到我那里去。我希望到那时这个小姑娘的事已经完全解决了;那时我要和你认真地谈谈,因为应该严肃地开导你一番。不能老是这样生活。昨天我只给了你一点暗示,如今我要给你讲一番道理。末了你还得对我说清楚:你是不是认为,暂时从我这儿拿点钱用是不光彩的?……"

"你别跟我吵嘴!"我打断了他的话,"你还是说说,昨天你们在那里是怎么收场的?"

"那有什么,结果非常顺利,目的也达到了,你明白吗?可我现在没有时间。我上这儿来跟你打个照面,只是为了告诉你,我很忙,没有时间来看你;顺便我还想知道:你是要把她送到什么地方去呢,还是想自己抚养她?因为这种事是得好好地想想才能做出决定的。"

"这件事我还没有拿定主意,说真的,我一直在等你,想跟你商量商量。喂,我根据什么理由收留她呢?"

"唉,这有什么,就算是你的女仆好了……"

"请你说话放轻一点。她虽说有病,可神志却十分清楚,我还注意到,她看到你的时候好像打了个寒噤。这就是说,她还记得昨天的事……"

于是我就把她的性格和我在她身上注意到的一切都对他说了。我的话引起了马斯洛鲍耶夫的兴趣。我还补充说,兴许我会把她放在一个家庭里,并且简略地向他谈到了我那两位老人。使我惊异的是,他已经多少知道了一些娜塔莎的故事,我问他是从哪里知道的,他答道:

"是这么一回事;很久以前,在办一件什么事情的时候,我曾听人顺便说起此事。我不是已经对你说过,我知道瓦尔科夫斯基公爵。要是你想把她送到那两个老人家里,那你可做了一件好事。要不她只会给你添麻烦。还有一件事:她需要有一份护照。这一点你别担心,包在我身上了。再见,常去我那儿玩。她现在睡着了吗?"

"好像是的。"我回答。

但他刚走,叶莲娜便立刻叫我。

"他是谁?"她问。她的声音发颤,可她依然用那种聚精会神的、似乎有些傲慢的神情看着我。我只能这样形容。

我把马斯洛鲍耶夫的姓氏告诉了她,我还说,我是通过他才把她从布勃诺娃那里救了出来,布勃诺娃非常怕他。她的两颊顿时晚霞般通红,她大概是想起了往事。

"往后她再也不会上这儿来了吗?"叶莲娜寻根究底地看着我,问道。

我急忙让她放心。她不做声了,用发烫的手指抓着我的手,但立刻又把它放开了,仿佛豁然醒悟似的。"她不可能果真这样讨厌我。"我想。这是她的手法,要不……要不就只是因为这个可怜的姑娘遭到的不幸太多了,于是世上的任何人她都不相信了。

到了预定的时候,我出去取药,同时走进了一家熟识的小饭店,我有时在那儿吃饭,老板也允许我赊账。这一次出来的时候我提了一个饭盒,从小饭店里给叶莲娜带回一份鸡汤。但她不愿喝,那鸡汤便只得依然放在炉子上。

我让她服了药,便坐下来做我的事。我以为她睡着了,可我无意中看了看她,忽然看见她抬起头来正聚精会神地在看我写字呢。我佯装没有注意她。

末了,她真的睡着了,而且睡得很安稳,既没有说胡话,也没有呻吟,我真是高兴极了。我不禁沉思起来;娜塔莎不知道我是怎么回事,不仅会由于我今天没去看她而生我的气,我认为她甚至还一定会由于我的怠慢而感到伤心,因为此时此刻也许是她最需要我的时候。此刻她可能碰到了一些麻烦,可能还有什么事情要托我去办,可我却没有去她那里,而且像是存心不去似的。

至于安娜·安德烈夫娜,我是完全不知道明天在她面前该说些什么是好。我想来想去,蓦地决定这两处我都要跑一趟。我外出的时间总共也不会超过两小时。叶莲娜已经睡着了,她听不见我出去的。我一跃而起,披上大衣,拿起帽子,正准备离开,突然叶莲娜呼唤我了。我觉得纳闷:莫非她是假装睡着了?

我附带说说:虽说叶莲娜做出一副仿佛不愿意跟我说话的神气,然而这种相当频繁的呼唤、这种每逢有什么疑虑总想从我这里得到解答的心愿,却证明实际情况恰恰与此相反,说句老实话,这的确使我很高兴。

"您想把我送到哪儿去呢?"我走到她跟前时她这样问道。她提问题通常都有点突然,完全出乎我的意料。这一次我甚至没有立刻懂得她的意思。

"您刚才对您的熟人说,您要把我送到什么人的家里。我哪里都不想去。"

我向她俯下身去:她又是浑身发烧,寒热病又发作了。我开始安慰她,鼓励她;我向她保证,要是她愿意留在我这儿,那我就不会把她送到任何地方去。我一面说,一面脱下大衣和帽子。在这种情况下把她独自留下,我下不了这个决心。

"不,你走吧!"她立刻猜到我要留下,便说,"我想睡觉,我马上就会睡着。"

"你哪能一个人待在这儿呢?……"我犹疑不决地说,"不过两个钟头以后我一定回来……"

"那你就走吧。我要是病上一整年,你总不能一年不出门哪。"她强作欢容,有点古怪地看了我一眼,仿佛正在同她心里涌现的一种善良的感情作斗争。可怜的小姑娘!尽管她性格孤僻,而且显然很倔强,但她善良而温柔的心意却还是流露出来了。

　　我先去看望安娜·安德烈夫娜。她像得了寒热病那样焦躁不安地等着我,见了我便埋怨一通;她自己也非常不安:尼古拉·谢尔盖伊奇吃过午饭就立刻出去了,但不知他去哪里。我预感到老太太准是憋不住就把一切都告诉他了,当然像她通常那样,是通过暗示告诉他的。其实她几乎是自己向我承认了这一点,她说,她忍不住要和他共享这种欢乐,但是,用她自己的说法,尼古拉·谢尔盖伊奇的脸色变得比乌云还要阴沉,他一言不发,"一直不吭气,甚至都不答理我的问题",吃了午饭他突然站起来就走了。安娜·安德烈夫娜在说这件事的时候几乎吓得直哆嗦,并恳求我同她一起等候尼古拉·谢尔盖伊奇。我推脱了一番,几乎是断然地告诉她,也许明天我也不会来了,我现在赶到这儿来也就是要预先通知她这一点。这一次我几乎跟她吵了起来。她哭了;她激烈而痛苦地责备我,一直到我已经走到门口的当儿她才猝然扑到我的颈上,双手紧紧地拥抱着我,还要我别跟她这么一个"孤老婆子"生气,也不要把她说的那些话放在心上。

　　同我预料的相反,我看见娜塔莎又是独自一人,而且奇怪的是,这一次她看到我的时候完全不像昨天和先前任何一次那样高兴。好像我在什么事情上使她苦恼或妨碍了她。我问她:"阿辽沙今天来过吗?"她答:"当然来过,可待的时间不长。"她还若有所思地补充了一句:"他答应今晚来。"

　　"昨晚来过吗?"

　　"没有。他给留住了,"她脱口而出地添了这么一句,"喂,万尼亚,你的事进行得怎么样?"

　　我看得出来,她不知何故总想打断我们的谈话,总想改变话题。我全神贯注地看了看她:她显然心情不佳。不过她发现我正在仔细地观察她、研究她,便突然迅速而气愤地盯了我一眼,她这一瞥简直具有一种能够把我烧伤的力量。"她又陷入痛苦中了。"我想,只是她并不想同我谈话。

她既然问起我的事情,我便一五一十地把叶莲娜的事全都告诉她了。我讲的故事使她发生了浓厚的兴趣,甚至使她感到吃惊。

"我的天哪!你怎么能把她这个病人独自留下呢!"她叫道。

我向她解释:今天我本来根本不想来看望她,但是我想,她会生我的气,也许还需要我给她做点什么事情。

"说起需要嘛,"她一面考虑着什么,一面喃喃自语地说,"也许的确是需要你帮忙,万尼亚,不过最好是下一次再说。你去过我爹妈那儿了吗?"

我把他们的情况告诉她了。

"是啊,天知道爸爸现在对所有这些消息会采取什么态度。其实这些消息又有什么新鲜……"

"有什么新鲜?"我问,"这是多大的变化啊!"

"哪有这回事……他又能上哪儿去呢?上一次你认为他会来看望我。你瞧,万尼亚,若是办得到的话就请你明天上我这儿来。说不定我有什么事要对你说……只是我不好意思麻烦你,现在你还是回家照料你的客人吧。你从家里出来恐怕有两个钟头了吧?"

"有啦。再见,娜塔莎。哦,阿辽沙今天上你这儿来的情形怎样?"

"阿辽沙吗,没有什么……我对你的好奇心简直有点奇怪。"

"再见,我的朋友。"

191

"再见。"她有点心不在焉地向我伸出手来,我最后一次道别的时候,她掉开脸去避开了我的视线。我从她那儿出来的时候心里有点纳闷。不过我认为,她准是有不少事情要考虑。这不是闹着玩的。明天她会首先把一切告诉我的。

我忧心忡忡地回到家里,一走进屋门便大吃一惊。天色已黑。我看到叶莲娜坐在沙发上,头垂在胸前,仿佛陷入了深思。她都没有看我一眼,似乎想得出神了。我走到她身边,她正在喃喃自语。"莫非在说胡话?"我想。

"叶莲娜,我的朋友,你怎么啦?"我在她身旁坐下,用一只手臂搂着她,问道。

"我想离开这儿……我想还是去她那儿的好。"她没有抬头看我,说道。

"去哪儿?找谁?"我诧异地问道。

"去找她,布勃诺娃。她总是说我欠她好多钱,说她是用她自己的钱把妈妈埋了的……我不愿意让她骂我的妈妈……我想给她干活,挣的钱都还给她……到那时候我自己就会离开她。可现在我要回到她那儿去。"

"你安静一些,叶莲娜,不能去她那儿,"我说,"她会折磨你,她会把你给毁了……"

"让她毁了我吧,让她折磨我吧,"叶莲娜激动地应声说道,"我又不是头一个:别的人比我都好,可也得受折磨。这是街上一个要饭的女人告诉我的。我穷,可我愿意受穷。我要穷一辈子,妈妈临死的时候是这么嘱咐我的。我要干活……我不愿意穿这件衣服……"

"我明天就给你另买一件。我还要给你带些书来。你得住在我这儿。要是你不愿意的话,我是不会把你交给任何人的,你安静些……"

"我要去当女工。"

"好,好!不过你安静些,躺下睡吧!"

然而可怜的小姑娘掉泪了,而且渐渐地失声痛哭起来。我不知道对她该怎么办;我给她端了一杯水,弄湿了她的两鬓和脑袋。末了她精疲力竭地倒在沙发上,寒热病又发作了。我把找到的衣被都拿来裹在她身上,于是她睡着了,但睡得不安稳,常常哆嗦和醒来。虽说我这一天走的路并不多,但我疲惫不堪,所以决定尽早躺下。我心烦意乱。我预感到,这个小姑娘将给我带来许多麻烦。但是最使我操心的还是娜塔莎和她的事。总而言之,我现在回想起来,我的心情很少像在这个倒霉的夜里入睡时那么沮丧。

第 九 章

我醒得很迟,醒来时大约已是上午十时,这时我已病了。我的头又晕又疼。我瞥了一眼叶莲娜的床:床上是空的。就在这个时候,从我右边那间屋子里传来一种声音,像是有人拿着扫帚在扫地板。我出去看了看。叶莲娜一只手拿着扫帚,另一只手提着从那天晚上以来还没有脱下过的那件漂亮衣服,正在扫地板。准备用来生炉子的劈柴已堆在屋角里了;桌上的灰尘已擦去,茶壶也擦干净了;总之,叶莲娜在料理家务了。

"你听呀,叶莲娜,"我叫道,"谁逼着你扫地来着?我不想叫你干这个,你生着病呢;难道你是到我这儿来当女仆的么?"

"那又有谁会上这儿来扫地板呢?"她直起腰来直视着我,答道,"现在我不生病了。"

"可我带你来并不是要让你干活,叶莲娜。你像是怕我会像布勃诺娃那样责备你,说你在我这里白吃饭吗?你又是从哪里弄到这把龌龊的扫帚的呢?我可没有扫帚。"我惊奇地看着她补充道。

"这是我的扫帚。是我自己把它带到这儿来的。我也给外公扫过这里的地板。从那以后扫帚就一直躺在这儿的炉子底下。"

我沉思地回到另一个房间。我可能犯了错误;然而我觉得,我的好客似乎使她感到不安,她千方百计想向我证明,她在我这儿不是白吃饭的。在这种情况下,这是一种多么厉害的性格!

我这样想。一两分钟以后,她也进来了,默默地坐在沙发上她昨天坐过的地方,寻根究底地看着我。这当儿我已把一壶水烧开了,沏好了茶,给她斟了一杯,还给了她一片白面包。她默默地、毫不推诿地接了过去。她两昼夜几乎什么也没有吃。

"瞧,你用扫帚把漂亮衣服弄脏了。"我说,因为我发现她的裙裾上有一大块污痕。

她低头看了看。使我大吃一惊的是,她蓦地放下茶杯,显然是镇静自若地用双手把细布裙子轻轻地拧了拧,一下子就把它从上到下撕成了两半。接着她默默地抬起她那倔强的、闪闪发光的眼睛看着我。她面色苍白。

"你这是做什么,叶莲娜?"我叫道,我确信我眼前看到的是一个疯子。

"这件衣服不好,"她说道,激动得几乎喘不过气来,"您干吗要说这是一件漂亮衣服?我不想穿它,"她霍地从座位上跳起来嚷道,"我要把它撕碎。我并没有要她给我打扮。是她自己硬逼着我打扮的。我已经撕碎了一件衣服,我还要撕这一件,我要撕!我要撕!我要撕!……"

于是她狂怒地向她那件倒霉的连衣裙扑了过去。转瞬之间她就几乎把它撕得粉碎了。她撕完以后面色煞白,几乎站不稳了。我惊讶地看着这残酷无情的场面。而她则用一种挑战的神情看着我,似乎我也有什么对不起她的地方。不过我已经知道我该怎么办了。

我决定毫不拖延,当天上午就给她买一件新衣。应该用仁慈的胸怀来感化这个粗野、冷酷的小把戏。她看上去似乎从来也没有碰到过好人。倘若她已经有过一次不怕受到严厉的惩罚而把自己的第一件这样的连衣裙撕得粉碎,那么现在当这一件连衣裙使她想起不久以前的可怕景象时,她自然要对它怀着满腔的怒火了。

在旧货市场上可以用很便宜的价钱买到既美观又朴素的连衣裙。糟糕的是我当时几乎身无分文。可我昨晚就寝的时候便决定今天要到一个有希望弄到钱的地方去走一遭,碰巧这个地方和旧货市场在同一个方向。我拿起帽子。叶莲娜若有所待地、目不转睛地盯着我。

"您又要把我锁在家里?"当我像昨天和前天那样拿起钥匙要把房门锁上的时候,她问道。

"我的朋友,"我一面朝她走去,一面说,"你别为这生气。我锁上门是怕会有人进来。你生着病,说不定会吓住的。而且天知道会有什么人上这儿来:说不定布勃诺娃忽然想起要上这儿来……"

我故意对她这么说。我把她锁在屋里是因为我信不过她。我觉得,她会突然想起要离开我的。我决定暂时要谨慎些。叶莲娜不做声了,于是我又把她锁在里面了。

我认识一个出版商,两年多以来他一直在出版一种多卷的出版物。每当我需要一笔钱以应急用的时候,我常常到他那儿去找点事情做做。他支付稿酬是很认真的。我向他提出要求,他便预支给我二十五卢布,条件是我得在一周之内为他编好一篇文章。但我却希望把时间节省下来写我的长篇小说。每当我囊空如洗的时候我常常如此行事。

我弄到了钱便去旧货市场。在那儿我很快找到了我认识的一个出售各种旧衣服的老太婆。我把叶莲娜大致的身材告诉了她,一眨眼的工夫她就给我挑了一件颜色鲜艳的印花布连衣裙,连衣裙很结实,最多洗过一次,价钱也非常便宜。我顺便还要了一条围巾。我付钱的时候想到叶莲娜还需要一件短皮袄或短斗篷之类的东西。天气很冷,而她却一无所有。但是我决定等到下一次再买短皮袄。叶莲娜是那么容易生气,那么高傲。天知道她对这一件连衣裙又会采取什么态度,尽管我是尽可能挑选最普通、最朴素的。不过我还是买了两双线袜和一双毛袜。我给她的时候可以借口说她有病,屋里又很冷。她也需要内衣。然而这一切我想等到跟她比较熟识一些的时候再给她买。于是我就买了几条旧床单,——这是必需的,而且会使叶莲娜十分高兴。

直到午后一时我才带着这一切回到家里。我开锁的时候几乎没有一点声音,所以叶莲娜没有立刻听见我回来。我发现她站在桌前翻着我的书籍和稿纸。听到我的声音,她很快就把她正在看的一本书阖上,满面通红地离开书桌。我看了一眼这本书:这是我的第一部长篇小说的单行本,扉页上印着我的名字。

"您不在的时候有人来敲门。"她说这句话的时候仿佛带着一种嘲笑的口吻:你干吗把我锁在屋里呢?

"也许是大夫,"我说,"你没有喊他吧,叶莲娜?"

"没有。"

我没有回答,拿起那一个小包把它打开,取出了买来的那一件连衣裙。

"给你,我的朋友叶莲娜,"我一面向她走去,一面说道,"你总不能像现在这样穿得破破烂烂的呀。我就给你买了一件平平常常的连衣裙,价钱是最便宜的,所以你一点也不必过意不去;总共才值一个卢布二十戈比。你将就着穿穿吧。"

我把连衣裙放在她身边。她面色绯红,眼睛睁得老大,把我端详了一会儿。

她非常惊讶,同时我觉得她不知为什么还非常害臊。但她的眼里却闪出一种柔和亲切的表情。看到她默不作声,我便转身向桌旁走去。我的行动显然使她感到惊讶。但她竭力控制自己,两眼瞧着地面坐在那儿。

我的头越来越痛,越来越晕。新鲜空气并没有给我带来一点儿好处。当时我应该去看望娜塔莎了。从昨天开始,我对她的挂念非但没有减少,反而有增无已。我倏地觉得,叶莲娜叫了我一声。我朝她转过身去。

"您出去的时候别把我锁在屋里,"她说,眼睛瞧着旁边,不停地扯着沙发的边缘,仿佛全神贯注在这件事情上了,"我不会离开您的。"

"那好,叶莲娜,我同意。不过要是来了一个生人呢?天晓得来的会是什么人!"

"那您就把钥匙留给我,我可以从里头把门锁上,要是有人敲门,我就说:不在家。"她狡黠地看了我一眼,好像是说:"你瞧这做起来有多么简单!"

"谁给您洗衣服?"我还没来得及回答她,她便突然问道。

"这楼里有一个女人。"

"我会洗衣服。您昨天从哪里拿来吃的东西?"

"从小饭馆里。"

"我也会做饭。我会给您做饭的。"

"行啦,叶莲娜;你怎么会懂得做饭呢?你说的这些都是不相干的……"

叶莲娜不做声了,把头低了下去。我的话显然伤了她的心。至少有十分钟,我们都默默无言。

"菜汤。"她头也不抬就蓦地说道。

"什么菜汤?什么样的菜汤?"我觉得奇怪,问道。

"我会烧菜汤。我妈妈生病的时候我给她烧过菜汤。我还常到市场上去。"

"瞧你,叶莲娜,瞧你,你可真高傲,"我一面说,一面向她走去,和她并排坐在沙发上,"我现在对你做的事都是听从我良心的吩咐去做的。你现在孤孤单单的,没有亲人,很不幸。我想帮助你。我要是碰到麻烦,你也一样会帮助我的。可是你并不这么看,所以我给你的一件最普通的礼物你都不愿意接受。你想立刻付出代价,想用干活来抵偿,好像我是布勒诺娃,我会因此责备你。若是这样的话,这是可耻的,叶莲娜。"

她没有回答,双唇颤抖着。她好像要对我说点什么但她忍住了,没有做声。我站了起来,准备去娜塔莎那儿。这一次我把钥匙留给了叶莲娜,告诉她,若是有人前来敲门,你就答应,并问他是谁。我断定娜塔莎碰到了很不幸的事情,可她暂时还瞒着我,这种情况在我俩之间发生过不止一次了。无论如何我决定在她那儿只待一分钟,要是我纠缠不休就会使她生气。

果然如此。她又是以不满的、生硬的神态迎接我。本来应该马上就走,可我两腿发软。

"我在你这儿只待一会儿,娜塔莎,"我开始说道,"我要跟你商量一下:对我的小客人我该怎么办呢?"于是我开始尽快地把叶莲娜的事全都告诉她。娜塔莎默默地听着我讲。

"我不知道该给你出什么主意,万尼亚,"她回答,"从一切方面可以看出,这是个非常古怪的孩子。也许她遭到过可怕的虐待,被吓坏了。起码得让她恢复健康。你想把她送到我家去吗?"

"她老是说她绝不离开我。而且天晓得他们会怎样对待她,所以我也不知道该怎么办了。不过,我的朋友,你怎么样?昨天你好像不大舒服!"我怯生生地问她。

"是啊……我今天还有点头疼,"她心不在焉地回答,"你没有看到我的爸爸或是妈妈?"

"没有。我明天去。你知道明天是星期六……"

"那又怎样呢?"

"晚上公爵要来……"

"那又怎么样?我没有忘记。"

"不,我不过是……"

她面对着我站住了,久久地凝视着我的眼睛。她的眼神里有一种果断、顽强的表情;有一种狂热的、患了热病似的神态。

"你明白,万尼亚,"她说,"行行好,离开我吧,你太打搅我了……"

我从圈椅里站了起来,怀着难以形容的惊异心情看着她。

"我的朋友,娜塔莎!你是怎么啦?出什么事啦?"我害怕得叫了起来。

"什么事也没有!明天你全会知道,可现在我想独自待在这儿。你听见了吗,万尼亚:你现在就走吧。我看着你心里真难过,真难过!"

"可是你至少得告诉我……"

"明天你全都会知道的!噢,我的天哪!你走不走?"

我走了。我惊愕万分,几乎不知道自己在做什么了。玛芙拉急忙跟在我后头走进前厅。

"怎么,她发脾气啦?"她问我,"我现在都不敢走到她跟前去啦。"

"她这是怎么一回事?"

"还不是咱们那一位有三天没到咱们这儿露面了!"

"有三天了?"我愕然问道,"可她昨天还说他昨天上午来过,昨天晚上也想来呢……"

"还说什么晚上!他上午也压根儿没有来过!我告诉你,我们有三天不见他的人影了。她昨天真的说过他上午来过?"

"她亲口说的。"

"哦,"玛芙拉沉思地说,"要是她对你也不愿承认他没有来过,那就准是碰到了她的痛处。好哇,他真是个好样的!"

"你这是什么意思!"我叫道。

"这意思是说,我不知道对她该怎么办,"玛芙拉摊开双手接着说道,"昨天她还打发我去找他来着,可她两次都把我从半路上叫回来了。今天她都不愿意跟我讲话啦。兴许你可以去看看他。我现在都不敢离开她了。"

我焦急若狂地奔下楼去。

"今儿个晚上你上我们这儿来吗?"玛芙拉在我身后叫道。

"到时候再说吧,"我边走边回答她,"只要我自己还活着,我也许会顺便来找你打听一下她的情况。"

我确实感到心窝里像是挨了一拳。

第 十 章

我径直去找阿辽沙。他住在小莫尔斯卡亚街他父亲家里。虽说公爵过着单身生活,可他却拥有一座相当宽敞的住宅。阿辽沙在这所住宅里占有两个豪华的房间。我很少去他那儿,在这之前似乎总共只去过一次。他倒经常上我那儿去,尤其是在最初,在他跟娜塔莎同居的初期。

他不在家。我径直走进他的房间,给他写了这样一封短笺:

"阿辽沙,您像是发疯了。既然星期二的晚上令尊亲自请求娜塔莎使您能荣幸地得到她做您的妻子,您对这一请求也很高兴,这事有我作证,那么您就得同意,目前您的行为有点奇怪。您可知道,您现在对娜塔莎做的是什么吗?无论如何我这纸短笺会提醒您,您对您未来的妻子采取的行为是非常不成体统,非常轻率的。我清楚地知道,我没有任何权力教训您;但我对此毫无顾忌。

"又及:她对此信毫无所知,甚至也不是她把您的近况告诉我的。"

我把短笺封好,留在他的桌上。仆人在回答我的问题时说,阿列克谢·彼特罗维奇几乎总是不在家,就是现在,不到明天天快亮的时候他也是不会回来的。

我好不容易才回到家里。我头昏脑涨,两腿发软、发抖。门为我打开了。尼古拉·谢尔盖伊奇·伊赫缅涅夫坐在我家里等我。他坐在桌旁,惊奇地看着叶莲娜,叶莲娜也同样惊奇地打量着他,虽说她固执地默不作声。"这才好呢,"我想,"他一定觉得她很奇怪。"

"喂,老弟,我等了你整整一个钟头,我承认,我绝没有料到……会看到你是这样。"他接着说,一面环顾着室内,还令人难以察觉地冲着叶莲娜向我递了个眼色。他目光中流出惊异的神情。但是当我靠近一些看他的时候,我发现他有些不安与忧郁。他脸色比通常显得苍白。

"你坐,你坐,"他忧心忡忡、焦急不安地接着说,"我有事急着要找你;可你是怎么啦?你脸色不对呀。"

"我不大舒服。从大清早开始就头晕。"

"嘿,你瞧,这可大意不得。是受凉了吧?"

"不是的,不过是神经方面的毛病。我有时会这样的。您怎么样,身体好吗?"

"没什么,没什么!只是一时激动。我有事对你说。你坐下吧。"

我拉过一个椅子,面对着他在桌旁坐下。老人微微向我弯下身来,稍稍放低了嗓门说道:

"你听着,别去看她,假装我们谈的是别的事情。坐在那儿的你的这位客人是谁呀?"

"往后我再把这一切都告诉您,尼古拉·谢尔盖伊奇。这是个可怜的小姑娘,完全是个孤女,是曾在这里住过、后来死在糖果点心店里的那个史密斯的外孙女。"

"啊,原来他有一个外孙女!喂,老弟,她可真是古怪!瞧她那眼神,瞧她那眼神!老实对你说:要是你再过五分钟不来,我就不会待在这儿了。她好不容易才把门打开,直到现在还没说过一句话;跟她在一起简直有点可怕,她不像是人。她是怎么到这儿来的?哦,我明白了:她准是上这儿来找外公,不知道他已经死了。"

"是的。她很不幸。那老人临死的时候还想念着她。"

"嗯,有什么样的外公,就有什么样的外孙女。以后你把这一切都告诉我吧。既然她这么不幸,也可以想点办法多少给她一点帮助……不过现在,老弟,是不是可以让她走开,因为我有要紧的事要跟你谈谈。"

"可她无处可去呀。她就住在这里。"

我尽可能用三言两语向老人作了解释,又补充说,有话当着她的面也可以讲,因为她是个孩子。

"哦……当然,是个孩子。不过你,老弟,却让我大吃了一惊。她跟你住在一起,我的老天爷!"

老人惊讶地再次看了看她。叶莲娜感觉到有人在议论她,便默默地坐在那里,低着头用手指拧着沙发的边缘。她已经把那件新的连衣裙穿在身上了,显得非常合身。她的头发梳理得比平时仔细一些,也许是因为穿上了新衣的缘故。总之,倘若她的神态中没有那种古怪的野性,那她会是一个非常漂亮的小姑娘。

"简单明了地说,老弟,是这么一回事,"老人又说了起来,"这事说来话长,又至关紧要……"

他低着头坐在那儿,神态严肃,若有所思,尽管他很着急,又想"简单明了",却又不知从哪里说起是好。"会是什么事呢?"我想。

"你瞧,万尼亚,我来找你是有非常重大的事情相求。不过首先……因为我现在自己觉得,应该向你说明一些情况……一些非常微妙的情况……"

他清了清嗓子,瞟了我一眼;瞟了我一眼之后他的脸就红了;脸一红他就对自己的不够机灵生起气来;一生气他也就下了决心：

"好吧，这还有什么可解释的呢！你自己会明白的。总之一句话，我要跟公爵决斗，请你来安排这件事并当我的副手。"

我猛然向椅背上一靠，惊愕地看着他。

"你看着我干什么！我又没有发疯。"

"不过请原谅，尼古拉·谢尔盖伊奇！用什么借口，要达到什么目的？说实在的，这怎么可能呢……"

"借口！目的！"老人叫道，"真妙！……"

"好，好，我知道您要说什么，然而您这种举动能起什么作用呢？决斗能得到什么呢？老实说，我一点也不明白。"

"我也认为你一点也不明白。你听着：我们的官司已经结束了（就是说过几天就要结束了，剩下的事只不过是办一些无谓的手续罢了）；我输了。我得赔一万卢布：已经判决了。拿伊赫缅涅夫卡作抵押。因此这个下流胚可说是已经把这笔钱弄到手了，可我呢，把伊赫缅涅夫卡一交，把钱一付，我成了一个局外人了。现在我就可以抬起头来了。我就可以说：无比可敬的公爵大人，您欺侮我两年啦；您败坏了我的名声，败坏了我一家的名誉，我不得不忍气吞声！当时我不能提出跟您决斗。那时您会公然对我说：'好哇，你真狡猾，你是想杀死我，那么一来，你料到迟早会判你支付的那笔罚款你就不必付给我了！不成，咱们还是先来看看这场官司的结局如何，然后你再来挑战吧。'如今，极其可敬的公爵大人，官司已经判下来了，您赢了，因此也就不再有任何麻烦，不妨到决斗场上去见个高低。就是这么一回事。照你看，难道我还没有权力替我自己报仇雪恨，新账老账一起算，一起算！"

他两眼闪闪发光。我默默地看了他很久。我想摸透他的秘密念头。

"您听着,尼古拉·谢尔盖伊奇,"我终于答道。我已决定把问题的关键道破,否则我们是不会相互了解的,"您能对我开诚布公吗?"

"能。"他断然答道。

"那您就开门见山地说:仅仅是复仇的感情驱使您向他挑战呢,还是您也抱有其他目的?"

"万尼亚,"他答道,"你知道,我不允许任何人在跟我谈话的时候涉及某些问题;但是这一次我可以破例,因为你是个聪明人,你立刻就看出了这个问题是无法回避的。是的,我是有别的目的。这目的就是:拯救我那误入歧途的女儿,使她不至于走上毁灭的道路,最近发生的一些情况正在把她往这条路上推呢。"

"然而您又如何通过这次决斗来救她呢?问题就在这儿。"

"决斗可以阻止他们正在那里策划的一切勾当。你听着:你别认为,现在在我身上起作用的是父亲的慈爱之类的弱点。这都是胡扯!我不向任何人吐露我的心曲。连你也不了解。女儿抛弃了我,跟情人离家私奔,我就把她从我心里给撵出去了,当天晚上就把她一劳永逸地给撵出去了——你记得吗?要是你曾看见我对着她的肖像号啕痛哭,那还不能由此断定我想原谅她。那时我也没有原谅她。我哭的是逝去的幸福,是破灭了的梦想,并不是哭现在的她。我也许常常啼哭,我并不耻于承认这一点,正如我并不耻于承认我早先喜欢我的孩子甚于喜欢世上的一切。这一切看上去都不符合我目前的举动。你可以对我说:既然如此,既然您对那个在您的心目中已经不是您女儿的人的命运无动于衷,那么您究竟为什么还要干预他们正在那里策划的事呢?我可以回答你:第一,因为我不愿意那个卑鄙狡诈之徒得胜;第二是出于最普通的仁爱感。即使她已不是我的女儿,但她毕竟是个弱小的、得不到保护的和被欺骗的人,有人正在进一步欺骗她,以便彻底毁掉她。我不能直接插手,但可以通过决斗间接进行干预。要是我被杀死或流血负伤,难道她能跨过我们的决斗场,甚至跨过我的尸体,同杀死我的那个凶手的儿子前去教堂举行婚礼,就像那个沙皇的女儿(你还记得咱家有一本书,你曾拿它当作读本来学的吗?),坐着大马车驶过自己父亲的尸体那样?最后还有一点,一旦进行决斗,咱们的公爵父子自己就不想举行婚礼了。总之,我不愿看到这门婚事,我要不遗余力地加以阻止。你现在明白我的意思了吧?"

"不明白。既然您希望娜塔莎好,那您又怎么能决定去阻挠她的婚姻,因为正是这门亲事才能恢复她的名声?你要知道,她在世上来日方长;她需要好名声。"

"她应该唾弃一切社会舆论!她应该认识到,对她来说,最可耻的莫过于这门亲事,莫过于跟这些卑鄙的人,跟这个可鄙的上流社会往来。她应该用高傲来回答这个社会。到那时,说不定我也会同意向她伸出手去,让咱们瞧瞧,那时谁胆敢侮辱我的孩子!"

这种过分的理想主义使我为之愕然。然而我立刻看出,他的情绪不正常,说的是气话。

"这太理想主义了,"我回答他,"因此也就是冷酷。您要求她拿出您在她出生的时候也许并没有赋予她的那种力量。难道她同意结婚是因为她想当公爵夫人?要知道她陷入了情网,这是强烈的爱情,这是天意。最后还有一点:您要她蔑视社会舆论,可您自己却又屈服于它:公爵侮辱了您,公然怀疑您抱有高攀公爵门第的卑鄙动机,于是您现在便这样推论:如今在他们一方正式提出求婚之后,倘若她亲自拒绝了他们,那么无疑就会非常彻底、非常明显地推翻先前的诽谤。这就是您想达到的目的,您屈从于公爵本人的意见,您要让他自己承认自己的错误。您一门心思想使他受人嘲笑,想对他报仇雪恨,为此您不惜牺牲女儿的幸福。这岂不是利己主义?"

老人闷闷不乐、愁眉不展地坐在那儿,好久没有回答我一句话。

"你对我不公道,万尼亚,"末了他说道,泪花在他的睫毛上闪烁,"我向你发誓,你的话不公道,不过咱们别谈这个吧!我不能把我的心掏出来给你看,"他接着说,一面站起来拿帽子,"我只说一点:你方才谈到女儿的幸福。我斩钉截铁地、确确实实地不相信这种幸福,此外,即便没有我的干预,这门亲事也是永远成不了的。"

"怎么!您为什么会这样想?您兴许知道点什么吧?"我好奇地叫道。

"不,我不知道任何特别的事。不过这个该死的狐狸精是不会下决心这么办的。这一切全是胡扯,只不过是圈套。我深信这一点,你记住我的话,会是这样的结果。其次,假若这门亲事果然办成了,那也只有在这样的情况下才有可能,也就是说,那个下流东西有他特殊的、秘密的、谁也不知道的打算,根据这种打算,这门亲事对他有利,——对这种打算,我是一点也捉摸不透,那么你自己说说,问问你自己的良心:这门亲事会使她幸福吗?责备,侮辱,终生侍候这么一个娃娃:他现在就觉得她的爱情是个累赘,一旦娶了她——马上就会开始不尊重她,欺负她,侮辱她;与此同时,来自她那一方的热情毫不减弱,而另一方却日益冷淡了;嫉妒,烦恼,痛苦,离婚,也许还会犯罪……不,万尼亚!假若你们在那里搞的是这一套,而你还帮上一手,那我可有言在先:你得对上帝做出交代,但那时已悔之晚矣!再见!"

我叫住了他。

"您听着,尼古拉·谢尔盖伊奇,咱们还是决定等一等吧。

您得相信,并不是只有一双眼睛盯着这一件事,说不定它会以最好的方式自行得到解决,而不必采取像这场决斗之类强制的、人为的办法。时间是最好的仲裁者!最后,请让我告诉您,您的整个计划是根本行不通的。莫非您真的认为(哪怕只是片刻之间),公爵会接受您的挑战?"

"怎么不会接受?你怎么啦,清醒清醒吧!"

"我对您起誓,他不会接受,请您相信,他会找到十分充足的借口;他会十分认真而体面地处理这一切,而您却将成为十足的笑柄……"

"得了吧,老弟,得了吧!你说这话简直是要了我的老命!他怎么会不接受呢?不,万尼亚,你不过是个诗人罢了;一点不错,一个真正的诗人!怎么,你认为跟我决斗有失他的体面吗?我并不比他低贱。我是个老人,是个受了侮辱的父亲;你是个俄国文学家,所以也是个体面人,可以当决斗者的副手,还有……还有……我简直弄不明白,你究竟指望什么呢?……"

"您瞧,他会提出种种借口,让您首先发现,您是绝无可能同他决斗的。"

"哼……好吧,我的朋友,就算你说对了吧!我会等候一段时期的,这不用说。让咱们瞧瞧时间会起什么作用吧。不过有一点,我的朋友:你能向我保证,无论是在那儿也罢,还是在安娜·安德烈夫娜面前也罢,你都不会提起咱们这次谈话吗?"

"我保证。"

"其次,万尼亚,请你行行好,往后再也别跟我谈起这件事。"

"可以,我保证。"

"最后还有一个请求:我知道,亲爱的,你在我们那儿可能觉得无聊,可请你还是尽可能常到我们那儿去走走。我的可怜的安娜·安德烈夫娜是那么喜欢你,还有……还有……你要是不去,她是那么寂寞……你明白吗,万尼亚?"

他紧紧地握住我的手。我真心实意地答应了他。

"现在,万尼亚,末了还有一桩微妙的事:你有钱吗?"

"钱!"我诧异地重复道。

"是的(老人的脸红了,他还垂下了两眼),我看你,老弟,看你的住处……看你的境况……我想,你兴许有什么额外的花销(眼下正是你可能有这种花销的时候),那么……老弟,这是一百五十卢布,头一回,先拿着用……"

"一百五,还是头一回,可您不是刚刚打输了官司吗?"

"万尼亚,我看你根本不了解我!你可能会有额外的花销,你得明白这一点。在某些情况下,金钱有助于一个人采取独立自主的立场,做出独立自主的决定。你现在用不着,就不能留着将来再用?无论如何我也得留给你。我搞得到的就这么些。你要是花不出去,以后还给我好了。现在再见吧!我的天,你脸色多白呀!你可病得不轻……"

我没有推辞,把钱收下了。十分清楚,他给我留钱为的是什么。

"我简直都站不住了。"我回答他。

"你可别麻痹大意,万尼亚,亲爱的,别麻痹大意!今天你哪儿也别去。我会把你的情况告诉安娜·安德烈夫娜的。要不要请大夫来瞧瞧?我明天来看你;不管怎么样我也得尽我一切力量上这儿来,只要我还迈得动腿。现在你就去躺着……好啦,再见。再见,小姑娘;她把脸掉过去啦!你听着,我的朋友!这里还有五个卢布,这是给小姑娘的。不过你可别告别她,说是我给的,你把它花在她身上就是了,买点鞋呀、内衣什么的……买什么都成！再见,我的朋友……"

我把他送到大门口。我得让门房去弄点吃的东西。叶莲娜直到现在还没吃午饭呢……

第十一章

　　不料我刚刚回到室内,就觉得天旋地转,倒在屋子中央了。我只记得叶莲娜惊叫了一声:她举起双手拍了一下便扑过来扶我。这是留在我记忆中的最后一刹那……
　　我恢复知觉时已经卧在床上了。叶莲娜事后告诉我,她同当时给我们送食物来的门房一起把我抬到沙发上了。我醒了几次,每一次都看见叶莲娜那张充满怜悯和关切之情的小脸蛋在俯视着我。然而我记得这一切仿佛都是在梦中,在朦胧的雾里,可怜的小姑娘的那副可爱的模样,宛如一个幻影、一幅图画那样恍恍惚惚地在我眼前闪动;她给我端水喝,给我盖好被子,再不就是面带忧愁、惊慌的神色坐在我面前,用手指抚摸我的头发。有一次我记得她还在我的脸上轻轻地吻了一下。还有一次,我夜里突然醒来,看见搬到沙发跟前的小桌上朝着我点了一支蜡烛,我在烛光下看见叶莲娜的脸搁在我的枕头上,她一手贴在自己温暖的面颊上,半张着两片苍白的嘴唇,胆怯地在那里打盹。直到翌日清晨,我才完全清醒过来。蜡烛已经燃尽了,明亮的、玫瑰色的朝霞已辉映在墙壁上。叶莲娜坐在桌前的椅子里,疲惫的脑袋伏在搁在桌上的左臂上酣然入睡了,我还记得,我看着她那稚气的小脸都看得出神了,这张小脸即便在梦中也充满一种不像是孩子的忧郁表情,充满一种奇特的、病态的美;她面色苍白,面颊消瘦,睫毛很长,乌黑的头发马马虎虎地绾成一个发结,浓密而沉重地垂在一旁。她另一只手搁在我的枕头上。我轻轻地吻了一下这只瘦瘦的小手,但是可怜的孩子并未惊醒,不过在她苍白的嘴唇上却仿佛掠过一丝微笑。我一直瞧着她,渐渐进入了平静的、有益于健康的梦乡。这一次我几乎一觉睡到中午。醒来后我感到自己几乎已经复原了。只有四肢的软弱和沉重还证明我不久前生过病。我早先也生过这种神经质的、突如其来的病;我很熟悉这种病。这种病通常一昼夜就能彻底痊愈;不过在它发作的这一昼夜里却显得很严重,很凶险。

已经接近中午时分。我看到的第一件东西就是挂在角落里一条细绳上的床单,那是我昨天买来的。叶莲娜特地在室内的一个角落为自己隔了一个单间。她坐在炉前等着把水壶烧开。看到我醒来,她嫣然一笑,而且立刻向我走来。

"我的朋友,"我抓住她的一只手,说道,"你守了我一整夜。我还不知道你有这么好呢。"

"您怎么知道我守着您呢;兴许我睡了一宿呢?"她问道,一面带着温和而腼腆的狡黠神色看着我,同时又因为自己的话而羞得满面绯红。

"我醒了几次,什么都看见了。你直到天快亮的时候才睡着……"

"您想喝茶吗?"她打断了我的话,似乎觉得再这么谈下去就有点难办了,凡是心地纯洁而又耿直的人在听到别人夸奖他们的当儿,都往往如此。

"想喝,"我回答,"可你昨天吃午饭没有?"

"没吃午饭,晚饭倒吃了。门房拿来的。不过您别说话啦,安安静静地躺着吧;您还没有完全好呢。"她补充道,一面把茶递给了我,并在我的床上坐下。

"当然得躺着了!不过只能躺到天黑,那时候就得出去了。

一定得出去,莲诺契卡①。"

"哼,又是一定,一定!您去找谁呀?是不是去找昨天来的那个客人?"

"不,不是找他。"

"不去找他就好。就是他昨天伤了您的心。那么是去找他的女儿?"

"你怎么知道他女儿的事呢?"

"我昨天全都听见了。"她低下头答道。

她的脸色阴郁,眉头也蹙了起来。

"他是个坏老头。"后来她补充了一句。

"你怎么知道他呢?恰恰相反,他是个很好的人。"

"不,不,他很坏,我听见了。"她热烈地答道。

"你听见了什么?"

"他不愿意原谅自己的女儿……"

"可他是爱她的。她对不起他,可他却惦记着她,为她操心。"

"那他为什么不原谅她?现在就是原谅了她,她也不会回到他身边去了。"

"怎么回事?为什么呢?"

"因为他不配让她的女儿爱他,"她激动地回答,"就让她永远离开他,她还不如去要饭,就让他看着他女儿要饭,让他难过去吧。"

她两眼熠熠发光,双颊通红。"她这么说其中必有缘故。"我暗自寻思。

"您是想把我送到他家里去吧?"她沉默片刻,又补充了

---

① 莲诺契卡是叶莲娜的昵称。

一句。

"是的,叶莲娜。"

"我不干,我还不如当女仆呢。"

"唉,你说的这一切可不好哇,莲诺契卡。简直是胡说八道:你能跟什么人去当女仆呢?"

"随便跟哪个庄稼人都行。"她不耐烦地回答,脑袋耷拉得越来越低了。看得出来她很焦躁。

"庄稼人可不会雇你这样的女仆。"我笑着说。

"那我上老爷们家里去。"

"你这脾气还能上老爷们的家里去住?"

"能。"她的火气越大,她的回答也就越短。

"你可受不了。"

"我受得了。他们骂我,我就故意不吭气。他们打我,我也不吭气,一直不吭气,让他们打,我就是不哭。只要我不哭,就会把他们给气坏的。"

"你呀,叶莲娜!你哪来这么多的怨恨,瞧你这高傲的劲头!你大概吃过不少苦头……"

我站起来,走到我那张大桌子旁边。叶莲娜仍坐在沙发上,若有所思地看着地面,手指头拧着沙发的边缘。她默默无语。"听了我的话她莫非是生气啦?"我想。

我站在桌旁,机械地把我昨天拿来进行改编的书籍打开,渐渐读得入迷了。我常常这样:走到桌前信手打开一本书来看一会儿,可是看着看着就把一切都给忘了。

"您老在那里写些什么?"叶莲娜悄悄地走到桌前,怯生生地笑着问道。

"什么都写,莲诺契卡。我就靠这个挣钱。"

"是写呈子么?"

"不,不是呈子。"于是我尽可能向她解释,我描写关于各种人物的各种故事,把这些故事印成书,就叫做中篇小说或长篇小说。她十分好奇地听着。

"那您写的都是真的吗?"

"不是的,是我编的。"

"那您为什么要写不真实的事呢?"

"哦,你读读这个,你看看这本书吧;你已经看过它一次了。你不是会读书吗?"

"会。"

"那你就看吧。这本书是我写的。"

"您? 我要读的……"

她像是很想对我说些什么,但显然觉得难以启齿,而且十分激动。她提的问题后面隐藏着什么。

"您写这本书挣了很多钱吗?"她终于说道。

"情况也不一样。有时很多,有时啥也没有,因为写不出来。这事可不容易,莲诺契卡。"

"那您不是有钱的人了?"

"是啊,不是有钱的人。"

"那我就去干活,帮助您……"

她迅速瞥了我一眼,面红耳赤,低下眼睛,接着朝我走了两步,蓦地伸出双臂搂住了我,脸庞紧紧地、紧紧地贴在我的胸前。我惊讶地看着她。

"我喜欢您……我并不高傲,"她说,"您昨天说我高傲。不对,不对,我并不那样……我喜欢您。只有您一个人爱我……"

然而眼泪已经使她说不出话来了。顷刻之间热泪便像昨天她发病时那样强烈地从她的胸中一涌而出。她跪在我的面前,吻着我的手、脚……

"您爱我!……"她又说了一遍,"只有您一个人,一个人!……"

她双手痉挛地紧抱着我的双膝。被她压抑了那么久的感情,骤然不可遏制地全部迸发出来。于是我也开始理解了一颗暂时纯洁地隐蔽着自己的心所表现出来的这种奇特的执拗,而它越是执拗,越是严峻,它也就越是强烈地要求把郁积在其中的一切都吐露出来、宣泄出来,当这一切终于不可避免地迸发出来的时候,它便突然忘乎所以地完全向这种对爱情、感激、爱抚和眼泪的渴望屈服了……

她哭到后来,歇斯底里发作了。我好不容易才松开了她搂着我的双臂。我把她抱起来放在沙发上。她还哭了很久,把脸埋在枕头里,仿佛不好意思看我,但却用她的小手把我的一只手紧紧地攥住,牢牢地贴在她的心口上。

她渐渐平静下来,但她依然不抬起脸来看我。她的两眼在我的脸上瞟了一两次,眼神里蕴藏着那么多的柔情,还有一种胆怯的、重又隐藏起来的情感。最后,她面红耳赤地嫣然一笑。

"你轻松一些啦?"我问,"我的多情善感的莲诺契卡,你有病吧,我的孩子?"

"不是莲诺契卡,不是的……"她低声说,她的小脸蛋始终在回避我。

"不是莲诺契卡?那是什么呢?"

"涅莉。"

"涅莉?为什么一定是涅莉呢?不过这倒是个很漂亮的名字。只要你愿意,我也要这么叫你。"

"妈妈就是这么叫我的……除了她,从来也没有一个人这么叫过我……过去我除了妈妈以外,也不愿意别的人这么叫我……但您可以这么叫……我愿意……我要永远爱您,永远爱……"

"一颗富于感情的、高傲的、小小的心灵,"我想,"我用了多长的时间才赢得权利把你称作……涅莉。然而现在我已经知道,她的心已永远献给我了。"

"涅莉,你听着,"她刚刚平静下来,我便问道,"你不是说,除了你妈妈以外,再没有一个人爱你了。难道你的外公真的不爱你吗?"

"不爱……"

"可你在这里,在楼梯上哭过他,你记得吗?"

她想了一会儿。

"不,他不爱……他是个坏人。"她的脸上浮现出一种近似痛苦的表情。

"可是这不能由他负责,涅莉。他好像完全老糊涂了。他死的时候好像精神失常了。我不是对你说过他是怎么死的吗。"

"是的,可他直到最末一个月才什么事都记不得了。他常常整天坐在这里,要是我不来看他,他也会这么坐上两天、三天,不吃也不喝。可他早先却好得多。"

"早先是什么时候?"

"妈妈还没有死的时候。"

"那么是你给他送吃的和喝的了,涅莉?"

"是的,是我送的。"

"你从哪里拿的,从布勃诺娃那儿?"

"不是的,我从来没有从布勃诺娃那里拿过一点东西。"她倔强地说,嗓音有点发抖。

"那你是从哪儿拿的呢,你不是啥也没有吗?"

涅莉沉默了一会儿,面色变得惨白;接着她把我看了好久好久。

"我常常上街乞讨……我讨到五个戈比就给他买点面包和鼻烟……"

"他怎么会让你去乞讨！涅莉！涅莉！"

"起初我自个儿出去，没有告诉他。后来他知道了，他也催着我出去乞讨。我站在桥上，向行人乞讨，他就在桥旁边走来走去等着；他一看到有人给我东西，就向我扑过来，把钱抢走，好像我要瞒着他，好像我不是为他乞讨似的。"

她一面说，一面带着挖苦的表情苦笑了一下。

"这一切都是妈妈死了以后的事，"她补充道，"那时候他跟疯子已经没有什么两样了。"

"那么他很爱你的妈妈了？那他怎么不跟她住在一起呢？"

"不，他不爱……他是个坏人，他不原谅她……跟昨天那个坏老头一样。"她轻声地，几乎完全是耳语般地说，脸色越来越苍白了。

我打了一个寒噤。一整部小说的情节似乎闪现在我的眼前。这个在棺材匠的地下室里死去的可怜女人，她那个孤苦伶仃的女儿，这女儿偶尔去看望诅咒她妈妈的外公；一个精神失常的怪老头子，他的狗死了以后，自己也在糖果点心店里死去了！……

"您不知道，阿佐尔卡先前是妈妈的，"涅莉蓦地说道，她回忆起什么事情，不禁微笑起来，"外公早先很爱妈妈，妈妈离开他以后，他只剩下妈妈的阿佐尔卡了。所以他才那么喜欢阿佐尔卡……他不原谅妈妈，狗一死，他也就死了。"涅莉严厉地补充道，脸上的笑容消失了。

"涅莉，他早先是一个什么样的人？"我等了一会儿，问道。

"他早先很有钱……我不知道他是干什么的，"她回答，"他有一家工厂……妈妈对我这么说过。她起初觉得我还小,没把一切都告诉我。她常常吻着我说:你全会知道的,时候一到你就会知道的,可怜的、不幸的女儿! 她老是叫我可怜的、不幸的女儿。夜里,她常常以为我睡着了(我故意不睡着,可是装出睡着了的样子),就老是朝着我哭,一边吻我一边说:可怜的、不幸的女儿!"

"你妈妈怎么死的?"

"生肺病,死去快六个礼拜了。"

"你还记得你外公有钱时候的情形吗?"

"那时候我还没出生呢。妈妈在我出生以前就离开外公了。"

"她是跟什么人走的?"

"我不知道,"涅莉轻声地、若有所思地回答,"她到外国去了,我就是在那里生的。"

"在外国?是哪儿?"

"在瑞士。我什么地方都去过,去过意大利,还去过巴黎。"

我觉得奇怪。

"那你还记得吗,涅莉?"

"我记得好多事呢。"

"你的俄语怎么说得这么好,涅莉?"

"妈妈在外国就教我说俄语了。她是俄国人,因为她妈妈是俄国人。外公是英国人,可他也像俄国人。一年半以前我跟妈妈一起回到这儿来的时候,我已经完全学会了。妈妈那时就病了。我们越来越穷了。妈妈老是哭。起初她在这儿,在彼得堡,寻找外公,找了好久,她老是说,她对不起他,她老哭……她哭得可伤心啦!当她知道外公穷了,她哭得更伤心了。她还常常给他写信,可他老不回信。"

"你妈妈为什么回这儿来？就为了找她爸爸？"

"我不知道。不过在那里我们的日子过得可好啦，"涅莉的两眼熠熠发光，"妈妈一个人跟我住在一起。她有一个男朋友，跟您一样好……当她还住在这里的时候，他就认识她了。可他在那里死了，妈妈就回来了……"

"那么你妈妈离开外公以后是跟他一起走的吗？"

"不，不是跟他。妈妈离开外公以后是跟另一个人走的，那个人把她甩了……"

"他是什么人，涅莉？"

涅莉看了我一眼，什么也没有回答。她显然知道她妈妈是跟谁私奔的，那人大概就是她的爸爸。哪怕对我提起他的名字也会使她觉得难过……

我不愿意拿种种问题引起她的痛苦。她性情古怪，容易激动，充满热情，但她却抑制着自己的冲动；她很可爱，但却冷若冰霜。自从我认识她以来，尽管她全心全意地爱着我（这是一种最坦率、最淳朴的爱，她爱我几乎就同爱她已故的母亲一样，她一想起她的母亲就不能不感到痛苦），但她却很少向我吐露衷情，而且除了当天之外，也很少感到需要跟我谈谈自己的往事；正好相反，她甚至好像严严地瞒着我。可是在当天，在一连几个钟头的时间里，她一面伤心地抽抽噎噎地哭泣，一面把她记忆中的那些最使她激动和悲伤的事情全都告诉了我，我永远也忘不了这个可怕的故事。不过这个故事的主要情节将在后面谈到……

这是一个可怕的故事；这个故事说的是一个失去了自己的幸福的被遗弃的女人；她生着病，受尽了折磨，被所有的人所抛弃；她可以指望的最后一个人——她的父亲，也把她拒之门外。她曾使她的父亲受到很大的委屈，使他由于难以忍受的痛苦和屈辱而精神失常。这个故事说的是一个陷入绝境的女人,她带着在她心目中还是一个孩子的女儿,在彼得堡寒冷而肮脏的街道上流浪乞讨;这个女人后来一连数月在潮湿的地下室里奄奄待毙,她的父亲在她临终的时候也拒不饶恕她,直到她咽气的时候才醒悟过来,但当他赶去宽恕她的时候,看到的却不是他在世上最疼爱的女儿,而是一具冷冰冰的尸体。这个奇特的故事,说的是一个神志不清的老人同他年幼的外孙女之间神秘莫测的、甚至是难以理解的关系,这个外孙女虽然年幼,但已经了解了他,已经了解了别人在长年累月无衣食之虞的恬静生活中所难以了解到的许多东西。这是一个阴森可怖的故事,在彼得堡阴沉的天空下,在这座大城市的那些黑暗、隐蔽的陋巷里,在那令人眼花缭乱、熙熙攘攘的人世间,在那愚钝的利己主义、种种利害冲突、令人沮丧的荒淫无耻和种种隐秘的罪行中间,在毫无意义的反常生活构成的整个这种地狱般的环境里,像这种阴森可怖、使人肝肠欲断的故事,是那么经常地、难以察觉地,甚至可说是神秘地在进行着……

不过这个故事将在后面谈到……

第三部

第 一 章

暮色早已降临，黄昏时分来到了，直到那时我才从阴森森的噩梦中醒来，想到了现实。

"涅莉！"我说，"你现在有病，又很难过，可我却不得不留下你一个人在这里伤心流泪。我的朋友！原谅我，你要知道，那里也有一个虽被爱着但却没有得到原谅的人儿，她很不幸，受到凌辱而且被遗弃了。她在等着我。方才听了你讲的故事，我觉得非去看望她不可了，要是我现在不马上去看她，我简直都忍耐不住了……"

我不知道，涅莉是不是明白了我对她所说的一切。她讲的故事，加上我不久前生的这一场病，使我心绪不宁；但我急忙赶往娜塔莎那儿去。我到达她那儿的时候已经迟了，已是八点多了。

在娜塔莎住宅大门外的街道上，我看见有一辆四轮马车，我觉得，这是公爵的马车。要进入娜塔莎的房间，得穿过庭院。我刚刚登上楼梯，便听见上面同我相距一段楼梯的地方，有一个人在小心翼翼地摸索着向上攀登，他显然不熟悉这个地方。我以为这准是公爵，然而我很快便放弃了这种看法。这个陌生人一面往上攀登，一面唠唠叨叨地诅咒楼梯难登，他登得越高，他的嗓门也就越大、越激烈。当然，楼梯狭窄、又脏又陡，而且从来也不点灯；但是我无论如何不会认为从三层楼上传来的那种咒骂是出自公爵之口，因为这位登楼的先生咒骂起来犹如车夫骂街。

不过从三楼开始便有亮光了:娜塔莎房间门口点着一盏小灯。我一直走到门口才追上这位陌生人,当我认出他就是公爵的时候,不禁大吃一惊。对于如此意外地同我相遇,他看来大为不快。最初的一刹那他没有认出是我;然而他的脸色骤然完全变了。他最初向我投来的凶狠与憎恶的眼光,顿时变成亲切而愉快的了,他还带着异常高兴的神色向我伸出双手。

"噢,是您!刚才我真想跪下来祷告上帝救我一命呢。您听见我的咒骂了吧?"

于是他非常憨厚地哈哈大笑起来。然而他的脸上忽然浮现出严肃而关切的表情。

"阿辽沙怎能让娜塔莉娅·尼古拉夫娜住在这样的房子里!"他摇着头说,"就从这些所谓的小节上便足以看出一个人的为人。我为他担心。他为人善良,心灵高尚,可是您看这就是一个例子:他爱得神魂颠倒,却又让他所爱的姑娘住在这样的狗窝里。我甚至听说有时连面包也没有,"他摸索着门铃的把手,低声补充了一句,"每当我想到他的未来,就不禁头疼欲裂,尤其是想到安娜·尼古拉夫娜①的未来,当她成为他的妻子的时候……"

他把名字说错了,但并没有察觉,由于找不到门铃,他显然感到懊恼。可是根本就没有门铃。我摇了摇门把手,玛芙拉立即为我们把门打开,手忙脚乱地迎接我们。小小的前厅里用一块木板隔出了一个厨房,从厨房打开了的门外看进去,可以看到里面作了一些准备:一切都跟往常有点不同,一切都擦洗得干干净净;炉子里燃着火;桌子上有一套新餐具。显然是在等待我们。玛芙拉急忙上前为我们脱大衣。

---

① 应为娜塔莉娅·尼古拉夫娜。

"阿辽沙在这儿吗?"我问她。

"没来过。"她有点神秘地低声答道。

我们到了娜塔莎那儿。她的房间里没有作任何特殊准备,一切照旧。不过她那里一切都总是那么整洁悦目,没有什么可收拾的。娜塔莎站在门前迎接我们。憔悴的病容和惨白的脸色使我吃惊,然而在她毫无血色的两颊上也闪现出转瞬即逝的红晕。她两眼通红,急忙默默地向公爵伸出一只手去,显然有些慌张和不安。她甚至都没有看我一眼。我默默地站在那儿等待着。

"我这不来了嘛!"公爵友好而愉快地说道,"我回来才几个钟头。这些天来我一直没有忘记你,"他亲切地吻了吻她的手,"我是多么地,多么地想念您啊!我有那么多的话要对您说,要告诉您……好啦,现在我们可以畅谈一番了!首先,我看到我那个不肖之子还没有来……"

"请原谅,公爵,"娜塔莎红着脸,有些发窘地打断了他的话,"我有两句话要对伊凡·彼特罗维奇说说。万尼亚,来……两句话……"

她抓住我一只手,把我带到屏风后面。

"万尼亚,"她把我引到最远的一个角落,低声说道,"你会原谅我吗?"

"娜塔莎,得了吧,你瞧你!"

"不,不,万尼亚,你原谅我是太经常也太多了,可是任何耐性都是有限度的。你永远不会不爱我的,这我知道,但你会把我叫做忘恩负义的人,昨天和前天我对你都是忘恩负义、自私自利、冷酷无情的……"

她突然哭了起来,把脸贴在我的肩上。

"得啦得啦,娜塔莎,"我急忙劝慰她,"我得了重病,病了一

227

个通宵;直到现在还站不大稳,所以我昨晚和今天都没有来看你,可你却以为我生气了……我亲爱的朋友,难道我不知道你现在的心情?"

"那就好……这就是说,你像往常一样原谅我了,"她含着眼泪笑着说,把我的手捏得都发痛了,"别的事以后再谈。我有好多话要对你说,万尼亚。现在上他那儿去吧……"

"快一点,娜塔莎;咱们这么突然地离开他……"

"你会看到,会看到将要发生什么事,"她匆匆地向我低声说道,"我现在一切都明白了,我完全看穿了。都是他的罪过。许多事都要在今晚做出决定。走吧!"

我摸不着头脑,但没有时间问了。娜塔莎面色安详地向公爵走去。他依然拿着帽子站在那儿。她愉快地向他道歉,从他手中接过帽子,亲自给他端来一把椅子,于是我们三人便围着她的小桌坐下了。

"我方才说到我那个不肖之子,"公爵接着说,"我只看见他一会儿的工夫,而且是在街上看见他的,他正乘车去找齐娜伊达·费奥多罗夫娜伯爵夫人。他急得要命,你们瞧,在分别了四天以后,他甚至都不愿下车到我的房间里来看看我。此外,娜塔莉娅·尼古拉夫娜,他现在不在您这儿,我们比他先到,这好像也是我的过错;既然我今天不能到伯爵夫人那里去,我便借此机会让他带去一个口信。可他马上就会来的。"

"他想必答应您今天要来的吧?"娜塔莎带着非常纯朴的表情看着公爵,问道。

"啊,我的天哪,好像他不会来似的;您怎么会这么问哪!"他惊异地瞧着她叫道,"不过我明白:您在生他的气。来得比谁都晚,这的确像是他的不是。可是,我再说一遍,这是我的过错。别生他的气。他轻浮,浅薄;我不是在为他辩护,但是有些特殊情况，要求他现在不但不能抛开伯爵夫人的家和其他一些联系，相反地还得尽可能常去拜访。您瞧，既然他现在大概同您形影不离，而且把世上的一切都置诸脑后了，那么，倘使我有的时候要让他出去为我办一些不超过一两个小时的事情，也就只好请您息怒了。我相信，从那天晚上以来他还没有去看望过一次 K 公爵夫人，我真后悔，方才竟没有来得及问问他这件事！……"

我看了一眼娜塔莎。她带着淡淡的、半含嘲讽意味的微笑听着公爵讲话。但他却讲得那么坦率，那么自然。看来对他是不可能有什么怀疑的。

"您果真不知道，这几天当中他一次也没有到我这儿来过？"娜塔莎用轻微而平静的声音问道，仿佛在说一件对她来说是最平常不过的事情。

"怎么，一次也没有来过？哎呀，您说的是什么呀！"公爵显然是大为惊愕地说。

"您星期二晚上来访；翌日凌晨他来我这儿待了半个钟头，此后我就一次也没有见过他了。"

"可这是不可能的！"他越来越惊讶了，"我深信他是同您形影不离的。请原谅，这太奇怪了……简直是不可能的。"

"但这是真的，令人遗憾的是，我特地等待您，以为可以从您这儿知道他在哪儿？"

"啊，我的天哪！他马上就会来的！可是您告诉我的事却使我惊讶得……我承认，我料到他什么事都做得出来，可就是没有料到他会这样……这样！"

"瞧您有多么吃惊！可我却认为您不但不会吃惊，甚至预先就知道会有这样的结果。"

"知道！我？可我向您保证，娜塔莉娅·尼古拉夫娜，我只是今天见过他一会儿，此外再没有向任何人打听过他的情况；我觉得奇怪,您仿佛不相信我。"他谛视着我们俩,接着说。

"哪儿的话,"娜塔莎应声说道,"我完全相信,您说的是真话。"

她又笑起来了,而且逼视着公爵的眼睛,使得他仿佛抽搐了一下。

"请您解释一下。"他忸怩不安地说。

"没有什么可解释的。我说得很简单。您知道他是多么轻率、健忘。如今一旦给了他充分的自由,他就忘乎所以了。"

"不过像这样忘乎所以却是不可能的,其中必有缘故,只要他一来,我就要逼着他把这件事交代清楚。然而最使我惊异的,是您似乎对我也不无微辞,而当时我甚至都不在这儿。不过,娜塔莉娅·尼古拉夫娜,我看您对他十分生气,——这是可以理解的!您完全有权利这样,还有……还有……当然,有过错的首先是我,哪怕只是由于我是第一个来到的,不是这样吗?"他接着说,一面带着不满的嘲笑神情转脸瞧着我。

娜塔莎脸红了。

"对不起,娜塔莉娅·尼古拉夫娜,"他庄严地接着说,"我同意我有过错,但是我的过错只是我在我们认识以后的第二天就走了,加上我在您的性格中看到的某种多疑的因素,这就使得您改变了对我的看法,何况某些情况也促成了这一点。我若是不走,——您就会更好地了解我,阿辽沙在我的监督下也不会如此轻佻了。今天您就能亲耳听到我对他说的话。"

"这就是说,您要使他开始感到我是一个累赘。像您这样一位聪明人,居然果真相信这种办法会对我有帮助,这是不可能的。"

"您这岂不是暗示,我是存心要让他感觉到您是一个累赘?您冤枉了我,娜塔莉娅·尼古拉夫娜。"

"无论我同什么人讲话,我都尽可能少用暗示,"娜塔莎回答,"恰恰相反,我总是尽可能地直言不讳,您也许今天就会相信这一点。我不想冤枉您,这样做也毫无意义,因为无论我对您说些什么,您都不会由于我的话而感到委屈。我完全相信这一点,因为我完全明白我们彼此间的关系:您是不会认真对待这种关系的,不是吗?但是,倘若我果真冤枉了您,那我准备向您道歉,以便在您面前尽到……我做主人的全部责任。"

尽管娜塔莎说这句话时用的是一种轻松的、甚至是戏谑的口吻,唇边还挂着笑意,但我还从来没有见过她激动到这种程度。直到如今我才明白,这三天来她的心情痛苦到什么地步。她曾说:"我现在一切都明白了,我完全看穿了。"这句令人莫名其妙的话曾使我吃了一惊,这句话是直接针对公爵而说的。她已改变了对他的看法,并把他看作自己的冤家对头,——这一点是显而易见的。她显然是把她在同阿辽沙的关系上遇到的种种麻烦都归咎于他的影响,说不定她还掌握了什么证据。我担心他们之间会突然爆发一场争吵。她那戏谑的口吻是太明显、太露骨了。她对公爵说的最后那句话(他不会认真对待他们的关系),关于主人的责任和道歉的那句话;她那如同威胁的诺言(当天晚上就可以向他证明她是会直言不讳的),——这一切都说得那么尖酸刻薄,那么毫不掩饰,公爵是不可能不懂得其全部涵义的。我看见他的脸色有异,但他善于控制自己。他立刻装出一副没有注意到这些话、没有理解它们的真实涵义的模样,当然,他还用开玩笑的口吻把这一切支吾过去了。

"上帝也不会允许我要求道歉!"他笑着说道,"我根本不想要求这个,而且要求女人道歉也不合乎我的习惯。我们第一次见面的时候我就多多少少预先向您介绍了我的性格,因此您大概不会由于我即将发表的一点意见而生我的气,何况这个意见是一般地针对一切女人而言的；说不定您也会同意这个意见，"他殷勤地转过脸来看着我，接着说道，"是这么回事：我注意到女人的性格中有这么一种特点，譬如说吧，假若她有了什么过失，那么她宁肯同意在事后，在将来，用千娇百媚来弥补自己的过失，却不愿意在犯错误的当时，在罪证非常明显的时候承认自己的过失，并请求宽恕。因此就算您确实冤枉了我，那么现在，在此时此刻，我也故意不要您道歉；等到日后您认识到自己的错误，并想在我面前……用千娇百媚来弥补过失的时候，岂不对我更为有利。您是如此善良，如此纯洁、鲜艳，又如此坦率，因此我可以预料，您悔过的时候将是很迷人的。您与其向我道歉，还不如现在告诉我：我今天是否可以用什么办法向您证明，我对您的所作所为，较之您所想象的要真诚得多，也坦率得多呢？"

娜塔莎脸红了。我也觉得，从公爵的回答里可以听出一种过于轻薄，甚至是漫不经心的语气，一种不大客气的戏谑口吻。

"您想向我证明，您对待我是直率的和忠厚的？"娜塔莎用挑衅的神情看着他，问道。

"是的。"

"若是这样的话，请答应我一个请求。"

"我事先就答应了。"

"我的请求是：无论是今天还是明天，不要用任何一句话或任何一个暗示使阿辽沙为我感到不安。对于他忘掉了我这件事，不要说一句责备的话；不要有一句告诫。我就是要在看到他的时候就像我们之间没有发生任何事情似的，叫他什么也看不出来。我希望这样。您能对我做这样的保证吗？"

"我非常高兴，"公爵答道，"请允许我由衷地补充一点：在这种情况下我很少碰到有谁比您的态度更为明智、更为明确……好像是阿辽沙来了。"

232

果然从前厅里传来一阵嘈杂声。娜塔莎打了个寒噤,仿佛作好了什么准备似的。公爵一本正经地端坐在那儿等候将要发生的事情,他目不转睛地盯着娜塔莎。门开了,阿辽沙向我们飞了过来。

第 二 章

他名副其实地飞了进来，春风满面，喜气洋洋。这四天他显然过得愉快而幸福。从他的神气可以看出，他有什么事情要告诉我们。

"我这不是来了吗！"他向全屋子里的人宣布，"我本来应该比谁都来得早。不过你们马上就会知道一切，一切，一切！爸爸，方才我跟你连两句话都没有来得及说，可我有许多话要告诉你。只有在他顺心的时候他才允许我称他为你，"他停顿了一下，转脸瞧着我，"真的，在别的时候他就不让我这么称呼他了，他会采取这样的做法：开始用您来称呼我。可是从今天开始，我但愿他永远顺心，我也要让他这样！总之，这四天来我整个儿变了，完完全全地变了，我会把一切都告诉你们的。不过这得过一会儿再讲。眼前主要的是她在这儿！她在这儿！再说一遍！娜塔莎，亲爱的，你好吗，我的天使！"他一面说，一面在她身边坐下，贪婪地吻着她的手，"这些天我多么想念你啊！不过碰到了一些情况，我也无能为力！我对付不了。我亲爱的！你像是瘦了一点，脸色变得这么苍白……"

他欣喜若狂地吻遍了她的双手，一双漂亮的眼睛如饥似渴地看着她，就像看不够似的。我瞥了娜塔莎一眼，从她的脸色猜到了我们有共同的想法：他毫无过错。这个没有过错的人什么时候会认罪，又怎么认罪呢？娜塔莎苍白的双颊突然布满了鲜艳的红晕，仿佛汇聚在她心房中的鲜血霎时间全都涌上了她的头部。她两眼闪闪发光,高傲地瞥了公爵一眼。

"可是你在哪儿……待了……这么些天呢?"她用拘谨的、断断续续的声音说道。她的呼吸沉浊而不均匀。我的天哪,她有多么爱他!

"问题就在于我真好像是对不起你似的;对了:好像是!当然,我有错,我自己也知道,我就是因为知道这一点所以才来的。卡佳昨天和今天都曾对我说,一个女人是不能原谅这种疏忽的(星期二咱们这里发生的事她全都知道,第二天我就告诉她了)。我跟她争论,向她证明,我说,这个女人叫做娜塔莎,普天之下也许只有一个女人能跟她比美:这就是卡佳;我来到这儿的时候当然知道,这场争论我赢了。难道像你这样的一位天使会不原谅我吗?'他没来,——准是因为给什么事耽搁了,而不是因为他不爱我了,'——我的娜塔莎会这么想的!我哪能不爱你呢?难道有这种可能吗?我的心里有多么想念你啊。可我还是有错!不过当你知道了一切的时候,你会第一个出面为我辩护的!我马上就把一切都告诉你们,我要向你们大家诉诉衷肠;我就是为这个而来的。我今天本想飞到你这儿(我有半分钟的空闲),匆匆吻你一下,但是也没能办到:卡佳有十万火急的事要我马上就去。这时我还没有坐上马车,你也还没有看到我,爸爸。这是我又一次为了另一封便笺去找卡佳。你们知道,咱们那些信差现在整天都带着信件从这家到那家跑来跑去。伊凡·彼特罗维奇,您的便笺我昨晚才看到,您在便笺里写的一切完全正确。可是有什么办法呢:力不从心哪!于是我想:明天晚上我要把一切都解释清楚,因此今晚我是不可能不来看你的,娜塔莎。"

"这是一封什么便笺?"娜塔莎问。

"他去找我,没有找到,当然,于是他就在给我留的那封便

235

笺里狠狠地骂了我一通,为的是我不常去看你。他完全对。这是昨天的事。"

娜塔莎看了我一眼。

"既然你有时间从早到晚都待在卡捷琳娜·费奥多罗夫娜那里……"公爵开始说道。

"我知道,我知道你要说什么,"阿辽沙打断了他的话,"'既然你可以待在卡佳那里,那么你就应该有加倍的理由待在这儿。'我完全同意你的意见,我甚至还要补充一点:不是加倍的理由,而是加一百万倍的理由!可是,第一,生活中常有一些奇怪的、意料不到的事会把一切都给搅乱,搅得颠三倒四的。我就是碰到了这样的事。我告诉你们,这些天来我完全变了,从头到脚都变了;因此肯定是发生了重要情况!"

"唉,我的天哪,你这是怎么啦!请你别折磨我们啦!"娜塔莎叫道,看着阿辽沙那副激动的模样微笑。

他确实有点可笑:他很着急;说出话来就像敲鼓那样又快又密,杂乱无章。他想把一切都说出来,把一切都告诉我们。但他在叙述的当儿却一直没有放开娜塔莎的手,而且不停地把这手举在唇边,仿佛吻不够似的。

"问题就在我碰到的那件事上,"阿辽沙接着说,"啊,我的朋友们哪!我看见了什么啊!我干了什么啊!我认识了一些什么样的人啊!首先是卡佳:她简直是十全十美!我直到现在还完完全全不了解她!星期二那天,我对你谈到过她,娜塔莎,——你可记得,我还是那么热烈地谈论她,尽管那时候我几乎还根本不了解她。直到最近她还瞒着我呢。可是现在我们完全互相了解了。我和她现在已经互相用你相称了。可我还是从头说起吧:第一,当我第二天,在星期三,把我们这里发生的事讲给她听的时候,娜塔莎,要是你知道,关于你她对我说了些什么,那就太好了……顺便说说,那天上午,星期三上午,我来看你的时候,我在你面前显得多蠢啊!你欣喜若狂地迎接我,你心里想的全是我们新的处境;你想跟我谈谈这一切;你有些忧郁,同时又跟我打闹取乐,而我却硬要装出一副稳重的样子!啊,我真是个笨蛋!傻瓜!你要知道,我的确是想卖弄卖弄,想吹嘘一番,说我很快就要做丈夫,成为一个稳重的人了,你知道我想在谁的面前卖弄吗,——在你的面前!啊,那时候你当然要嘲笑我了,我也是活该让你嘲笑!"

公爵默默地坐在那儿,面带微笑看着阿辽沙,这是一种洋洋自得并含有嘲讽意味的微笑。他儿子的这种轻浮的、甚至是可笑的观点似乎使他很高兴。整个这一晚上我都在仔细地观察他,我完全相信,他根本不喜欢他的儿子,尽管人们都说他的父爱是何等热烈。

"我离开你以后便到了卡佳那里,"阿辽沙喋喋不休地说了下去,"我已经说过了,我们直到这天上午彼此才完全了解,这事来得真有点奇怪……我简直都不记得……几句热情的话,坦率地表达出来的一些感情和想法,我们便永远成了挚友。你一定,一定得认识她,娜塔莎!她在我面前把你说得多好,把你描写得多好啊!她对我解释,你简直就是我的瑰宝!她一点一点地向我说明了她的想法和她对人生的看法;她是一个多么严肃,多么热情的姑娘!她谈到职责,谈到我们的使命,谈到我们大家都应该为人类服务,所以在这五六个钟头的谈话里,我们完全取得了一致,最后我们互相起誓,要永远保持友谊,终身共同奋斗。"

"怎么奋斗呢?"公爵惊异地问。

"我有了很大的变化,爸爸,所以这一切肯定会使你感到惊奇;我甚至预先就料到你会提出种种不同的意见,"阿辽沙一本

237

正经地回答,"你们都是些讲实际的人,你们有那么多过了时的规矩,既严肃,又严格;对待一切新的东西,一切年轻的、新鲜的东西,你们都采取不相信的、敌视的和嘲笑的态度。可是我现在已经不是像你几天前对我所了解的那样一个人了。我是另一个人了!我现在勇敢地面对着世上的一切人和事。只要我知道我的信念是正确的,我就要始终不渝地遵循它;只要我不迷失道路,我就会是一个正直的人。这对我来说已经足够了。今后你们爱怎么说就怎么说吧,我相信我自己。"

"喔唷!"公爵嘲笑地说。

娜塔莎不安地打量我们。她为阿辽沙感到担忧。他常常由于沉溺在谈话中而使自己处于很不利的地位,她知道这一点。她不愿意让阿辽沙在我们面前,特别是在他父亲面前显得滑稽可笑。

"你说些什么呀,阿辽沙!这简直是谈论哲学问题了,"她说,"准是什么人教给你的……你还是谈谈你的事吧。"

"我这就说!"阿辽沙叫道,"你瞧,卡佳有两个远房亲戚,好像是她的堂兄弟,叫做列文卡和鲍林卡,一个是大学生,另一个简直是个小伙子。她常跟他们往来,他们简直是非凡的人物!他们根据自己的原则,几乎是不到伯爵夫人那里去的。当我同卡佳谈到一个人的职责、使命和这一切的时候,她向我提到了他们两位,而且立刻给他们写了一个便条并交给了我;我马上赶去同他们认识。当晚我们就成了莫逆之交。那儿有二十来个各种各样的人,有大学生、军官、艺术家;还有一位作家……他们全都知道您,伊凡·彼特罗维奇,这就是说,他们读过您的作品,对您的未来寄予很大的希望。这是他们亲口对我说的。我告诉他们,我认识您,而且答应介绍他们认识您。他们都像兄弟一般张开双臂接待我。我第一次就告诉他们,我很快就要成为一个有妻室的人了,于是他们也就把我当作有妻室的人了。他们住在五层楼上,挨着屋顶。他们只要有机会就聚在一起,大都是在星期三,在列文卡和鲍林卡那里聚会。他们全都是朝气蓬勃的青年;全都对全人类怀着炽烈的爱;我们大家谈论着我们的现在和未来,谈论着科学和文学,谈得那么好,谈得那么坦率和朴实……一名中学生也常上那儿去。他们相处得那么融洽,他们是那么高尚!我还从来没看见过这样的人呢!在这之前我去的都是一些什么地方?我见过什么世面?我是在什么思想的熏陶下长大的呢?只有你一个人,娜塔莎,曾同我谈论过这一类的事。啊,娜塔莎,你一定得跟他们认识认识,卡佳已经认识他们了。他们谈到她的时候几乎都怀着敬意,卡佳已经告诉了列文卡和鲍林卡,说是当她继承了财产的时候,她一定马上为共同的事业捐献一百万卢布。"

"这一百万卢布大概是要由列文卡和鲍林卡以及他们那一帮人来支配了?"公爵问道。

"不是的,不是的,这么说是可耻的,爸爸!"阿辽沙激动得叫了起来,"我怀疑你的想法!我们的确谈论过这一百万卢布,而且讨论了很久:怎么使用它呢?最后决定,首先用于社会教育……"

"是啊,到目前为止,我的确还不完全了解卡捷琳娜·费奥多罗夫娜,"公爵自言自语一般地说,脸上依然挂着那种嘲讽的微笑,"不过我对她的期望很大,却没有料到这一点……"

"这一点又怎么样?"阿辽沙打断了他的话,"这有什么值得你大惊小怪的呢?莫非这有点儿离开了您的常规?莫非因为至今还没有一个人捐献过一百万卢布,而她却要捐献?是这样吗?可她既然不愿意靠别人生活,这又有什么办法。因为靠这几百万卢布生活,也就是靠别人生活(我现在才明白这一点)。她想

239

成为一个对祖国对大家都有用的人,想把自己的捐款用于为大家谋福利。关于捐款的事,我们在识字课本上就读到过,至于这笔捐款多达一百万卢布,这又在哪儿见到过呢?而我深信不疑的、被吹得天花乱坠的这一整套人情世故,又是以什么为基础的呢!你干吗这样看着我,爸爸?你就像看到了一个小丑,一个傻瓜!就算我是一个傻瓜好了!娜塔莎,你真应该听听卡佳对这一点是怎么说的:'主要的不是头脑,而是指导头脑的性格、心灵、高尚的品质、进步。'不过主要的是别兹梅津对此说过一句话,真是金口玉言。别兹梅津是列文卡和鲍林卡的朋友,在我们中间他是个有头脑的人,简直就是个天才!就在昨天,他在谈话中说了这么一句话:一个人一旦认识到自己是傻瓜,他就不再是傻瓜了!说得真对!这样的格言在他那里随时都能听到。他在传播真理。"

"确是天才!"公爵指出。

"你老是嘲笑我。可是要知道,我从来也没有听到你说过任何一句这样的话,我也从来没有听到在您所有的亲朋好友当中有谁说过这样的话。正好相反,你们那些人好像总是要把这一切都隐藏起来,总是想朝着地面把身子弯得低低的,好让每个人的身材、每个人的鼻子都长得合乎一定的尺寸、一定的规章,——就像这是办得到的似的!就像这样做的可能性并不比我们谈论和思考的事的可能性要小一千倍。可他们却还把我们叫做空想家!你真应该听听他们昨天对我说的那些话……"

"那好吧,可是你们谈论和思考的是什么呢?你说说看,阿辽沙,我直到现在还弄不明白。"娜塔莎说。

"总之是有关能导致进步、人道和仁爱的一切事情,这一切全都与当前的种种问题有关。我们谈论新闻自由,谈论开始实行的改革、对人类的爱以及当代的活动家们;我们研究和阅读他们的著作。然而主要的是,我们互相保证,彼此要竭诚相见,要坦率地、不怕难为情地彼此把有关自己的一切都说出来。只有襟怀坦白,只有直言不讳,才能达到目的。别兹梅津特别努力追求这一点。我把这告诉了卡佳,她完全同意别兹梅津的意见。于是我们全都在别兹梅津的领导下,保证终身为人正直、坦率,不论别人怎样议论我们,怎样评价我们,——我们都不为任何事情所动摇,不为我们的热情、我们的兴奋、我们的过失而感到害臊,而且一往直前。如果你想受人尊敬,那么首要的一点就是你得尊敬你自己;只有这样,只有自我尊敬,你才能赢得别人的尊敬。这是别兹梅津说的,卡佳完全同意他的意见。总而言之,我们现在已经有了共同的信念,并决定各自对自己进行一番研究,再到一起互相交流各自的研究心得……"

"这岂不是一派胡言?"公爵不安地嚷道,"这个别兹梅津是何许人!不成,不能让它这样下去……"

"不能让什么事这样下去?"阿辽沙问道,"你听呀,爸爸,为什么我现在当着你的面说这一切呢?因为我想,并且希望把你也吸收到我们的圈子里去。我已在那里为你作了保证。你笑了,喏,我就知道你会笑的!可你听我说完!你为人善良,高尚;你会明白的!你不了解,也从没有见过这样的人,你没有听过他们讲的话。即使这些话你全都听到过,全都研究过;你是非常有学问的;但你没有看到过他们,没到他们那儿去过,那你又怎么能对他们做出正确的评价呢?你只是自以为了解他们罢了。不成,你得跟他们在一起,听听他们的意见,那时候,——那时候我可以向你保证,你就会是我们的人了!主要的是,我想采取一切办法把你救出来,好让你不至于在你那么恋恋不舍的那一伙人当中给毁掉,好让你能抛弃你的那些信念!"

公爵面带极其恶毒的嘲笑神情默默地倾听这一篇怪论,他的恼恨已形之于色。娜塔莎以不加掩饰的憎恶表情盯着他。他看到了这一点,但装出若无其事的样子。然而阿辽沙的话音刚落,公爵便突然哈哈大笑起来。他甚至仰在椅背上,仿佛已控制不住自己似的。但这笑无疑是矫揉造作的。十分明显,他这样笑的唯一目的,就是尽可能厉害地把自己儿子奚落和羞辱一番。阿辽沙果真伤心了:他的脸上愁云密布。但他耐心地等待着爸爸结束对他的嘲笑。

"爸爸,"他忧伤地开始说道,"你为什么嘲笑我呢?我对你的态度是直率而坦白的。如果你认为我说的是蠢话,那你就开导我好啦,可是别嘲笑我呀。你嘲笑的又是什么呢?是如今对我来说是神圣而高尚的东西吗?好吧,就算我错了,就算这一切都不对,都是错误的,就算我是个小傻瓜,像你好几次称呼我的那样;然而即便我错了,我也是真诚的、正直的呀;我没有失去我的体面。我赞赏崇高的思想。就算这些思想是错误的,但它们的基础却是神圣的。我不是对你说过,你和你那些亲朋好友,还从来没有对我说过一句能够指导我、能够使我为之神往的话。你就驳斥他们吧,对我说些比他们的话好一些的话,那么我就会跟着你走,可是你不要笑我,因为这叫我十分伤心。"

阿辽沙的这一番话说得非常诚恳,而且怀着一种严正的自尊心。娜塔莎满腔同情地盯着他。公爵听到儿子的话不禁有些诧异,他立刻改变了自己的口气。

"我根本没有羞辱你的意思,我的孩子,"他答道,"相反地我是可怜你。你准备在人世上迈出这样一步,仿佛你从此果真不再是一个轻浮的孩子了。这就是我的想法。我的笑是情不自禁的,完全没有羞辱你的意思。"

"那我为什么却有这种感觉呢?"阿辽沙带着痛苦的感情接着说,"为什么我很久以来就觉得,你是怀着敌意,带着冷冰冰的嘲笑神气在看我,而不是像父亲看待自己的儿子?为什么我觉得,要是我处于你的地位,我是不会像你现在对我这样侮辱性地嘲笑我的儿子的。你听着,咱俩现在就一劳永逸地、开诚布公地互相解释清楚,再不要留下任何隔阂。而且……我要说出全部真相:我走到这儿来的时候,我觉得这里也发生了什么隔阂;跟我想象中看到你们在这儿的那种情景不大一样。是不是这样?如果是这样的话,那么每一个人都把自己的感情吐露出来岂不更好?坦率能避免多少坏事啊!"

"那你就说吧,说吧,阿辽沙!"公爵说,"你向我们提出的建议是很高明的。说不定就应该从这件事做起。"他瞥了娜塔莎一眼,补充了一句。

"那你可别为我彻底的坦率生气啊,"阿辽沙开始说了,"是你自己希望这样,你自己要求这样。你听着。你已经同意我跟娜塔莎结婚;你给了我们这种幸福,为此你克服了你自己的感情。你是宽宏大量的,我们都感激你的高尚举动。但是,为什么你现在却又喜气洋洋地不断向我暗示,说我还是个可笑的孩子,根本不配做丈夫;此外,你好像要在娜塔莎的面前嘲笑我、侮辱我,甚至好像要诬蔑我。只要你有机会出我的丑,你总是很高兴;这一点我不是现在发现的,而是早就注意到了。好像你为了什么目的,就是要竭力向我们证明,我们的婚姻是可笑的、荒唐的,我们不适合于做夫妻。真的,似乎你自己也不相信你为我们作的安排;似乎你把这一切都看成一场玩笑,看成有趣的幻想,看成一出可笑的滑稽戏……我可不是仅仅根据你今天说的话才形成这种看法的。就在那天晚上,星期二的晚上,我从这儿回到你那里去的时候,我曾听到你说了几句古怪的话,这些话不但使我吃惊,甚至也伤了我的心。星期三你在离开彼得堡的时候,对我们当前的处境也作了一些暗示,你也谈到了她,不是用轻蔑的口气,而是恰好相反,不过总有点跟我想从你那儿听到的话不一样,有点过于轻率,有点缺乏感情,缺乏对她的尊重……这是难以说清楚的,可是口气是明显的;我心里听得出来。你现在就告诉我,说我弄错了吧。你就说服我放弃我的看法吧,你就鼓励鼓励我,还有……还有她,因为你也伤了她的心。我走进这儿,一眼就看出来了……"

阿辽沙热烈而坚定地说了这一番话。娜塔莎神色庄重地听着他说,心情激动,脸上发烧,在他讲话的过程中,她有一两次曾喃喃自语地说:"是的,是这样!"公爵窘住了。

"我的孩子,"他回答道,"我当然不会记得我对你说过的一切;可是,假如你是这样理解我的话的,那就太奇怪了。我打算尽我的一切力量说服你放弃你的看法。如果我方才笑过,那这也是可以理解的。我要告诉你,我甚至想用我的笑来掩饰我痛苦的感情。每当我现在想到,你很快就要做丈夫了,我现在便觉得这是完全不能实现的,荒唐的,甚至是——请原谅我——可笑的。你为这笑而责备我,可我却说,这一切都是由于你。我也有过错:近来我也许很少关心你,所以直到今晚我才知道你干得出什么事来。现在每当我想到你跟娜塔莉娅·尼古拉夫娜的未来,我的心就突突直跳:我太急躁了,我看到你们两个太不相同了。任何爱情都会消逝,而不相同的地方却将永远存在。我现在就不谈你的命运了,但是你想一想,要是你只有正直的愿望,那你就会让娜塔莉娅·尼古拉夫娜跟你一起被毁掉,一定会毁掉!你刚才用了整整一个钟头谈论对人类的爱,谈论崇高的信念,谈论你结识的那些高尚的人;可你问问伊凡·彼特罗维奇,刚才我们两个顺着这儿那座糟糕透顶的楼梯爬到四层楼上,站在这门口的时候,我对他说了些什么?多亏上帝保佑,我们的生命和双脚才得以安然无恙。你可知道,我当时不由得立刻产生了一种什么想法？我觉得奇怪,既然你如此热爱娜塔莉娅·尼古拉夫娜,你又怎么受得了让她住在这样的寓所里呢？你怎么就没有想到,既然你没有钱财,既然你没有能力履行自己的责任,那么你也就没有权利做丈夫,没有权利承担任何责任。只有爱情是不够的；爱情要体现在行动中,而你的想法则是:'哪怕你会跟我一起受苦,你也得跟我一起生活',——要知道这是不人道的,这是不高尚的！一面谈论着博爱,狂热地谈论种种全人类的问题,同时却在对爱情犯罪而又毫未察觉,——这是难以理解的！请您别打断我的话,娜塔莉娅·尼古拉夫娜,让我说完；我太痛苦了,我非说出来不可。你刚才说,阿辽沙,这几天你对一切高尚、美好、正直的东西发生了兴趣,并责备我说,在我的圈子里没有这种吸引人的东西,而只有一种干巴巴的人情世故。你看看吧:你对崇高的、美好的东西发生了兴趣,而在星期二这里发生的事情以后,却一连四天把一个对于你似乎应该是比世上的一切都更珍贵的女人抛在脑后！你甚至还承认跟卡捷琳娜·费奥多罗夫娜争论过,说什么娜塔莉娅·尼古拉夫娜是这么爱你,是这么宽宏大量,所以她是会原谅你的行为的。可是你有什么权利指望这种原谅并拿这件事来打赌？难道你一次也不曾想到,你这些天让娜塔莉娅·尼古拉夫娜受了多少苦,使她产生了多少痛苦的想法、怀疑和猜疑？难道就因为你在那里对什么新思想发生了兴趣,你就有权利忽视你首要的责任？请原谅我,娜塔莉娅·尼古拉夫娜,我违背了我的诺言。可是眼前的事比这诺言更为严重,您自己也会明白这个……你可知道,阿辽沙,我看到娜塔莉娅·尼古拉夫娜陷在这些痛苦当中,你显然把这四天变成了她的一座地狱,而这四天本来却应该是她一生中最美好的日子。一方面是这种行径,另一方面却是一连串的空话,空话,空话……难道我说得不对吗？在你自己犯了这一堆错误之后,你还能责备我吗?"

公爵说完了。他简直被自己的口才搞得有些飘飘然了,所以也无法向我们掩饰他的得意。当阿辽沙听到娜塔莎受的痛苦时,他肝肠欲断地瞥了她一眼,但娜塔莎已经拿定了主意。

"够啦,阿辽沙,别难过啦,"她说,"别的人比你的过错还大呢。你坐下来听着,我现在有话要对你爸爸说。该收场了!"

"那你就说吧,娜塔莉娅·尼古拉夫娜,"公爵应声说道,"我诚心诚意地请求您!我已经猜了两个钟头的谜了。这令人难以忍受,老实说,我可没有料到会在这里受到这样的接待。"

"也许是这样;因为您想用花言巧语来迷惑我们,好让我们难以觉察您的秘密用心。对您有什么可解释的呢!您自己什么都知道,什么都明白。阿辽沙说得对。您最主要的愿望就是把我们分开。您早就知道,几乎是打心眼里知道,在那个星期二晚上以后这里将发生的一切,您一桩桩一件件,全都估计到了。我已经对您说过,您无论是对我还是对您提出的亲事,都不是认真的。您是在同我们开玩笑;您是在玩把戏,您要达到什么目的,您心里是有数的。您玩的把戏是十拿九稳的。阿辽沙责备您,说您把这一切都看作是一出滑稽戏,他说得对。您不该责备阿辽沙,恰恰相反,您倒是应该高兴,因为他虽然什么都不知道,可却做了您希望他做的一切;说不定还超出了您原先的希望。"

我惊讶得发呆了。我也曾料到,这天晚上会发生什么很不幸的事件。然而娜塔莎的无情的坦率和她话里的那种赤裸裸的蔑视口气却使我惊诧莫名。我想,看来她确实知道什么,而且已断然决定实行决裂。说不定她甚至是焦急地等待着公爵,以便当面向他和盘托出。公爵的脸色略显苍白。阿辽沙的脸上浮现出天真的恐惧和苦闷难耐的期待。

"您想想吧,您方才责备我的是什么!"公爵叫道,"您多少想想您说的话吧……我一点也不明白。"

"啊！那么您是一定要我全都说出来了，"娜塔莎说，"就连他，就连阿辽沙，也同我一样了解您，而我并没有同他商量过，甚至都没有见面！他也觉得，您是在同我们玩弄一场卑鄙无礼的把戏，而他却像对待神灵那样爱您、信任您。您认为无须对他采取比较谨慎、比较滑头的态度，您估计他是识不破的。然而他有一颗敏锐、温柔和多情善感的心，因此您说的话和您的口气，就像他所说的那样印在他的心上了……"

"我一点也不明白，一点也不明白！"公爵一再地说，一面带着无比惊讶的表情看着我，仿佛要我作证似的。他很生气，也很激动。"您太多心了，您太大惊小怪了，"他朝着她继续说，"您只不过是嫉妒卡捷琳娜·费奥多罗夫娜，所以您才要责怪世上所有的人，首先是责怪我……请让我全都说出来吧：您的性格不免使人产生一种奇怪的想法……我可不习惯这种场面；若不是为了我儿子的利益，我在这里一分钟也待不下去了……我现在仍在等待，您不能费神解释一下吗？"

"那么说，尽管您对这一切心里是一清二楚，可您还是一味固执，一定要我全都说出来了？您一定要我直言不讳地对您把一切都说出来吗？"

"我要知道的就是这个。"

"那好，请您听着吧，"娜塔莎两眼闪烁着怒火叫道，"我要说出一切，一切！"

第 三 章

她站了起来,开始陈述,由于激动,她竟没有察觉自己是在站着说话。公爵听着听着也离开座位站了起来。整个局面变得非常严肃。

"您可记得您在星期二说的那些话,"娜塔莎开始说道,"您说:您需要金钱,需要一帆风顺,需要社会地位,——您记得吗?"

"我记得。"

"那好,正是为了得到这些金钱,赢得所有这些从您手中溜走的成就,您星期二来到了这里,提出了这门亲事,认为这个把戏可以帮助您抓住从您那里溜掉的东西。"

"娜塔莎,"我叫了起来,"你想想你在说些什么!"

"把戏!花招!"公爵像是受了天大的委屈似的一再说。

阿辽沙五内俱焚地坐在那儿瞧着,几乎一点儿也摸不着头脑。

"是的,是的,请您别打断我的话,我已发誓要全都说出来,"被激怒了的娜塔莎接着往下说,"您会记得:阿辽沙不听您的话。在整整半年当中,您一直在他身上下功夫,想让他离开我。他没有向您屈服。突然您碰到了一个刻不容缓的时机。要是错过这个时机,那么无论是新娘也罢,金钱也罢,主要是金钱,整整三百万卢布的妆奁,就会从您的指缝里溜走。您只有一个办法:让阿辽沙爱上您给他找的那个未婚妻;您的想法是:一旦他爱上了她,也许就会抛弃我了……"

"娜塔莎,娜塔莎!"阿辽沙痛苦地叫道,"您说些什么啊!"

"于是您就这么办了,"她没有理会阿辽沙的喊叫,接着说,"不过,——这又是故伎重演!本来一切都可以如愿以偿,可我又从中作梗!只有一件事可以给您希望:您是一个老练而狡猾的人,说不定您当时就已经注意到了,阿辽沙有时似乎有点厌旧了。您不会不注意到,他开始不大把我放在心上,开始感到烦闷,一连五天也不来看我。您以为他可能完全对我感到厌倦并抛弃我,不料到星期二,阿辽沙的断然行动却使您大吃一惊。您怎么办呢!"

"请允许我,"公爵嚷道,"正好相反,这件事……"

"听我说,"娜塔莎坚决地打断了他的话,"那天晚上您反躬自问:'如今该怎么办?'于是您下定决心:允许他同我结婚,但不是真的,而是口头上说说,只是为了给他一点安慰。您的想法是,婚期可以任意拖延;在这期间却会滋长新欢;您注意到了这一点。于是您便把一切希望都寄托在这种日渐滋长的新欢上了。"

"无稽之谈,无稽之谈,"公爵自言自语般地低声说,"深居简出,想入非非,再加上读小说!"

"是的,您把全部希望都寄托在这新欢上了,"娜塔莎重复了一遍,她没有听见也没有注意公爵的话,完全陷入狂热的激情中,而且越来越入迷了,"促成这新欢的条件又是那么有利!早在他还不知道这姑娘的一切长处的时候,这新欢就开始滋长了!那天晚上,他向这姑娘表白,说他不能爱她,因为他的责任和对另一个女人的爱不允许他这样做,——就在这个时刻,这姑娘突然在他面前显示出那么高尚的胸怀,显示出对他以及对她的情敌抱有那么深刻的同情,显示出那么一种发自肺腑的谅解,他先

249

前虽也相信她具有美好的情操,然而在此时此刻之前,他却不曾料到她居然如此完美无缺!当时他到我这儿来过,——谈的全是她的事情;她给了他非常深刻的印象。是的,第二天他就情不自禁地感到非再去看看这个十全十美的人儿不可,哪怕只是出于感激之情也非去不可。他又为什么不能去看她呢?要知道他的旧情已经不再使他痛苦,它的命运已经决定了,他这一辈子都将献给它了,而给它的新欢却只留下片刻的时间……要是娜塔莎对这一片刻也感到嫉妒,那么她岂不是太忘恩负义了吗?于是他不知不觉地便从这个娜塔莎那里不是夺去了片刻的时间,而是夺去了一天、两天、三天……在此期间,这位姑娘以一种完全出乎意料的新颖面目出现在他面前,她是那么高尚,那么热情,同时又是一个那么天真的孩子,同他的性格是如此相似。他们互相起誓,要永远保持友谊,保持兄妹之情,希望终生也不分离。'在五六个钟头的谈话之后',他的整个灵魂便为种种新的感情敞开了,他的心完全被征服了……您心里想:总有一天他会把他的旧情拿来同他种种新颖的、新鲜的感情作一比较:那里的一切都是熟悉的、一成不变的;那里的一切是那么严肃,那么苛刻;他在那里得到的是嫉妒、责备;在那里他看到的是眼泪……即使跟他打打闹闹、玩笑作乐,那也不把他当作一个同辈,而是把他当作一个孩子……然而主要的是:一切都是老一套,司空见惯……"

眼泪和痛苦的痉挛使她说不出话来了,但娜塔莎又竭力克制了片刻。

"往后怎么样呢?往后就诉诸时间;因为同娜塔莎结婚的时间现在还没有定;时间还多着呢,一切都会变的……还有您在那里的那些言论、暗示、解释、雄辩……甚至不妨诽谤这个讨厌的娜塔莎几句;可以把她丑化一番,使她给人们留下不良的印象……至于这件事如何了结——我不知道,然而胜利却是属于您的!阿辽沙!别责怪我,我的朋友!你不要说我不理解你的爱,说我对这种爱评价太低。因为我知道,你现在也还是爱我的,也许此刻你并不理解我的抱怨。我知道,我现在把这一切全说出来,是做了一桩天大的错事。但是,既然我完全了解这一切,而且越来越爱你……简直是……发疯一般,那我又怎么办呢!"

她双手捂面,颓然在圈椅里坐下,像孩子一般号啕痛哭。阿辽沙惊叫了一声向她扑去。每当他看到她哭泣,总要随之泪下。

她这一哭看来帮了公爵的大忙:娜塔莎在作这长篇解释期间迸发出来的全部激情,她对他的猛烈攻击(哪怕是从礼貌上来说,这种攻击也足以引起他的愤懑),这一切现在都显然可以归之于疯狂的嫉妒心的爆发,归之于受到屈辱的爱情,甚至可以归之于病态。不妨表表同情……

"请您平静一下,把心放宽一些,娜塔莉娅·尼古拉夫娜,"公爵安慰她道,"这一切都是疯狂,都是幻想,是幽居独处的结果……您为他的轻佻行径如此动怒……可是要知道,这只不过是他个人的轻佻罢了。您特别提到的那个最重要的事实,星期二发生的事情,本应向您证明他对您的爱情无限真挚,不料您相反地却认为……"

"噢,您别对我说了,至少现在请您别折磨我了!"娜塔莎哀哀地哭泣着打断了他的话,"我的心已把一切都告诉我了,早就告诉我了!难道您以为我竟会不明白,他的旧情已经烟消云散……在这儿,在这个房间里,我独自一人……当他撇下我,忘记了我的时候……这一切我全都体验过了……一切我都反复思量过了……可我有什么办法呢!我不责怪你,阿辽沙……您为什么要欺骗我呢!难道您认为,我不曾试图自己欺骗自己

251

么!……啊,有多少次,有多少次啊!难道我不曾仔细倾听他声音中的每一个音调?难道我不曾学会根据他的脸色和眼睛来察觉什么?……一切,一切都消逝了,一切都被埋葬了……噢,我多么不幸啊!……"

阿辽沙跪在她面前哭着。

"是的,是的,这是我的错!一切都是由于我!……"他边哭边唠叨着。

"不,你别责备自己,阿辽沙……是别的人……我们的对头!是他们……他们!"

"但是终究得请您允许我说几句,"公爵有点忍耐不住地开始道,"您有什么根据把这一切……罪行都加在我的头上?这不过是您的一些臆测,是毫无根据的……"

"根据!"娜塔莎迅速从圈椅上站起来叫道,"您还要根据,您这个奸诈的人!当您上这儿来提出您的建议的时候,您是不可能,不可能抱着别的用心的!您是要安抚您的儿子,麻痹他的良心,使他能够比较轻松、比较心安理得地完全投入卡佳的怀抱;否则他就会老是惦记着我,不会听命于您,而您却已经等得不耐烦了。怎么,难道不是这样?"

"我承认,"公爵冷笑着说,"假如我想欺骗您,那么我的确会这样打算;您十分……机灵,但是您得先拿出证据,然后才能拿这些责难去侮辱别人……"

"证据!当您先前想把他从这儿拉走的时候,您的一切所作所为算是什么呢?那个为了世上的荣华富贵而教导儿子藐视和玩弄这些义务的人,——把他引入了歧途!方才您对楼梯和寒酸的住宅说了些什么?不就是您,停止了您先前一直供给他的津贴,想用贫困和饥饿来迫使我们分手?就是因为您,才有这样的住宅和这样的楼梯,可您如今却把他责备了一通,您这个两面派！那天晚上,您突然那么热情,突然产生了那么一些不合乎您的本性的新颖的信念,这都是从哪儿冒出来的呢？您又为什么那样的需要我？这四天来,我一直在这儿踱来踱去;我一直在反复思考,一直在掂量您的每一句话和您脸上的每一个表情,于是我深信,这一切都是假装的,是一场玩笑,一出滑稽剧,一出无礼的、卑鄙的、不体面的滑稽剧……我是了解您的,早就了解了！阿辽沙每次从您那儿到这里来,我都根据他的脸色猜到了您对他说的一切和向他暗示的一切;我研究过您向他施加影响的一切办法！不,您骗不了我！也许您还有别的打算,也许我方才说的也并不是最主要的;不过这没有关系！您骗了我——这是主要的！这就是应该当面向您直说的！"

"就这些？这就是全部证据？但是请您想想,您这个发了狂的女人:我拿这出滑稽剧（这是您对我星期二的建议的叫法）大大地捆住了自己的手脚。这件事对我来说本来是过于轻率了。"

"您拿什么,拿什么捆住了自己的手脚？在您的心目中,骗骗我算得了什么？侮辱了一个姑娘,这又有什么了不得！她无非是个倒霉的私奔者,被她的父亲抛弃了,无依无靠,自己玷污了自己,品行不端！如果这个玩笑能带来什么好处,哪怕是最小的好处,那又何必跟她讲什么客气呢！"

"您把您自己放在什么样的地位了,娜塔莉娅·尼古拉夫娜,您想想吧！您一口咬定,说我侮辱了您。但是这个侮辱是如此严重,如此有损尊严,这倒使得我弄不明白,您究竟是怎么想出来的,更不必说您还坚持这种看法了。请恕我直言:除非早就精于此道,才能如此轻而易举地想到这一点。我有权责备您,因为您唆使我的儿子反对我:即便他现在并没有起来站在您一边反对我,那他的心也是在反对我……"

"不,爸爸,不,"阿辽沙叫道,"要是我没有起来反对你,那是因为我相信你不会侮辱人,而且我也不能相信可以这样侮辱人!"

"您听见了吗?"公爵叫道。

"娜塔莎,全是我的错,你别责怪他。这既罪过,又可怕!"

"你听见啦,万尼亚?他已经在反对我了!"娜塔莎叫道。

"够啦!"公爵说,"这个令人沉痛的局面应该结束了。这种无限的嫉妒的盲目而猛烈的发作,使我对于您的性格有了一种与过去全然不同的看法。我得到了一次警告。我们太性急了,真是太性急了。您甚至都没有注意到您使我受了多大的委屈。对您来说这算不得什么。我们太性急了……太性急了……当然,我的话应该是神圣的,但是……我是父亲,我希望我的儿子幸福……"

"您违背了自己的诺言,"娜塔莎气愤地叫道,"您因碰到了机会而沾沾自喜!可是您要知道,还在两天以前,我独自一人在这里做出了决定:允许他收回自己的诺言,我现在就当众重申我这一决定。我拒绝他提出的婚事!"

"也许这就是说,您想唤醒他先前的一切忧虑、责任感,'为自己的义务感到的烦恼'(这是方才您自己的说法),以便重新照旧把他同您拴在一起。这是根据您的理论推断出来的;所以我才这么说,但是够了;时间会解决这个问题的。我将等待比较平静的时刻向您进行解释。我希望我们的关系不会彻底破裂。我还希望您能对我做出较好的评价。今天我本来还打算告诉您我的一项有关您的双亲的计划,您会从中看到……但是够了。伊凡·彼特罗维奇!"他走到我跟前补充道,"同您建立更深的友谊,目前对我来说比任何时候都更为珍贵,更不必说这是我的宿愿了。我希望您能了解我。我将在一两天内去拜访您;您能赏光吗?"

我鞠了一躬。我觉得,现在我已不能回避同他结交了。他握了握我的手,默默地向娜塔莎鞠了一躬,带着一副自尊心受到了损害的模样走出去了。

第 四 章

　　一连几分钟,我们都一言不发。娜塔莎坐在那里沉思,忧郁而沮丧。她突然精疲力竭了。她视而不见地凝视着前方,像出神入化一般,一只手握着阿辽沙的手。阿辽沙轻声地用泪水洗涤着他的痛苦,间或畏怯而好奇地瞥她一眼。

　　末了,他开始怯生生地安慰她,恳求她不要生气,同时责备自己;显然,他很想替父亲辩解,这使得他心情特别沉重;他数次谈起这一点,可又不敢明说,唯恐又惹得娜塔莎生气。他向她起誓,说他矢志不渝地永远爱她,并激动地替他对卡佳的迷恋辩解;他不停地一再申述,他对卡佳的爱只是对一个妹妹,对一个可爱的、善良的妹妹的爱,他不能完全把她撇在一边,否则他就未免有些粗暴和冷酷了;他一直肯定地说,倘若娜塔莎认识了卡佳,她俩会一见如故,而且将永不分离,那时也就不会产生任何误会了。他特别热衷于这个想法。这个可怜的人毫不撒谎。他不理解娜塔莎的忧虑,而且根本就没有真正明白她方才对他爸爸说的那一番话。他只懂得,他们吵嘴了,这就像一块石头压在他的心上,使他感到特别沉重。

　　"你为了你爸爸而责怪我吗?"娜塔莎问。

　　"我哪能责怪你呢,"他怀着痛苦的感情答道,"因为这一切都是由我引起的,一切都是我的过错。是我让你生了这么大的气,你在气头上责备了他,因为你想为我辩护;你老是为我辩护,可我却不配。你想找到罪人,于是你就怀疑罪人是他。可他的的确确是无罪的!"阿辽沙叫道,他振奋起来了,"他哪能抱着那种想法上这儿来呢! 他哪里会有那种打算!"

然而看到娜塔莎以悲伤和责怪的神情看着他,他便立刻羞怯起来了。

"好好,我不说啦,不说啦,原谅我,"他说,"都怪我!"

"是啊,阿辽沙,"她悲痛地接着说,"如今他已经插到我们中间来了,把我们一生的安宁全都毁掉了。你一向信任我超过信任任何人;如今他在你心里注入了对我的怀疑和不信任,你责怪我了;他已经把你的心的一半从我这儿夺走了。一只黑猫从我们中间跑过去了。"

"别这么说,娜塔莎。为什么你说'黑猫'?"他听到这个词儿觉得不痛快。

"他用虚情假意和伪善的宽宏大量把你吸引过去了,"娜塔莎接着说,"今后他会鼓动你越来越反对我的。"

"我向你起誓,不会的!"阿辽沙更加激动地嚷道,"当他说'我们太性急了'的时候他生气了,——你自己也会看到,明天,或者再过一两天,他会霍然醒悟的,要是他发这么大的脾气是由于他的确不赞成我们的婚事,那么我向你起誓,我是不会听他的话的。也许我会有足够的勇气这么做的……你可知道,谁会帮助我们吗?"他蓦地由于自己的想法而兴高采烈地叫道,"卡佳会帮助我们! 你会看见,你会看见,她是一个多么好的人! 你会看到,她是不是想成为你的情敌,是不是想把我们分开! 你方才说,我是那种婚后第二天就会变心的人,你这话太不公道了! 我听到这句话有多难过啊! 不,我不是这种人,如果说我经常去卡佳那儿……"

"行啦,阿辽沙,你什么时候想去你就去吧。我刚才说的不是这个。你没有完全明白。不论你想和谁在一起我都祝你幸福。我不能要求你的心给予我的东西,超出了它能给予我的……"

玛芙拉走了进来。

"是不是该上茶啦?茶炊都开了两个钟头啦,这可不是闹着玩的,都十一点了。"

她的口气是粗鲁的、气愤的;她显然情绪不佳,在生娜塔莎的气。事情是这样的:从星期二以来,这些天她一直欢天喜地,因为她的小姐(她很喜爱的小姐)就要出嫁了,她已经在全楼各户、左邻右舍和小铺子里把这件事宣扬出去了,也告诉了门房。她夸耀了一番,还洋洋得意地说,公爵,一个大人物,还是将军,又非常有钱,亲自上门来请求小姐答应这门亲事,这是她玛芙拉亲耳听到的,不料如今一切都突然化为泡影了。公爵怒气冲冲地走了,连茶也没有请他喝,不消说,这全是小姐的不是。玛芙拉听到,她跟他说话的时候有多么不敬。

"哦……端来吧。"娜塔莎答道。

"小吃是不是也给端来?"

"小吃也端来吧。"娜塔莎都糊涂了。

"忙啊,忙啊!"玛芙拉接着说,"打昨儿个开始我把腿都给跑断了。我跑到涅夫斯基去买酒,可这会儿……"她出去时气呼呼地把门砰的一声关上了。

娜塔莎脸红了。她有点古怪地看了我一眼。这当儿茶端了上来,小吃也端上来了;有野味,一种什么鱼,从叶利谢耶夫①那里买来的两瓶佳酿。"作这一切准备究竟所为何来?"我这样想。

"你瞧,万尼亚,我成什么样啦,"娜塔莎边说边向桌子走

---

① 叶利谢耶夫是彼得堡一家高级美食店的老板。

去,她甚至在我的面前也腼腆起来了,"你知道,我曾经料到今天这一切会落得这样的结局,可我依然觉得,兴许不会这样收场。阿辽沙一来,他就会开始跟我和解,我们会和解的;我的一切怀疑原来都是不正确的,他们会使我打消……我还准备了小吃以备万一。我想,说不定我们会聊起天来,一直坐到……"

可怜的娜塔莎。她说这番话的时候脸儿是那样的红。阿辽沙高兴起来了。

"你瞧,娜塔莎!"他叫道,"你自己也不相信自己了,两个钟头以前你还不相信自己的怀疑!不,这一切都应该纠正过来:我有错,全是我的不是,我要把一切都纠正过来。娜塔莎,你就让我马上去找我爸爸吧!我得看到他;他受了委屈,受了侮辱;应该安慰他,我要把一切都告诉他,代表我自己,只代表我一个人;不会把你给牵连进去的。我会把一切都安排好的……我这么急着去找他,还要把你留在这里,你可别生我的气啊。根本不是那么回事。我可怜他;他会向你证明他是对的;你会看到的……明儿天一亮我就上你这儿来,整天陪着你,不去找卡佳……"

娜塔莎没有阻止他,甚至还督促他前去。她非常害怕阿辽沙现在故意地、硬着头皮整天坐在她这儿,从而对她感到厌倦。她只要求他不要以她的名义说任何的话,而且在和他分手的当儿竭力装出快乐的样子对他笑了笑。他已经准备走了,但突然又走到她跟前,抓住她的双手,坐在她身边。他怀着难以描摹的柔情看着她。

"娜塔莎,我的朋友,我的天使,别生我的气,往后咱们永远也不吵嘴了。你向我保证,你今后永远相信我的一切,我也向你这样保证。我的天使,我现在要对你说的是:我跟你吵过一次嘴,我不记得是为了什么事啦;是我的错。我们互相不说话。我不愿意首先认错,可我非常伤心。我在城里走来走去,四处徘徊,我去看望朋友,心里却那么难过,那么难过……那时我产生了一个想法:要是你,譬如说,由于什么原因生了病,而且死了,那会怎么样呢?我一想到这一点,顿时无比地绝望,似乎我果真永远失去了你。我的心里越来越难受,越来越害怕。后来我渐渐觉得,我像是来到了你的墓前,昏倒在坟头上,我拥抱着它,在悲痛中死去。我觉得我好像吻着这个坟墓,呼唤你从墓里出来,哪怕只出来片刻也好,我还祈祷上帝显灵,让你在我面前哪怕复活一刹那也好;我想象着我怎样扑上前去拥抱你,把你搂在我的胸前,吻你,后来好像就在莫大的幸福中死去了。我能再一次像先前那样拥抱你,哪怕只拥抱一刹那,也是莫大的幸福啊。当我想象着这一点的时候,我忽然想到:我如今在这里请求上帝赐给你一刹那时间,而你却和我一起在这儿待了六个月,在这六个月里,我们吵了多少次嘴,我们有多少天彼此不说话啊!我们整天整天地吵嘴,不珍惜我们的幸福,可如今我却在这儿呼唤你只从坟墓里出来片刻,而且打算以我的一生为代价来换取这一片刻!……当我想象着这一切的时候,我再也忍不住了,便尽快向你跑来,我跑到这儿,你已经在等着我了,当我们结束了争吵又拥抱在一起的时候,我记得,我是那么紧紧地把你搂在我的胸前,好像我当真会失去你似的。娜塔莎!咱们永远也不要吵嘴了!这叫我老是觉得那么难过!天哪!怎么能够设想我会抛弃你啊!"

娜塔莎哭了。他们紧紧地互相拥抱,阿辽沙再次向她发誓,说他永远不会遗弃她。接着就飞到他爸爸那儿去了。他深信他会把一切都安排妥当,使一切都顺利解决。

"一切都结束了!一切都完了!"娜塔莎痉挛地攥住我的手说,"他爱我,而且永远也不会不爱我;可他也爱卡佳,过一些时候,他对她的爱就会超过对我的爱。而这个阴险毒辣的公爵是不会打盹的,那时候……"

"娜塔莎!我也相信公爵的手段卑鄙,不过……"

"你不相信我对他说的一切!我从你的脸色看出了这一点。不过只要你等一等,你就会看到我对还是不对。我还只不过一般地说说,天知道他还怀着什么鬼胎!这是个可怕的人物!我在这间屋子里徘徊了四天,全都看穿了。他就是要让阿辽沙减轻和摆脱妨碍他生活的心头的烦恼,让他摆脱爱我的义务。他想出这门亲事,还为了在我们中间施加他的影响,用高尚和宽宏大量来迷惑阿辽沙。这是真的,真的,万尼亚!阿辽沙就是这种性格。他会对我感到安心;他为我感到的那种不安会消失。他会想到:如今她已经是我的妻子了,她将永远和我在一起了,于是就会不知不觉地更加注意卡佳。公爵显然研究过这个卡佳,他估计到她配得上他,她会比我更为强烈地吸引他。噢,万尼亚!如今我的希望全部寄托在你的身上了:他出于某种目的想跟你接近,跟你来往。你别拒绝,亲爱的,看在上帝面上,你要尽快到伯爵夫人那里去。认识一下这个卡佳,对她进行一番仔细的观察,然后告诉我:她是个什么样的人?我想知道你对那里有什么看法。谁也不如你这样了解我,你会懂得我需要什么。你还得仔细观察一下,他们的友谊已发展到了什么程度,他们的关系有多深了,他们都说些什么;你主要是得观察卡佳,卡佳……希望你能再一次向我证明,我可爱的、心爱的万尼亚,再一次向我证明你的友情!我的希望现在就寄托在你的身上,寄托在你一个人的身上了!…………"

我回到家里的时候已是夜里十二点多了。涅莉睡意蒙眬地为我开门。她嫣然一笑,高兴地看了看我。可怜的孩子狠狠地埋怨自己居然睡着了。她本想一直等到我回来。她说,曾有人来打听我,那人跟她在一起坐了一会儿,还在桌上留了一封便笺。便笺是马斯洛鲍耶夫写的。他邀我明天中午十二点多去找他。我想把涅莉盘问一番,但我决定等到第二天再说,于是就逼着她去睡觉;可怜的孩子本来就很疲倦了,可她还一直等着我,在我回来之前只睡了半个钟头。

第 五 章

早上,涅莉在向我叙述昨日来访者的情况时谈到了一些相当蹊跷的事。单就马斯洛鲍耶夫居然想到在这天晚上前来看我这一点而论,就已经够奇怪的了:他肯定知道我不会在家;我们上一次见面的时候我就预先告诉了他这一点,这事我记得很清楚。涅莉说,起初她本不想开门,因为她害怕:已是晚上八点钟了。可他在门外央求她,还说倘若他当时不给我留个便笺,不知为什么第二天就会对我很为不利。她让他进来以后,他立刻写了便笺,接着走到她跟前,在她身边的沙发上坐下。"我站了起来,不想答理他,"涅莉说道,"我很怕他;他就谈起了布勒诺娃,说她现在多么生气,说她现在已经不敢抓我了,接着就夸起您来了;他说他和您是老朋友了,在您还是个小男孩的时候他就认识您了。这时候我就跟他聊起来啦。他掏了一些糖果给我吃;我不愿要;那时他就说服我,说他是个好人,会唱歌跳舞;他蹦起来就开始跳舞。我忍不住就笑了。后来他说,他还得坐一会儿,'我要等万尼亚,说不定他就会回来',他还一个劲地要我别害怕,要我坐在他身边。我就坐下了,可我啥也不想跟他说。这时候他对我说,他知道我的妈妈和外公……这时候我就谈起来了。他坐了很久……"

"你们究竟谈了些什么呢?"

"谈妈妈……布勒诺娃……外公。他坐了两个多钟头。"

涅莉仿佛不愿意叙述他们谈话的内容。我就不再探听,希望能从马斯洛鲍耶夫那儿获悉一切。我只觉得,马斯洛鲍耶夫是故意趁我不在家的时候来的,为的是要找涅莉单独谈谈。"他为什么要这样呢?"我想。

她拿出他给她的三块糖果给我看。这是用红绿纸包的水果糖,质量低劣,大概是在蔬菜店里买的。涅莉把糖果拿给我看的时候笑了起来。

"你为什么不吃呢?"我问。

"不想吃,"她皱着眉头严肃地答道,"我不是从他那儿拿的,是他自己留在沙发上的……"

当天我在外面有许多事要办。我开始同涅莉告别。

"你一个人觉得寂寞吗?"我边走边问她。

"又寂寞又不寂寞。你出去时间久了,我就觉得寂寞。"

她说这句话的时候带着无限深情看了我一眼。这天早晨,她一直是这样脉脉含情地看着我,显得那么高兴,那么温柔,同时她身上又有一种羞涩的、甚至是畏怯的神态,仿佛她担心会使我感到烦恼,会失去我对她的爱……她还唯恐感情过于外露,似乎有些害臊。

"那又为什么不觉得寂寞呢?你不是说你'又寂寞又不寂寞'吗?"我不禁微笑着问道,——我觉得,她已变得可亲可爱了。

"我自个儿心里明白,"她笑了笑答道,不知为什么又害羞了。我们是在敞开着的门口谈话的。涅莉垂下眼睛站在我面前,一只手抓住我一个肩头,另一只手拧着我的衣袖。

"难道这是个秘密?"我问。

"不……没有什么……我,——您不在家的时候我开始读您的书了,"她低声说道,并抬起头来用温柔而锐利的目光看着我,脸儿变得绯红。

"原来是这么回事！怎么，你喜欢吗？"我像一个作家在听到别人当面恭维时那样忸怩不安，可是倘若我此刻吻她一下，天知道会怎么样呢。但是我仿佛不大可能吻她，涅莉沉默了一会儿。

"为什么，为什么他死了呢？"她万分伤心地问道，匆匆看了我一眼，突然又垂下了目光。

"你说的是谁？"

"就是那个年轻人，得了肺病的……书里写的。"

"有什么办法，只能这样，涅莉。"

"根本不该这样，"她几乎像耳语般答道，可她忽然粗鲁地、几乎是愤慨地噘起小嘴，更加固执地死盯着地板。

又过了一会儿。

"而她……喏，就是他们……姑娘和老头儿，"她低声说道，一面继续拧我的袖子，不过拧得比过去用劲了，"他们会在一起过吗？他们不会变穷吧？"

"不，涅莉，她要到很远的地方去；她要嫁给一个地主，他将独自留下，"我无比惋惜地答道，我的确很惋惜，因为我不能告诉她什么比较令人宽慰的事。

"你瞧……瞧！怎么会这样！哼，瞧他们！我现在都不想读了！"

她生气地推开我的手，迅速掉转脸去，走到桌旁，面朝屋角，两眼看着地面。她满面通红，呼吸也不均匀，像是感到非常痛心。

"得啦，涅莉，你生气啦！"我一面向她走去，一面说道，"你要知道，这一切都不是真事，是写出来的，——是编造；好啦，你生什么气呢！你真是个多情的小姑娘！"

"我没有生气，"她怯生生地说，抬起头来用开朗而富于深情的神色看着我;后来她蓦地抓住我一只手,把脸儿贴在我的胸前,不知为什么哭了起来。

然而她同时又笑了,——又哭又笑。我也觉得好笑,还感到有点儿……甜蜜。但她无论如何也不愿仰起脸来看我,当我想把她的小脸蛋从我肩头推开的时候,她却越来越紧地贴着它,而且笑得越来越厉害了。

最后,这一多情的场面结束了。我们分手了,我很着急。涅莉满面红晕,依然像是有些害羞,睁着两个像星星般明亮的眼睛,跟在我后面顺着楼梯往下跑,一面央求我尽快回来。我答应一定回来吃午饭,尽可能早些回来。

我首先去看望两位老人。他俩都生病了。安娜·安德烈夫娜病得很重,尼古拉·谢尔盖伊奇坐在自己的书斋里。他听见我来了,可是我知道,按照他通常的习惯,他至少要过一刻钟才会出来,好让我们能谈个够。我不想让安娜·安德烈夫娜过于难过,所以就尽可能轻描淡写地把昨晚的事告诉了她,但说的都是实话;使我诧异的是,老太太虽说也感到伤心,但听到可能破裂的消息却并不怎么吃惊。

"好吧,老弟,我也想到过这一点,"她说,"您走了以后,我想了好久,而且想到这是办不到的。我们不配蒙受上帝赐给的恩惠,再说他又是那么一个坏蛋,哪能指望他发善心呢。他平白无故地拿走了我们一万卢布,这可不是闹着玩的,他明明知道他没有什么道理,可他还是拿走了。把最后一块面包都夺走了,他们就要出卖伊赫缅涅夫卡了。娜塔舍奇卡不相信他们,她做得对,她很聪明。您还知道吗,老弟,"她放低了嗓门,接着说,"我那口子,我那口子!他压根儿反对这门亲事。他说漏了嘴:'我不赞成。'他这么说!起初我想,他这是在发傻;可是不对,他真是这个意思。那时她,我的心肝,又会怎么样呢?他会咒骂她一辈子。好啦,阿辽沙怎么样,他说些啥?"

她还盘问了我很久,而且跟往常一样,我每回答她一句,她都要叹息一番,埋怨一番。总之,我发觉她近来简直是六神无主了。每一个消息都使她感到震惊。她为娜塔莎忍受的悲痛摧残着她的心灵和健康。

老人进来了,他披着晨衣,趿着便鞋;他抱怨得了寒热病,但却一往情深地看着他的妻子,我在他们那里的时候,他一直像个保姆似的照料她,凝视着她的眼睛,甚至在她面前有些胆怯。他的神色中饱含着一片深情。他被她的病吓坏了;他觉得,一旦失去了她,便将丧失生活中的一切。

我在他们那儿坐了一小时光景。分手的时候他跟着我走到前厅,谈起了涅莉。他认真地考虑了是否要把她当作女儿那样接到家里来。他同我商量,怎样才能让安娜·安德烈夫娜同意这件事。他非常好奇地向我详细打听涅莉的事,问我关于她是否还知道什么新的情况?我匆匆地告诉了他。我的话给他留下了印象。

"咱们还得谈谈这件事,"他断然地说,"眼下……不过我会亲自去找你的,等我身体稍微好一点的时候就去。那时咱们再作决定。"

十二时整,我来到马斯洛鲍耶夫家。使我大吃一惊的是,我走进他的房子,遇到的第一个人竟是公爵。他正在前厅里穿大衣,马斯洛鲍耶夫则手忙脚乱地在侍候他,把他的手杖递给他。他已经向我谈到过他认识公爵,然而这次相遇却依然使我大为诧异。

公爵看见我,似乎有些慌张。

"哦,是您呀!"他有点过分热情地叫道,"真是巧遇!不过我方才从马斯洛鲍耶夫先生那儿获悉,您和他原来是老相识。

我很高兴,很高兴,非常高兴能看到您;我正急于想见到您,我还希望能尽快去拜访您,您可愿赏脸?我对您有一事相求:帮帮我的忙,把我们当前的处境解释一下。您一定明白,我现在说的是昨天……您在那儿是一位密友,这件事的来龙去脉您也都清楚;您是有影响的人物……非常抱歉,现在我不能同您……有事脱不开身哪!但是,一两天内,也许比这还要早,我将有幸去拜访您。可现在……"

他握了握我的手,握得有点太紧了,然后跟马斯洛鲍耶夫交换了一下眼色,便扬长而去。

"看在上帝分上,请你告诉我……"我走进室内的当儿开始说道。

"反正我什么也不会告诉你,"马斯洛鲍耶夫打断了我的话,急忙拿起帽子向前厅走去,"我有事!老弟,我也得走了,我迟啦!……"

"是你自己写信让我十二点来的呀。"

"我写了又怎么样?我是昨天给你写的,可今天别人又写信给我,搅得我脑袋都快炸了,——就是这么回事!有人在等我。请原谅,万尼亚。为了使你满意,我能向你提出的全部建议,就是由于我毫无必要地打扰了你而请你把我痛打一顿。如果你想满意的话,那你就打吧,只是看在基督的分上请你尽快下手!别缠住我,我有事!有人在等着我!……"

"我打你干什么?你有事,那你就快去办好啦,人人都会碰到意外的事。不过……"

"不,至于这个不过嘛,我得告诉你,"他打断了我的话,一面向前厅奔去,穿上他的大衣(我也跟着他穿上大衣),"我也有事找你;十分重要的事;我就是为了这件事才叫你来的;此事直接与你有关,跟你有利害关系。由于我不能在眼下这一会儿的工夫里告诉你,只好请你看在上帝的面上,答应我今晚七时整来找我,既不要提前,也不要迟到。我会在家的。"

"今天嘛,"我迟疑不决地说,"好吧,老兄,我今晚本来想去……"

"那你现在就去你晚上要去的地方好啦,亲爱的,晚上你就可以上我这儿来了。因为,万尼亚,你简直想象不到我将告诉你一些什么事。"

"那好吧,好吧;可会是什么事呢?老实说,你可激起了我的好奇心了。"

这当儿我们已走出房子的大门,站在人行道上了。

"那么你会来的吧?"他坚决地问道。

"我说过了,我要来的。"

"不行,你得用名誉担保。"

"嘿,瞧你这个人!好吧,我用名誉担保。"

"这有多体面,多高尚。你上哪儿去?"

"我朝这儿走。"我指了指右边答道。

"那好,我朝这儿走,"他指指左边说道,"再见,万尼亚!记住,七点。"

"真是怪哉。"我瞧着他的背影想道。

晚上我本想去娜塔莎那儿。可是既然方才已答应了马斯洛鲍耶夫,所以便决定马上动身上她那儿去。我深信会在她那儿碰到阿辽沙。果然,他在那儿,我进门以后他非常高兴。

他十分可爱,对娜塔莎非常温存,我的到来使他简直高兴极了。娜塔莎虽说也竭力想表示高兴,但显然是勉强的。她面带病容,脸色苍白;她夜里睡得不好。不知为什么她对阿辽沙格外温存。

阿辽沙虽说滔滔不绝地讲了很多,显然想使她高兴,想使她那想笑但又笑不出来的不自然表情从她双唇上消失,但他显然避而不谈卡佳和他爸爸。他昨天为和解付出的努力看来没有成功。

"你知道吗?他急不可待地想离开我,"在他出去对玛芙拉说什么事情的那一片刻,娜塔莎急忙低声告诉我,"可他又觉得害怕。我自己也怕对他说:你走吧,因为那时他兴许会故意不走,而我最怕的是他会感到烦闷,并因而对我完全冷淡起来!怎么办呢?"

"天哪,你们弄成什么局面了啊!你们是多么多疑,相互戒备得多么森严!开诚布公地谈谈不就完了吗。这种局面说不定真会使他感到烦闷的。"

"那怎么办呢?"她惊恐地叫道。

"等一等,我会为你们安排好一切的……"于是我到厨房里去了,借口是请玛芙拉把我的一只沾满污泥的胶皮套鞋刷洗干净。

"小心点,万尼亚!"她在我身后叫道。

我刚走到玛芙拉跟前,阿辽沙也向我跑了过来,像是在等我似的:

"伊凡·彼特罗维奇,亲爱的,我可怎么办呢?您给我出个主意吧:我昨天就答应了,今天,就是现在,要去看卡佳,我可不能说话不算数啊!我爱娜塔莎简直爱得神魂颠倒了,我愿为她赴汤蹈火,可是您也会同意,总不能把那边完全撇开……"

"那您就去吧……"

"可娜塔莎怎么办呢?我会伤她的心的。伊凡·彼特罗维奇,您救救我吧……"

"依我看,您还是去的好。您知道她是多么爱您;她会老是觉得您对她厌倦了,您是勉强去跟她坐一会儿的。还是不要太勉强的好。不过咱们回去吧,我会帮助您的。"

"亲爱的伊凡·彼特罗维奇!您多好哇!"我们回去了,过了一会儿我对他说:

"我刚才看见了您的爸爸。"

"在哪儿?"他吓了一跳,叫道。

"在街上,偶然碰上的。他停住脚步跟我聊了一会儿,再次要求跟我交朋友。他问起您,问我可知道您现在在哪儿?他急于看到您,想跟您说些什么。"

"啊,阿辽沙,你去吧,去见他去吧。"娜塔莎明白了我的意图,便附和道。

"可是……我现在能在哪儿见到他呢?他在家吗?"

"不在,记得他说要去伯爵夫人那儿。"

"那可怎么办呢……"阿辽沙发愁地看着娜塔莎,天真地说道。

"啊,阿辽沙,这是怎么啦!"她说,"难道你为了让我放心,当真要和她断绝来往?这是孩子气。首先,这是做不到的,其次,你这种做法对于卡佳简直是忘恩负义。你们是朋友嘛,哪能这么粗暴地断绝往来呢。最后,如果你认为我是这么嫉妒你,那你简直是侮辱我。去吧,赶快去吧,我请求你!你爸爸也会放心的。"

"娜塔莎,你是天使,我连你的小拇指也配不上!"阿辽沙欣喜若狂地、同时又懊悔不已地叫道,"你有多好,可我……我……就让我告诉你吧。我方才在那边厨房里,请求伊凡·彼特罗维奇帮助我离开你。他也想到了这一点。可你别责怪我,天使娜塔莎!我没有任何过错,由于我爱你超过爱世上的一切,而且超过一千倍,所以我就想出了一个新的主意:把一切都告诉卡佳,立刻把我们目前的整个情况和昨天发生的一切讲给她听。

她会想办法搭救我们的;她打心眼儿里对我们忠实……"

"那你就走吧,"娜塔莎笑着回答,"再有,我的朋友,我也很想认识卡佳。怎样才办得到呢?"

阿辽沙喜极欲狂。他立刻就筹划起这次见面来了。按照他的想法,这事十分简单:卡佳会想出办法来的。他热情而激动地阐述着他的想法。他答应今天在两小时内就给我们答复,还答应来娜塔莎这儿度过这个晚上。

"你真要来吗?"娜塔莎送走他时问道。

"难道你不信?再见,娜塔莎,再见,我心爱的人儿,——你永远是我心爱的人儿!再见,万尼亚!啊,我的天哪,我无意中把您称作万尼亚了;您听呀,伊凡·彼特罗维奇,我是这样爱您——为什么咱们不能彼此以你相称呢。咱们就以你相称吧。"

"就这样吧。"

"感谢上帝!这件事我想过一百次了。可我不知怎么老是不敢对您说。瞧我现在又说您了。说你可真不容易啊。托尔斯泰好像在什么地方描写过这么一件事:两个人约定彼此以你相称,可是无论如何也做不到,于是就一直避免在说话的时候使用人称代词。啊,娜塔莎!找个时候咱们一起读读《幼年和少年》吧;这本书可真好!"

"你走吧,走吧!"娜塔莎笑着赶他走,"高兴起来就唠叨个没完……"

"再见!过两个钟头一定来看你!"

他吻了吻她的手便匆忙走了。

"你瞧,你瞧,万尼亚!"她说,一面哭了起来。

我在她那儿约莫坐了两个钟头,我安慰她,使她完全安下心来了。当然,她说的话完全是对的,她的那些担心也全都是对的。我想到她眼前的处境,心里不免忧愁;我为她担心。可是又有什么办法呢?

阿辽沙也使我觉得奇怪:他爱她的程度并不亚于过去,说不定由于悔恨和感激还爱得更加强烈,更加令人痛苦。然而与此同时,新欢也牢牢占据了他的心房。这件事如何收场——这是难以预料的。我产生了一种强烈的好奇心,想看看卡佳。我再次答应娜塔莎,要去见见卡佳。

末了,娜塔莎几乎可说是高兴起来了。顺便说说,我把有关涅莉、马斯洛鲍耶夫和布勃诺娃的一切,把有关我今天在马斯洛鲍耶夫那里同公爵的会见以及七点钟的约会,全都告诉了她。这一切引起了她强烈的兴趣。关于两位老人,我对她谈得不多,对伊赫缅涅夫上我家去拜访的事暂时只字不提;尼古拉·谢尔盖伊奇提出要同公爵决斗的事会把她吓坏的。她也觉得,公爵同马斯洛鲍耶夫的来往是很奇怪的,他非常想跟我结交,这也很奇怪,虽说当前的局面就可以相当清楚地说明这一切……

我回到家中的时候大约是下午三点。涅莉仰起她那喜盈盈的小脸蛋迎接我……

第 六 章

　　晚上七时整,我已到了马斯洛鲍耶夫家中。他高声喊叫,张开双臂来欢迎我。不用说,他已有五分醉意。但是最为使我吃惊的,却是特地为我的来访所作的准备。他们显然盼望着我来。在一张铺着优美而贵重的桌布的小圆桌上,一只漂亮的荷兰黄铜茶炊正在沸腾。水晶的、银的和陶瓷的茶具闪闪发光。另一张桌子上铺着另一种同样富丽堂皇的桌布,上面摆着一碟碟十分精美的糖果、干湿两种基辅蜜饯、果酱、软果糕、果子冻、法国蜜饯、橙子、苹果、三四种坚果仁,——总之,把整个水果店都搬来了。第三张桌子铺着雪白的桌布,摆满了形形色色的小吃:鱼子、干酪、馅饼、灌肠、熏火腿、鱼,还有一排精致的细颈玻璃瓶,盛着绿色、红宝石色、褐色、金色等诱人颜色的各种佳酿。最后,在旁边的一张也铺着白桌布的小桌上,摆着两瓶香槟。沙发前的桌子上惹人注目地陈列着三瓶酒:一瓶索特尔纳白葡萄酒,一瓶拉斐特红葡萄酒,一瓶白兰地,——这是从叶利谢耶夫那儿买来的名酒。阿列克桑德拉·谢苗诺夫娜坐在茶桌旁,她的衣饰虽然简朴,但显然经过一番精心的挑选和考虑,效果的确十分出色。她明白这种打扮很适合于她,显然为此感到骄傲;她颇为庄重地站起来迎接我。她鲜艳的脸庞上闪耀着得意和喜悦的神情。马斯洛鲍耶夫坐在那儿,趿着一双精美的中国拖鞋,穿着贵重的长衫和簇新的漂亮内衣。在他的衬衣上,凡是可以钉上扣子的地方,都钉上了时髦的领扣和袖扣。头发梳理过,抹了油,还留了一个时髦的偏分头。

我大感不解地站在屋子中央,张着嘴时而看看马斯洛鲍耶夫,时而看看洋洋自得的阿列克桑德拉·谢苗诺夫娜。

"这是怎么一回事,马斯洛鲍耶夫?莫非你今天举行酒会?"末了我忐忑不安地叫道。

"不是,就你一个人。"他庄重地答道。

"那么这又是干什么(我指着那些小吃)?这简直够一团人吃的!"

"还有喝的呢,——你把主要的给忘啦:喝的!"马斯洛鲍耶夫补充道。

"这一切都是为我一个人?"

"也是为了阿列克桑德拉·谢苗诺夫娜。这一切都是她精心设计的。"

"得了吧,瞧他说的!我心里有数!"阿列克桑德拉·谢苗诺夫娜面红耳赤地叫道,但她那得意的神气却一点儿也没有减弱,"要是我没有把客人招待周到,那还不得挨骂!"

"从一大早开始,你瞧,从一大早开始,一听说你今晚要来,她就忙了起来;她可愁坏啦……"

"你又撒谎啦!根本不是从一大早开始的,而是从昨天晚上开始的。你昨晚一回来就对我说,客人要上这儿来消磨一个晚上……"

"您听错了……"

"我一点儿也没有听错,你就是那么说的。我从来也不撒谎。我为什么就不能接待客人呢?我们一天天地住在这儿,谁也不上我们这儿来,可我们这儿什么都有。让那些好人都看看,我们也会像别人那样生活。"

"主要的是要让他们知道,您是个多么慷慨好客的女主人和女管家,"马斯洛鲍耶夫补充道,"你瞧,朋友,我怎么竟落到这步田地啦。给我绣了一件荷兰衬衫,钉上了纽扣,让我穿上拖鞋、中国式长衫,亲自给我梳头,给我抹上香柠檬油;她还要给我洒上法国香水,可是我再也忍受不住了,我造反了,拿出了丈夫的威严……"

"根本不是香柠檬油,而是一种最好的法国发蜡,是装在一个五彩的小瓷罐里的!"阿列克桑德拉·谢苗诺夫娜面红耳赤地回嘴道,"您给评评理吧,伊凡·彼特罗维奇,他既不让我去看戏,又不让我去跳舞,只是送我衣服,我要衣服有什么用?我穿上衣服也只能独自在屋里走来走去。前两天我说服他带我去看戏了,而且作好了一切准备;可是就在我转身回房间里去别胸针的那一会儿工夫,他却到小柜子跟前去喝了一杯又一杯,一下子就喝醉了。只好不去了。没有一个人,没有一个人,没有一个人上我们这儿来做客;只有早上的时候才有人来办什么事,还得把我赶走。可我们既有茶炊,又有餐具,还有漂亮的茶杯——我们什么都有,全是别人送的。他们还给我们送吃的东西,几乎只有酒才是我们买的,再有就是发蜡,还有那些小吃——馅饼啦,火腿啦,还给您买了糖果。真想让什么人来看看我们过得怎么样!我一年到头在想:要是来了一位客人,真正的客人,我们就把这一切都拿出来,把他好好招待一番:他一定会赞不绝口,我们也会觉得高兴;至于我在他这傻瓜的头上抹油嘛,那他倒是不配;他活该老是穿脏衣服。您瞧他穿的这件长衫:那是别人送的。他配穿这样的长衫吗?他就知道喝得醉醺醺的。不信您就瞧吧,他不会请您喝茶,他会先请您喝酒的。"

"对呀!真是这么一回事:万尼亚,咱们就先喝点红葡萄酒和白葡萄酒吧;等到神志清爽的时候再来喝别的酒。"

"哼,我就知道会这样!"

"别担心,莎申卡①,我们还要为您的健康干一杯掺白兰地的茶呢。"

"哼,跟我想的一样!"她叫道,举起双手拍了一下,"这是可汗茶,六卢布一磅,是前天一个商人送的,可他还要掺白兰地喝。您别听他的,伊凡·彼特罗维奇,我马上就给您斟上一杯……您会看到,您自己也会看到,这是什么样的茶!"

于是她就在茶炊跟前忙起来了。

他们显然想让我在那儿消磨整整一个晚上。阿列克桑德拉·谢苗诺夫娜盼望客人已盼了整整一年,如今打算把一番盛情全用在我的身上。这一切都是我没有料到的。

"你听我说,马斯洛鲍耶夫,"我坐下来说道,"我根本不是上你这儿来做客的;我是有事才来的;是你自己把我叫来,说是有事要对我说……"

"那自然,事情归事情,可也不妨像朋友那样谈谈心呀。"

"不成,我的朋友,你别这么指望。八点半我就得告辞。我有事。我已经答应……"

"我看不行。天哪,你怎么向我交代?你怎么向阿列克桑德拉·谢苗诺夫娜交代?你看看她:她都发呆啦。她为什么给我上发蜡?她给我抹的是香柠檬油啊,你想想吧!"

"你老是开玩笑,马斯洛鲍耶夫。我向阿列克桑德拉·谢苗诺夫娜起誓,下个礼拜,星期五也成,我可以上你们这儿吃午饭;可是现在,老兄,我已经说过了,或者更明确地说,我非到一个地方去看看不可。你最好还是向我说明:你想告诉我什么事?"

"您哪能只待到八点半呢!"阿列克桑德拉·谢苗诺夫娜用

---

① 莎申卡是阿列克桑德拉·谢苗诺夫娜的昵称。

胆怯而哀怨的声音叫道,她递给我一杯香茗,差一点哭了。

"别担心,莎申卡;这全是胡说,"马斯洛鲍耶夫附和道,"他会留下的,他是胡说。不过你最好是告诉我,万尼亚:你老是上哪儿去?你有什么事?我可以知道吗?你成天都往什么地方跑,也不工作……"

"可你为什么要打听呢?不过日后我也许会告诉你的。眼下你最好还是解释一下:你昨天为什么去找我?你可记得,我不是曾告诉过你,我昨天不在家吗?"

"我后来想起来了,可昨天却忘了。我确是有事想找你谈谈,但是最主要的是我想安慰一下阿列克桑德拉·谢苗诺夫娜。'瞧,'她说,'这不是有一个人吗,原来还是个朋友,为什么不把他请来呢?'于是,老弟,她就缠了我四天四夜,硬要我去把你请来。当然,到了阴曹地府,由于抹了这香柠檬油,哪怕我有四十桩罪恶也能得到赦免,可是我想,为什么我们就不能像朋友似的坐下来消磨一个晚上?于是我耍了一个花招:给你写了个便条,就说事关紧要,你要是不来,咱们的船就全得沉没。"

我请求他往后别这样做,还是对我直说的好。不过他的解释并没有使我完全满意。

"那么,你今天早上为什么见了我要跑呢?"我问。

"今天早上我的确有事,我一点儿也没有撒谎。"

"不是跟公爵有关吗?"

"您可喜欢咱们的茶?"阿列克桑德拉·谢苗诺夫娜用甜蜜的声音问道。

她等着我称赞他们的茶已经等了五分钟了,可我却没有想到这一点。

"很好,阿列克桑德拉·谢苗诺夫娜,好极了!我还从来没有喝过这样的茶呢。"

阿列克桑德拉·谢苗诺夫娜高兴得脸都红了,她急忙又给我斟了一些。

　　"公爵!"马斯洛鲍耶夫叫道,"这位公爵,老弟,真是个坏蛋,骗子……好吧!老弟,我现在就告诉你:虽说我自己也是个骗子,可是仅仅为了保持体面,我也不愿附在他的皮上!可是够了;不说啦!关于他我能对你说的就这么一点。"

　　"可我特意到你这儿来,除了别的事情以外,也还要打听一下他的情况。但这事以后再说。昨天我不在家的时候,你为什么要给我的叶莲娜水果糖,还要在她面前跳舞?你有什么事能同她谈上一个半小时!"

　　"叶莲娜,这是个小姑娘,十二岁或十一岁,暂时住在伊凡·彼特罗维奇那儿,"马斯洛鲍耶夫突然对阿列克桑德拉·谢苗诺夫娜解释道,"你瞧,万尼亚,你瞧,"他拿一个手指指着她,接着说,"她一听到我给陌生的姑娘带去水果糖就满脸通红,她的脸红成这样,还吓得浑身发抖,就像听到我们突然开枪似的……看她那双眼睛,就像燃烧着的煤块。您什么也瞒不住,阿列克桑德拉·谢苗诺夫娜,——什么也瞒不住。您吃醋啦。要是我不说那是个十一岁的小姑娘,她就会立刻揪我的头发:香柠檬油也救不了我啦!"

　　"这会儿它也救不了你!"

　　阿列克桑德拉·谢苗诺夫娜说着便从茶桌边一下子跳到我们跟前,马斯洛鲍耶夫还没来得及护住自己的脑袋,她就抓住了他一绺头发,狠狠地揪了起来。

　　"叫你说,叫你说!看你还敢不敢当着客人的面说我吃醋,你敢,你敢,你敢!"

　　她虽然在笑,脸却红得厉害,可马斯洛鲍耶夫却受到了狠狠的惩罚。

"不管什么叫人不好意思的事他都说!"她转过脸来对我严肃地补充了一句。

"你瞧,万尼亚,我过的就是这种日子!这么一来就非喝点伏特加不可了!"马斯洛鲍耶夫一面整理他的头发,一面断然地说,他几乎是跑步向酒瓶扑去了。但阿列克桑德拉·谢苗诺夫娜料到了他这一着;她马上跑到桌前,亲自斟了一杯递给他,甚至还亲切地拍拍他的脸颊。马斯洛鲍耶夫骄傲地向我眨眨眼睛,吧嗒了一下舌头,庄重地把酒一饮而尽。

"至于水果糖嘛,那就难说了,"他在我身旁的沙发上坐下,开始说道,"我是前天喝醉以后在一家蔬菜店里买的,——我也不知道为了什么。不过,也许是为了支援国家的工商业,——我说不准。我只记得,当时我醉醺醺地在街上走,摔倒在污泥里,我撕扯着自己的头发,为自己毫无能耐而哭泣。当然,我把水果糖给忘了,于是它们便留在我的衣袋里了,直到昨天我在你的沙发里坐下的时候才发现它们还在那里。至于跳舞嘛,那也是一种醉态:昨天我醉得很厉害,每当我喝醉的时候,往往对命运感到心满意足,有时便跳起舞来了。就是这么一回事;此外,兴许这个孤儿引起了我的同情;此外,她不愿意跟我说话,像是在生气。所以我跳舞也是为了逗她开心,我还请她吃糖。"

"你是不是引诱她,好从她口里掏出点情况?你老实说:你是不是明知我不在家,有意前去找我,以便单独跟她谈谈,好从她口中掏点情况?我可知道,你跟她在一起坐了一个半钟头,让她相信你认识她死去的妈妈,还问了她一些事情。"

马斯洛鲍耶夫眯起眼睛,滑头地笑了笑。

"你这个想法倒不坏呀,"他说,"不,万尼亚,不是这么回事。我的意思是说,既然碰上了这个机会,我为什么不能问问呢;可是并不是这样。你听着,老朋友,眼下我虽说也跟往常一样醉得相当厉害,可是你要知道,菲利普是永远不会怀着恶意欺骗你的,也就是说,我不会居心不良的。"

"那么说来,你是不怀恶意的了?"

"对啦……是不怀恶意的。可是这件事就让它见鬼去吧,咱们还是喝点酒,言归正传!说起来这件事倒也平常,"他喝了酒又接着说,"那个布勃诺娃没有任何权利收留这个小姑娘;我全都搞清楚了。根本没有把她收为义女或把她当作别的什么。那个妈妈欠她的钱,她就把小姐给弄去了。虽说布勃诺娃是个骗子,是个坏蛋,但她跟所有的婆娘一样是个蠢货。死了的那个女人有一张很好的护照,所以一切都很清楚。叶莲娜可以住在你那儿,虽说最好能有一个乐善好施的人家认真地把她收养下来。但是眼前还是让她待在你那儿吧。这没有什么关系,我会为你把一切都安排好的:布勃诺娃连一个指头都不敢动你一动。关于那个死去的妈妈,我几乎一点准确的情况也不知道。她是什么人的遗孀,姓氏是扎利茨曼。"

"是这样,涅莉也是这么告诉我的。"

"那好,这件事就谈到这儿吧。现在,万尼亚,"他带着几分严肃的神气开始说,"我对你有一个小小的请求。你可得答应我。请你尽可能详细地把你现在忙于张罗的事情告诉我,你经常上哪儿去,你整天整天地待在什么地方?虽说我也略有所闻,略有所知,可我得知道更加详细的情况。"

这种一本正经的神气使我感到吃惊,甚至使我不安。

"这是怎么回事?你为什么要知道这个?瞧你这一本正经的模样……"

"是这么回事,万尼亚,咱们废话少说:我想为你效劳。你瞧,老朋友,要是我想跟你耍滑头,我用不着这么一本正经也能刺探到你的秘密。可你却怀疑我在跟你耍滑头:方才你还问什么水果糖的事儿,我可是心里有数的。可是既然我一本正经地跟你说话,这就是说我不是为了我自己的利益,而是为了你。那么你就别怀疑啦,你就直截了当地说吧——说出真实的情况……"

"你要帮我什么忙?你听呀,马斯洛鲍耶夫:你为什么不愿意对我谈谈公爵的事?我得知道这个。这才帮得了我的忙。"

"公爵的事!哼……那好吧,老实告诉你:我现在问你的事也跟公爵有关。"

"怎么?"

"是这么一回事:老弟,我已经注意到他多多少少已卷进你的事情里去了;顺便说说,他曾向我打听过你。他怎么知道我们互相认识,——这不关你的事。不过主要的是你对这位公爵得有所戒备。这是一个出卖别人的犹大,甚至比犹大还坏。所以当我看到他插手你的事就不禁为你发抖。不过我可是什么都不知道;所以我请求你告诉我,然后我才能做出判断……我今天把你请到这儿来可以说就是为了这个。这也就是那桩重要事儿,我老实对你说。"

"起码你总得对我说点什么,哪怕是说说为什么我非得防着公爵一点也是好的。"

"好吧,是这样,老弟,我常受人之托去办一些事情。可是你自己估量一下吧:别人之所以委托我替他们办事,就是因为我不是饶舌鬼。那么我又怎么能告诉你呢?要是我只能一般地说说,说得很笼统,只是为了说明他是一个什么样的下流胚,那你也不要见怪。好吧,那你就先说说你的事吧。"

我认为我的事丝毫不必向马斯洛鲍耶夫隐瞒。娜塔莎的事并不是秘密,况且我还可以指望马斯洛鲍耶夫能给她一点帮助。当然,我在叙述的时候对某几点是尽量回避的。马斯洛鲍耶夫特别注意倾听有关公爵的种种情况;他多次让我停止叙述,反复询问许多细节,所以我对他说得相当详尽。我叙述了约莫半个小时。

"嘿!这姑娘的脑袋还真聪明,"马斯洛鲍耶夫评论道,"哪怕她也许还没有完全识破公爵的为人,可她一上来就看出了她是在跟什么样的人打交道,并跟他断绝了一切往来,这毕竟是件好事。娜塔莉娅·尼古拉夫娜是个好样的!为她的健康干杯。"他一饮而尽,"要想避免受骗上当,不光需要头脑,而且还需要有一颗心。她的心没有蒙住她的眼睛。当然,她是输了:公爵寸步不让,阿辽沙也将抛弃她。只可惜伊赫缅涅夫给了这流氓一万卢布!是谁替他承办这桩案子,是谁为他跑腿的?准是他自己在张罗!哎呀!这些急性子的正人君子都是这样!这种人真是毫无用处!跟公爵打交道可不能这样。我本可以给伊赫缅涅夫找到这么一个律师,——唉!"他很遗憾地敲了敲桌子。

"那么你现在就谈谈公爵吧?"

"你老是惦记着公爵。可他有什么可谈的呢,我悔不该答应你。你要知道,万尼亚,我只不过是想警告你,要提防这个骗子,比方说吧,要防范自己别受他的影响。凡是跟他打交道的人都难免碰到危险。所以你可得小心谨慎,就是这么回事。可你老是以为我会告诉你一些只有天知道的巴黎的秘密。你显然是个小说家!你瞧,关于一个坏蛋有什么可说的呢?坏蛋就是坏蛋……也罢,我不妨举一个例子,给你说说他的一件小事,当然,不提地点,不提城市的名字,也不指名道姓,也就是说,不能像日历那么精确。你知道,在他还很年轻的时候,在他还不得不靠公务员的薪金生活的时候,他娶了一个富商的女儿。哦,他对这个女人可不大客气,虽说我们现在并不是谈论她,可我要指出,万尼亚朋友,他这一辈子最爱从这种事情上捞到好处。这又是一

283

个机会：他出国去了。在国外……"

"等一等，马斯洛鲍耶夫，你说的是哪一次旅行？在哪一年？"

"整整九十九年零三个月以前。你听呀，他在国外从一个父亲那儿拐走了他的女儿，带着她私奔到巴黎。你再听听他用的手段！那父亲像是个工厂主，要不就是在什么工厂里入了股。我说不准。你要知道，我现在告诉你的事情，都是我根据别人的材料推断和想象出来的。那公爵欺骗了他，也混进了这个工厂。他完全把他给骗了，把他的钱都揣到自己腰包里了。当然，那老人掌握着一些文件，这些文件可以证明公爵拿了他的钱。可是公爵却想弄到这些文件，这样他就可以不必把钱退还原主，照我们的说法，这就是偷窃。老人有一个女儿，是个美人，有一个十全十美的男人爱上了这个美人，那人是席勒[①]的兄弟，是个诗人，同时又是商人，是个年轻的幻想家，总之，完全是个德国人，叫做什么费费尔库辛。"

"你是说费费尔库辛是他的姓氏？"

"也许并不是费费尔库辛，见他的鬼去吧，这无关紧要。不过公爵也钻到女儿的身边，而且非常顺利，她就像发了疯似的爱上了他。公爵当时想得到两样东西：第一，占有那个女儿；第二，把能够证明他从老人那儿弄到了那笔钱的那些文件搞到手。老人所有的箱子的钥匙全由他女儿保管。老人太爱他的女儿了，甚至都不愿意让她出嫁。当真是这样。凡是她看中的男人他无不嫉妒，他不能想象怎能离开他的女儿，于是把费费尔库辛撵走了，这怪人是个英国人……"

"英国人？可这一切是在哪儿发生的？"

---

① 席勒(1759—1805)，德国诗人和剧作家。

"我只不过是说他是个英国人,这是打个譬喻,可你就把我的话打断了。这事发生在桑塔-菲-德-波哥大,也可能发生在克拉科夫,但可能性最大的是发生在拿骚公国,跟这矿泉水瓶子上写的一样,就是发生在拿骚,你满意了吧?好,于是公爵就把姑娘从父亲那儿拐骗出来,在公爵的一再要求之下,那姑娘把那些文件也带走了。你知道,这样的爱情是屡见不鲜的,万尼亚!我的天哪,那姑娘为人诚实,正直,高尚!真的,她很可能弄不大清楚那些文件是怎么回事。只有一件事使她不安:爸爸会诅咒她。这时公爵又想出了办法:他给她立了一个合乎法律的字据,保证要跟她结婚。他还用这种办法劝她:说是他们只不过是暂时去国外玩玩,当老人的怒火平息的时候,他们就会作为一对已婚夫妇回到他的身边,从此他们三人将永远生活在一起,一块儿赚钱,等等,等等。她跑了,老人诅咒她,而且破产了。弗劳因米尔希也跟着她到了巴黎,他抛弃了一切,也抛弃了他的商业;他太爱她了。"

"等一等!谁是弗劳因米尔希?"

"不就是那个人嘛!姓费尔巴赫……呸,真该死:是费费尔库辛!你瞧,当然,公爵是不会娶她的:赫列斯托娃伯爵夫人①会怎么说呢,波莫伊金男爵②又会怎么想呢?所以他就得骗人。他骗起人来真是太不要脸啦。第一,他几乎动手打她;第二,他故意邀请费费尔库辛去看望他们。费费尔库辛经常前去看望,成了她的朋友,他们常常在一起伤心落泪,整晚整晚地坐在那儿哭诉自己的不幸,他还安慰她:这种天使一般的人你是了解的。公爵故意设下这么个圈套:有一次他深夜归来碰上他们,硬说他

---

① 意为"搬弄是非的人"。
② "波莫伊金"意为"泔水桶","波莫伊金男爵"意为"爱说别人坏话的人"。

们私通,对他们百般刁难;他说这是他亲眼看到的。于是他便把他们俩赶出大门,他自己暂时前往伦敦。她即将分娩;刚被赶出家门,她便生了一个女儿……确切地说不是女儿,而是个儿子,就是个小男孩,教名叫沃洛季卡。费费尔库辛是他的教父。于是她就跟费费尔库辛走了。他身边还有点钱。她走遍了瑞士、意大利……尽情地游览了所有那些富于诗意的名胜。她一直哀哀啼哭,费费尔库辛也伤心落泪。就这样过了许多年,那小姑娘①也长大了。公爵万事如意,只有一件事不顺心:他没能收回答应同她结婚的那张字据。'你这个卑鄙的东西,'她在分手的时候对他说,'你抢光了我的钱财,你败坏了我的名誉,现在你又遗弃了我。别了!可是字据我不给你。这不是因为我将来还想嫁给你,而是因为你害怕这个证据。那就让它永远保存在我手里吧。'总之,她动了肝火,但公爵却依然若无其事。一般说来,这种坏蛋总是很善于跟所谓的高尚的人打交道。他们的心太高尚了,所以总是容易上当受骗,其次,他们总是高傲而又高尚地采取一种蔑视的态度,一旦碰到什么事情,即便可以诉诸法律,他们也不屑于当真按法律行事。就拿这个母亲来说吧:她就是采取这种高傲的蔑视态度,即便证据掌握在她的手里。然而公爵心中有数:她宁肯上吊也不会去利用这个证据,所以他暂时感到平安无事。她虽说也唾弃了他无耻的嘴脸,可沃洛季卡却依然留在她的手里;要是她死了,他会怎么样呢?不过她却没有想到这一点。布鲁德夏弗特也鼓舞她,他也没有想到这一点;他们阅读席勒的作品。后来布鲁德夏弗特不知为什么一蹶不振,死了……"

---

① 马斯洛鲍耶夫的这一篇叙述,前后有许多矛盾的地方,这是因为他既想向万尼亚介绍情况,但又竭力避免说得太具体、太确切。

"你是说费费尔库辛?"

"是的,见他的鬼!而她……"

"等一等,他们旅行了多少年?"

"整整两百年。好,她回到了克拉科夫。父亲不接待她,咒骂她,她死了,公爵却高兴得画起十字来了。我去过那儿,喝过蜜酒,蜜酒顺着胡子往下流,却老是喝不进嘴里,他们给我戴了一顶高帽子,我却从门缝里溜了……咱们喝呀,万尼亚老弟。"

"我怀疑你正在为这件事替他奔走,马斯洛鲍耶夫。"

"你一定要这么想吗?"

"可是我不明白,你在这件事情上能做什么。"

"你瞧,既然她在离去十年以后化名回到了马德里,那么总得把一切都打听清楚:布鲁德夏弗特怎么样啦,那老人又怎么样啦,她是不是果真回来啦,那个小家伙情况如何,她是不是死啦,她是不是保存着什么文件,等等,等等。还有别的事情。他真是坏透啦,你要防着他一点,万尼亚,至于马斯洛鲍耶夫,你就记住这样一点:在任何时候、任何情况下你都别叫他坏蛋!就算他是一个坏蛋(照我的看法,没有哪一个人不是坏蛋),但他是不会害你的。我醉得很厉害了,可你听着:要是有这么一天,不论早晚,不论是现在还是明年,只要你觉得马斯洛鲍耶夫有什么事对你耍滑头(请你别忘了这个词:耍滑头),——你也得明白,这并无恶意。马斯洛鲍耶夫一直在照看你。所以你别相信你那些怀疑,最好是经常上这儿来,像兄弟一般推心置腹地跟马斯洛鲍耶夫谈谈。好啦,你现在想喝一点吗?"

"不。"

"想吃一点吗?"

"不,老兄,请原谅……"

"好吧,那你就走吧,现在差一刻九点,你急于要走。你现

287

在该走啦。"

"怎么?这是干什么?他醉糊涂了,赶起客人来啦!他总是这样!哼,不害臊的东西!"阿列克桑德拉·谢苗诺夫娜叫道,她几乎哭了起来。

"走路的跟骑马的走不到一起!阿列克桑德拉·谢苗诺夫娜,咱俩留下来恩爱一番吧。这是一位将军!不,万尼亚,我这是胡扯;你不是将军,而我却是一个坏蛋!你瞧,我现在像个什么?我在你面前算个什么?请原谅,万尼亚,你别褒贬我,让我诉诉……"

他拥抱了我,哭了起来。我要走了。

"啊,我的天哪!我们把晚餐都准备好啦,"阿列克桑德拉·谢苗诺夫娜万分伤心地说,"您星期五来吗?"

"要来的,阿列克桑德拉·谢苗诺夫娜,一言为定,我要来的。"

"您说不定看不起他,因为他是这么……一个酒鬼。您别看不起他,伊凡·彼特罗维奇,他是个好人,很好的好人,他是那么爱您!现在他白天晚上都对我谈论您,老是谈论您。他特意把您写的书买来给我看,我还没看呢,明天开始看。您要上这儿来,那我就太高兴啦!我什么人也见不到,谁也不上咱们这儿来坐坐。我们什么都有,可老是孤孤单单地坐着。方才我坐在那里一直在听呀,听呀,听你们说话,这真好……那么星期五再见吧……"

第 七 章

　　我出来后急忙赶回家中:马斯洛鲍耶夫的话使我大为惊愕。天知道我想到了一些什么事情……不巧我到了家里又碰到了一件事,这件事使我犹如遭到电击一般震惊。

　　在我住的那幢房屋的大门对面,有一盏路灯。我刚刚走进大门,突然有一个古怪的人影从路灯下向我扑来,使我不禁惊叫了一声,这是一个惊恐万状、浑身战栗、濒于疯狂的活人,这人尖叫了一声便抓住了我的双手。我吓了一跳。这是涅莉!

　　"涅莉!你怎么啦?"我叫道,"你这是干什么!"

　　"在楼上……他坐着……在我们那儿……"

　　"是谁?咱们走,跟我一起走。"

　　"我不去,不去!我要等他走了以后……在穿堂里……我不去。"

　　我抱着一种奇特的预感登上楼去,打开门一看——我看到了公爵。他坐在桌旁看小说。至少书是打开了的。

　　"伊凡·彼特罗维奇!"他高兴地叫道,"您终于回来了,我真高兴。我本来就想走了。我等了您一个多钟头啦。由于伯爵夫人一再恳切请求,我答应她今晚一定和您一起去看望她。她是那么真挚、那么殷切地想同您认识一下。既然您已经答应过我,所以我想不如趁您尚未外出,尽早登门邀您同我一起往访。您想我有多么伤心;我来了以后,您的女仆就说您不在家。怎么办?要知道我已经用名誉担保要跟您一起去见她,所以我就坐下来等您,心想等一刻钟也就差不多了。不料这一刻钟可真长,于是我就翻开您的小说读了起来。伊凡·彼特罗维奇!这简直是一部杰作!您还没有得到应有的评价!您都把我感动得流泪了。要知道我都哭了,而我是不常哭的……"

"那么您是想要我去一趟吗?老实告诉您,现在……虽说我毫无异议,可是……"

"看在上帝分上,咱们去一趟吧!您可知道您会使我多么高兴吗?要知道我等了您一个半小时啦!……此外,我是那么希望跟您谈谈,——您明白要谈什么吗?这一切您比我知道得还清楚……说不定我们会做出什么决定,得出什么结论的,您想想吧!看在上帝分上,请您不要拒绝。"

我想,早晚我都得去一趟。当然,娜塔莎现在是独自一人,她需要我,可是她自己也曾要我尽快去了解一下卡佳。况且阿辽沙说不定也在那儿……我知道,只要我还没有给娜塔莎带去一些关于卡佳的消息,她是放心不下的,所以我决定去一趟。然而涅莉却使我苦恼。

"等一等。"我对公爵说,接着走到楼梯上去。涅莉站在那儿的一个黑暗的角落里。

"你为什么不愿意进来,涅莉?他把你怎么啦?他跟你说什么啦?"

"啥也没说……我不愿意,不愿意……"她一再地说,"我怕……"

不论我怎样劝她,都毫无用处。末了我同她商定,我同公爵一走,她就立刻回来把自己锁在屋里。

"不要让任何人进来,涅莉,不论他们怎么劝你你都别听。"

"您要跟他走吗?"

"是的。"

她打了一个寒战,抓住我的两只手,像是要恳求我别去,可她一句话也没有说。我决定明天仔细地盘问她。

我向公爵表示了歉意,便开始更衣。他开始说服我,说是上那里去根本用不着换装,也用不着打扮。"这样也许更能使人显得精神一点!"他补充了一句,同时像裁判官似的把我从头一直看到脚,"您知道,这毕竟都是上流社会的偏见……要彻底摆脱这些偏见是不可能的。在我们的上流社会里,您多久也不会看到偏见绝迹。"他很满意地看到我有一件燕尾服,便发了这样一通议论。

我们走了。但走到楼梯上我又离开他回到房间里去,涅莉已经偷偷地溜回去了。我再次同她告别。她非常激动。她的脸色发青。我为她担心;把她留在家里,使我很难过。

"您的这个女仆真有点古怪,"公爵在下楼梯的时候对我说,"这个小姑娘是您的女仆?"

"不……她是……暂时住在我这儿。"

"古怪的小姑娘。我肯定她是个疯子。您想,起初她回答我的问题还好好的,可是后来,她把我看了看,突然向我扑来,大叫一声,浑身发抖,还抓住我……她想说什么,可又说不出来。说实在的,我可吓坏了,正想赶快逃走,可是感谢上帝,她自己跑掉了。我很吃惊。你们怎么能住在一起的呢?"

"她有癫痫病,"我回答道。

"哦,是这样!那好,这就不奇怪了……既然她是癫痫病发作了。"

这当儿我蓦地觉得:昨天马斯洛鲍耶夫明知我不在家却前来访问;我今天又去访问马斯洛鲍耶夫;今天马斯洛鲍耶夫在醉醺醺的情况下十分勉强地说了那一番话;他邀请我今晚七时上他家去;他要我切勿把他看作狡诈之徒;最后,公爵等了我一个半钟头,而且说不定他知道我当时正在马斯洛鲍耶夫家,当时涅莉又从他那儿逃到街上去了,——凡此种种我觉得都有点什么联系。有许多事得好好想想。

他的四轮马车等在大门口。我们上车出发了。

第 八 章

　　走不多远便到了托尔戈夫桥。在最初的片刻里我们都默然不语。我一直在想：他会打哪儿说起呢？我觉得，他会试探我，摸摸我的底细，探探我的口气。不料他一点儿也没有兜圈子,开门见山地说起来了。

　　"目前有一件事使我非常不安,伊凡·彼特罗维奇,"他开始说道,"我想首先跟您谈谈这件事,听听您的意见：我早就决定放弃我打官司赢来的东西,把那有争议的一万卢布退还给伊赫缅涅夫。我该怎么办呢？"

　　"你不可能不知道该怎么办,"我脑子里闪过这样一个念头,"你不是在跟我开玩笑吧？"

　　"我不知道,公爵,"我尽可能爽直地答道,"在别的问题上,也就是说在涉及娜塔莉娅·尼古拉夫娜的问题上,我愿意向您提供您和我们大家都必需的情况,然而在这个问题上,您当然比我知道得多。"

　　"不,不,我当然不如您知道得多。您认识他们,说不定娜塔莉娅·尼古拉夫娜本人也不止一次向您谈到过她对这件事的看法;而这就是我的主导原则。您可以帮我很大的忙,这是一件非常难办的事。我打算退还这一笔钱,我甚至已经拿定主意,不论别的一切事情怎么了结,我都一定要退还这笔钱,——您明白吗？不过,究竟怎么退还,用什么方式退还？问题就在这儿。那老人高傲、固执;兴许他会以怨报德,把这些钱摔到我的脸上……"

"不过,对不起,您对这笔钱是怎么看的:是您的,还是他的?"

"官司是我赢了,所以钱是我的。"

"可是凭良心而论呢?"

"当然,我认为钱是我的,"他答道,我毫不客气的态度使他感到有点委屈,"不过,您似乎并不了解此事的全部实质。我并不责怪老人蓄意行骗,我老实告诉您,我从来没有责怪过他。是他自己故意装出一副受了委屈的样子。他的过错是疏忽大意,对委托他办的事情掉以轻心,根据我们过去达成的协议,他应该对某些诸如此类的事情负责。然而您可知道,其实问题也并不在这里:问题在于我们的争吵,在于我们当时彼此都辱骂了对方;总而言之,在于双方的自尊心都受到了伤害。我当时也许根本就没有去理会这微不足道的一万卢布;不过,您当然知道,整个这件事情当时是由于什么,又是怎样闹起来的。我承认我是多疑的,也许是不对的(就是说我当时是不对的),可我并没有察觉这一点,加上被他那些粗鲁无礼的话羞辱了一番,觉得很恼火,于是就不愿意错过机会,告了他一状。您也许会觉得,我的所作所为不太高尚。我不想替自己辩解;我只想告诉您,愤怒,主要的是受到损害的自尊心——这还并不是缺乏道义,而是一种自然的、合乎人情的事,老实说,我再对您说一遍,要知道我几乎根本不了解伊赫缅涅夫,我完全相信了那些关于阿辽沙和他的女儿的流言蜚语,所以我也就相信了他是存心偷钱……但是这不去提它。主要问题在于我现在怎么办?我可以放弃这一笔钱;不过要是我同时又说,我现在还认为我告状没有告错,那么这就是说,我是把这笔钱赠给他的。再加上目前关于娜塔莉娅·尼古拉夫娜的这种微妙的局面……他一定会把这笔钱摔回我的脸上……"

"您瞧,您自己也说:他会摔回来的;可见您认为他是正直的人,因此您也可以完全相信他没有偷您的钱。既然如此,那您为什么不能上他那儿去坦率地对他说,您认为您告他的状是不公道的呢?这是光明正大的做法,那时候伊赫缅涅夫也许就会毫不为难地收下自己的钱了。"

"哼……自己的钱,问题也就在这儿,您这是把我放在什么样的地位上了?前去向他说明,我告他的状是不公道的。'既然你明明知道这不公道,那你为什么还要这么干?'——人人都会当面对我这样说的。可我并不该受到这种指责,因为我告状是正当的;我在任何地方都没有说过,也没有写过,说他偷了我的钱;然而我至今依然相信他疏忽大意,漫不经心,没有把事情办好。这笔钱毫无疑问是我的,因此,把诬蔑不实之词强加在自己头上,这未免太难为人了。最后,我再向您说一遍,那老人是自作自受,而您却逼着我为了他受的委屈而请求他原谅,——这太难了。"

"我认为,只要双方愿意和解,那么……"

"那么您认为这很容易?"

"是的。"

"不,有的时候很不容易,尤其是……"

"尤其是假若还有别的一些情况同这件事搅在一起的时候。在这一点上我同意您的意见,公爵。娜塔莉娅·尼古拉夫娜和令郎的问题,就其所有取决于您的那些方面而论,必须由您来解决,而且要解决得使伊赫缅涅夫夫妇完全满意。只有那时您才能十分真诚地跟伊赫缅涅夫把打官司的事也解释清楚。目前在什么问题都尚未解决的情况下,您只有一条路可走:承认您告状是不公道的,而且是坦白地承认,如有必要,甚至公开承认,——这就是我的意见;我之所以这么坦白地对您说,是因为您自己征求我的意见,您大概也不希望我跟您耍滑头。这也给了我勇气来向您提一个问题:您为什么要在如何把这笔钱退还伊赫缅涅夫的问题上伤这么大的脑筋?既然您认为这场官司您打得有理,那又为什么要把钱还给他?请原谅我如此好奇,不过此事同别的一些事情之间有那么密切的联系……"

"您的看法如何?"他仿佛根本没有听见我的问题,蓦地问道,"您是不是深信伊赫缅涅夫老人会拒绝这一万卢布,要是把钱交给他的时候不说任何客套话,也……也……也不说一句巴结他的话?"

"当然会拒绝!"

我勃然大怒,甚至气得浑身发抖。这个恬不知耻地表示怀疑的问题在我身上发生的作用,无异于公爵朝我的脸上啐了一口唾沫。但我受到的侮辱还不止于此:他摆出上流社会的那副粗鲁无礼的架子,对我的问题不予理睬,而且似乎就没有注意到这个问题,却拿另一个问题把它岔开,大概是想让我明白,我太死心眼了,也太放肆了,因为我居然敢于向他提出这样的问题。我对这种上流社会的臭架子深恶痛绝,先前我曾竭力不让阿辽沙摆这种架子。

"哼……您太冲动了,世界上有些事情是不能照您所想象的那样去办的,"公爵针对我的叫声不动声色地说,"不过我认为,娜塔莉娅·尼古拉夫娜对于解决这个问题也是可以有所作为的;请您转告她这一点。她可以出出主意呀。"

"她一点主意也不会出,"我粗鲁地答道,"您不愿意听我方才开始对您说的那些话,您打断了我。娜塔莉娅·尼古拉夫娜会明白,要是您还钱不是出于真心,也不说任何像您方才所说的那种巴结他的话,那么这就是说,您付钱给爸爸是由于他失去了女儿,付钱给她是由于她失去了阿辽沙,总之,您是拿钱来补偿他们的损失……"

"哼……原来您是这样理解我的,我的大慈大悲的伊凡·彼特罗维奇。"公爵笑了起来。他笑什么呢?"然而,"他接着说,"咱们还是有那么多、那么多的问题应该在一起商量商量。可眼前没有时间。我只请求您理解一点:这件事直接关系到娜塔莉娅·尼古拉夫娜和她整个未来,而这一切在某种程度上又取决于我和您对此做出什么决定、拿出什么主意。您是必不可少的人物,——您自己也看得出来。因此,要是您至今依然倾心于娜塔莉娅·尼古拉夫娜,那您就不能拒绝跟我商量,不论您对我的同情是多么微不足道。咱们到了……à bientôt①。"

---

① 法语:不久以后再见;在这里的意思是:不久以后再接着谈吧。

第 九 章

伯爵夫人生活得很好。室内的陈设尽管一点也不豪华,然而既舒适又风雅。但是一切都具有临时住住的色彩;这只不过是一所供短期休憩之用的相当不错的住宅,而不是富贵人家的那种永久性的固定宅第,所以它既没有豪门贵族的那种气派,也没有那些被看作是不可缺少的千奇百怪的摆设。据说伯爵夫人每到夏天就要到辛比尔斯克省自己的庄园(这庄园已破败不堪,曾多次被抵押出去)去避暑,公爵陪同前往。我已听到过这种传说,不禁担心地想到:当卡佳随着伯爵夫人走了的时候,阿辽沙可怎么办呢?我还没有同娜塔莎谈起此事,我担心哪;可是从某些迹象上已经可以看出,她好像也知道了这种传说。但她默不作声,暗自苦恼。

伯爵夫人殷勤地接待我,亲切地向我伸出手来,一再表示她早就想见到我了。她亲自从一只精美的银茶炊里为我斟茶。我们都坐在茶炊周围,除了我和公爵以外,还有一位贵族派头十足的绅士,他已不年轻,胸前佩着一颗星形勋章,举止有点拘谨,颇有外交官的风度。这位客人似乎很受尊敬。伯爵夫人今年冬天回国以后,还没有来得及按照自己的心愿和打算在彼得堡广为交际,建立自己的地位。除了这位贵宾之外再无别人,整个晚上也再没有人来。我东张西望地寻找卡捷琳娜·费奥多罗夫娜;她同阿辽沙在另一个房间里,听到我们到来,便立即出来迎接我们。公爵殷勤地吻了吻她的手,伯爵夫人则向她示意,让她跟我打招呼。公爵立刻为我们作了介绍。我急切地打量她。她是一个娇柔的长着淡黄色头发的姑娘,穿着白色连衣裙,个子不高,脸上带着恬静而安详的表情,像阿辽沙所说的那样有一双碧蓝的眼睛,无非是焕发着青春的美罢了。我本来以为会见到一个绝代佳人,不料她并不是什么佳人。一张轮廓柔和、端端正正的椭圆形的脸,五官也很端正,一头浓密的、确实很漂亮的秀发,普通而家常的发式,文静而专注的眼神;——倘若我在别的什么地方碰到她,我也许不会对她加以特别的注意而从她身边走过;然而这只是乍一看去所获得的印象,此后我在这个晚上又对她作了进一步的观察。她向我伸出一只手来,带着一种天真的、过于专心的神情目不转睛地盯着我,却一句话也不对我说,仅仅这副神态便已使我感到诧异,我情不自禁地向她笑了笑。我显然立刻感到站在我面前的是一个心地纯洁的人儿。伯爵夫人聚精会神地盯着她。卡佳握了握我的手,有点性急地离开我,走到房间的另一端,同阿辽沙坐在一起。阿辽沙跟我寒暄的时候低声告诉我:"我只在这儿待一会儿,马上就去那儿。"

"外交官"(我不知道他的姓名,只得称他为外交官,因为总得给他一个称呼)泰然自若、十分威严地说着话,发挥着什么论点。伯爵夫人注意地听着他讲。公爵赞许地、谄媚地微笑着;讲话的人常常向他转过身去,大概认为他是一位体面的听众。除了给我斟茶以外,没有什么人来打搅我,这使我很高兴。这期间我观察着伯爵夫人,她给我的第一个印象,使我无意中对她产生了好感。也许她已不年轻,可我却觉得她不超过二十八岁。她的脸仍然鲜艳,想当年在她妙龄的时候一定很美。暗褐色的头发仍很浓密;神态非常善良,然而有点轻佻,还有点淘气的嘲弄意味。但现在她不知何故显然有所收敛。这神态也显示出她相当聪明,但最主要的是显示出她心地善良和性情愉快。我觉得,

299

在她身上占优势的品质是有点轻佻,追求享受,还有一种温厚的利己主义,这种利己主义也许是十分强烈的。她完全受公爵支配,公爵对她具有非常强大的影响。我知道他们有暧昧关系,还曾听说他们在国外期间他根本不是一个好吃醋的情夫;但是我一直觉得,——现在依然觉得,——把他们联系在一起的除了过去的关系之外,还有另一种有点神秘的东西,类似双方基于某种打算而相互承担的一种义务……总之,的确存在着这么一种东西。我也知道,公爵目前感到她是一个累赘,然而他们的关系却并未中断。说不定当时把他们联系在一起的特殊纽带,就是他们在卡佳身上打的主意,这种主意的发明权当然属于公爵。公爵就根据这个理由来摆脱他同伯爵夫人的婚姻(她的确曾要求跟他结婚),说服她促成阿辽沙同她的继女结婚。根据阿辽沙先前那些质朴的叙述,我起码可以得出如上的结论,阿辽沙多少也能看出一些问题。同样是多多少少根据阿辽沙的叙述,我还一直觉得,尽管伯爵夫人对于公爵是百依百顺,但公爵由于什么原因还是有点怕她。就连阿辽沙也觉察了这一点。我日后获悉,公爵很想让伯爵夫人嫁给另一个人,而且多多少少是抱着这个目的把她打发到辛比尔斯克省去,希望在外省为她物色一位佳偶。

我坐在那儿听着,心里却在琢磨怎样才能尽快同卡捷琳娜·费奥多罗夫娜单独谈谈。外交官正在回答伯爵夫人提出的问题,他谈到当前的局势、开始进行的改革,以及这种改革是否值得害怕等等。他的话滔滔不绝,说话的时候神色自若,俨然是个权威。他巧妙而机智地发挥他的论点,但他的论点却令人厌恶。他坚决认为,改革和改良的全部精神很快就会带来一定的后果;看到这些后果,人们就会觉悟起来,那时不仅这种新精神将在社会(当然是指社会的一部分)上消失,人们也将根据经验看到他们的错误,于是就会干劲倍增地开始维护旧传统;经验,哪怕是痛苦的经验,也会有很大的好处,因为它能教导人们如何维护这有益于世道人心的旧传统,能为这种做法提供新的论据;因此,甚至应该希望这种冒失行为现在能尽快走向极端。"没有我们是不成的,"他下了结论,"从来还没有哪个社会能离开我们而存在。我们不会输掉什么,相反,我们还会赢的;我们会崭露头角,会崭露头角的,我们当前的座右铭应该是:'Pire ça va, mieux ça est'①。"公爵带着令人讨厌的赞许神情对他笑了笑。演说者洋洋自得。我真蠢,居然想加以反驳;我心里热血沸腾。然而公爵不怀好意的眼神制止了我;他偷偷地扫了我一眼,我觉得,公爵正是在等待我由于少年气盛而会做出什么古怪的、越轨的举动;说不定他甚至还希望我如此行事,以便欣赏我是怎样作践自己的名誉。与此同时,我深信外交官对于我的反驳肯定会不予理睬,甚至对我也会不加理睬。我觉得跟他们坐在一起很不自在,亏得阿辽沙救了我。

他悄悄地走到我身边,碰了碰我的肩膀,要求跟我说两句话。我估计他是卡佳派来的使者。果然如此。片刻之后我已经坐在她身旁了。起初她一直聚精会神地打量我,仿佛她的心里在说:"原来你是这个模样。"在头一分钟里,我们两个都没有找到什么话题来开始我们的谈话。然而我深信,她一旦开了个头,就会滔滔不绝地说下去,一直说到明天早上。阿辽沙说过的那句"只谈五六个钟头",在我的脑海里闪过。阿辽沙坐在我们旁边,焦急地等待着我们开始交谈。

"你们怎么一句话也不说呀?"他带着笑容看着我们,开始说道,"见了面又不说话。"

---

① 法语:越坏越好。

"噢,阿辽沙,瞧你……我们马上开始,"卡佳说,"您知道,我们要谈的事太多了,伊凡·彼特罗维奇,我都不知道从哪儿谈起是好了。我们真是相见恨晚;本应该早一些,虽说我老早老早就知道您了。我是多么想见到您啊。我甚至考虑过给您写信……"

"写什么?"我不禁微笑着问道。

"要写的事可不少哇,"她认真地答道,"譬如说吧,阿辽沙在谈到娜塔莉娅·尼古拉夫娜时说,虽说他在这个时候把她一个人留下,可她却并不见怪,这是真的吗?喏,是不是可以像他这样行事呢?为什么你现在待在这儿,你能告诉我吗?"

"唉,我的天哪,我马上就走。我不是说过了吗,我在这儿只待一会儿,瞧瞧你们二位,瞧瞧你们怎样谈话,然后我就上那儿去。"

"咱们不是在一起了吗,不是坐在这儿了吗,——你看见啦?他老是这样,"她脸上泛起一片薄薄的红晕,用一根手指指着他对我补充了一句,"'一会儿',他总是这么说,'只待一会儿',可是你瞧,一下子就坐到深更半夜,上那儿去也就迟了。'她不会生气的,'他说,'她心眼好',这就是他的理由!喏,这样做好吗,喏,这样做高尚吗?"

"我大概该走啦,"阿辽沙愁眉苦脸地答道,"不过我真想跟你们待在一起……"

"你跟我们待在一起做什么?正好相反,我们有许多事要单独在一起谈谈。你听呀,你别生气;这是必需的,——你得清楚地懂得这一点。"

"既然是必需的,那我马上就走……这有什么可生气的呢。我到列文卡那儿只待一会儿,然后马上去她那儿。您听我说,伊凡·彼特罗维奇,"他拿起自己的帽子,接着说,"您知道,爸爸想放弃他跟伊赫缅涅夫打官司赢的那笔钱。"

"我知道。他对我说过。"

"他这件事做得多么高尚。可卡佳却不相信他的行为高尚。您跟她谈谈这件事吧。再见,卡佳,再有就是请你不要怀疑我对娜塔莎的爱。你们为什么老是拿这些清规戒律来约束我,责备我,监督我——就像我是在你们的监视下似的!她知道我有多么爱她,她相信我,我肯定她是相信我的。我不顾一切地爱她,不顾一切责任地爱她。我不知道我是多么爱她。我只是爱她就是了。所以根本不必把我当成罪人来盘问。不信你就问问伊凡·彼特罗维奇,他现在就在这儿,他会向你证明,娜塔莎是最爱吃醋的,虽说她很爱我,但她的爱里有许多自私自利的东西,因为她不愿为我作任何牺牲。"

"你怎么说?"我惊讶地问道,简直不相信自己的耳朵。

"你说些什么呀,阿辽沙?"卡佳举起双手一拍,几乎叫了起来。

"这有什么,这有什么值得大惊小怪的呢?伊凡·彼特罗维奇知道。她老是要我跟她待在一起。虽说她并不需要这样,可她显然是想这样。"

"不害臊,你说这话也不害臊!"卡佳气得满面通红地说。

"有什么可害臊的呢?你这个人哪,卡佳,可真古怪!要知道我比她所想象的还更爱她,要是她果真像我爱她那样地爱我,那她就一定会为我而牺牲自己的快乐。不错,是她自己放我出来的,可我从她的脸色可以看出,她这么做的时候心里却很难过,所以对我来说,她放我出来也就跟不放我出来没有什么不同。"

"不对,他说这话不是没有来头的!"卡佳叫道,她眼里闪耀着怒火,重又向我转过脸来,"你得承认,阿辽沙,你得马上承

303

认,这些话全都是你爸爸教给你的吧?是他今天教给你的吧?请你别跟我耍花招:我马上就会搞清楚!是不是这么回事?"

"是的,他说过,"阿辽沙难为情地答道,"这又怎么样呢?他今天对我说这话的时候样子是那么和蔼可亲,他还一直对我夸奖她,我简直觉得奇怪:她那样地侮辱了他,而他现在还这样夸奖她。"

"而您,您也相信了,"我说,"她把凡是她能够给您的东西全都给了您,甚至在现在,在今天,她都是完全为您操心,她就怕您感到烦闷,就怕您错过机会见不到卡捷琳娜·费奥多罗夫娜!这是她今天亲口对我说的。不料您突然相信了这些骗人的鬼话!您不觉得害臊吗?"

"忘恩负义!可有什么用呢,他是从来不知道害臊的!"卡佳说道,向他把手一挥,仿佛他已无可救药了。

"你们可真是的!"阿辽沙用诉苦般的声音接着说,"你老是这样,卡佳!你总是怀疑我只会做坏事……至于伊凡·彼特罗维奇,我就不说了!你们认为我不爱娜塔莎。我说她自私,可并不就是不爱她。我只是想说,她太爱我了,爱得有点过头了,于是就使得我和她都不大好过了。爸爸从来骗不了我,他想骗也骗不了。我不会受他的骗。他从来没有抱着任何恶意说过她自私,我是了解他的。他说的跟我刚才告诉你们的完全一样:她太爱我了,爱得太强烈了,简直都有点自私了,使得我和她都不大好过了,往后我还会更加不好过的。这又怎么啦,他说的是实话,是出于爱我,这根本说不上是对娜塔莎的侮辱;正好相反,他看到了她最强烈的爱,无限的爱,简直叫人难以相信的爱……"

但卡佳打断了他的话,没有让他说完。她开始愤激地责备他,向他证明,他爸爸之所以夸奖娜塔莎,就是要装出一副仁慈的模样来欺骗他,这一切都是为了让他们断绝关系,为了让阿辽沙自己在不知不觉之中对她产生反感。她热情而机智地进行论述,说娜塔莎如何爱他,任何爱情也不能原谅他对她采取的态度,——因此真正的利己主义者就是他自己,阿辽沙。卡佳渐渐地使得他变得非常悲伤、悔恨莫及;他坐在我们旁边,看着地面,一句话也不回答,满脸痛苦的表情,完全不知所措了。然而卡佳心如铁石。我非常好奇地瞧着她。我想尽快了解这个奇特的姑娘。她完全是个孩子,但却是一个古怪的、信心十足的孩子,她有自己的一些坚定不移的原则,生来就热爱善良和正义。倘若确实还可以把她称作孩子的话,那么她是属于在我国的家庭中为数甚多的那一类思考的孩子。她显然思考过许多问题。若能窥视一下这个思考着的小脑袋,看看那些纯粹是孩子的想法和观念,如何在那里同来自生活经验(因为卡佳已经有了一些生活经验)的一些严肃的印象和见解混杂在一起,那倒是一件有趣的事,何况她的脑子里还有一些她未曾体验过的陌生的思想,这些抽象的、从书本上接受的思想使她吃惊,它们纷至沓来,美不胜收,说不定她还以为它们是她从自己的生活经验中概括出来的哩。我觉得,在这个晚上,以及在日后,我对她作了相当透彻的研究。她有一颗炽烈的、敏感的心。有些时候她似乎不大注意约束自己,把真诚置于首位,把人世的繁文缛节看作是陈规陋习,而且仿佛以抱有这种信念而感到自豪,许多热情洋溢的人往往都是如此,即便他们已经不太年轻了。然而正是这一点赋予了她一种特殊的魅力。她很爱思考,很爱探索真理,但她却一点也不迂腐,而是充满了令人啼笑皆非的那种孩子般的稚气,让你一看见她就会开始喜欢她的一切新奇之处而不予计较。

我想起了列文卡和鲍林卡,我觉得这一切完全是理所当然的。奇怪的是,在我刚刚看到她的时候,我并未发现她的脸有什么特别的美,但在那天晚上,我却觉得这张脸渐渐地变得越来越美,越来越招人喜欢。这种半是孩子、半是思考着的女性的天真神态,这种充满稚气而又极其真实的对真理和正义的渴望,以及对自己的憧憬怀有的那种不可动摇的信念,——所有这一切使她的脸上焕发出一种优美的真诚光辉,赋予它一种崇高的精神上的美,于是你就开始明白,并不是很快就能理解这种美的全部意义的,并不是每一双普普通通的、漠不关心的眼睛都能一下子看出这种美的。于是我也明白了,阿辽沙是一定会为她神魂颠倒的。既然他自己不能进行思考和判断,那他就会爱上那些能够替他思考,甚至替他希望的人,——而卡佳则已经把他监管起来了。他的心是高尚的,这颗心毫无抵抗地一下子便向一切正直而美好的东西投降了,而卡佳却已经怀着全部孩子般的真诚和同情向他谈了许多的事。他没有一点自己的主张;她却有许许多多坚定、强烈而炽热的意向,而阿辽沙则只会倾心于能够控制他甚至指挥他的人。在他和娜塔莎相恋之初,娜塔莎也是部分由于上述原因才吸引了他,然而卡佳具备的条件比娜塔莎优越得多,因为她本人还是个孩子,而且看来在很久以后也仍将是个孩子。她的这种孩子气,她的卓越的智慧,同时又有点缺乏理智,这一切都在某种程度上使阿辽沙觉得她更为可亲。他感到了这一点,因此卡佳对他的吸引力也就越来越大了。我深信,当他们单独在一起谈话的时候,卡佳进行严肃"说教"的场面说不定往往会变成一场游戏。虽说卡佳大概经常数落阿辽沙,而且已经把他控制在自己手中,但他显然觉得跟她在一起要比跟娜塔莎在一起更为轻松自如。他们更加般配,而这是主要的。

"得啦,卡佳,得啦,够啦;你总是对的,我总是不对。这是因为你的灵魂比我的纯洁,"阿辽沙说,一面站起来伸手跟她握别,"我马上就上她那儿去,不去看列文卡了……"

"你根本不必上列文卡他们那里去;你现在能听我的话到

她那里去,你就很可爱了。"

"可你比任何人都可爱一千倍,"愁眉不展的阿辽沙答道,"伊凡·彼特罗维奇,我有一两句话要跟您说。"

我们走出两三步去。

"我今天的行为很可耻,"他低声对我说道,"我的行为很卑鄙,我对不起世界上所有的人,尤其是对不起她们二位。今天午饭以后爸爸介绍我认识了阿列克桑德琳娜(一个法国女人)——她是个迷人的女人。我……给迷住了……噢,不过说这个干啥……我不配跟她们在一起……再见,伊凡·彼特罗维奇!"

"他很善良,很高尚,"当我重又在卡佳身旁坐下的时候,她急忙开始说道,"不过我们以后谈论他的机会还多着呢,现在我们首先应该在这样一点上取得一致:您对公爵有什么看法?"

"他是个很坏的人。"

"我也这么认为。因此我们在这一点上是一致的,往后我们评论起来就容易些了。现在谈谈娜塔莉娅·尼古拉夫娜……您知道,伊凡·彼特罗维奇,我现在两眼漆黑,我希望您能给我带来光明。您要把这一切都向我解释清楚,因为在最主要的问题上我进行判断的根据,是从阿辽沙告诉我的情况中猜测出来的。此外我就不能从任何人那儿得到什么情况了。那么就请您告诉我,第一(这是主要的),您认为阿辽沙和娜塔莎在一起是不是会幸福?……这是我在最终决定自己该如何行事之前首先应该弄清楚的。"

"这种事哪能说得很准呢?……"

"那当然,不可能说得很准,"她打断了我的话,"可您觉得如何?——因为您是很聪明的人。"

"我认为他们不会幸福。"

307

"为什么?"

"他们不般配。"

"我也是这么想的!"她把两只小手紧握在一起,仿佛不胜痛苦似的。

"请您说得详细点。您听着:我非常想看到娜塔莎,因为我有许多话要跟她讲,我觉得,我同她在一起一切都能解决。可现在我一直在脑海里描摹她的模样:她一定非常聪明、严肃、诚实和美丽。是吗?"

"是的。"

"我也断定是这样。喏,既然她是这样,她又怎能爱上阿辽沙这么一个孩子呢?您向我解释一下;我常常想这个问题。"

"这是没法解释的,卡捷琳娜·费奥多罗夫娜,很难想象一个人是为什么又是怎么样陷入情网的。是的,他是个孩子。可您知道人们是怎么样会爱上孩子的吗?"我看着她,看着她那双带着深挚、认真、殷切的注意力凝视着我的眼睛,心就变软了。"娜塔莎自己越是不像个孩子,"我接着说,"她就会越是认真、越是迅速地爱上他。他诚实,真挚,非常天真,有时简直天真得非常动人。她也许是——这叫我怎么说呢?——似乎是出于一种怜悯才爱上他的。一颗宽宏大量的心会出于怜悯而陷入情网的……不过我觉得我不能对您进行任何解释,而且反过来倒要问您:您爱他吗?"

我大胆地向她提出了这个问题,而且感到我这个问题虽然提得唐突,但是并不会扰乱这颗无限天真、无限纯洁的坦率心灵。

"我实在还不知道,"她安详地看着我的眼睛轻声回答我,"然而好像是很爱他……"

"那好,您瞧。你能解释一下为什么爱他吗?"

"他没有虚伪,"她想了一想答道,"当他谛视着我的眼睛对我说着什么的时候,我很喜欢这样……您听我说,伊凡·彼特罗维奇,我现在跟您谈这件事,可我是个姑娘,而您是个男人;我这么做是好还是不好?"

"可这有什么呢?"

"没有什么。当然,这有什么呢?可他们,"她向坐在茶炊周围的那一伙人看了一眼,"他们肯定会说,这样做不好。他们这么说对吗?"

"不对!既然您心里并不觉得您在做什么坏事,那么……"

"我始终是这样做的,"她打断了我的话,显然是急于尽可能地多同我谈谈,"每当我对什么事情感到捉摸不定的时候,我就立刻问问自己的心,假如它很平静,那我也就泰然了。人总是应该这样才好。我现在之所以就像对我自己那样十分坦率地对您说话,那是因为,第一,您是一个杰出的人,我知道您在娜塔莎认识阿辽沙之前跟她的关系。当我听到这件事的时候,我都哭了。"

"是谁告诉您的?"

"当然是阿辽沙,他在告诉我的时候也哭了;从他那方面来说这太好了,我很喜欢他这样。我觉得他爱您超过您爱他,伊凡·彼特罗维奇。就为了这些事情我才喜欢他。喏,第二,我之所以像对自己那样坦率地对您说话,是因为您是一位十分聪明的人,您可以给我出很多主意,给我许多教导。"

"您怎么知道我的聪明已经达到了可以教导您的程度?"

"瞧您这人,您怎么这么问!"她沉思起来了。

"我只不过这么说说罢了,咱们还是谈谈最主要的吧。请您指点我一下,伊凡·彼特罗维奇:我现在感到我是娜塔申娜①的情敌,我知道这一点,那我该怎么办呢?就是由于这个缘故我才问您他们是不是会幸福。我日夜都在想这个问题。娜塔莎的处境多么可怕,多么可怕啊!要知道他已经根本不再爱她了,可他对我却爱得越来越深了。是这样吧?"

"好像是这样。"

"他没有瞒她。他自己也不知道他已不再爱她了,可她想必是知道的。她该有多痛苦啊!"

"您想怎么办呢?卡捷琳娜·费奥多罗夫娜?"

"我有许多方案,"她一本正经地回答,"可我还是不知如何是好。我这么性急地等候您来,就是希望您能为我解决这个难题。您对这一切比我清楚得多。您现在对于我就像是一个神明。您听呀,我起初是这么想的:既然他们彼此相爱,那就应该使他们幸福,所以我就该牺牲自己去成全他们。是吗?"

"我知道您已经作了牺牲。"

"是啊,我作了牺牲,可后来他开始前来找我,而且越来越爱我了,于是我就开始暗自寻思,我一直在想:牺牲,还是不牺牲?要知道这是很不好的,不是吗?"

"这很自然,"我回答,"肯定会这样……也不是您的错。"

"我不这么看,您这么说是因为您太善良了。可我认为我的心并不十分纯洁。要是我心灵纯洁,我就会知道该怎么决定了。但是咱们不谈这个啦!后来我从公爵那里,从 maman② 和阿辽沙那里对他们的关系有了较多的了解,我便看出他们并不般配;现在您证实了这一点。我想的还要多:现在怎么办?既然

---

① 娜塔莎的昵称。
② 法语:妈妈。

他们不会幸福,那他们不如分手;后来我就决定:向您作一番更详细的了解,然后亲自去找娜塔莎,跟她一起做出决定。"

"可是问题就在如何决定。"

"我要告诉她:'既然您爱他超过一切,那么您关心他的幸福也就该超过关心您自己的幸福;所以您必须同他分手。'"

"好哇,可是她听到这句话将作何感想?就算她同意您的意见,可她是否有勇气这么做呢?"

"这也是我朝思暮想的一个问题,还有……还有……"

她突然哭了。

"您不知道我是多么可怜娜塔莎。"她低声说道,嘴唇因哭泣而哆嗦了。

再没有什么可说的了。我默然无语,怀着一种仿佛是怜爱之情看着她,也不禁想哭了。这个孩子有多么可爱啊!我觉得无须再问她,为什么她自以为能使阿辽沙幸福。

"您喜欢音乐吗?"她问,这时她已经平静了一些,但由于方才哭过,神情还有些忧郁。

"喜欢。"我有点诧异地答道。

"要是有时间,我给您弹奏贝多芬的第三协奏曲。我现在正在弹它。这一切感情那里面全有……同我现在感受到的一模一样。我这么觉得。但这件事要等下一次再说,现在还要谈话呢。"

我们开始商量,她怎样才能见到娜塔莎,这一切该怎么安排。她告诉我,有人监视她,虽说她的继母是个好人,又很爱她,可无论如何也不让她跟娜塔莉亚·尼古拉夫娜认识;所以她只得想办法耍花招。她有时一清早乘车外出散心,但几乎总是跟伯爵夫人一起。有时伯爵夫人不跟她一块去,而是让她独自跟一个生着病的法国女人出去。每当伯爵夫人头疼的时候,往往这样安排；因此就得等她头疼。在这之前,她可以说服那个法国女人(一个充当女伴的老太太),因为那法国女人很善良。结果是无论如何也不能事先确定去看望娜塔莎的日期。

"您会认识娜塔莎的,而且您是不会懊悔的,"我说,"她自己也很想了解您,哪怕只是为了知道她将把阿辽沙交给一个什么样的人,她也得了解您。您不要为这件事过于发愁。不用您操心,时间就会解决一切问题。你们要到乡下去吗?"

"是的,很快就去,说不定就在下个月,"她答道,"我还知道,公爵一定要这么办。"

"您认为阿辽沙会跟你们一起去吗?"

"我也想过这问题!"她凝视着我说,"您知道,他会去的!"

"他是会去的。"

"我的天哪,这一切将怎么样结束,我不知道。您听我说,伊凡·彼特罗维奇。我要在信中把一切都告诉您,我要经常给您写信,写得很多。我现在把您给缠住了。您会常来看我们吗?"

"不知道,卡捷琳娜·费奥多罗夫娜:这得根据情况而定。也许我再也不会来了。"

"为什么呢?"

"这得取决于种种因素,主要是取决于我同公爵的关系。"

"他不是个正派人,"卡佳断然地说,"您可知道,伊凡·彼特罗维奇,要是我上您那儿去,这样做是好还是不好?"

"您自己的看法呢?"

"我想是好的。这样就可以去拜望您……"她嫣然一笑,补充道,"我这么说是因为我除了尊敬您之外,——也很喜欢您……还可以从您那儿学到许多东西。我喜欢您……我把这一切都告诉您,是不是有点不知羞耻?"

"有什么不知羞耻？我已经觉得您就像我的亲人那么可亲了。"

"那么您愿意做我的朋友吗？"

"噢，是的，是的！"我答道。

"喏，可他们一定会说，一个年轻姑娘做这种事是可耻的，是不应该的，"她说，再次向我指了指围坐在茶桌旁谈话的那些人。这里我要指出，公爵似乎是故意让我们单独进行一次畅谈。"我心里十分清楚，"她补充道，"公爵想要我的钱。他们认为，我完全是个孩子，甚至对我也这么直言不讳。我可不这么认为。我已经不是孩子啦。他们都是些怪人：他们自己才像孩子呢；喏，他们干吗这样忙忙碌碌的？"

"卡捷琳娜·费奥多罗夫娜，我忘了问您：阿辽沙经常去找的列文卡和鲍林卡都是些什么人？"

"是我的远房亲戚。他们都是很聪明也很正直的人，可是他们说得太多了……我了解他们……"

她又嫣然一笑。

"您想在财产到手的时候送给他们一百万卢布，这可是真的？"

"喏，您瞧，就拿这一百万来说吧，他们唠叨起来就没个完，叫人都听烦了。当然，我是乐意为一切有益的事捐款的，这么一大笔钱搁在我这儿有什么用呢，不是吗？可是我还得过很久才能把它捐出来，而他们现在就在那里分配啦，议论啦，喊叫啦，争吵啦：把钱用在哪里最好？他们甚至都为这吵起来了，——这可真是奇怪。他们太性急啦。不过他们毕竟都是那么真诚，而且……聪明。他们在学习。这总比别人过的那种生活好些。是不是这样？"

我还跟她谈了许多事。她几乎把她一生的经历都告诉我了,同时也贪婪地倾听我的叙述。她一直要求我多谈点关于娜塔莎和阿辽沙的事。当公爵走到我跟前提醒我应该告辞了的时候,已是十二点了。我向她告别。卡佳热情地握了握我的手,意味深长地看了我一眼。伯爵夫人邀请我常去做客。我和公爵一起走了。

  我忍不住要在这里谈谈我的一种奇怪的、可能是一点也不恰当的看法。在我同卡佳进行的三小时谈话中,除去获得了其他种种印象之外,我还得到了一种奇怪的、但同时又很深刻的信念:她还完全是个孩子,根本还不懂得男女关系的全部奥妙。这就使得她的某些议论,乃至她在谈到许多十分重要的问题时使用的那种严肃的口吻,都显得非常滑稽可笑……

第 十 章

"您听我说,"公爵同我一起登上马车,一面对我说道,"我们现在去吃点夜餐,不知尊意如何?"

"我可真不知道,公爵,"我犹豫不决地答道,"我从来不吃夜餐……"

"哦,那自然,我们吃夜餐的时候可以谈谈。"他狡猾地、目不转睛地盯着我,补充了一句。

事情是明摆着的!"他是有话要说,"我想,"这正中下怀。"我同意了。

"那就这样定了。去大莫尔斯卡亚街的 Б 餐厅。"

"去餐厅?"我有点不安地问道。

"是啊。怎么啦?我可是很少在家里用夜餐的。您总不会拒绝我的邀请吧?"

"可是我已经告诉您,我是从来不用夜餐的。"

"偶尔一次算得了什么。况且又是我邀请您……"

这就是说他要为我付账;我确信,他是故意添上这一句的。我答应去餐厅,但决定自己付账。我们到达以后,公爵要了一个单间,摆出一副十分内行的样子挑了两三个菜。菜价昂贵,他还要了一瓶同样昂贵的高级葡萄酒用来佐餐。这一切都不是我的钱袋所能支付的。我看了看菜单,要了半只松鸡和一杯拉斐特酒。公爵表示反对。

"您不愿跟我一起用餐！这简直太可笑了。Pardon, mon ami①,不过这简直是……一种令人厌恶的拘泥细节。这是一种最渺小的自尊心。这里大概掺杂着等级的偏见,我可以跟您打赌,就是这样。请您相信,您伤了我的感情。"

但我坚持自己的做法。

"那就只好悉听尊便了,"他补充道,"我不强迫您……请告诉我,伊凡·彼特罗维奇,我可以跟您完全像朋友一样谈谈吗？"

"请便。"

"那好,我认为,这种拘泥细节的态度对您是有害的。你们这些作家都是这样在危害自己。您是文学家,您应该见见世面,可您却老是与世隔绝。我现在说的不是松鸡,我是说您根本不想同我们圈子里的人有任何往来,这是十分有害的。除了您会失去许多东西……哦,一言以蔽之,就是失去升迁的机会,——除去这一点之外,哪怕只是为了亲自去了解一下您所描写的那些人物,您也该见见世面,你们写的那些小说里不是也有伯爵、公爵和太太们的客厅……不过我说到哪儿去啦？现在你们写的都是贫穷的景象、失去的外套②、钦差大臣、好斗的军官、官员、古老的岁月和分裂派教徒的生活,我知道,我知道。"

"但是您错了,公爵;如果说我不大去您所说的那个'高贵的圈子',那么是因为:第一,那儿枯燥乏味;第二,我在那儿无事可做。不过我毕竟还是常上那儿去的……"

"我知道,去P公爵那儿,一年去一次;我就是在那儿遇见您的。可是在一年中剩下的时间里,您就老抱着您那民主主义

---

① 法语:请原谅,我的朋友。
② 指果戈理的小说《外套》。

的自尊心,在您的阁楼里憔悴下去,尽管你们这种人也并不全都如此行事。他们当中有些人是那么热衷于冒险猎奇,使我都觉得恶心……"

"我请求您,公爵,咱们还是换一个话题,而且不要再谈我们的阁楼了。"

"哦,我的天,您也生起气来了。不过您亲口答应要跟我像朋友似的谈谈的。然而对不起,我还没有做什么事情足以赢得您的友谊。这葡萄酒还不错。您尝尝。"

他从他的酒瓶里给我斟了半杯。

"您瞧,我亲爱的伊凡·彼特罗维奇,我十分清楚地懂得,硬要同别人交朋友是不体面的。可是要知道,我们这些人并不都像您所想象的那么粗鲁,对待你们也并不那么傲慢;哦,我也十分清楚地懂得,您现在跟我坐在这儿,并不是因为您对我有什么好感,而是由于我答应跟您谈谈。是吗?"

他笑了起来。

"由于您正在维护一个女人的利益,所以您想听听我会说些什么。是吗?"他面带恶意地微笑着,补充了一句。

"您说得不错,"我急躁地打断了他的话,(我看出他是这样一种人,这种人只要发现他们对别人哪怕只有一点点的控制力,就马上要让对方感觉到这一点。我被他控制住了;我不听完他要说的一切就不能走开,他十分清楚地明白这一点。他的口气顿时变了,变得越来越放肆,越来越富于嘲弄意味。)"您说得不错,公爵;我正是为此而来,否则我的确不会坐在这儿……这么晚了。"

我本来想说:"否则我是绝不会跟您待在一起的。"可我并没有这么说,而是换了一种说法,这并不是由于胆怯,而是由于我那该死的软弱和礼貌。说真的,哪能当着别人的面如此出言不逊,尽管对方罪有应得,尽管我本来就想对他出言不逊呢?我觉得,公爵从我的眼神中看出了这一点,在我说这句话的当儿,他一直带着嘲讽的神色看着我,仿佛在欣赏我的畏缩,他那副神气似乎在向我挑衅:"那么说你是没有这个胆量,你是在胡诌,好哇,老弟!"准是如此,因为我说完以后他便哈哈大笑起来,摆出一副屈尊俯就的样子亲切地拍了拍我的膝盖。

"你真叫我好笑,老弟。"——我从他的眼神中看到了他想说而又未说的这句话。——"等着瞧吧!"我暗自寻思。

"我今天很高兴!"他叫道,"老实说,我也不知道是什么缘故。是啊,是啊,我的朋友,是这样!我正是想跟你谈谈这个女人。应该把事情彻底讲清楚,商量出一个结果,我希望您这一次能完全了解我。我方才曾跟您谈到那笔钱,谈到那位头脑简单的父亲,一个六十岁的黄口孺子……好啦!现在不必去提他啦。我不过是这么说说罢了!哈哈哈!您是文学家,应该猜得到……"

我诧异地看着他。看来他还没有喝醉。

"哦,至于这位姑娘,说实在的,我尊敬她,甚至喜欢她,请您相信我的话;她有点任性,但是就像五十年前人们常说的那样,'哪一朵玫瑰不带刺?'还有一句话也说得好:刺儿虽然扎人,可它也很迷人。虽说我的阿列克谢是个笨蛋,但我在某种程度上已经原谅他了,因为他倒很有眼力。简单地说,我喜欢这种姑娘,我甚至还有——(他意味深长地紧闭了一下双唇)一些特别的打算……不过这以后再说……"

"公爵,您听着,公爵!"我叫道,"我不明白您这种迅速的改变,但是……换一个话题吧,我请求您!"

"您又生气了!那好吧……我换一个话题,换一个话题!不过有一件事我想问问您,我的好朋友:您很尊敬她吗?"

"当然。"我生硬而又不耐烦地答道。

"那么……那么您也爱她?"他令人厌恶地龇着牙、眯着眼接着问道。

"您忘了!"我叫道。

"好吧,我不问了,不问了!您平静一些吧!我今天的情绪特别好。我好久都没有这么高兴了。咱们喝点香槟吧!尊意如何,我的诗人?"

"我不喝,不想喝!"

"您别这么说!您今天一定得给我做伴。我觉得非常愉快,由于我这一番好意已达到伤感的地步,所以我也不能独享这份幸福。谁知道呢,说不定我们有朝一日还会为您干杯呢,哈哈哈!不,我的年轻朋友,您还不了解我!我深信,您会喜欢我的。我但愿您今天能和我同欢乐,共忧愁,虽然我希望我无论如何也不要哭。喂,怎么样,伊凡·彼特罗维奇?您只要考虑一下,要是我不能如愿以偿,那么我的激情就会消失,就会烟消云散、付诸东流,您也什么都听不到了;您瞧,您上这儿来的唯一目的就是听点什么。是吗?"他又厚颜无耻地向我眨了眨眼,补充了一句,"那就请您选择吧。"

这可是严重的威胁。我同意了。他不是想把我灌醉吧?——我这样想。我借此机会顺便在这里谈谈我早就听说的一件关于公爵的传闻。据说他在社交界虽然总是那么温文尔雅、彬彬有礼,但有时却喜欢在夜里纵酒狂欢、烂醉如泥,喜欢偷偷地眠花宿柳,沉湎于丑恶而神秘的淫乱生活中……我听到过关于他的一些可怕的流言……据说阿辽沙知道他爸爸有时酗酒,却竭力瞒住大家,特别是瞒住娜塔莎。有一次他本来要向我透露一点情况,但又立刻改变话题,对我提出的问题也避而不谈。不过我从别人口中也听到了这些丑事,老实说,我起初还不相信呢;现在我等着观看他的动静。"

酒送上来了。公爵为自己和我各斟了一杯。

"是个可爱的、可爱的姑娘,虽说她骂过我!"他津津有味地喝着酒,接着说,"不过这些可爱的人儿正是在这种时候才显得格外可爱……您知道,她准是认为她使我受了羞辱,您可记得那天晚上的情景,她让我粉身碎骨了!哈哈哈!她脸一红就显得更美了。您对女人很内行吧?有的时候突然泛起的一片红晕会使苍白的两颊显得美丽异常,您注意到这一点了吗?啊,我的天哪,您像是又生气了?"

"是的,我生气了!"我已控制不住自己,便叫了起来,"我不愿意听您现在谈论娜塔莉娅·尼古拉夫娜……就是说用这种口气谈论。我……我不允许您这样!"

"啊哟!那就悉听尊便,换一个话题吧。我这个人就像一团和好的面那样随和而柔软。咱们来谈谈您吧。我很喜欢您,伊凡·彼特罗维奇,您不知道,我对您怀着多么友好、多么真挚的同情啊……"

"公爵,谈谈正事岂不更好。"我打断了他的话。

"您是想说,谈谈咱们的事。您说了半句我就懂了,mon ami,但是,假如咱们现在来谈谈您的事,当然,假如您也不打断我的话,那么您就不会怀疑,我们的谈话是多么切题了。那么我就接着往下说:我要告诉您,我最亲爱的伊凡·彼特罗维奇,像您现在这样生活,简直是糟蹋自己。请允许我触及这个微妙的话题,我是出于友谊。您很穷,您从您的老板那里预支一笔稿费,拿来偿还一些债务,用剩下的钱维持半年的生活,每天只能喝点清茶;您在阁楼上战战兢兢地急于完成您的小说,以便交给您的老板办的刊物;是这样吧……"

"就算是这样,可这总比……"

"总比偷鸡摸狗、卑躬屈节、贪污受贿、玩弄阴谋诡计等等可敬。我知道,知道您想说什么;这一切早就印在书本上了。"

"所以您也就不必谈论我的事了。难道还要我来教您这位公爵为人处世之道不成。"

"当然用不着您费神了。然而要是我们就是得触及这根敏感的心弦,那又怎么办呢。要知道它是不能回避的。不过也好,咱们就不谈阁楼了吧。我本人对阁楼并无兴趣,除非发生了某种情况。"他令人无比厌恶地哈哈大笑起来,"不过令我惊奇的是:您为什么甘愿充当一个次要角色?当然,记得你们一位作家在什么地方甚至说过这样的话:一个人最伟大的功勋,也许就在于他能满足于在生活中扮演一个次要角色……好像就是这一类的话!我还在什么地方听到过这种说法,可是要知道阿辽沙抢走了您的未婚妻,我知道这一点,可您却像一个叫做席勒的人那样煞费苦心地替他们张罗,您为他们效劳,几乎就像听差似的替他们跑腿……您可得原谅我,我亲爱的,然而要知道,这是一种玩弄高尚感情的令人讨厌的游戏……不管您听了这话有多么厌恶,可这是事实!简直是丢人!我要是处在您的地位,我恐怕会苦恼得一命呜呼了;主要的是这很丢人,丢人!"

"公爵!您像是存心把我带到这儿来侮辱我似的!"我气愤若狂地叫道。

"哦,不是的,我的朋友,不是的,此时此刻我只不过是一个讲究实际的人,而且我希望您幸福。总而言之,我想使一切都能顺利解决。不过咱们暂时把这一切搁在一边,您听我把话说完,请您尽可能不要生气,哪怕只有两三分钟也好。哦,要是让您结婚,您看怎么样?您瞧,我现在说的完全是一件不相干的事,您为什么这么惊讶地看着我?"

"我在等您把话说完。"我的确是带着惊讶的表情看着他,一面回答道。

"也不必多说了。我只不过想知道,要是您有一个朋友,他希望您能得到可靠的、真正的、不是昙花一现的幸福,于是向您介绍一位年轻美貌,然而……已经有了点经验的姑娘,不知您会说些什么。我想打一个比方,您会明白我的意思,哦,就像娜塔莉娅·尼古拉夫娜那样一个姑娘,当然,还附带一笔相当可观的报酬……(请您注意,我现在说的是一件不相干的事,不是说我们的事)喂,您会怎么说呢?"

"我会对您说,您……发疯了。"

"哈哈哈!喔唷!您大概是要揍我了吧?"

我可真想向他扑去。我再也忍不住了。我觉得他就像一个虫豸,像一只我恨不得把它捻死的大蜘蛛。他因为嘲弄了我而洋洋得意;他像猫儿玩弄耗子那样玩弄我,认为我完全得受他的摆布。我觉得(我也懂得),他从他的厚颜无耻,从这种傲慢无礼,从终于使他在我面前抛开了自己的假面具的这种玩世不恭当中获得了一种快感,说不定还获得了一种肉体上的满足。他想欣赏我的惊讶,欣赏我的恐惧。他打心眼儿里瞧不起我,嘲笑我。

我一开始就预感到这一切都是早有预谋的,而且是要达到某种目的的;然而我处于这么一种地位:不论发生什么情况,我都得听他把话说完。为了娜塔莎的利益,我不得不承受一切和容忍一切,因为整个事情说不定就要在此刻得到解决。然而对他的这种卑鄙无耻的嘲笑却叫人如何听得下去,又怎能心平气和地予以容忍呢!况且他又十分清楚地懂得,我不能不听他讲,这就令人更加难堪了。"不过他也需要我。"我这样想,于是我就毫不客气地、尖酸刻薄地回敬他。他明白这一点。

"瞧,我的年轻朋友,"他郑重其事地看着我开始说,"咱俩总不能像这样继续谈下去呀,所以咱们最好能达成协议。您瞧,我是想对您说点心里话,那么您就该客客气气地同意,不论我说什么,您都得听。我希望能随心所欲地讲,说真的,也应该如此。好啦,我的年轻朋友,您会有耐性的吧?"

尽管他带着那么辛辣的嘲笑神气看着我,仿佛要挑逗我非常激烈地反对他,但我竭力克制自己,默然不语。而他却以为我已同意不离席而去,便接着往下说:

"别生我的气,我的朋友。您生的是什么气呢?您只是对我的直言不讳生气,是吗?不过说实在的,您也不曾指望我会说出什么别的话来,不论我跟您说话的时候是彬彬有礼的还是像现在这个样子;所以大体意思依然跟现在所说的没有什么不同。您瞧不起我,是吗?您瞧,我身上有这么多可爱的天真、坦率,还有这种 bonhomie①。我要把一切都告诉您,甚至把我儿时的顽皮行为也告诉您。是啊,mon cher②,是啊,要是您那一方的 bonhomie 稍微多一点的话,咱们就可以商量好,就可以完全取得谅解,末了就可以达到彻底相互了解。您不要对我感到惊奇:对于所有这些天真烂漫、所有这些阿辽沙的田园牧歌、所有这种席勒气质,对于同这个娜塔莎(不过她毕竟是一个十分可爱的姑娘)的这种该死的勾搭中所有这些高尚品质,我简直是讨厌透啦,所以只要我有机会把所有这一切都拿来揶揄一番,我就可以说是情不自禁地感到高兴。瞧,机会来了。况且我也想对您诉诉我的衷肠。哈哈哈!"

"您使我感到惊奇,公爵,我不了解您。您说话的口气活像是个小丑。这种出乎意料的坦率……"

---

① 法语:好心肠。
② 法语:我亲爱的。

"哈哈哈！您这话有一部分道理！非常动人的比喻！哈哈哈！我纵酒狂欢，我的朋友，我纵酒狂欢，我自得其乐，而您，我的诗人，应该尽可能对我宽大为怀。可是咱们还是喝酒吧，"他心满意足地说，一面往杯中斟酒，"您瞧，我的朋友，您还记得在娜塔莎那儿度过的那个荒唐的晚上吧，那个晚上把我彻底断送了。不错，她本人十分可爱，可我从那儿出来的时候却气愤若狂，我不愿忘掉这件事。既不忘记，也不隐讳。当然，也会有我们说话的时候，这种时候甚至很快就会到来，不过现在咱们不去谈它。顺便说说，我想对您解释一下，我具有一种您还不知道的怪癖，——那就是憎恶这一切庸俗的、毫无价值的天真和田园牧歌，我最感兴趣的享受之一，就是我起初自己也装扮出这副模样，采取这种口吻，温存地对待并鼓励一个永远年轻的席勒，然后突然一下子把他吓呆；我在他面前突然摘下假面具，把我热情洋溢的脸孔扭成一副怪相，向他吐出舌头，给他来个措手不及。什么？您不明白这个，您也许认为这是可恶的、荒唐的、卑劣的行径，是吗？"

"当然是这样。"

"您很坦白。哦，要是他们折磨我，叫我又怎么办呢？我也是坦率得有些愚蠢了，可我就是这种性格。不过我想告诉您我一生中的一些独特事件。您将更好地了解我，况且这也是很有趣的。不错，我今天说不定果真像是一个小丑；不过小丑是坦白的，是吗？"

"您听我说，公爵，现在已很晚了，老实说……"

"什么？天哪，多么固执！再说，您急着上哪儿去呢？咱们还是坐一会儿，像朋友那样推心置腹地谈谈，您知道，就像好朋友那样一面喝酒，一面聊天。您认为我喝醉了：这没有什么，反倒更好。哈哈哈！真的，这种友好的聚会事后总是令人经久难忘,一回想起来就叫人那么高兴。您不是个好心人,伊凡·彼特罗维奇!您缺乏感情,您不是多情善感的人。为了一个像我这样的朋友,一两个钟头对于您又算得了什么呢?何况这也跟我们要谈的问题有关……这有什么难以明白的呢?您还是文学家呢,您真该感谢有这样一个机会。要知道,您可以把我写成一个典型,哈哈哈!天哪,我今天的坦率有多么可爱!"

他显然醉了。他的脸变样了,脸上出现一种恶狠狠的表情。他显然想挖苦人、蜇人、咬人、嘲笑人。"他醉了,从某种意义上来说这倒更好,"我想,"酒后吐真言。"但是他神志是清楚的。

"我的朋友,"他显然是沾沾自喜地开始说道,"我方才向您承认,在某种情况下我往往憋不住要对什么人吐出我的舌头,当然,我这样说不一定很恰当。由于我这种天真无邪的坦率,您居然把我比做小丑,这真叫我忍俊不禁。但是,如果您由于我现在对您失礼,也许还像一个乡下佬那样粗野,总之,由于我突然改变了我跟您说话的口气,因此您就责备我,或者对我感到惊讶,那么这一次您可是完全错了。第一,我这样做感到称心如意;第二,我不是在自己家里,而是跟您在一起……这就是说我想告诉您,我们现在正像好朋友一样纵酒作乐;第三,我非常喜欢实现一些稀奇古怪的想法。您可知道,有一个时期我由于任性,简直变成了一个空想家和慈善家,脑子里的想法大概跟您的想法一模一样。不过这是很久很久以前的事了,那是在我风华正茂的黄金时代。我还记得,那时我还曾抱着人道主义的目到我乡下的庄园去,当然,我觉得无聊透了;您不会相信我那时碰到的情况。由于无聊,我开始结识一些漂亮的小姑娘……怎么,您还没有做鬼脸吧?啊,我的年轻朋友!咱们现在是朋友聚会啊。这正是纵酒取乐、尽情狂欢的时候!我是俄罗斯人的脾气,真正的俄罗斯人脾气,我是个爱国者,我喜欢尽情取乐,何况人生在世,也应该及时行乐。一旦死去——万事皆休！哦,于是我就追起姑娘来了。我记得,有一个牧羊女有个丈夫,那丈夫是个英俊的年轻农民。我把他狠狠地惩治了一番,还想送他去当兵(这都是过去的恶作剧,我的诗人!),但我并没有送他去当兵。他死在我的医院里了……我在村里开了一所医院,有十二个床位,——设备考究,干净整齐,还有镶木地板。不过我早就把它给毁了,可当时我却为它自豪:我是个慈善家嘛;哦,一个农民,由于他的妻子,几乎被我用鞭子抽死……喂,您怎么又做起鬼脸来啦?您听了觉得很不舒服?触怒了您高尚的感情?好啦,好啦,您平静一下吧！这全都是往事了。我干这些事的时候还是一脑子的浪漫主义,我想造福人类,建立一个慈善社会……我那时就是这一套。我那时还拿鞭子抽人。现在我不抽了;现在应该做鬼脸了;现在我们全都在做鬼脸,——这样的时候来到了……可是现在最使我觉得好笑的是傻瓜伊赫缅涅夫。我深信,那个农民的事他全都知道……可您猜怎么着?由于他心地善良——他的心像是用糖浆做的,还由于他当时爱上了我、把我看得太好,因此他拿定主意,什么他也不信,实际上他也确实什么都不相信;也就是说,他不相信事实,而且在十二年间一直像高山那样坚定不移地支持我,直到他自己的利益受到了损害。哈哈哈！不过这全是废话！咱们喝酒吧,我的年轻朋友。您听呀:您喜欢女人吗?"

我什么也没有回答。我只是听着他讲。他已经开始喝第二瓶酒了。

"我进夜餐的时候总爱谈到她们。吃完夜餐我给您介绍一位 mlle philiberte①,——好吗?不知尊意如何?可您这是怎么

---

① 法语:菲莉贝特小姐。

啦？您连看都不愿看我……哼！"

他好像陷入沉思中了。但他蓦地抬起头来，意味深长地瞥了我一眼，又接着说：

"哦，我的诗人，我想向您揭示造化的一个秘密，您对这个秘密仿佛毫无所知。我深信，此时此刻您一定把我叫做罪人，也许甚至把我叫做下流胚、色鬼。可是您就听我说吧！只要办得到（不过从人的天性来看，这是永远办不到的），只要我们每一个人都能把自己的一切隐私都描述一番，不但不怕叙述他害怕说的事以及他无论如何也不会对别人说的事，不但不害怕讲他怕对好朋友们讲的事，甚至也不害怕讲出他有时都不敢对自己承认的事，——那时候世界上就会臭气熏天，把我们全都给熏死。附带说一句，我们上流社会的习俗和礼节之所以如此可嘉，其故即在于此。这种习俗和礼节具有深刻意义，——我并不是就道德而言，而只是就自卫而言，就舒适而言，当然，最好还是说这是就舒适而言，因为道德其实跟舒适并没有什么区别，也就是说，发明道德的唯一目的，就是追求舒适。不过关于礼节问题咱们以后再谈，我现在离题了，往后请您提醒我谈谈这个问题。我可以得出这样一个结论：您责备我荒淫无耻、腐化堕落、没有道德，可我现在的过错也许只不过是我比别人更加坦白，如此而已；我的过错就在于我不隐瞒别人就是对自己也要隐瞒的事，这一点我先前已经说过了……我这样做很不好，可我现在愿意这样。不过您不要感到不安，"他带着讥讽的微笑补充道，"我说我有'过错'，但我根本不请求宽恕。还请您注意一点：我并不是要让您觉得难堪，我并不问您是否也有同样的隐私，以便拿您的隐私来为我自己辩护……我的行为是体面而高尚的。我为人一向光明正大……"

"您简直是在胡说八道。"我轻蔑地看着他，说道。

"我胡说八道,哈哈哈!您可要我告诉您,您现在在想什么?您是在想:我为什么把您弄到这儿来,而且无缘无故地突然向您倾吐我的肺腑之言?是吗?"

"是的。"

"那好,这您往后就会明白。"

"最简单的原因就是您几乎已喝了两瓶……不大清醒了。"

"您是说我不过是喝醉了。也许是这样。'不大清醒了!'这种说法比说喝醉了要委婉一点。啊,真是个八面玲珑的人!但是……咱们好像又吵起嘴来了,可我们本来谈的是这么有趣的东西。是啊,我的诗人,如果世界上还有什么美好而甜蜜的东西,那么这就是女人。"

"您可知道,公爵,我还是不明白,为什么您偏偏把我当成了您的知己,要对我透露您的秘密和您那些……私情?"

"嗯……我不是对您说过,您以后会知道的。您不要觉得不安;不过也许并没有什么原因;您是个诗人,您会了解我的,而且我已经对您说过这一点。这种突然摘下假面具的做法,这种促使一个人简直是不顾羞耻地突然在别人面前暴露自己的玩世不恭,能使人获得一种特殊的满足。我告诉您一桩趣事:在巴黎曾有一名发了疯的官员,日后当人们完全肯定他是个疯子的时候便把他送进了疯人院。您瞧,每当他疯病发作的时候,他就想出这么一种办法来消遣取乐:他在家里把衣服脱个精光,就跟亚当一样,只穿着鞋和袜,披上一件长及脚后跟的宽大斗篷,把自己裹住,就大摇大摆地上街去了。好,从旁边看上去,——他跟别人一模一样,披着一件宽大的斗篷,溜溜达达地在那里散心。但是只要他在一个僻静无人的地方单独碰上一个行人,他就要默默地向那人走去,做出一副非常严肃而庄重的模样,突然在那人面前站住,然后打开自己的斗篷,毫无保留地展示自己的……

天体。这样持续了一会儿,然后他又把自己裹了起来,默默无言地、脸上肌肉纹丝不动地从那个吓得呆若木鸡的看客身边走过,就像《哈姆雷特》里的鬼魂那样神态庄重、泰然自若。无论是对男人、女人还是孩子,他都如法炮制,他的全部乐趣都在这件事上。当人们在一个席勒式的人物完全没有料到的情况下突然向他伸出舌头,把他吓得目瞪口呆的时候,他们多少也能体验到同样的乐趣。'使人目瞪口呆'——这个词儿怎么样?我在你们一位当代作家的作品里见到过这个词儿。"

"可那人是一个疯子,而您……"

"我神志清楚?"

"是的。"

公爵哈哈大笑起来。

"您说得对,我的亲爱的。"他露出一种非常无耻的表情补充道。

"公爵,"我说道,他的厚颜无耻使我浑身发躁,"您憎恨我们,包括我在内,于是您现在就为了一切人和一切事来向我报仇雪恨。这一切全都出于您那渺小的虚荣心。您心怀怨恨,但是您的怨恨是微不足道的。我们触怒了您,最使您恼火的也许是那天晚上。当然,除了对我采取这种彻底蔑视的态度之外,您再也找不到更厉害的办法向我报仇了;您把我们彼此之间都必须遵守的那种一般的、人人应有的礼貌都置之脑后了。您想明白无误地向我表明,您在我面前毫不害臊,您可以如此坦率、如此出人意料地当着我的面撕下您那丑恶的假面具,显示您在道德上是如此厚颜无耻……"

"您对我说这些是为了什么?"他粗野而恶毒地瞧着我问道,"是为了显示您很有眼力?"

"是为了表明我了解您,并把这一点告诉您。"

"Quelle idée, mon cher,①"他接着说,突然改变了口气,又像早先那样兴致勃勃、心平气和地聊起家常来了,"您不过是打断了我的话题罢了。Buvons, mon ami,②让我给您掛酒。我方才只不过是想告诉您一件非常美妙也非常有趣的奇遇。我就简略地给您说说吧。我曾经认识一位小姐,她已不是少女,有二十七八岁了,——真是个绝代佳人!多美的胸脯,多美的身段,多美的体态!她的目光像鹰那么锐利,但总是那么严峻可畏;她举止威严,使人难以亲近。大家都认为她冷若冰霜,她那高不可攀的、咄咄逼人的德性,使人人都望而生畏。的确是咄咄逼人。在她那个圈子里,谁也不像她那样铁面无私。她不但惩罚放荡行为,即使别的女人有一点点软弱的表现,她也严惩不贷。在她那个圈子里,她有很大的势力。那些最高傲、德性也最可怕的老太婆都尊敬她,甚至还奉承她。她像中世纪的女修道院院长那样铁面无情地对待众人。年轻的女人看到她的目光、听到她的批评就吓得直哆嗦。她的一句评语、一个暗示就足以毁掉一个人的名誉,——她在社会上给自己建立了这么一种地位;——连男人也都怕她。末了,她加入了一种消极无为的神秘教派,不过这教派也是清心寡欲、庄严神圣的……可您猜怎么着?没有哪个荡妇能比这个女人更为淫荡的了,我有幸完全赢得了她的信任。总之——我是她秘密的也是神秘的情夫。我们的幽会安排得非常巧妙,非常高明,就连她家里的人也没有一个产生过丝毫怀疑。只有她的一个非常漂亮的法国使女知道她的一切秘密,不过这个使女是绝对可靠的;她也介入了这一勾当,——怎么介入的呢?这一点我现在就不说了。我这位小姐淫荡的程度使德-

---

① 法语:这是什么主意,我的亲爱的。
② 法语:咱们喝酒吧,我的朋友。

萨特侯爵①也甘拜下风。但是这种淫乐里最强烈、最令人心荡神驰之处则在于它的神秘感和恬不知耻的假正经。对于被伯爵夫人在社会上鼓吹为崇高的、卓越的和神圣不可侵犯的一切的这种嘲弄,加上内心这种恶魔般的狂笑,以及对一切不可践踏的东西的恣意践踏——而且这一切又是干得那么毫无顾忌,简直达到无法无天的地步,哪怕是最狂热的头脑也不敢想象,竟然有人会放肆到这种程度,——这种淫乐最鲜明的特点主要就在于此。是的,她是魔鬼的化身,但是这个魔鬼却使人无法抗拒地为之神魂颠倒。我至今一想到她都不禁欣喜若狂。在如醉如痴的淫乐登峰造极的时候,她会像发狂似的哈哈大笑,我懂得,完全懂得这种狂笑,于是我也狂笑起来……我现在想起那幅情景也还兴奋得喘不过气来,虽说这已是多年以前的事了。一年以后,她抛弃了我。即使我想加害于她,我也无能为力。哦,谁会相信我呢?我是个什么样的人呢?您会怎么说呢,我的年轻朋友?"

"呸,多卑鄙!"我极为厌恶地听完了他的自白,这样答道。

"要是您不这样回答我,您就不会是我的年轻朋友了!我也知道您会这么说。哈哈哈!请等一等,mon ami,您再多长点见识您也就会明白了,而现在,——现在您还需要华而不实的东西。不,您说这话表明您不是诗人;那个女人倒懂得生活,而且善于享受生活的乐趣。"

"不过为什么要搞这种禽兽行径?"

"什么禽兽行径?"

"就是那个女人搞的那一套,您跟她一齐搞的。"

"噢,您管这叫做禽兽行径,——这表明您现在还是不能独立自主,还得让别人牵着您的鼻子。当然,我承认,独立自主也

---

① 法国色情作家。

会表现为截然相反的样子,但是……咱们还是谈得简单点吧,mon ami……您得承认,这一切都是胡说八道。"

"那什么才不是胡说八道呢?"

"我个人,我自己——这不是胡说八道。一切都是为了我,整个世界都是为我创造的。您听着,我的朋友,我还相信,在世界上可以过得很好。这是一种最好的信念,因为要是没有这种信念,那就连苦日子也过不上:只得服毒自杀。据说,有一个傻瓜就这么办了。他高谈哲理,终于毁掉了一切,一切,甚至把一切正常而自然的人类责任的合理性也毁掉了,最后他什么也没有剩下;最后剩下一个零蛋,于是他宣布,人生在世最美好的东西莫过于氢氰酸①。您会说,这是哈姆雷特,这是一种愤激的绝望,总之是一种我们永远也梦想不到的令人生畏的东西。然而您是诗人,我却是个凡夫俗子,所以我要说,应该用最简单实际的观点来看待事物。比方说,我早就摆脱了一切羁绊乃至一切责任。只有在这些责任能给我带来某种好处的时候我才愿意承担。当然,您是不会这样看待事物的;您的两腿上了脚镣,您的口味是病态的。您关心的是理想,是美德。但是,我的朋友,我乐意承认您要对我说的一切;然而,既然我肯定地知道,人类一切美德的基础乃是极端的利己主义,那我又怎么办呢?一件事越是德性高超,其中的利己主义也就越多。爱你自己,——这是我承认的唯一准则。人生是一笔交易;您不要枉掷金钱,但是却不妨花点钱去招待别人,那么您也就尽到了自己对亲朋好友的全部责任,——这就是我的道德。既然您一定要知道,那我就告诉您,尽管我要向您承认,照我看来,最好也不要为亲朋好友破费,而要设法迫使他们白干。我没有理想,也不想有理想,我从

---

① 一种剧毒。

来也没有感到需要理想。没有理想照样能在世上逍遥自在地生活……而且 en somme①,没有氢氰酸我也能对付,这使我很高兴。要知道,如果我多少有点德行,说不定我就缺不了它,就像那个愚蠢的哲学家(他无疑是个德国人)那样。不!生活中还有那么多美好的东西!我喜欢名望、官衔和高楼大厦;喜欢在打牌的时候下很大的赌注(我非常喜欢打牌)。然而主要的,主要的却是女人……各种各样的女人;我甚至喜欢偷偷摸摸、遮遮掩掩的寻欢作乐,越是稀奇古怪、花样翻新就越妙,甚至还由于接触的女人太杂而染上了一点脏病……哈哈哈!我从您的脸色看出,您现在对我有多么轻蔑!"

"您说对了。"我答道。

"那好吧,就算您是对的,但是要知道,不管怎么说,染上一点脏病总比服氢氰酸要强,是吗?"

"不对,还不如服氢氰酸呢。"

"我故意问您'是吗?'就是为了欣赏您的回答;我早就料到您会这么回答。不,我的朋友:假如您真心实意地热爱人类,那么您就应该希望所有的聪明人都有跟我一样的嗜好,甚至也都染上一点脏病,否则一个聪明人很快就会在世上走投无路,剩下的就只有一些傻瓜。那时他们可就有福了!您要知道,现在也还有这么一句谚语:傻瓜有福。您可知道,最叫人开心的事莫过于跟傻瓜住在一起,并跟着他们说道:这很好呀!您别看我舍不得那些偏见、墨守成规、追求名望,其实我看到我生活在一个空虚的社会里。但是眼下生活在那里倒也舒适,于是我就随俗浮沉,而且表示我坚决维护它,然而时机一到,我会首先把它抛弃。你们那些新思想我全都知道,尽管我从来不曾为它们所动,它们也并没有

---

① 法语:一般说来。

什么使人动心之处。从来也没有什么事使我感到于心有愧。只要我过得舒服,我什么都能同意,像我这样的人多不胜数,我们也的确过得很舒服。世上的一切都会消灭,只有我们永远不会消灭。从世界开始存在的那一天起我们就存在了。整个世界都会沉没,可是我们会浮上来,我们永远会浮在最上层。顺便说说:您瞧我们这些人的生命力该有多么顽强。我们这些人的生命力大概是无比顽强的;您可曾对此感到惊讶?我们不是都活到八九十岁了吗?这就是说,造化亲自在庇护我们,嘿嘿嘿!我一定要活到九十岁。我不喜欢死,我也怕死。因为鬼才知道你会怎么个死法!不过说这个干啥!是那个服毒自杀的哲学家引起我发了这么一通议论。让哲学见鬼去吧! Buvons, mon cher!① 我们本来是在谈论漂亮姑娘……您这是上哪儿去?"

"我要走了,您也应该……"

"得啦,得啦!我可以说已经向您披肝沥胆,可您甚至都没有感觉到,这是多么鲜明地证明了我对您的友谊。嘿嘿嘿!您缺乏感情,我的诗人。不过等一等,我还想喝一瓶……"

"第三瓶?"

"第三瓶。至于德性,我的年轻后生(您会允许我用这甜蜜的字眼来称呼您的:谁知道,说不定我指点您的这些日后会对您有好处的)……总之,我的后生,关于德性,我已对您说过:'德性越是高超,其中的利己主义也越多。'我想就这个话题对您讲一个非常美妙的故事:有一次我爱上了一个姑娘,几乎是真诚地爱上了她。她甚至为我付出了很大的牺牲……"

"就是被您抢光了财物的那个姑娘吧?"我不愿意再克制下去,便粗鲁地问道。

---

① 法语:咱们喝酒吧,我亲爱的。

公爵打了个寒噤,脸色陡变,两只火红的眼睛死盯着我;他的神情既惊讶,又气愤。

"您等等,"他仿佛自言自语地说,"您等等,让我想想。我真喝醉了,我都想不起来了……"

他沉默了,带着跟先前同样的那种恶毒神色寻根问底地看着我,同时用一只手按在我的一只手上,像是怕我走掉。我深信,此时此刻他是在寻思和猜测,我能从哪里知道这件几乎无人知晓的事呢,这里头是不是有什么危险?这种情况持续了一分钟。但是突然之间他的脸色迅速改变,他的两眼重又流露出先前那种嘲弄的、醉意蒙眬的愉快表情。他哈哈大笑起来。

"哈哈哈!您不过是个塔列兰①罢了!您瞧,她当着我的面信口雌黄地说我盗窃了她的财物,我可真是无端受辱!当时她的嗓门多尖,骂得多凶啊!那个女人真是发了疯啦……毫不克制。但是您就给评评理吧:第一,我根本就没有像您方才说的那样盗窃她的财物。是她自己把她的钱送给我的,所以钱就是我的了。噢,假定您现在把您这件最漂亮的燕尾服送给我(他说这话的时候瞧了一眼我唯一的那件相当蹩脚的燕尾服,那是一个叫做伊凡·斯科尔尼亚金的裁缝三年前做的),我向您道谢,把它穿上;过了一年,您突然跟我吵了架,于是要我把它还给您,可我已经把它穿破了。这可不体面,当初您为什么要送我呢?第二,虽说钱是我的,可我还是一定要还的,不过您也得想想:我从哪里能一下子弄到这么大一笔款子?主要的是我受不了那些田园牧歌和席勒气质,我已经对您说过了,——哦,这就是一切的根源。您简直没法相信,她是怎样在我面前装腔作势、大喊大

---

① 塔列兰(1754—1838),法国的一个没有原则、狡猾但有远见的政治家和外交家。

叫地说她送了钱给我(不过这钱已经是我的了)。我勃然大怒,但我突然对那局面作了非常正确的判断,因为我是从来不会掉以轻心的:我寻思,要是我把钱还给她,说不定反而会使她不幸。我这样做会使她完全由于我的缘故而尝不到遭受不幸的滋味,会使她一辈子也不能享受为此而诅咒我的乐趣。请您相信,我的朋友,从这种不幸当中甚至可以领略到一种崇高的快感,因为她觉得自己完全正确而且宽宏大量,她还拥有充分的权利把欺侮她的人称作流氓。当然,这种从怨恨中产生的快感在席勒式人物的身上是屡见不鲜的;——日后她说不定连饭都吃不上,但我相信她会幸福的。我不愿剥夺她这种幸福,所以也就不把钱还给她。这样一来也就完全证实了我的准则:人们的慷慨越是响亮动听、惹人注目,隐藏在其中的最丑恶的利己主义也就越多……难道您还不清楚这个?但是……您却想抓住我的把柄来挖苦我呢,哈哈哈!哦,您可承认您是想抓住我的把柄?……噢,塔列兰!"

"再见!"我站起来说道。

"等一会儿!最后还有两句话,"他叫道,他那讨厌的口气顿时又变得严肃起来,"请听完我最后的话:从我对您所说的一切当中,应该能够明白无误地看出(我想您自己也看出了这一点),我从来不愿为任何人而放弃我的利益。我爱金钱,我需要金钱。卡捷琳娜·费奥多罗夫娜有很多钱,她的父亲收了十年酒税。她有三百万卢布,这三百万对我很有用处。阿辽沙和卡佳是天造地设的一对:他俩都是愚蠢透顶的傻瓜,这正合孤意。所以我非常希望而且一定要设法让他们成亲,而且越快越好。两三个礼拜以后,伯爵夫人和卡佳要到乡下去。阿辽沙得陪她们去。请您先给娜塔莉娅·尼古拉夫娜打个招呼:别来那一套田园牧歌,别来那一套席勒气质,不要跟我作对。我是有仇必报、心狠手辣的;我要维护自己的利益。我不怕她:一切都无疑要按照我的心意去办,因此,我现在几乎就是为了她才提出这一警告。她要当心,别干蠢事,举止要放聪明点。不然的话她可得倒霉,倒大霉。我没有诉诸法律狠狠地收拾她,单凭这一点她就得感谢我。您知道,我的诗人,法律是保障家庭安宁的;法律是保证子从父命的,对于教唆子女拒不承担对其父母的神圣责任的那种人,法律是不予鼓励的。此外再请您考虑考虑,我结交了一些有权有势的人物,可她却没有……难道您不明白,我能够怎么样收拾她吗?……可我没有这么办,因为到现在为止她的言行举止还算通情达理。您尽可以放心:这半年来,他们的一举一动每时每刻都处于锐利的眼睛的监视之下,芝麻绿豆大的事情我都无不知晓。所以我泰然自若地等待阿辽沙自己把她抛弃,这种情况已经开始了;目前这对于他是一种绝妙的消遣。在他的心目中,我依然是一个慈父,我也需要他这么看我。哈哈哈!我想起了那天晚上我几乎是把她恭维了一番,说她不愿嫁给他,这是多么宽宏大量、大公无私;我倒真想知道她怎么个嫁法!至于我那天晚上去拜访她,只不过是因为结束他们的关系的时候已经到了。可是我想用自己的眼睛、用亲身的体验来证实这一切……好啦,您该满意了吧?说不定您还想知道:为什么我把您请到这儿来,为什么我要在您面前这样装腔作势,这样满不在乎地直言不讳,而这一切本来是根本用不着这种坦率就可以说清楚的,——是吗?"

"是的。"我竭力克制自己,贪婪地听着。我再也没有什么可回答的了。

"这只是因为,我的朋友,我发现您比咱们那两位小傻瓜明白事理一点,眼光也锐利一点。您可能早就知道我是个什么样的人,早就在对我进行猜测和推测,可是我不想让您费这一份心思,于是便决定明确地向您表明,您是在跟什么人打交道。直接取得的印象是最可贵的。请您理解我,mon ami。您知道您在跟谁打交道,您爱她,因此我现在希望您运用您的全部影响(您对她还是有影响的),使她避免碰到某些不愉快的事情。如若不然,难免会发生不愉快的事,我肯定地告诉您,肯定地告诉您,这可非同儿戏。末了,我向您直言不讳的第三个原因,这是……(不过您准是已经猜到了,我亲爱的)是啊,我的确想朝着整个这桩事情啐上几口唾沫,而且要当着您的面啐……"

"您达到了您的目的,"我说,我激动得有些发抖,"我同意,除了这种坦率之外,您再也找不到别的办法在我面前发泄您的怨恨、显示您对我和我们大家的蔑视了。您不但不在乎您的坦率会使您的名誉在我的心目中受到损害,您甚至在我面前已经丧失了羞耻之心……您真像那个披着斗篷的疯子。您根本不把我当作人来看待。"

"您猜得对,我的年轻朋友,"他站起来说道,"您全都猜到了:您不愧是文学家。我希望咱们能友好地分手。咱们是不是干了这一杯来交个朋友?"

"您喝醉了,仅仅由于这个原因,我才不给您应有的回答……"

"又是省略加强修辞法,——您没有说出您本来要对我说的那些话,哈哈哈!您不愿让我替您付账吗?"

"别费心了,我自己会付。"

"好吧,别多心。咱们不同路吧。"

"咱们要分道扬镳了。"

"再见,我的诗人。希望您已经了解我了……"

他走了,步子有点不稳,也没有回头看我。仆人把他扶上了马车。我也走了。已是深夜两点多钟。下着雨,夜色漆黑……

第 四 部

第四部

第 一 章

　　我的满腔憎恨这里就不去描述了。尽管这一切都是可以料到的,但我依然感到震惊;他仿佛丑态毕露地出现在我的面前,完全出乎我的意料。不过我记得,我的感觉是模糊不清的:我好像被什么东西压倒了、碰伤了,沉重的苦闷越来越甚地压在我的心头;我为娜塔莎担心。我预感到她往后将遭到许多苦难,我在迷惘中不知道该怎样避免这些苦难,怎样在整个事情的最后结局到来之前,使这最后的时刻不至于令人过于难堪。这个结局的到来是毫无疑问的。它已临近了,因此对于它将如何到来似乎就不能不作一番猜测!

　　我没有注意我是怎样回到家中的,虽说我一路上都淋着雨。已是凌晨三时。我刚刚敲了一下我那套住宅的门,便听见了呻吟声,门也急忙开开了,仿佛涅莉根本没有睡觉,而是一直在门口守候我。点着一支蜡烛。我瞧了一眼涅莉的脸,吓了一跳:她的脸完全变了;两眼像患了热病似的火红,而且有点羞怯地看着我,仿佛认不出我来了。她的体温很高。

　　"涅莉,你怎么啦,你病啦?"我向她俯下身去,一只手搂着她,问道。

　　她哆哆嗦嗦地依偎着我,仿佛害怕什么,接着便迅速地、不连贯地说起什么来了,仿佛她就等我回来以便尽快把这件事告诉我。然而她的话是颠三倒四的、莫名其妙的,我什么也没有听懂,她是在说胡话。

我急忙让她上床。但她又向我扑来、紧紧地依偎着我,仿佛十分害怕,仿佛恳求我保护她防御什么人似的。当她在床上躺下以后,她还一直抓住我一只手,而且抓得很紧,怕我又会走掉。我大为震惊,神经深受刺激,我看着她,不禁哭了起来。我自己也病了。她看到我哭,便全神贯注地久久凝视着我,仿佛想了解和明白什么事情似的。她显然为此费了很大的力气。末了,她的脸上浮现出一种若有所思的神情;每当她的癫痫症剧烈发作之后,在一段时间之内她往往丧失了思考能力,话也说不清楚。现在的情况也是如此:她费了很大的劲想对我说点什么,但她猜到了我没有听懂,便伸出一只小手来擦我的眼泪,接着搂住我的脖子往下按,吻了我一下。

很清楚:当我不在家的时候她的病发作了,而且就是在她站在门旁的那一刹那发作的。清醒过来以后,她可能长久不能镇静下来。这时,现实同谵妄混在一起,她准是想起了什么可怕的事情,想起了梦魇般的东西。与此同时,她模模糊糊地意识到我一定会回来敲门,于是便躺在紧靠门口的地板上,机警地等候我归来,我刚敲了一下门她便爬了起来。

"可是她为什么偏偏要待在门口呢?"我寻思道,突然我惊奇地发现,她穿着短皮袄(这件短皮袄是我刚刚从我熟识的一位做买卖的老太太那儿给她买来的,这位老太太常到我的住处来,有时还让我赊购她的货物);这么说来她是打算外出,说不定已经把门打开了,不料突然旧病复发。她想上哪儿去呢?她是否当时也处于谵妄状态中呢?

这时她的体温并未下降,她很快又陷入谵妄状态,神志不清了。她在我的住处已经发作了两次,但结果都平安无事,而现在她像是在发高烧。我在她身边坐了半个钟头,然后把几张椅子搬到沙发跟前,挨着她和衣而睡,倘若她叫我,我可以尽快醒来。

我没有把蜡烛灭掉。我临睡前又看了她许多次。她面色苍白；嘴唇因发烧而干裂了，上面还有血迹，大概是摔跤碰伤的；她脸上依然有害怕的表情，还有一种强烈的痛苦，她在梦中似乎也没有摆脱这种痛苦。倘若她的病情恶化，我决定第二天尽早去请大夫。我担心她真的会患热病。

"是公爵把她吓坏了！"我不寒而栗地想道，还记起了他所说的那个把钱摔到他脸上的女人的故事。

第 二 章

……过了两周,涅莉渐渐康复了。她没有得热病,但她病势沉重。直到四月末的一个风和日丽的日子,她才离开病榻。那是复活节前的一个礼拜。

可怜的人儿!我现在不能像先前那样按照顺序往下叙述了。我现在记述的所有这些往事,都发生在很久以前,然而时至今日,我依然怀着如此沉重而揪心的苦恼回忆着这个苍白憔悴的小脸蛋,回忆着她那双黑眼睛锐利而专注的目光,当时我们两个往往单独待在家里,她躺在床上看着我,久久地看着我,仿佛要我猜一猜她在想些什么;但她看到我猜不出来,看到我还是那种莫名其妙的样子,便悄悄地、像暗笑似的微微一笑,突然温情脉脉地把一只长着枯槁的手指的滚烫的小手伸给我。如今一切都已过去,一切都已水落石出,但我至今也不知道这颗病态的、受尽折磨和屈辱的小小心灵的全部秘密。

我觉得我不应该再谈下去了,但是此时此刻我只愿意去想涅莉。奇怪的是,如今我独自躺在病床上,被一切曾为我那么热情而强烈地喜爱过的人们所抛弃,但有时却会有一桩在当时往往未被我注意并很快就被我忘却的小事,蓦地在记忆中出现,而且出乎意料地在我心目中产生了完全不同的意义,这种意义是完整无缺的,它现在能向我说明我至今也没能明白的事情。

在最初的四天里,我和大夫为她的病焦虑异常,然而到了第五天,大夫把我叫到一边告诉我,说是不必担心了,她一定会痊愈的。这位大夫就是我早就认识的那个老单身汉,一个好心肠的怪人,涅莉初次犯病的时候我就请他来看过,挂在他颈子上的那枚大得出奇的斯坦尼斯拉夫勋章曾使她感到那么惊讶。

"那么根本不必担心了!"我高兴地说。

"是的,她现在开始复原了,但以后她很快就会死的。"

"她会死!这是怎么回事!"我叫了起来,被他这种说法吓呆了。

"是的,她肯定很快就会死的。病人的心脏有先天性毛病,哪怕是碰到最微小的不利情况她也会重新病倒。她也许会再次康复,但往后又会再次病倒,末了就会死去。"

"难道找不到任何办法挽救她了?不,这不可能!"

"可是这是肯定的。不过,若能避免种种不利情况,过平静而安宁的生活,心情比较愉快,病人也许会死得晚一些,甚至会有这样的情况……没有意料到的……特殊的和不同寻常的……总之,在许多有利条件都凑在一起的情况下,病人甚至可能得救,但是要彻底治好——永远也不可能。"

"但是,我的天哪,现在可怎么办呢?"

"听从我的嘱咐,过平静的生活,认真服药。我发现这个少女很任性,反复无常,甚至有点嘲弄人;她很不愿意认真服药,刚才她就坚决拒绝服药。"

"是的,大夫。她的确古怪,可是我把这一切都归之于病态的愤激。昨天她很听话;可是今天,当我让她服药的时候,她像是出于无心似的把匙子猛地一撞,药全都洒了。当我想给她调拌新药的时候,她把整个小盒子都从我手里夺走并摔在地板上,然后哭了起来……不过这好像并不是由于我逼她服药……"我想了想,补充了一句。

"嘿!愤激。过去那些深重的不幸(我已把涅莉所经历的许多事都详尽而坦率地告诉了大夫,我的叙述使他大吃一惊),这一切都郁积在一起,病就由此而来。眼下唯一的办法就是服药,她一定得服药。我要再一次竭力开导她,让她知道她有责任听从医嘱,还有……通常的说法……就是服药。"

我们俩从厨房(我们的谈话是在那里进行的)里出来,大夫又走到病人的床前。但是涅莉似乎听见了我们的谈话;起码她把头从枕头上抬了起来,侧耳朝着我们的方向,一直在竭力倾听。我从半掩的门的门缝里注意到了这一点;我们走到她跟前的当儿,这个小滑头一下子又钻进了被窝,带着嘲笑的神气看看我们。可怜的孩子病了这四天显得消瘦了许多:眼窝陷了下去,热度也一直未退。她那副淘气的模样和愤激的、闪闪发光的眼神,使她的脸显得更加奇特,使得大夫——彼得堡所有的德国人中最好的一个——十分惊异。

他神态严肃,但又竭力使自己的声音变得柔和一些,用非常温柔亲切的口气向她说明服药的必要和药粉的灵验,说明每一个病人都有责任服药。涅莉本想抬起头来,不料她的一只手突然做了一个看来完全是出于无心的动作,把匙子碰了一下,于是匙里的药又全都洒到地板上了。我确信她是存心这么做的。

"这是很不好的粗心大意,"老头儿平静地说,"我怀疑您这是故意的,这可太不对了。但是……一切都可以补救,可以再调一匙药粉。"

涅莉直视着他的眼睛,笑了起来。

大夫老练地摇摇头。

"这很不好,"他一边调着一匙新的药粉,一边说道,"这非常、非常不对。"

"您别生我的气,"涅莉答道,憋不住又笑起来了,"我一定服……可是您爱我吗?"

"要是您能听话,我就非常爱您。"

"非常?"

"非常。"

"现在您不爱我吗?"

"现在也爱。"

"要是我想吻您,您会吻我吗?"

"是的,只要您应该得到吻的话。"

这当儿涅莉又憋不住了,她又笑了起来。

"这病人性格倒挺愉快,可是现在——这是神经质和怪僻。"大夫一本正经地悄悄对我说。

"噢,好吧,我要喝药,"涅莉蓦地用她那衰弱无力的声音叫道,"可是我长大以后,成了大人以后,您会让我嫁给您吗?"

想出这个新的淘气念头,大概使她十分高兴;她等候那个有点吃惊的大夫回答,两眼闪闪发光,嘴唇都笑歪了。

"哦,是的,"他答道,不禁为这新的古怪念头微笑起来,"哦,是的,要是您将来成为一个善良的、很有教养的姑娘,要是您将来又听话又……"

"服药?"涅莉应声问道。

"啊哟!对呀,是服药啊。好姑娘,"他又悄悄地对我说,"她有许多,许多……善良的和聪明的地方,不过……出嫁嘛……多古怪的念头……"

他又把药递给了她。但她这一次连滑头也不耍了,干脆用手从下往上把匙子一掀,药全都直接溅到可怜的老头子的胸衣和脸上了。涅莉纵声大笑起来,但这不是先前那种天真无邪的愉快的笑。她的脸上掠过一种残忍、恶毒的神色。在这期间,她仿佛一直在回避我的目光,只是带着嘲笑神情看着大夫一个人,然而从这种嘲笑神情中可以看出一种不安,她等着看这个"可笑的"老头子下一步会怎么办。

"噢！您又……真倒霉！但是……可以再调一匙。"老人一面说,一面用手绢擦他的脸和胸衣。

这使涅莉大吃一惊。她预料我们会发脾气,以为我们会咒骂她、责备她,说不定这当儿她下意识地就盼望着受到咒骂和责备,以便找到一个借口可以立刻哭起来,可以歇斯底里地号啕痛哭,可以像先前那样再把药粉扔掉,甚至可以由于烦恼而砸碎什么东西,用这一切使自己任性的、痛苦的小小心灵感到轻松一些。这种怪癖不只病人才有,也不只涅莉一个人才有。我常常在室内踱来踱去,下意识地希望尽快有什么人来侮辱我一番,或者说一句可以被看作是侮辱我的话,这样我就可以尽快向他发泄一通。至于女人,当她们用这种方式"发泄"的时候,会流下最真诚的眼泪,她们当中最多情善感的人甚至会达到歇斯底里的程度。这是一件十分简单也最为平常的事,每逢有人在心里产生了另一种往往是谁也不知道的烦恼并想找人倾诉,但却找不到人倾诉的当儿,最容易出现这种情况。

但是涅莉突然不做声了,因为被她侮辱了的那个老头儿天使般的善良,以及他没说一句责备她的话就再次给她调和第三匙药粉的那份耐心,使她猛然一惊。嘲笑的神情从她的唇边消失了,她满面通红,两眼潮润了;她偷偷地瞧了我一眼,又立刻掉转脸去。大夫把药递给了她。她温顺而胆怯地把药喝了,抓住老人的一只红润的手,慢慢地抬起头来看着他的眼睛。

"您……生气了……因为我这么坏。"她还想往下说,但没有说完便一下子钻进被窝,把头蒙上,大声地、歇斯底里地号啕痛哭起来。

"哦,我的孩子,您别哭啦……这没有什么……这是神经质;喝点水吧。"

但涅莉不听。

"您平静一下……别伤心啦,"他接着说,自己也几乎哭了起来,因为他是个十分多情善感的人,"我原谅您,我也会娶您的,只要您能像一个品行端正的好姑娘那样……"

"服药!"从被子底下传出银铃般清脆的神经质的笑声,笑声旋即又淹没在嚎哭声中,——这笑声我十分熟悉。

"好心的、可爱的孩子,"大夫几乎是噙着热泪神色庄重地说,"可怜的姑娘!"

从这时候起,他同涅莉之间开始产生一种奇特而美好的感情。涅莉对待我的态度则与此相反,她变得越来越忧郁,越来越神经质,越来越容易动怒了。我不知道该把这一点归罪于什么,只是对她感到奇怪,尤其是因为这种变化在她身上来得有点突然。她在发病的最初几天对我非常温柔亲切;她似乎不论看我多久也看不够,老不让我离开她,经常用一只滚烫的小手抓住我的手,要我坐在她身边,只要她注意到我闷闷不乐和焦躁不安,就竭力逗我开心,一会儿说笑话,一会儿同我打闹,并且对我微笑,她显然压抑着她自己的痛苦。她不让我在夜间工作,也不让我坐在她身边守护她,看到我不听她的话就不高兴。有时我发现她忧心忡忡;她开始盘问我,想刺探我发愁的原因和我的心事;然而奇怪的是,一谈到娜塔莎,她马上就不做声了,再不就是扯到别的事情上去。她似乎回避谈论娜塔莎,这使我感到惊讶。我每次回来,她都很高兴。可是每当我拿起帽子,她就懊丧地、有点古怪地看着我,似乎还带着责备的意思,目送我出门。

在她发病的第四天,我整个晚上都待在娜塔莎那里,甚至一直待到午夜之后很久。我们有许多事要谈。我离开家的时候对我的病人说,我很快就会回来,我自己也希望能够这样,我几乎是不知不觉地在娜塔莎那里待了那么久,我对涅莉是放心的:她不是独自一人留在家里。阿列克桑德拉·谢苗诺夫娜在陪着她。阿列克桑德拉·谢苗诺夫娜从曾经到我这儿来坐了片刻的马斯洛鲍耶夫那儿听说涅莉病了,听说我有许多麻烦的事要办,又是孑然一身。我的天哪,好心的阿列克桑德拉·谢苗诺夫娜可真会张罗啊!

"这么说来,他现在准不会上咱们这儿吃午饭了!……啊,我的天!他还是个光棍,可怜的人,是个光棍。好吧,现在就让他瞧瞧咱们对他的一番盛情吧。机不可失啊。"

她坐上马车,一转眼就来到了我们这儿,随身带来一大包东西。她一开口就说,如今她要待在我这儿了,她上这儿来为的是帮助我料理那些麻烦事儿。她把包袱解开了,里面装着病人吃的果汁糖浆、蜜饯,供病人在开始复原时吃的几只小鸡和一只母鸡,烘着吃的苹果、橙子,基辅的干果(大夫允许才能吃),此外还有内衣、床单、餐巾、女用衬衫、绷带、敷布,——几乎把整整一座医院的用具都搬来了。

"我们什么都有,"她对我说,说得又快又匆忙,像是急于到什么地方去似的,"哦,您过的是单身汉的生活。您什么东西都缺。那么就请允许我……菲利普·菲利佩奇也是这么吩咐的。哦,现在怎么办呢……快,快!现在该做什么呢?她怎么样?清醒吗?噢,她躺得多么不舒服,得把枕头调整一下,让她的头枕得低些,您可知道……换个皮枕头是不是好些呢?皮枕头凉快些。咳,瞧我有多蠢!我都没有想到带一个来。我就去拿……是不是该生一个火?我要打发那个老太婆上您这儿来。我认识一个老太婆。您一个女仆都没有……哦,现在该做什么呢?这是什么?草药……是大夫开的吧?大概是拿来泡茶喝的吧?我现在就去生火。"

但是我让她安静下来了,她觉得很奇怪,甚至有点伤心,因为根本没有多少事情可做。不过这一点也没有使她泄气。她立刻跟涅莉做了朋友,在涅莉整个生病期间,她帮了我很多忙;她几乎天天上我们这儿来,来的时候总是摆出这么一副神气:就像有什么东西遗失了,或者有什么东西跑掉了,应当尽快把它找回来。她总是要补充一句,说菲利普·菲利佩奇也是这么盼咐的。她很喜欢涅莉。她俩亲如姊妹,我觉得,阿列克桑德拉·谢苗诺夫娜在许多方面都同涅莉一样像个孩子。她给涅莉讲各种故事,逗她开心,等到阿列克桑德拉·谢苗诺夫娜回家以后,涅莉常常感到寂寞。阿列克桑德拉·谢苗诺夫娜第一次在我们家中出现的时候,我的病人曾感到惊讶,但她立刻猜到了这位不速之客为何而来,便像她通常那样皱起眉头,变得沉默寡言和不讲客气了。

"她为什么要上我们这儿来?"阿列克桑德拉·谢苗诺夫娜走后,涅莉像是不满似的问道。

"来帮助你,涅莉,来照料你。"

"这是做什么呢?……为了什么呢?我可没有为她做过任何这样的事。"

"好人都不计较先前是不是领过别人的情,涅莉。他们喜欢帮助那些需要帮助的人,哪怕那些人并没有给过他们什么好处。这就够了,涅莉;世界上有许多好人。你没有碰到过好人,当你需要他们的时候你却没有碰到过他们,这不过是你的不幸罢了。"

涅莉沉默不语了,我从她身边走开了。但是一刻钟以后,她用微弱的声音把我叫到她跟前,要了一点水喝,突然紧紧地拥抱着我,偎在我的胸前,很久都不松开她的两臂。第二天,当阿列克桑德拉·谢苗诺夫娜来到的时候,涅莉带着愉快的笑容迎接她;但不知何故在她面前依然有些害羞。

第 三 章

就是这一天我在娜塔莎那儿待了整整一个晚上。我回家时已经很晚。涅莉睡了。阿列克桑德拉·谢苗诺夫娜也很困,但她一直坐在病人身边等候我。她见到我就立刻匆匆忙忙地低声告诉我,说涅莉起初很高兴,甚至常常发笑,可是后来却觉得烦闷,看到我没有回来,便默默不语地沉思起来。"后来她开始抱怨头疼,而且哭起来了,她哭得那么凶,我都不知道怎么办是好了,"阿列克桑德拉·谢苗诺夫娜补充道,"她同我谈起娜塔莉娅·尼古拉夫娜,可是我对她说不出什么;她就不再打听了,后来她又接着哭,一直哭到睡着了。哦,再见吧,伊凡·彼特罗维奇;据我看来,她总算好一些了,我也该回家了,菲莉普·菲利佩奇也是这么吩咐的。我得向您承认,这一次他只放我出来两个钟头,是我自己要留下来的。不过这没有什么,您别为我担心;他不会生气的……只是说不定……啊呀,我的天,亲爱的伊凡·彼特罗维奇,我该怎么办呢:他现在回家的时候老是醉醺醺的!他为了什么事情正忙得很呢,可又不告诉我,自个儿发愁,脑子里琢磨着什么重要的事;我看得出来;晚上他老是喝醉……我只惦着一件事:要是他现在回到家里,谁侍候他上床呢?哦!我要走了,要走了,再见。再见,伊凡·彼特罗维奇。我在这儿看过您的书:您的书可真多,这些书一定都很有道理;可我却是个傻瓜,我从来也不读书……好啦,明儿见……"

但是第二天早晨,涅莉醒来时却愁眉苦脸、闷闷不乐,不愿意回答我的话。她什么话也不跟我说,像是生我的气。我只注意到她像是偷偷地瞟了我几眼;她的眼神里蕴藏着许多心灵上的隐痛,但从中依然可以察觉到在她直视着我的当儿所看不到的一种柔情。就在这一天,她同大夫为服药的事发生了一场纠葛,我不知道该如何看待这件事。

但是涅莉对我的态度却完全变了。她一直那么古怪,那么任性,有时几乎是恨我,这一切一直持续到她不再跟我住在一起的那一天,一直持续到在我们这部小说结束时发生的那场灾难。但这以后再说。

不过有时她会突然在一两个钟头里照旧对我十分亲热。在这种时候,她仿佛加倍地亲热;但她也经常在这种时候哀哀啼哭。但这一两个钟头很快过去,她又陷入了先前的苦闷中,又是怀着敌意看我,再不就是像在大夫面前那样任性,或者当她发现我对她新发明的什么淘气行为觉得不高兴的时候,她就突然哈哈大笑起来,但几乎总是以眼泪收场。

有一次她甚至同阿列克桑德拉·谢苗诺夫娜也吵了起来。涅莉对她说,她不要她的任何东西。当我开始在阿列克桑德拉·谢苗诺夫娜面前责备她的时候,她勃然大怒,仿佛满腔的怨恨突然爆发出来似的回敬我,但顿时又沉默了,整整两天不跟我说一句话,也不愿服任何药品,甚至不想吃也不想喝,只有老大夫能说服她并使她感到惭愧。

我已说过,从服药的那天开始,大夫和她之间便建立了一种奇特的感情。涅莉深深地爱上了他,她总是满面春风地迎接他,不论在他来到之前她是多么忧郁。至于那位老人,他开始每天上我们这儿来,有时一天来两次,甚至在涅莉可以下床行走并完全复原以后他也是如此,她好像把他迷住了,只要一天听不到她的笑声,只要一天听不到她对他开的那些往往十分有趣的玩笑,他就活不下去。他给她带来有插图的小书,这些书全都是有教训意义的。有一本他是特意为她买的。后来又给她带来甜食、装在漂亮的小盒里的糖果。在这种情况下,他往往像寿星老那样一本正经地进来,涅莉立刻猜到他带来了礼物。但他并不把礼物拿出来,只是狡黠地笑着,在涅莉身边坐下,暗示地说,如果有一个年轻姑娘举止得体,当他不在的时候也值得人们称赞,那么这个年轻姑娘就应该得到很好的奖赏。这当儿他老是那么忠厚而温和地看着她,因此涅莉尽管非常坦率地在嘲笑她,但她那双明亮的眼睛此时却流露出真诚而亲热的依恋之情。末了,老人庄重地从椅子上站起来,取出一盒糖果,在交给涅莉的时候他一定要补充一句:"送给我未来的亲爱的夫人。"这当儿他大概比涅莉还幸福。

接着他们便开始谈话,他每一次都严肃而有说服力地劝她保重身体,并嘱咐她一定要按时服药。

"最要紧的就是保重身体,"他以说教的口气说道,"首要的事情就是要活着,其次要永远保持健康,这样就能获得人生的幸福。我可爱的孩子,要是您有什么伤心的事,那么就忘掉它,最好是竭力不去想它。要是您没有什么伤心的事,那么……也别去想它,而是要竭力去想开心的事……想那轻松愉快的事……"

"想什么样轻松愉快的事呢?"涅莉问。

大夫顿时窘住了。

"哦,譬如说……想想什么适合您年龄的无害的游戏,再不就是……这一类的事情……"

"我不想做游戏;我不喜欢游戏,"涅莉说,"我最喜欢新衣服。"

"新衣服!嘿。哦,这可不怎么好,在一切方面都应该满足于过俭朴的生活。不过……也许……喜欢新衣服也未尝不可。"

"我嫁给您以后,您会给我做很多新衣服吗?"

"想到哪儿去啦!"大夫说,不禁皱起了眉头。涅莉滑头地笑笑,甚至忘乎所以地笑着看了我一眼。"不过……要是您的行为配得上穿新衣服的话,我会给您做一件的。"大夫接着说。

"我嫁给您以后,是不是每天都得服药?"

"哦,那时候就用不着老是服药了。"大夫也笑了。

涅莉的笑声使谈话中断了。老头儿也跟着她笑,一往情深地注视着她的喜悦。

"顽皮孩子!"他转身对我说,"但是还可以看出任性和一种刁钻古怪、心烦气躁的情绪。"

他说得对。我一点也弄不清楚她是怎么一回事。她好像根本不愿意跟我说话,好像我有什么事情对不起她。这使我很伤心。我甚至愁眉苦脸了,有一次一整天也没有跟她说话,但第二天我却感到羞愧。她常常哭,我一点也不知道该怎么安慰她。不过有一次她对我打破了她的沉默。

一天傍晚,我回到家里,看见涅莉迅速地把一本书藏在枕下。这是我写的一部长篇小说,我不在家的时候她从桌上取来阅读。为什么要把它藏起来不让我知道呢? 她像是害臊,——我这样想,但我却装出一副并未察觉的样子。过了一刻钟,我到厨房去待了一会儿,她迅速地从床上跳了起来,把小说送回原处;我回来时看到它已在桌上了。过了一会儿,她叫我到她跟前去。她的声音有些激动。她几乎有四天没有同我讲话了。

"您……今天……去看娜塔莎吗?"她用断断续续的声音问我。

"是的,涅莉;我今天很需要去看她。"

355

涅莉沉默了一会儿。

"您……很……爱她？"她用微弱的声音再次问道。

"是的,涅莉,我很爱她。"

"我也爱她。"她轻声补充了一句。接着又不做声了。

"我想去找她,跟她住在一起。"涅莉又开始说道,畏怯地看了我一眼。

"这是办不到的,涅莉,"我回答,觉得有点奇怪,"难道你在我这儿过得不快活？"

"为什么办不到？"她的脸红了,"您不是老劝我去跟她爸爸住在一起吗,可我不愿意去。她有女仆吗？"

"有。"

"那好吧,就让她把自己的女仆打发走,我去侍候她。我什么事都会替她做,不要她一个钱;我会喜欢她的,我会给她做饭。您今天就这么告诉她。"

"可这是为什么呢？你怎么会有这种想法,涅莉？你对她是怎么看的呢：难道你以为她会同意让你去当厨子？就算她会收留你,她也要对你平等相待,把你当做她的小妹妹。"

"不,我不愿意跟她平等。我不愿意这样……"

"那是为什么？"

涅莉沉默了。她的嘴唇抽搐起来：她想哭。

"她现在爱的那个男人会离开她,把她一个人留在那里吗？"末了她问道。

我觉得奇怪。

"你怎么会知道这个,涅莉？"

"都是您自己告诉我的,前天早晨,阿列克桑德拉·谢苗诺夫娜的丈夫上这儿来,我问过他,他全告诉我了。"

"马斯洛鲍耶夫早上到这儿来过？"

"来过。"她低下眼睛答道。

"你为什么不告诉我,说他来过?"

"这……"

我想了一会儿。天知道这个马斯洛鲍耶夫为什么要这样神秘莫测地逛来逛去。他跟她打的是什么交道?应该去看看他。

"哦,要是他抛弃了她,这跟你有什么关系呢,涅莉?"

"您不是很爱她吗?"涅莉没有抬头看我,回答道,"既然您爱她,那么当那个人走了以后,您就让她嫁给您好啦。"

"不,涅莉,她不像我爱她那样爱我,而且我……不行,这办不到,涅莉。"

"我可以侍候你们两个,就跟你们的女仆一样,你们会过得很快乐。"她几乎是耳语般地说道,也不看我。

"她是怎么啦,怎么啦!"我想,感到心如刀绞。涅莉不做声了。整个晚上她再没有说一句话。阿列克桑德拉·谢苗诺夫娜事后告诉我,我走后,她哭了,哭了一个晚上,一直哭到睡着了。夜里她也在睡梦中啼哭,还说了一些梦话。

但是从这一天起,她变得更加忧郁和沉默,而且完全不跟我说话了。诚然,我注意到她曾偷偷地瞟了我两三次,她的目光是那么温柔!然而这种情况同激发这突如其来的柔情的那个瞬间一起消逝了,而且仿佛是要回击这种冲动,涅莉的忧郁几乎是与时俱增,甚至在大夫来到的时候也不例外,大夫对她性格的这种变化感到惊讶。同时她几乎已完全复原,末了,大夫便允许她出去散散步,呼吸点新鲜空气,但时间一定得很短。天气晴朗而又温暖。那是复活节前的一个礼拜,这一年它来得很迟;我一早就出去了;我一定得去看看娜塔莎,但我想早点回家,以便带涅莉出去走走;我暂时把她独自留在家中。

但是我不能描述在家里等待着我的是什么样的打击。我匆匆回到家中。我走到门前一看,钥匙插在门外的锁眼里。我走进室内:一个人也不见。我惊呆了。我看到桌上有一张纸,纸上用铅笔写着粗大的、不匀称的字迹:

"我离开您了,而且永远不再到您这儿来了,但是我很爱您。

您的忠实的涅莉。"

我惊呼了一声,立即从寓所里跑了出去。

第 四 章

我还没有跑到街上,还没有来得及考虑现在该怎么办,突然看见一辆轻便马车在大门口停下,从车上走下来阿列克桑德拉·谢苗诺夫娜,她牵着涅莉的一只手。她紧紧地攥着这只手,像是唯恐涅莉再次逃跑。我急忙奔向前去。

"涅莉,你这是怎么啦!"我叫了起来,"你上哪儿去啦,为什么?"

"您等一等,别着急呀,咱们还是赶快进您屋里,到了那儿您全都会知道的,"阿列克桑德拉·谢苗诺夫娜叽叽喳喳地说起来了,"我得把这事告诉您,伊凡·彼特罗维奇,"她一路走一路急急忙忙地低声说,"可真怪……咱们走吧,您马上就会知道的。"

她脸上的神气告诉我,她有非常重要的消息。

"去吧,涅莉,去吧,去躺一会儿,"我们走进室内以后,她这样说,"你累啦,跑了这么远的路可不是闹着玩的,病刚好就这么跑可是太吃力了,躺下吧,亲爱的,躺下吧。咱们俩眼下得离开这个房间,别去打搅她,让她睡一觉。"她给我递了个眼色,让我跟她上厨房去。

但是涅莉没有躺下,她坐在沙发上,双手捂着脸。

我们出去了,阿列克桑德拉·谢苗诺夫娜急忙告诉我是怎么一回事。后来我又知道了更多的细节。事情是这样的:

涅莉在我回家前两三个小时,给我留了一个条子便走了,她起初跑到老大夫那儿。她事先就打听好了他的住址。大夫告诉我,当他看到涅莉跑到他那儿的时候,他简直惊呆了,她待在那儿的时候他一直"不相信自己的眼睛"。"我现在也不相信,"他说完以后补充了一句,"我永远也不会相信。"但是涅莉的确上他那儿去过。他正穿着睡衣安安稳稳地坐在书斋内的一张圈椅上,喝着咖啡,她突然跑了进来,他还没有搞清楚是怎么一回事,她就扑上去搂着他的脖子。她哭着拥抱他,吻他,她吻他的双手,坚决地、然而语气又是不连贯地请求他允许她住在他家里;她说,她不愿也不能再跟我住在一起了,所以她就跑了出来;她很难过;她再不嘲笑他了,也再不提新衣服的事了,她会规规矩矩的,她要学习,她要学会"替他洗胸衣、熨胸衣"(她大概是在路上把她要说的话全都想好了,但也可能在这之前就想好了),此外,她要听他的话,不论什么药她都愿服,哪怕每天都服也成。至于她曾说过想嫁给他,那她是开玩笑,她并没有这种想法。那德国老头惊讶得一直张着大嘴坐在那儿,举着一只手,手里拿着一支雪茄烟,但他把它给忘了,雪茄便熄灭了。

"小姐,"末了,他好歹恢复了一点说话的能力,便说道,"小姐,根据我的理解,您是请求我让您在我家里做点事情。但是这办不到!您瞧,我日子过得很紧,收入也不多……此外,没有考虑考虑就这么仓促地……这太可怕了!此外,据我看来,您是从家里跑出来的。这是很不应该的,也是不可能的……此外,我只允许您天气晴朗的时候在您恩人的监护下出来稍稍走走,可您却抛开您的恩人跑到我这儿来,这时候您本来应该保重自己,而且……而且……服药。此外……此外,我一点儿也不明白……"

涅莉没让他讲完。她又哭了起来,又苦苦地哀求他,可是毫无用处。老头儿越来越觉得惊讶,越来越莫名其妙了。最后,涅莉离开了他,叫了一声:"啊,我的天哪!"便跑到室外去了。"那天我病了一整天,"大夫说完以后补充了一句,"睡觉以前还服了一剂汤药……"

涅莉跑到马斯洛鲍耶夫家中。她也保留了他们的地址,虽说费了一番周折,但终于找到了他们。马斯洛鲍耶夫在家。阿列克桑德拉·谢苗诺夫娜一听到涅莉请求他们收容她,惊讶得举起双手拍了一下。她盘问涅莉:为什么要这样?是不是在我那儿觉得不高兴?但是涅莉一句话也不回答,扑到椅子上便号啕痛哭起来。"她哭得那么凶,哭得那么厉害,"阿列克桑德拉·谢苗诺夫娜对我说,"我觉得她会哭死的。"涅莉恳求他们,说她可以当侍女,也可以当厨子,她说她会扫地,还会学会洗衣服。(她对洗衣服这件事寄予特别大的希望,她不知为什么认为这是说服别人收留她的一个最有力的理由。)阿列克桑德拉·谢苗诺夫娜的意见,是在还没有把事情搞清楚之前暂时把她留下,同时让我知道这件事。但菲利普·菲利佩奇坚决反对这么办,并吩咐她立刻把逃跑者送到我这儿来。阿列克桑德拉·谢苗诺夫娜一路上搂着她、吻她,这却使得涅莉哭得更凶了。阿列克桑德拉·谢苗诺夫娜看着她,不禁也哭起来了。她俩就这样哭了一路。

"你为什么,涅莉,为什么你不愿住在他那儿;他欺负你吗?"阿列克桑德拉·谢苗诺夫娜流着眼泪问道。

"不,不欺负……"

"那又是为什么呢?"

"我不想住在他那儿……我不能……我老是对他那么凶……可他却那么好……但是我对您不会这么凶的,我要干活。"她一面说,一面歇斯底里地号啕大哭。

"那你为什么对他这么凶呢,涅莉?……"

"就这样。"

"我从她口中就掏出这么一个'就这样',"阿列克桑德拉·谢苗诺夫娜擦着眼泪结束道,"她怎么这样不幸?是不是得了急惊风?您是怎么看的,伊凡·彼特罗维奇?"

我们回到涅莉身边。她躺着,把脸藏在枕头里啼哭。我跪在她面前,拿起她的两手吻着。她挣脱了双手,哭得更厉害了。我不知说什么是好。这时伊赫缅涅夫老人走了进来。

"我有事前来找你,伊凡,你好!"他环视着我们大家,说道,看到我跪在那里,觉得很诧异。老人近来一直生病,他的脸苍白而消瘦,但是仿佛要在什么人面前显示自己的勇敢,他不顾自己的病,不听安娜·安德烈夫娜的规劝,不肯卧床静养,而是继续为自己的案子奔走。

"回头见,"阿列克桑德拉·谢苗诺夫娜仔细瞧了瞧那位老人,说道,"菲利普·菲利佩奇吩咐我尽快回去。我们有事。晚上,天黑的时候,我再上你们这儿来坐一两个钟头。"

"她是什么人?"老人低声问我,他显然在想别的事情。我作了解释。

"嗯。我是有事前来,伊凡……"

我知道他有什么事,我一直在等他来访。他此来是要同我和涅莉商量,请求我让她搬到他那儿去。安娜·安德烈夫娜终于同意了收留这个孤女。这是我和她进行了几次秘密谈话的结果:我说服了安娜·安德烈夫娜,并对她说,这个孤女的妈妈也遭到自己父亲的咒骂,咱们这位老人看到这个孤女说不定会回心转意的。我把自己的计划向她解释得那么明白,如今是她主动去催自己的丈夫收养孤女了。老人愿意办这件事是因为:第一,他要让自己的安娜·安德烈夫娜满意;第二,他有他自己的特殊考虑……不过这一切待我以后再作比较详细的说明……

我已经说过,涅莉在老人第一次来访的时候就不喜欢他。后来我注意到,每当有人在她面前提起伊赫缅涅夫的名字,她的脸上甚至流露出一种憎恨的表情。老人立即直截了当地办起他的事来了。他径直走到一直躺在床上、用枕头捂住自己脸的涅莉身边,抓住她一只手,问道:她是不是愿意搬到他那里去代替他的女儿?

"我有过一个女儿,我爱她超过爱我自己,"老人末了说道,"可现在她不跟我在一起了。她死啦。你可愿意接替她在我家里,以及……在我心里占据的那个位置?"

他那双憔悴的、因患热病而变得通红的眼睛噙满了泪水。

"不,我不愿意。"涅莉头也不抬地答道。

"为什么呢,我的孩子?你一个亲人也没有。伊凡不能永远把你带在身边,你到了我那里会像回到自己家里一样。"

"我不愿意,因为您坏。是的,您坏,您坏!"她又补充道,一面抬起头来,面对着老人坐在床上,"我自己也很坏,比谁都坏,但是您比我还坏!……"涅莉说这话的时候脸色变得苍白,两眼闪闪发光,就连她那颤抖着的双唇也由于一种强烈感情的迸发而变得苍白并歪到一边去了。老人莫名其妙地瞧着她。

"是的,比我还坏,因为您不愿意原谅自己的女儿;您想把她完全忘掉,收养另外一个孩子,可是自己的亲生孩子又哪能忘得掉呢?难道您会爱我吗?您只要看到我,就会想到我不是您的亲生女儿,就会想到您有过一个亲女儿,可是您自个儿把她忘了,因为您是一个狠心的人。我不愿意住在狠心的人那儿,我不愿意,不愿意!……"涅莉哽咽起来,并偷偷地看了我一眼。

"后天是复活节,大家要互相亲吻、拥抱,大家都要和好,一切罪过都会得到宽恕……这我知道……就是您……就您一个人……哼!狠心的人!滚吧!"

她哭起来了。这一番话她好像是早就想好了、背熟了,倘若老人再一次邀请她上他家去,她可以再背一遍。老人吃了一惊,脸色发白了。他脸上流露出痛苦的表情。

"为什么,为什么,为什么所有的人都这么替我操心?我不愿意,不愿意!"涅莉蓦地像发狂一般叫道,"我要去讨饭!"

"涅莉,你怎么啦?涅莉,我的朋友!"我不禁叫了起来,然而我的叫喊只是火上浇油。

"是啊,我还不如沿街乞讨,这里我可不待了,"她一边哭一边叫道,"我妈妈也讨过饭,她临死的时候亲口对我说:'宁肯受穷、讨饭,也不要……'讨饭并不可耻:我不是向一个人讨,我是向所有的人讨,所有的人又不是一个人;向一个人讨是可耻的,向所有的人讨并不可耻;有一个讨饭的女人对我这么说过;我还小呢,我找不到地方挣钱。所以我就向所有的人乞讨。可我不愿意待在这儿,不愿意,不愿意,我很坏;我比谁都坏;你们瞧我有多坏!"

涅莉完全出人意料地突然从小桌上抓起一个茶杯,把它摔在地板上了。

"它被摔碎了,"她带着一种洋洋得意的挑战神气看着我,补充道,"茶杯总共只有两个,"她又补充道,"我要把那一个也摔碎……那时候您拿什么喝茶呢?"

她像是疯了,又像是从这种疯狂中得到一种快感;她似乎也意识到这样做是可耻的、不好的,同时又仿佛在纵容自己继续胡闹下去。

"她病了,万尼亚,就是这么回事,"老人说,"也许……也许我不明白这是个什么样的孩子。再见!"

他拿起他的帽子,同我握了握手。他像是完全绝望了,涅莉狠狠地侮辱了他;我心乱如麻。

"你一点也不可怜他,涅莉!"只剩下我们两个的时候我嚷道,"你也不害臊,不害臊!不,你不是好人,你的确是个坏人!"我就像过去那样也不戴帽子就跑去追赶那位老人。我想把他送到大门口,哪怕说一两句话安慰他一下也好。我从楼梯上往下跑的时候,仿佛还看见涅莉那张由于我的责备而变得煞白的脸就在我的眼前。

我很快就赶上了我的老人。

"可怜的小姑娘受了委屈,她有自己的痛苦,相信我,伊凡;是我对她扯起我的事来的,"他苦笑着说,"我触到了她的痛处。常言道,饱汉不知饿汉饥;我还要补充一句,万尼亚,饿汉也并不总是知道饿汉之饥。好吧,再见!"

我本来想跟他谈谈别的事情,可是老人只是把手一挥。

"用不着安慰我,不如去看看你那个姑娘是不是跑啦;她好像会跑掉似的。"他很生气地补充了一句,然后迈着快步离开了我,一面挥动手杖敲击着人行道。

他没有料到,他居然成了预言家。

我回到家中,不禁大吃一惊:涅莉又找不到了!我向穿堂奔去,到楼梯上找她,呼唤她的名字,甚至敲遍了左邻右舍的门打听她的下落;我不能相信,也不愿相信,她居然又跑了。她怎么跑掉的呢?这屋子只有一个大门,她一定是在我跟老人说话的时候从我们身边溜掉的。然而使我万分懊丧的是,我很快想到她可以先躲在楼梯上的什么地方,等到我回来以后再跑,这样我就绝不会碰到她。无论如何她不可能跑很远。

我心急火燎地又跑出去找她,我没有把房门锁上,以防万一。

我首先去马斯洛鲍耶夫家。我在他们家里既没有看到马斯洛鲍耶夫,也没有看到阿列克桑德拉·谢苗诺夫娜。我给他们留了一个便条,把新发生的不幸事件告诉他们,并请求他们,倘若涅莉去找他们,就立刻通知我,然后我到大夫那儿去了;大夫也不在家,女仆告诉我,涅莉除了上午去过一次以外再没有去过。怎么办呢?我去找布勃诺娃,我认识的那个棺材匠老婆告诉我,女主人不知为了什么从昨天起就蹲在警察局里,至于涅莉,从那个时候以来人们就没有在那里见过她。我精疲力竭地又跑到马斯洛鲍耶夫家,得到的答复仍是谁也没有来过,他们俩也还没有回来。我的便条放在桌上。怎么办呢?

到了很晚的时候,我垂头丧气地走回自己家去。这天晚上我本来应该去看望娜塔莎:她早上就让我上她那儿去。但是我这一天简直连一口饭也没有吃,对涅莉的担心使我六神无主。"这是怎么一回事呢?"我想,"莫非这是她的病造成的一种奇怪结果?她是不是发了疯,或者是精神失常了?可是我的天哪,——她现在在哪儿呢,我上哪儿能找到她呢!"

我刚刚想到这儿,蓦地看见涅莉就站在离我几步远的瓦西里耶夫桥上。她站在一盏路灯旁边,没有看见我。我本想朝她跑去,但又站住了。"她在这儿干什么?"我暗自纳闷,但我确信现在再不会把她遗失了,于是就决定等一等,看看她干些什么。过了大约十分钟,她一直站在那儿打量过往行人。最后,走来一个衣着考究的老头子,涅莉便向他走去:那老头子也不停步,从衣袋里掏出什么东西便给了她。她向他鞠了一躬。我在这一刹那的感受真是难以形容。我的心痛苦得缩紧了;仿佛有一件珍贵的东西,一件曾为我喜爱、珍惜和爱抚的东西此刻在我面前蒙受了羞辱,遭到了唾弃,我不禁流下了眼泪。

是的,我为可怜的涅莉流下了眼泪,但我同时也感到难以遏制的气愤:她并不是由于贫穷而出来乞讨;她并不是被什么人遗弃了,并不是被什么人撇开不管了;她不是从一些狠心的压迫者那儿跑的,而是从一些喜爱她、怜惜她的朋友那儿跑的。她好像要用她的功勋让什么人感到吃惊,或者把他吓一跳;她像是在向什么人炫耀自己!但是有一种秘密的事情在她心中渐渐酝酿成熟了……是啊,老人说得对;她受了委屈,她的创伤没能愈合,她仿佛故意拿这种神秘举动和对我们大家的这种不信任态度来竭力刺激自己的创伤;她仿佛从自己的痛苦中,从这种只顾自己受苦的利己主义(倘若可以这么说的话)中获得一种快感。我可以理解这种加重自己的痛苦并以此为乐的心理:许多受到命运的折磨并感觉到命运不公道的被欺凌、被侮辱的人,都以此为乐。但是我们有什么不公道的地方可以让涅莉抱怨的呢?她似乎想以自己的功勋、自己的古怪行为和狂妄举动使我们吃惊,把我们吓一跳,似乎她当真在向我们炫耀自己……然而并不是这样!她现在是独自一人,我们谁也没有看见她乞讨。难道她自己从乞讨中得到了乐趣?她乞讨施舍有什么用,她要钱有什么用呢?

她得到了讨来的钱,便离开桥向一个灯火辉煌的商店的窗口走去。她在那里数起讨到的钱来了,我站在离她十几步以外的地方。她手里的钱已经相当多,她显然一大早就开始乞讨了。她把钱攥在手里,穿过街道走进一家小铺。我马上走到小铺敞开着的大门跟前,看她在那儿干什么?

我看见她把钱放在柜台上,给她拿来了一只茶杯,这是一只普通的茶杯,很像那天早上她为了向我和伊赫缅涅夫表明她有多坏而摔碎的那一只。这只茶杯可能值十五个戈比,也许还没有这么多。店员把杯子包在纸里捆好,交给了涅莉,涅莉心满意足地急忙从小铺里走了出来。

"涅莉!"当她走到我跟前的时候我叫道,"涅莉!"

她打了个寒战,看了我一眼,茶杯从她手中掉到路面上摔碎了。涅莉面色苍白;但她看了我一眼,深信我全都看见了,而且也全都明白了,她蓦地满面通红;她脸上的红晕表明她感到难以忍受的、令人十分痛苦的羞惭。我抓住她的手把她领回家去,没有多远的路。一路上我们都一言不发。回到家中,我坐下了;涅莉站在我面前,她心事重重、惶惶不安,脸色依然那么苍白,两眼盯着地板。她不能看我。

"涅莉,你去讨饭啦?"

"是的!"她喏嚅着说,头耷拉得更低了。

"你想攒钱买一只杯子,赔偿你早上打碎的那一只?"

"是的……"

"但是,难道我责备过你吗,难道我为了这只杯子骂过你吗?难道你没有看到,涅莉,你这种做法里有一种不好的东西,一种洋洋自得的不好的东西?这好吗?难道你不害羞?难道……"

"我害羞……"她用轻得几乎听不见的声音说道,泪珠从她的脸上滚了下来。

"害羞……"我重复道,"涅莉,亲爱的,要是我有对不起你的地方,请你原谅我,让我们和好吧。"

她看了我一眼,顿时泪如泉涌,接着便扑在我的胸前了。

这时阿列克桑德拉·谢苗诺夫娜飞也似的跑了进来。

"怎么!她在家里?又跑啦?啊,涅莉,涅莉,你这是怎么啦,好啦,总算不错,你又回到家里了……您在哪儿找到她的,伊凡·彼特罗维奇?"

我向阿列克桑德拉·谢苗诺夫娜递了个眼色,让她别问啦,她明白了我的意思。我亲切地同涅莉告别,她还一直在哀哀啼哭,我请求好心的阿列克桑德拉·谢苗诺夫娜陪着涅莉直到我回来。她同意了,我就向娜塔莎处跑去。我已经迟了,所以很着急。

这天晚上要决定我们的命运;我有许多事要跟娜塔莎谈,但我还是把涅莉的事插了进去,把发生的事详细地对她讲了。我的叙述使娜塔莎很感兴趣,甚至使她吃了一惊。

"你可知道,万尼亚,"她想了想说道,"我觉得她爱你。"

"什么……这怎么会呢?"我惊讶地问道。

"是的,这是爱情的开始,女人的爱情……"

"你怎么啦,娜塔莎,得了吧!她还是个孩子呢!"

"一个快满十四岁的孩子。这种冷酷来自你不理解她的爱情,说不定她自己也不理解她自己;这种冷酷虽有许多稚气,但它是认真的,是令人难过的。主要的是她嫉妒你对我的爱。你是这么爱我,你在家里一定只惦念着我一个人,说的是我,想的也是我,因此你对她就不大注意了。她注意到了这一点,这使她不高兴。她可能想跟你谈谈,感到需要向你表白自己的心,但不知道该怎么做,她觉得害羞,自己也不理解自己,她等候时机,而你非但不设法使这个时机早日到来,反而常常离开她往这儿跑,甚至在她生病的时候还整天整天地把她独自留下。她也是为这一点啼哭:她惦念着你,最叫她伤心的是你却没有注意到这一点。甚至现在,在这个时候,你也为我而把她独自留下。明天她就会为此生病的。你怎么能把她给留下呢?赶快上她那儿去吧……"

"我并不想把她留下,可是……"

"这我知道,是我让你来的。但你现在走吧。"

"我就走,不过我当然一点也不相信你的话。"

"因为这一切都跟别人不一样。你想想她的遭遇,把一切好好考虑考虑,你就会相信了。她不是像我和你这样长大的……"

我回家的时候还是迟了。阿列克桑德拉·谢苗诺夫娜告诉我,涅莉又像那天晚上那样哭了很久,也像当时那样"哭着哭着就睡了"。"现在我要走了,伊凡·彼特罗维奇,菲利普·菲利佩奇也是这么吩咐的。他等着我呢,可怜的人儿。"

我向她表示感谢,接着便在涅莉的床头坐下。我自己也觉得难过,因为我居然在这个时候把她留下。我坐在她身边想了很久,直到更深夜半的时分……这是个决定性的时刻。

但是应该谈谈这两周来发生的事了……

第 五 章

　　自从我同公爵在 Б 餐厅度过了值得我纪念的那个晚上以后,我一连数日经常为娜塔莎提心吊胆。"这个该死的公爵不知要怎么样威胁她,他究竟要采取什么办法向她报复呢?"我时时刻刻这样问我自己,陷入了种种推测之中。我最后得出这样一个结论:他的威胁不是空话,不是虚声恫吓,只要她还跟阿辽沙住在一起,公爵的确会给她找许多麻烦。他心胸狭隘、有仇必报、心怀叵测、诡计多端,——我这么想。难以指望他会忘却受到的侮辱,会不利用一个机会进行报复。无论如何,他在整个这件事情中给我指出了一点,而且对这一点说得相当明确:他坚决要求阿辽沙同娜塔莎脱离关系,并期待我让娜塔莎对为期不远的离别做好准备,避免在离别时出现"充满田园牧歌和席勒气质的场面"。当然,他最为关心的是要让阿辽沙依然对他感到满意,继续把他当作一位慈父;这对于他将来以最方便的手段占有卡佳的钱财是十分必要的。因此,我当前的任务就是让娜塔莎对即将到来的离别做好准备。但我发现娜塔莎有了很大的变化:她先前对我的那种坦率已不复存在;不仅如此,她仿佛开始不信任我了。我的安慰只不过使她苦恼;我的盘问越来越使她心烦,甚至使她生气。我往往坐在她那儿瞧着她:她背着双手,在屋子的这个角落和那个角落之间走来走去,郁郁不乐,面色苍白,似乎忘记了一切,甚至也忘记了我在那儿,在她身边。当她偶然看我一眼的时候(她甚至还避开我的视线),她的脸上突然流露出不耐烦的懊恼神色,于是她就迅速转过身去。我明白,她可能在对即将到来的离别考虑自己的计划,她在考虑这计划时怎能不痛苦、不忧伤呢?我深信,她已经决定要跟阿辽沙分手。但她那阴森森的绝望依然使我难过、叫我害怕。况且我有时都不敢跟她说话,不敢安慰她,所以只有怀着恐惧的心情等待着,看这一切将如何结束。

至于她对我的那种严峻的、难以亲近的态度,虽说也使我感到不安,使我觉得痛苦,但是我相信我的娜塔莎的心:我看到,她十分难过,她太伤心了。任何外来的干扰只能增加她的烦恼和愤恨。在这种情况下,了解我们秘密的一些亲近朋友的干预,尤为使我们感到烦恼。但是我也清楚地知道,到了最后的时刻娜塔莎将重新回到我的身边,并从我的心里得到安慰。

关于我同公爵的谈话,我自然没有告诉她:我的叙述只会使她更加激动,更加伤心。我只是顺便对她说,我曾和公爵去过伯爵夫人那儿,我深信他是个可怕的坏蛋。但她根本没有打听他的情况,这使我十分高兴;然而她却贪婪地听我叙述我会见卡佳的一切情况。听完之后,她对卡佳也是什么都没有说,然而她那苍白的两颊却布满了红晕,那一天她几乎整天都特别激动。有关卡佳的情况,我未加任何隐瞒,我坦率地承认,卡佳甚至也给了我很好的印象。我干吗要隐瞒呢?要知道娜塔莎会猜到我作了隐瞒,她会因此而对我大为生气。所以我故意尽可能详细地向她叙述,对于她可能提出的一切问题都竭力预先做出交代,这主要是因为处在她的地位她是难于主动向我打听的:说真的,装出一副无动于衷的样子去打听自己情敌的优点,这谈何容易呢?

我想,她还不知道,根据公爵不可违抗的命令,阿辽沙必须陪伴伯爵夫人和卡佳到乡下去,我不知道该怎么样既能让她知道这件事,但又尽可能地使她不至于感到这个打击过于沉重。

不料我一开口娜塔莎就止住了我,并说根本用不着安慰她,因为她知道此事已有五天了,这真叫我大为惊讶。

"我的天!"我叫道,"是谁告诉你的?"

"阿辽沙。"

"怎么?他已经说了?"

"是的,我对一切都拿定主意了,万尼亚。"她补充道,她的神气明确地而且有点不耐烦地警告我,让我别再谈这件事了。

阿辽沙常常去看娜塔莎,但每次总是只待一会儿;只有一次在她那儿一连坐了几个钟头;但那一次我不在场。他进门的时候总是愁容满面,胆怯而温柔地看着她;但是娜塔莎却是那么亲热而温存地迎接他,使他立刻忘掉了一切并高兴起来。他也开始常来看我,几乎每天都来。是啊,他十分痛苦,但要他一个人去苦恼,他是一分钟也过不下去的,所以他就不停地跑到我这儿来寻求安慰。

我能对他说些什么呢?他责备我冷淡、漠不关心,甚至怪我恨他;他烦恼、哭泣,老去找卡佳,他在那里就能得到安慰。

在娜塔莎告诉我她知道阿辽沙要走的那一天(那是在我跟公爵谈话的一周以后),他绝望地跑到我那儿,拥抱我,扑在我的胸前,像孩子一般号啕大哭。我默默等候着听他说些什么。

"我是一个卑鄙的、下流的人,万尼亚,"他开始对我说,"救救我的灵魂吧。我哭并不是因为我卑鄙下流,而是因为娜塔莎将由于我而遭到不幸。我使她遭到不幸……万尼亚,我的朋友,你告诉我,你给我拿个主意,我最爱的是她们当中的哪一个:是卡佳还是娜塔莎?"

"这件事我可作不了决定,阿辽沙,"我回答,"你比我知道得清楚……"

"不,万尼亚,我不是说这个;我并没有蠢到会提出这样的问题;但是问题也就在于我自己什么都不明白。我问我自己,但我不能回答。你是旁观者,也许比我知道得清楚……好吧,就算你不知道,那你就说说,你觉得怎么样?"

"我觉得你更爱卡佳。"

"原来你这么觉得!不,不,完全不对!你完全没有猜到。我无限热爱娜塔莎。我无论如何也不能抛弃她,永远不能;我对卡佳也这样说,卡佳完全同意我的意见。你怎么不说话?我刚才看见你笑了笑。唉,万尼亚,当我像现在这样非常难过的时候,你从来也没有安慰过我……再见!"

他跑到室外去了,给惊讶的涅莉留下了一种特殊的印象,她一直默默地听着我们的谈话。她当时还在生病,躺在床上,还在服药。阿辽沙从来不跟她讲话,他每次来访,对她几乎总是毫不注意。

过了两小时,他又来了,我对他的满面喜色感到吃惊。他又搂着我的脖子拥抱我。

"问题解决了!"他叫道,"一切误会都消除了。我从您这儿直接去找娜塔莎:我很伤心,我不能没有她。我一进去就跪在她面前吻她的脚:我需要这样做,我愿意这样做;不这样我就得愁死了。她默默地拥抱我,哭了起来。我坦率地告诉她,我爱卡佳甚于爱她……"

"她怎么说?"

"她一句话也没有说,只是爱抚我、安慰我,——可我却这样对她说。她可会安慰人啦,伊凡·彼特罗维奇!啊,我向她哭诉了我的一切痛苦,我全都对她说了。我坦白地对她说,我很爱卡佳,但是,不论我多么爱她,也不论我爱什么人,若是没有她,没有娜塔莎,我还是活不下去的,我还是要死的。是的,万尼亚,没有她,我一天也活不下去,我感觉到了这一点,是的!所以我们决定赶快结婚;由于在离开之前不可能办这件事,因为现在是大斋期①,不能举行婚礼,所以得等我回来,那时是六月一日。爸爸会答应的,这是没有疑问的。至于卡佳,那没有关系!您知道,没有娜塔莎我是活不下去的……我们结了婚就一起上那儿去,上卡佳那儿去……"

可怜的娜塔莎!她付出了多大的代价去安慰这个孩子,跟他坐在一起,听他的自白,而且编造出很快跟他结婚的谎言来安慰他这个天真的利己主义者。阿辽沙果然平静了几天。他常往娜塔莎那儿跑,其实是因为他那脆弱的心灵难以独自承受忧愁。但是,当离别的时刻日益临近的时候,他依然又陷入了不安与眼泪当中,他又经常跑到我这儿来哭诉自己的痛苦。近来他对娜塔莎是那么依依不舍,别说是一个半月,就是只有一天他也离不开她。但是他直到最后一刻仍完全相信,他只离开她一个半月,他一回来就要跟她结婚。至于娜塔莎,那么她也完全明白,她的整个命运都将发生变化,阿辽沙从此将一去不返,而且也只能如此。

他们离别的一天到来了。娜塔莎病了,——她脸色苍白,两眼火红,嘴唇干裂,有时自言自语,有时迅速而锐利地盯我一眼。当他听到阿辽沙进门时响亮的声音,她既不哭,也不回答我的问题,哆嗦得像树上的一片树叶。她的脸红如晚霞,她急忙向他奔去;她痉挛地拥抱他、吻他,还笑着……阿辽沙打量着她,有时忐忑不安地问她身体可好,还安慰她说,他离开的时间不长,往后他们就结婚。娜塔莎显然努力控制住自己,忍住了眼泪。她没有在他面前哭泣。

有一次,他谈到应该给她留下够她在他离开期间开销的费

---

① 复活节前的四十天。

用,他还让她不要感到不安,因为爸爸答应给他许多钱在旅途上花。娜塔莎皱起了眉头。剩下我们两个的时候,我告诉她,我有一百五十卢布可供她不时之需。她没有打听这钱是从哪儿来的。这是在阿辽沙离开前的两天,在娜塔莎同卡佳的第一次,也是最后一次见面的前夕。卡佳托阿辽沙带来一个便条,请求娜塔莎允许她第二天去看望她;同时她也给我写了几句:她要求我也参加她们的会见。

我决定,不论有什么样的障碍,我十二点(卡佳指定的时间)一定要去娜塔莎那儿;麻烦事和障碍可真不少。涅莉就不用说了,伊赫缅涅夫夫妇近来也给我添了不少麻烦。

这些麻烦事一周前就开始了。一天早晨,安娜·安德烈夫娜打发人来找我,请求我撇开一切立刻赶往她那儿,因为有一桩一点儿也耽误不得的十分要紧的事儿。我到了她那儿,只见到她一个人:她激动而恐惧得像发了狂似的在屋里走来走去,战战兢兢地等着尼古拉·谢尔盖伊奇回来。跟往常一样,我很久也没能从她口中搞清楚是怎么回事,以及她为什么这样害怕,同时每一分钟显然又那么珍贵。她一直激烈而又毫无必要地埋怨我:"为什么你老不来呀,把我们像孤儿一样甩在一边让我们伤心",以至于"天知道你不在的时候出了什么事儿",末了她终于告诉我,近三天来,尼古拉·谢尔盖伊奇一直激动得"简直都没法说啦"。

"他简直都不像是他自己啦,"她说,"他像发了疯似的,天天夜里瞒着我跪在神像前头祈祷,睡着了说梦话,真成了个疯子啦:昨天喝菜汤,匙子就放在他跟前,可他就是找不到;你问他这件事,他回答你那件事。他老是往外跑,老是说:'我要出去办事,得去看看律师';此外,今天早上,他把自己锁在书斋里,说:'我得为打官司的事写一份公文。'好吧,我暗自寻思,匙子摆在盘子旁边你都找不到,还写啥公文呢?但是我从锁孔里偷偷地往里一瞧,看见他坐在那儿写着,脸上眼泪直流。我想,他这究竟写的是啥公文哪?说不定他这是舍不得咱们的伊赫缅涅夫卡;那么咱们的伊赫缅涅夫卡是彻底完啦!我这么想着的时候,他猛地从桌子旁边跳了起来,把笔往桌子上一摔,脸涨得通红,眼睛亮晶晶的,抓起帽子就走出来对我说:'安娜·安德烈夫娜,我很快就回来。'他走了,我马上走到他的书桌边去;有关咱们那场官司的公文在他那儿堆了好大一堆,他碰都不让我碰。我请求他好些次:'你就让我把这些公文拿开一会儿,我要擦擦桌子上的灰尘。'当然不成,他又是喊叫,又是挥手;他到了这个彼得堡以后变得这么急躁,动不动就叫嚷。我走到书桌跟前去找:他刚才写的是啥公文呀?因为我确实晓得,他没有把它带走,他从桌子旁边站起来的时候把它塞到别的公文里了。这不,老弟,伊凡·彼特罗维奇,这就是我找到的,你瞧瞧。"

于是她递给我一张信纸,纸的一半写上了字,但是涂改得很厉害,有的地方无法辨认。

可怜的老人!看了头几行就可以猜到,他写的是什么,又是写给谁的。这是给娜塔莎的信,是写给他疼爱的娜塔莎的。他开头写得很热烈、很亲切;他原谅了她,要她回家来。信的内容难以完全辨认出来,因为它写得既没有条理,又过于冲动,作了无数删改。只能看到,促使他执笔写下最初几行亲切的文字的那种热烈感情,在这最初几行写完之后,迅速变成另一种感情了:老人开始责备女儿,用明快的语调向她描述她的罪行,气愤地向她提到她的固执,责备她没有心肝,说不定她一次也没有想过她对爹妈做了一件什么事。他扬言要对她的高傲进行惩罚、加以诅咒,末了要她立刻乖乖地回家,"到那个时候,只有到那个时候,当你'在亲人中间'恭恭顺顺、堪称表率地开始新的生活以后,我们也许能决定饶恕你。"他这样写道。他显然是在写了开头的几行以后,便把他最初的宽厚之情看作是软弱,并开始为此感到羞愧,末了他感到因自尊心受到伤害而产生的痛苦,就以愤怒和威胁来结尾。老太太抄着手站在我面前,等着听我看完信后讲给她听。

我把自己的看法一五一十地都对她说了。我的看法是:没有娜塔莎,老人再也活不下去了,可以肯定地说,他们必须赶快和解;但是一切都还取决于种种情况。我同时也说明了我的如下推测:第一,输掉了官司大概使他大为伤心和震惊,至于因败在公爵手下而使他的自尊心受到多大的刺激,由于此案居然这样判决而使他的心头产生多么强烈的愤懑,那就不必说了。在这种时刻,一个人的心不能不去寻求同情,于是他就更加强烈地想起了他一向爱得超过世上的一切的那个人儿。此外也可能是由于他想必听到了(因为他一直在注意娜塔莎的情况,她的事他全都知道)阿辽沙很快就要遗弃她的消息。他会理解她现在的处境,而且根据切身的体验感觉到她非常需要得到安慰。但他依然不能打消自己的傲气,老是认为他受到了女儿的侮辱和欺凌。他大概有过这样的想法:毕竟不是她首先向他伸出手来,说不定她甚至都没有去想他们,也没有感到有和解的必要。"他肯定有这种想法,"我在对我的看法下结论时说,"这就是他没有把信写完的原因,说不定这一切还会引起种种新的不愉快的事,这些事会比过去那些事更加强烈地被感觉到,而且,谁知道呢,说不定还会使和解的时间拖得更久……"

老太太一面听着我讲,一面哭泣。最后,我说我必须马上就去看望娜塔莎,我已经耽误了,这时,她打了个寒战,并说她把主要的事给忘了。她把这封信从一堆文件底下抽出来的时候,不小心把墨水瓶弄翻在信上。信的一角确实染满了墨水,老太太怕得要命,她怕那老人根据这一片墨迹会发现有人趁他不在的当儿翻了文件,会发现安娜·安德烈夫娜读了给娜塔莎的信。她的恐惧是很有根据的;单单由于我们知道了他的秘密这一点,他就会出于羞愧和烦恼而延长自己的怨恨,并出于高傲而坚决不肯饶恕自己的女儿。

但是我把这件事想了一想以后,便劝老太太不必担心。他由于写了这封信而十分激动,所以他不会记得那些琐碎的事,现在他也许会以为是他自己把信弄脏的,并把这件事忘了。我这样安慰了一番安娜·安德烈夫娜,然后我们就小心翼翼地把信放回原处,我忽然想起在临走前应该跟她认真地谈谈涅莉的事。我觉得,这个可怜的被遗弃的孤女,由于她的妈妈也曾遭到自己父亲的咒骂,因此她可以讲讲自己过去的生活,讲讲自己的妈妈的死,她讲的这个悲哀而凄惨的故事也许会使老人受到感动,激发起他宽宏大量的感情;他心里已做好一切准备,一切都已酝酿成熟;对女儿的怀念已经压倒了他的傲气和受到伤害的自尊心。所缺的只是推动力,是最后的一个有利时机,而涅莉就可以提供这个有利时机。老太太非常专心听我讲,她的脸焕发出希望和喜悦。她马上就责备起我来了:为什么我不早把这想法告诉她?她开始性急地向我打听涅莉的情况,最后她郑重其事地保证,现在她要主动要求老人把那孤女领到家里来。她已经真心实意地喜爱涅莉了,她对涅莉生病感到难过,打听她的病情,逼着我把她亲自跑到储藏室里取出来的一罐蜜饯给涅莉带去;她以为我没有钱请大夫,还给我拿来五个卢布。我不收她的钱,这使她几乎平静不下来,直到听说涅莉需要连衣裙和内衣的时候,她才感到快慰,因为这样一来她总算还能为涅莉做点好事,接着她就立刻翻箱倒柜,把她所有的衣服都摆了出来,从中挑选可以送给"孤女"的东西。

379

我到娜塔莎那儿去了。我先前已经说过,她那儿的楼梯是螺旋形的。我登上最后一截楼梯的时候,发现她门口有一个人,那人正想敲门,然而一听到我的脚步声便又不敲了。他踌躇了一会儿,末了大概是突然放弃了自己的意图,转身下楼了。我在最后一个楼梯拐弯处的小台阶上碰上了他,当我认出他是伊赫缅涅夫的时候,我是多么惊讶。楼梯上白天也很暗。他靠在墙上让我过去,我现在还记得他那双凝视着我的眼睛发出的奇怪闪光。我觉得他的脸羞得通红;起码他是慌了,甚至是张皇失措了。

"啊,万尼亚,是你呀!"他用发抖的声音说,"我上这儿来找一个人……一个录事……全是为那件案子……他不久前搬了家……搬到这一带来了……好像不是住在这儿。我弄错了,再见。"

他迅速下楼去了。

我决定暂时不把这次会见的事告诉娜塔莎,但是,等阿辽沙一走,剩下她一个人的时候,我一定立刻告诉她。目前她太伤心了,即便她能完全理解并认识到这件事的全部重要意义,但却未必会像她日后陷于压倒一切的最后痛苦和绝望时那样去领会它和感受它。现在还不到这个时候。

当天我本来可以再次去伊赫缅涅夫家,我也很想去,但我没有去。我觉得,老人看到我会难过的;他甚至会认为,我是故意在这次会见后跑去的。到了第三天我才去看他们;老人很懊丧,但非常随便地迎接我,他老是谈他的案子。

"哦,那一天你到那么高的楼上去找什么人哪,你可记得,我们在那儿碰见了,——这是哪一天的事啊,——好像是前天,"他相当随便地突然问道,但不知为什么还是把视线从我身上移开了。

"有个朋友住在那儿。"我回答,同样也把视线移开了。

"噢!我是去找我的录事,阿斯塔菲耶夫;别人说他住在那幢房子里……弄错了……哦,我刚才跟你谈到那桩案子:枢密院决定……"等等,等等。

当他谈起案子的时候,他的脸都红了。

就在当天,我为了让安娜·安德烈夫娜高兴,便把一切都告诉了她,顺便还恳求她,现在不要用特别的神色去看他,不要叹气,不要做暗示,总之,不要以任何方式泄露她知道他最近的这个古怪举动。老太太是那么惊讶和高兴,起初她简直都不相信我说的事。她也告诉我,她已经隐隐约约地向尼古拉·谢尔盖伊奇提到了那个孤女,可是他不吭气,然而先前他却老是催她同意把小姑娘带回家来。我们决定,她第二天应该直截了当地请求他这么办,不要拐弯抹角,也不要用暗示。不料第二天我们两个都非常惊恐不安。

是这么一回事:早晨伊赫缅涅夫会见了主办他的案子的官员。那官员通知他,说他见到了公爵,公爵虽然把伊赫缅涅夫卡留给自己了,但是"由于某种家庭情况",他决定酬谢一下老人,给他一万卢布。老人从这官员那儿径直跑到我家中,他非常懊恼,两眼闪射着怒火。不知是为什么,他把我从屋里叫到楼梯上,坚决地要求我立刻去找公爵,并向他提出决斗。我大吃一惊,很久都不知该如何是好。我开始说服他。但老人气愤若狂,一下子昏了过去。我赶快回去取一杯水来;但我转回楼梯上的时候,伊赫缅涅夫已经不在那儿了。

翌日我去找他,但他已不在家中;整整三天不见他的影踪。

到了第三天我们才知道发生的一切。他离开我以后直奔公爵而去,公爵不在家,他就给公爵留了个条子。他在条子上写道,他知道了公爵对那官员说的那些话,认为这是对他的莫大侮

381

辱,认为公爵是个卑鄙的小人,由于这一切原因,他要跟他决斗,同时警告公爵不得逃避决斗,否则必将身败名裂。

安娜·安德烈夫娜告诉我,他回家的时候非常激动和懊丧,倒头便睡。他对她很亲热,但对她的盘问却不怎么回答,他显然是焦急万状地等待着什么。次日凌晨,从市邮局送来一封信;读完了信,他大叫一声,抱住自己的脑袋。安娜·安德烈夫娜吓呆了。但他立刻拿起帽子和手杖跑出去了。

信是公爵寄的。他干巴巴地、简短地、彬彬有礼地通知伊赫缅涅夫,关于他对那位官员讲的那一番话,他无须对任何人进行任何解释。虽说他对伊赫缅涅夫输掉了官司感到十分惋惜,然而不论他有多么惋惜,他也不能认为输了官司的人有什么正当的权利为了报仇而要求同自己的对手决斗。至于用来威胁他的那个"身败名裂",则公爵请伊赫缅涅夫不必为此担心,因为他根本不会身败名裂,也不可能身败名裂;伊赫缅涅夫的信很快就会呈送有关方面,警察局事先接到通知想必会采取适当措施以维护治安。

伊赫缅涅夫拿着信立刻去找公爵。公爵又没有在家;但是老人从听差口中获悉,公爵现在大概在纳英斯基伯爵那里。他没有考虑多久,便向伯爵家跑去。当他已经登上楼梯的时候,伯爵的司阍拦住了他。老人气愤已极,便举起手杖打了他一下。他立刻被抓住,拖到门外,交给了警察,警察把他送进了警察局。人们报告了伯爵。当时正在那儿的公爵向老色鬼说明,这就是那个伊赫缅涅夫,就是那个娜塔莉娅·尼古拉夫娜的父亲(公爵曾不止一次在这种事情上为伯爵效劳),那位大老爷听了只是笑笑,他的愤怒也化为仁慈了;他下令释放伊赫缅涅夫,但是老人直到第三天才被释放,释放时人们还告诉他(这想必是根据公爵的吩咐),公爵本人请求伯爵赦免他。

老人像发了疯似的回到家里,倒在床上一动不动地躺了整整一个钟头;最后他欠起身来,郑重宣布,他要永远诅咒自己的女儿,使她永远得不到父母的祝福,这使安娜·安德烈夫娜大为惊恐。

安娜·安德烈夫娜被吓坏了,但是应该帮助老人,她几乎忘掉了一切,服侍他服侍了一整天和几乎一个整夜,拿醋敷在他的头上,再放上冰块。他发高烧,说胡话。我直到后半夜两点多才离开他们。但是次日清晨伊赫缅涅夫起床了,当天就来找我,一定要把涅莉带回去。不过他跟涅莉打交道的情况我已经说过了,这件事使他大为震惊。回家以后他就倒在床上。这一切都发生在复活节前的星期五,卡佳和娜塔莎的会见就订在那天,第二天阿辽沙和卡佳便将离开彼得堡。我参加了这次会见:会见是在一大早举行的,在老人还没有来到我那儿之前,在涅莉第一次逃跑之前。

第 六 章

阿辽沙在会见前一小时便前来通知娜塔莎。我就在卡佳的四轮马车停在大门口的那个时候来到。与卡佳同来的是一个法国老太太,她在卡佳的一再请求和自己的长久踌躇之后,终于同意随她前来,甚至允许她独自上楼去见娜塔莎,但必须由阿辽沙陪着她上去;她自己则留在马车里等候。卡佳把我叫到跟前,她没有下马车,请求我把阿辽沙叫到她那儿去。我看见娜塔莎在哭,阿辽沙和她两人都在哭。她听说卡佳已到,便从椅子上站了起来,擦去了眼泪,怀着激动的心情朝着门站在那里。这天早上她穿着一身白衣。她那深褐色的头发梳得很光滑,在脑后挽了一个很大的发髻。我很喜欢这种发式。娜塔莎看到我留下陪她,便要求我也出去迎接客人。

"在这之前我不能来看娜塔莎,"卡佳在攀登楼梯的时候对我说,"老是有人在监视我,真可怕。我对 M-me Albert① 整整劝说了两个礼拜,末了她才同意。而您,您,伊凡·彼特罗维奇,没有来看过我一次!我也不能给您写信,也不想写,因为信里什么事都说不清楚。我多么想见到您啊……我的天,我的心现在跳得多厉害……"

"楼梯太陡了。"我答道。

"是啊……楼梯是……哦,您认为娜塔莎不会生我的

---

① 法语:阿尔贝特夫人。

气吧?"

"不会,为什么要生气呢?"

"是啊……当然,为什么要生气呢;我马上就会看到;可我为什么还要问呢?……"

我搀着她的胳膊。她脸色都发白了,好像十分害怕。走到最后一个拐弯处,她停下来喘一口气,但看了我一眼又果断地向上攀登。

她走到门口,再次停住脚步,低声对我说:"我要一直进去并告诉她,我非常相信她,所以才不怕前来……不过我说这话干什么;我深信娜塔莎是个非常高尚的人。不是吗?"

她像一个罪人那样怯生生地走了进去,全神贯注地看了娜塔莎一眼,娜塔莎立即对她嫣然一笑。这时卡佳迅速走到她面前,抓住她的双手,把自己丰满的嘴唇贴在她的唇上。她还没有对娜塔莎说一句话,接着就严肃地,甚至是严厉地向阿辽沙转过身去,要求他让我们三人单独在一起谈半个钟头。

"你别生气,阿辽沙,"她补充道,"我这样做是因为我有许多话要跟娜塔莎谈,要谈一些十分重要而且严肃的事,这些事你用不着听。你行行好,走开吧。而您,伊凡·彼特罗维奇,请您留下。您必须听到我们的全部谈话。"

"咱们坐下吧,"阿辽沙走了以后,她对娜塔莎说,"我就这样坐在您对面吧。我首先想看看您。"

卡佳几乎是正对着娜塔莎坐下,仔细地看了她一会儿。娜塔莎不禁报之以微笑。

"我已经看过您的照片,"卡佳说,"是阿辽沙给我看的。"

"怎么样,我像照片上那个样子吗?"

"您比照片好看,"卡佳断然而认真地答道,"我过去就认为您肯定比照片好看。"

385

"真的？可我看您都看得出神了。您多么漂亮！"

"瞧您说的！我哪能跟您相比！……我亲爱的！"她补充了一句,用颤抖的手抓住娜塔莎的一只手,她俩又互相打量着不说话了。"您听我说,我的天使,"卡佳打破了沉默,"我们只能在一起待半个钟头；M-me Albert 还觉得这太长呢,而我们有许多事要谈……我想……我必须……好吧,我就简单地问您一句:您很爱阿辽沙吗？"

"是的,很爱。"

"既然这样……既然您很爱阿辽沙……那么……您也应该珍惜他的幸福……"她战战兢兢地低声补充道。

"是啊,我希望他幸福……"

"是这样……然而现在的问题是:我能使他幸福吗？我有权利这么说吗,因为我是从您这儿把他夺来的。要是您觉得他跟您在一起会更加幸福,而我们现在也肯定了这一点,那么……那么……"

"这是已经肯定了的,亲爱的卡佳,您自己不也看见了吗,一切都已定了。"娜塔莎轻声答道,把头低了下去。她显然觉得谈话是难以继续下去了。

卡佳似乎曾准备对这个问题进行长久的探讨:谁能使阿辽沙更加幸福,她们二人之中谁该让步？但听到娜塔莎的回答,她立刻明白,一切都早已定局,再没有什么可谈的了。她半张着漂亮的小嘴,纳闷地、忧郁地看着娜塔莎,并且一直把她的手攥在自己的手里。

"您很爱他吗？"娜塔莎蓦地问道。

"是的。我还有一个问题要问您,我上这儿也是为了这个:请您告诉我,您究竟为什么爱他？"

"不知道。"娜塔莎回答,从她的回答里似乎可以听出一种痛苦的、不耐烦的情绪。

"您觉得他聪明吗?"卡佳问。

"不,我只不过是爱他罢了……"

"我也是。我总是觉得像是可怜他。"

"我也这样。"娜塔莎回答。

"现在对他该怎么办呢!他怎能为了我而离开您呢,我不明白!"卡佳叫道,"我现在怎么会看到了您,我也不明白!"娜塔莎没有回答,只是看着地面。卡佳沉默了一会儿,突然从椅子里站了起来,轻轻地拥抱她。她们两个互相拥抱着哭了起来。卡佳在娜塔莎的圈椅的扶手上坐下,依然拥抱着她,开始吻她的双手。

"您不知道我是多么爱您!"她哭着说,"我们做姊妹吧,我们永远互相通信……我要永远爱您……我要这样爱您,这样爱您……"

"他对您说过我们要在六月份结婚吗?"娜塔莎问。

"说过。他说您也同意。这一切只不过是这样,为了安慰他,是吗?"

"当然。"

"我也这么想。我会十分爱他的,娜塔莎,我还要写信把一切都告诉您。看来他现在很快就会成为我的丈夫,像是这样。他们一直这么说。亲爱的娜塔舍奇卡,您现在要……回您家里去吗?"

娜塔莎没有回答她,但是默默地、热烈地吻了她一下。

"祝您幸福!"她说。

"我也……祝您……祝您幸福。"卡佳说。这时门打开了,阿辽沙走了进来。他不能等到这半小时过去以后再进来。看到她们俩拥抱在一起哭泣,他精疲力竭、痛苦万状地在娜塔莎和卡佳面前跪下了。

"你哭什么呢?"娜塔莎对他说,"因为要跟我分别?难道要分别很久?你不是六月份回来吗?"

"那时你们就要结婚。"卡佳急忙哽咽着说,她也是为了安慰阿辽沙。

"可是我不能离开你,不能离开你,娜塔莎,一天也离不开。没有你我会死的……你不知道,你现在对于我是多么宝贵!尤其是现在。"

"那好吧,你可以这么办,"娜塔莎突然活跃起来,说道,"伯爵夫人不是要在莫斯科停留几天吗?"

"是的,几乎一个星期。"卡佳应声答道。

"一个星期!那么最好是这样:你明天把她们送到莫斯科,这只要一天的工夫,然后你立即回来。到了她们该离开莫斯科的时候,你再回莫斯科去陪伴她们,这样一来,我们分手的时间就可以缩短成一个月了。"

"是的,是这样……你们又可以在一起多待四天。"卡佳十分赞赏地叫道,她跟娜塔莎交换了一个意味深长的眼色。

阿辽沙听到这个新方案以后那种狂喜的神情,真叫我难以形容。他蓦地得到了充分的安慰;他笑容满面地拥抱娜塔莎,吻卡佳的双手,拥抱我。娜塔莎忧郁地微笑着,看着他,但卡佳却忍不住了。她以炽热的、闪烁的目光看我一眼,拥抱了娜塔莎,便从椅子上站起来想走了。正巧在这个时候,那个法国女人打发人来请求尽快结束会见,规定的半个钟头时间已经过去了。

娜塔莎站了起来。她们两个面对面、手拉手地站着,仿佛力图用眼神表达出郁积在心灵中的一切。

"我们永远也不能再见面啦。"卡佳说。

"永远,卡佳。"娜塔莎答道。

"好吧,那我们再见吧。"她们拥抱了。

"请不要咒骂我,"卡佳很快地低声说,"我将……永远……请您相信……他会幸福的……我们走吧,阿辽沙,你送送我!"她抓住他的一只手,很快地说道。

"万尼亚!"他们走了以后,娜塔莎非常激动而悲伤地对我说,"你也跟他们走吧……也不要再回来了:阿辽沙将陪着我到晚上,到八点钟;这以后他就不能陪我了,他要走了。将剩下我一个人……请你九点钟来吧!"

九点钟的时候,我把涅莉留下交给阿列克桑德拉·谢苗诺夫娜(这是在摔茶杯事件以后),便到娜塔莎那儿去了,她已是孤零零地在焦急地等着我;玛芙拉给我们送上茶炊;娜塔莎给我斟了一杯茶,在沙发上坐下,要我坐得离她近一些。

"一切都结束了。"她凝视着我说。我永远忘不了这眼神。

"我们的爱情也结束了。半年的生活!这一辈子也就完了。"她握着我的手补充道。她的手很烫。我开始劝她穿得暖和些,去躺在床上。

"马上就办,万尼亚,马上就办,我的好朋友。你让我稍稍说几句话,回忆回忆……我现在好像精疲力竭了……明天我要见他最后一面,在十点……最后一面!……"

"娜塔莎,你得了寒热病,马上就会发冷的;你得保重自己……"

"什么?他走后这半个钟头,我一直在等你,万尼亚,照你看,我想了些什么,我给自己提出了什么问题?我问自己:我究竟是爱他还是不爱他,我们的爱情究竟是怎么一回事?万尼亚,我直到现在才这样问我自己,你是不是觉得可笑?"

"别自寻烦恼啦,娜塔莎……"

"你瞧,万尼亚,我断定我不是把他当作一个般配的人那样爱他,不是像通常女人爱男人那样爱他。我爱他就像……几乎就像我是他的母亲。我甚至觉得,双方都作为般配的人彼此相爱,这种爱情在世界上是根本不会有的,是吗?你的看法怎样?"

我怀着不安的心情看着她,担心她是不是热病发作了。似乎有什么东西吸引住了她;她感到特别想说话;她说的话有些好像是没有条理的,有时她甚至说不清楚。我十分担心。

"他曾是我的,"她接着说,"几乎从我第一次看到他的时候开始,我就产生了一种不可抗拒的愿望:让他成为我的,尽快成为我的,让他除了我一个人以外谁也不看,谁也不知道……卡佳前不久说得好,我就是这样爱他的:好像我为了什么缘故老是在可怜他似的……我总是有一种不可抗拒的愿望,那就是让他非常幸福、永远幸福,每当我独自一人的时候,这种愿望甚至使人感到痛苦。看到他的脸(你是知道他脸上的表情的,万尼亚)我就不能平静;任何人都没有他那样的表情,只要他一笑,我就浑身发冷、打战……真的!……"

"娜塔莎,你听我说……"

"人们都说,"她打断了我的话,"不过你也说过,说他性格软弱,而且……像孩子那样智力不太发达。可是我最喜欢的也就是他这一点……你相信吗?不过我不知道,我爱他是不是就因为这一点;我简直是爱他的一切,如果他多少有点不同,性格比较刚强,或者比较聪明,说不定我就不会这么爱他了。你知道,万尼亚,我要向你供认一件事:你可记得,三个月前我和他吵过一次架,当时他去那个女人——她叫什么来着?——哦,去那个明娜那儿……我知道了,我察访出来了,不知你可相信:我非常痛苦,同时又好像也有点高兴……我不知道是为什么……我只有一个想法,那就是他在寻开心……也就是说他并不是也像一个大人那样,跟别的一些大人一道去寻花问柳,去找明娜!我……我从那次争吵中得到了多大的快乐;后来我就原谅了他……噢,亲爱的!"

她看了看我的脸,有点古怪地笑了起来。后来她好像陷入沉思,好像仍在回忆。她就这样坐了很久,唇边挂着微笑,回想着往事。

"我非常喜欢原谅他,万尼亚,"她接着说,"你可知道:当他把我独自留下的时候,我常常在屋里走来走去,悲伤哭泣,但我有时也想:他越是对不起我就越好……是的!你可知道,我总是觉得他就像这样一个小男孩:我坐着,他把头枕在我的膝上睡着了,我轻轻地摸着他的头,爱抚他……每当他不在我身边的时候,我总是这样想象着他……你听我说,万尼亚,"她突然补充了一句,"卡佳多么可爱啊!"

我觉得她是故意刺激自己的创伤,这是出于一种渴望,一种对绝望和受苦的渴望……凡是遭到重大损失的人往往如此!

"我觉得卡佳能使他幸福,"她接着说,"她性格刚强,说起话来仿佛那么自信,对他是那么严肃认真,——老是对他讲一些做人的道理,就像她是个大人似的。可她自己呢,她自己呢——还完全是个孩子!可爱的姑娘,可爱的姑娘!啊!但愿他们幸福!但愿如此,但愿如此,但愿如此!……"

眼泪和哭声猝然从她的心中一涌而出。在整整半个小时内,她一直镇静不下来,一点也控制不住自己。

可爱的天使娜塔莎!即使在这一天的晚上,尽管自己是那么痛苦,但她却还能关心我的事情。我看到她稍稍平静下来,或者不如说是疲倦了,为了想让她轻松一点,我便给她讲起涅莉的事来了……这天晚上我们分手的时间很晚,我一直等到她入睡,临走前我请求玛芙拉通宵不要离开自己生了病的女主人。

"啊,要尽快,尽快!"我回家时叫道,"要尽快结束这些痛苦!不论用什么来结束,也不论怎样结束,只是要尽快,尽快!"

第二天上午十时整,我已到了她那儿。阿辽沙与我同时前去……告别。我不描述这个场面了,我不愿去回忆它。娜塔莎似乎决心竭力克制自己,装出比较高兴、比较不在乎的样子,但是办不到。她痉挛地紧紧拥抱阿辽沙。她很少跟他说话,而是用十分痛苦的、疯狂一般的眼神久久凝视着他。她贪婪地听着他说的每一句话,但他对她说的那些话她似乎一点也不明白。我还记得,他请求饶恕他,饶恕他的这种爱情,饶恕他在这期间让她受到的一切委屈,饶恕他的不忠实、他对卡佳的爱、他的离开……他说得颠三倒四,眼泪几乎使他窒息了。有时他突然开始安慰她,说他只离开一个月,最多五个礼拜,夏天他就回来,那时他们就结婚,爸爸也会同意的,最后,主要是他后天将从莫斯科回来,那时他们还可以在一起待上整整四天,所以他们现在只不过分别一天……

奇怪的是:他自己完全相信他说的是实话,相信他后天一定会从莫斯科回来……那他又为什么这样哭泣和难过呢?

最后,钟声敲响了十一点。我费了好大的劲儿才说服他走了。——去莫斯科的火车整十二点开。只剩一小时了。娜塔莎日后自己告诉我,她不记得是怎样看了他最后一眼的。我记得她为他画十字祝福,吻了吻他,然后双手捂面,跑回房内去了。我得把阿辽沙一直送到马车上,否则他一定会回来,那他就永远也下不了楼了。

"一切希望都寄托在您身上了,"他下楼的时候对我说,"我的朋友,万尼亚!我对不起你,我永远不配得到你的爱,但是希望你永远做我的兄弟:爱她,不要抛弃她,写信告诉我一切,一切,要尽可能写得详细些,字也要尽可能写得小些,这样信纸就可以多写一些字。后天我就要回到这儿来,一定回来,一定!但是在这以后,我走了以后,你要给我写信!"

我把他扶上了轻便马车。

"后天再见!"马车开动以后他向我叫喊,"一定!"

我心情沉重地回到楼上娜塔莎那儿。她站在房间中央,抄着手,感到莫名其妙地看着我,好像不认识我似的。她的头发向一侧披散着,眼神浑浊而迷惘。玛芙拉站在门口,茫然若失,恐惧地看着她。

娜塔莎的两眼突然闪耀起来:

"啊!是你!你!"她向我叫道,"现在只剩下你一个人啦。你恨他!你永远不能原谅他,因为我爱上了他……现在你又跟我在一起了!你来干什么呢?你又是来安慰我,劝我回到抛弃了我而且诅咒我的爸爸那儿去。我昨天就知道会这样,两个月前就知道了!……我不愿意,不愿意!我也诅咒他们!……你走吧,我见不得你!走开,走开!"

我明白,她是处于狂乱状态中,一看到我便气愤欲狂;我明白,这是必然的,我觉得还是走的好。我坐在楼梯顶端的第一个阶梯上等候着。有时我站起来,打开门,把玛芙拉叫到跟前问她;玛芙拉哭了。

这样过了一个半小时。我在这段时间里的心情真是难以描述。我的心揪得很紧,感到无限痛苦。突然,门打开了,娜塔莎跑到楼梯上来,她戴着帽子,披着斗篷。她仿佛失去了知觉,事后她对我说,她只是模模糊糊地记得这件事,她不知道她要往哪儿跑,也不知道有什么目的。

我还没有来得及从我坐的地方跳起来并找个地方躲开她,她突然看见了我,不禁大吃一惊,便一动不动地在我面前站住了。"我突然想起,"她事后对我说,"我这个发了疯的狠心的

393

人,把你,你,我的朋友,我的哥哥,我的救命恩人,给赶走了!当我看到,你,可怜的人,受了我的侮辱以后还坐在我门口的楼梯上不走,等着我叫你回去,——天哪!——你不知道,万尼亚,当时我心里是什么样的滋味!就像有人把什么东西扎进了我的心里……"

"万尼亚!万尼亚!"她向我伸出双手,叫了起来,"你在这儿!……"接着便倒在我的怀里了。

我把她抱起来送到室内。她昏迷不醒。"怎么办!"我想,"她会得热病的,这是肯定的!"

我决定跑去请大夫;必须及时治疗。大夫很快就能请来;下午两点钟以前,我那位德国老头通常坐在家里。我恳求玛芙拉一分一秒也不要离开娜塔莎,任何地方都不要让她去,然后就跑去找大夫。上帝帮了我的忙:只要再晚一点儿,我就不能在我的老头家里找到他了。我见到他的时候,他已经从屋里出来走到街上了。我立刻把他请上我雇的马车,他还搞不清是怎么一回事,我们就已经向娜塔莎那儿驶去了。

是的,上帝帮助了我!在我离开的那个半小时里,娜塔莎碰到了这么一件事:若不是我和大夫及时赶到,这件事会把她彻底葬送的。我走后不到一刻钟,公爵就进来了,他刚刚送走了阿辽沙等人,从火车站直接来到娜塔莎这儿。这次访问大概是他蓄谋已久、早就决定了的。娜塔莎事后告诉我,最初的一刹那,她看到公爵前来甚至并不感到惊讶。"我的头脑都乱了。"她说。

他在她对面坐下,用温存的、深表同情的眼光看着她。

"我亲爱的,"他叹了口气,说道,"我理解您的痛苦;我知道,此时此刻您会多么难过,所以感到我有责任来看望您。如果您能够的话,那就把心放宽一些吧,至少您放弃了阿辽沙,您这就成全了他的幸福。但是这一点您比我理解得清楚,因为您决心采取这一宽宏大量的举动……"

"我坐在那儿听着,"娜塔莎告诉我,"然而起初我真的好像不明白他的来意。我只记得,我聚精会神、目不转睛地看着他。他拿起我的一只手,握在他自己的手里。他好像觉得这样做很愉快。我心乱如麻,甚至都没有想到把手从他手中抽回来。"

"您明白,"他接着说,"要是您做了阿辽沙的妻子,日后就会引起他对您的憎恨,您具有高尚的自尊心,所以能认识到这一点,并决定……但是,——我上这儿来并不是为了夸奖您。我只是想告诉您,您永远也不会在任何地方找到比我更好的朋友。我同情您,可怜您。我是身不由己地参与了整个这件事情,但是——我是履行自己的责任。您那高贵的心会懂得这一点,并跟我的心和解……我比您还要难过;请您相信这一点。"

"够了,公爵,"娜塔莎说,"让我安静一会儿吧。"

"一定,我很快就走,"他答道,"可是我像爱自己的女儿一样地爱您,您要允许我来看望您。请您现在把我看作是您的父亲,并允许我为您效劳。"

"我什么都用不着,请您走吧。"娜塔莎又打断了他的话。

"我知道,您很高傲……但是我现在说的话是真诚的、由衷的。您现在打算怎么办呢?跟父母和好?这倒是一件好事,但是令尊不讲公道,为人骄傲而且专横;请原谅我,但事实如此。您现在回到家里,得到的只是责备和新的痛苦……然而您应该自力更生,而我的责任,我的神圣职责——就是现在关心您,帮助您。阿辽沙恳求我不要抛弃您,而要做您的朋友。但是除了我以外,还有人也对您十分热情。您大概会允许我向您介绍纳英斯基伯爵的吧。他的心非常之好,他是我们的亲戚,甚至可以说是我们全家的恩人;他为阿辽沙做了许多事。阿辽沙十分尊敬他,爱他。他是个权力很大的人,有很大的势力,年纪已经老了,您是个姑娘,可以接待他。我已经向他谈到过您。他会给您安排的,如果您愿意,他还可以为您在他的一个女亲戚那里弄一个非常好的位置……我很早就开门见山地、坦率地把我们的事向他说明了,激发了他那善良的、极其高尚的感情,他现在甚至一再请求我尽快把他介绍给您……这个人很能欣赏一切美丽的东西,请相信我,——他是个慷慨而可敬的老头子,懂得珍惜别人的优点,就在不久以前,他在一桩案子里对令尊采取了非常高尚的态度。"

娜塔莎像是受了什么刺激似的稍稍抬起了身子。她现在已经明白他的意思了。

"您离开我,马上走开!"她叫道。

"但是,我的朋友,您别忘了:伯爵也可以为令尊效劳……"

"我的父亲不会从你们那儿拿任何东西。您究竟走不走!"娜塔莎再次叫道。

"啊,天哪,您多么性急,多么不相信人!我干了什么事,居然得到这种报应,"公爵说道,同时有些不安地环顾室内,"无论如何,请您允许我,"他接着说,随即从衣袋里掏出一大包东西,"您会允许我给您留下这个证据,它能证明我对您的同情,尤其能证明纳英斯基伯爵对您的同情,因为是他提醒我这么办的。这儿,这一包里有一万卢布。等一等,我的朋友,"看到娜塔莎愤怒地从座位上站了起来,他急忙说道,"请耐心地听我说完:您知道,令尊的官司输给我了,这一万卢布将作为报酬,它……"

"滚开,"娜塔莎叫道,"拿着这些钱滚开!我可把您给看穿了……噢,真是个卑鄙、卑鄙、卑鄙的小人!"

公爵从椅子上站起来,气得面色煞白。

他此番前来,大概是为了看看那里的情形,弄清楚情况,对于这一万卢布对贫穷的、被众人遗弃的娜塔莎所产生的作用,大概也抱着很大的希望……他为人卑鄙、下流,他不止一次在这一类勾当上为纳英斯基伯爵这个老色鬼效劳。但他憎恨娜塔莎,一看情况不妙,顿时改变口气,幸灾乐祸地去侮辱她,这样他就总算不虚此行。

※※※※※※

"您这么生气,我亲爱的,这可不大好哇,"他急不可耐地想尽快欣赏他的侮辱所产生的效果,以至于说话的声音都有点发抖了,"这可不大好哇。别人想给您找一个靠山,可您却把小鼻子翘了起来……莫非您不知道,您还应该感谢我呢;我早就可以把您送进妓女收容所,因为我是那个被您勾引坏了的年轻人的父亲,您还诈骗他的钱财,但是我没有这么办……嘿嘿嘿嘿!"

但是我们已经进来了。我走进厨房就听到了声音,便让大夫停了一会儿,这样我就听见了公爵的最后那句话。接着传来了他那可恶的哈哈大笑声和娜塔莎绝望的惊叫声:"啊,我的天!"这时我夺门而入,向公爵扑去。

我朝他的脸啐了一口唾沫,使尽全力扇了他一个耳光。他本想朝我扑来,但是看到我们有两个人,便从桌上一把抓住他那包钞票,转眼便逃之夭夭了。是的,他是这么干的;是我亲眼看到的。我从厨房的桌子上拿起一根擀面杖便追了出去……我跑回室内的时候,看见大夫抱住了娜塔莎,而她则像惊厥症发作似的挣脱他的手臂。我们很久都没能使她平静下来;最后,我们终于让她躺在床上了;她像是处于热病的谵妄状态中。

"大夫!她怎么啦?"我问,吓得心脏都快停止跳动了。

"等一等,"他答道,"要对病情作进一步的观察才能做出……但是一般说来,情况并不太坏。最后也可能得热病……不过咱们会采取措施……"

但是我忽然想起一个新的主意。我请求大夫再看护娜塔莎两三个钟头,并让他保证一分钟也不离开她。他向我作了保证,我就跑回家去了。

涅莉忧郁不安地坐在角落里,好奇地看了看我。我的样子大概也很古怪。

我抓住她的双手,在沙发上坐下,让她坐在我的膝上,热烈地吻了吻她。她脸红了。

"涅莉,天使!"我说,"你愿意救救我们么?愿意救救我们大家么?"

她莫名其妙地看了看我。

"涅莉!现在希望全在你的身上了!有一个爸爸:你见过他,认识他;他诅咒自己的女儿,昨天他来这儿请求你到他那儿去顶替他的女儿。现在,她,娜塔莎(你不是说过你爱她吗!)被她所爱的那个人抛弃了,她是为了他才离开她爸爸的。他是那天晚上到这儿来找我的那个公爵的儿子,你记得吗,那个公爵看到只有你一个人在家,而你却从他面前跑走了,后来你就病了……你不是认识他吗?他是个坏蛋!"

"我认识。"涅莉答道,她打了个寒战,面色苍白了。

"是啊,他是个坏蛋。他恨娜塔莎,因为他的儿子阿辽沙想娶她。今天阿辽沙走了,过了一个钟头,他爸爸就到她那里去侮辱她,还威胁她说要把她送进妓女收容所,并且嘲笑她。你明白我的意思吗?"

她的黑眼睛熠熠发光,但她立刻又垂下了视线。

"我明白。"她用几乎听不见的声音说。

"现在娜塔莎孤零零的,生着病;我把她交给我们的大夫,就跑来找你。你听着,涅莉:咱们到娜塔莎的爸爸那里去吧;你不喜欢他,你不愿意到他那儿去,但是现在咱们一起到他那儿去吧。我们一进去,我就说,你现在愿意到他们那里去顶替他们的女儿,顶替娜塔莎。老人现在病了,因为他诅咒娜塔莎,因为阿辽沙的父亲不久以前狠狠地侮辱了他。他现在听都不愿意听到他的女儿,但他爱她,爱她,涅莉,他还想跟她和好;我知道这个,我全都知道!是这样的!……你听见了吗,涅莉?"

"听见了。"她还是那么小声地说。对她说话的时候我泪流满面。她不时胆怯地看看我。

"你相信这件事吗?"

"相信。"

"那好,我带你进去以后,让你坐下,他们会接待你,亲切地对待你,并开始问你各种问题。那时候我就设法让他们开始询问你过去的生活情况:询问你的妈妈和你外公的情况。你就把一切都告诉他们,涅莉,就像你过去讲给我听的那样。你要把一切都讲出来,一切,讲得简单明了,什么事都不要隐瞒。你告诉他们,那个坏蛋怎样抛弃了你的妈妈,她怎样死在布勃诺娃的地下室里,你和妈妈怎么样沿街乞讨;她临死的时候对你说了些什么,要求你做什么……你还要把外公的事告诉他们。你说说他是怎样不愿意原谅你的妈妈,而她在临死的时候怎样打发你去找他,让他到她那儿去饶恕她,他又怎么不愿去……说说她是怎么死的。把一切都说出来,一切!你对他们说这一切的时候,那老人的心里就会感受到这一切。你瞧,他知道阿辽沙今天抛弃了她,只留下她孤零零的一个人,受尽了委屈和羞辱,得不到帮助和保护,任凭敌人摆布。这一切他全都知道……涅莉!救救娜塔莎!你愿意去吗?"

"是的。"她回答,一面深深地吁了口气,并用一种奇怪的目光久久凝视着我;在这目光里有一种类似责备的神情,我的心感觉到了这一点。

但是我不能放弃我的主意。我太相信这个主意了。我抓住涅莉的一只手,我们就出去了。已是午后两点多钟。乌云密布。近来天气一直是又热又闷,但是如今从远处传来了第一声春雷。风在布满尘土的街道上疾驰而过。

我们乘上一辆出租马车。一路上涅莉默不作声,只是偶尔仍用那种奇怪的、莫测高深的目光看看我。她的胸脯剧烈地起伏着,我在马车里扶着她,可以感觉到她那颗小小的心脏在我的手掌下猛烈地跳动,仿佛要从她的胸腔里跳出来。

第 七 章

我觉得这一段路程好像长得没有尽头似的。最后我们终于到了,我怀着一颗几乎停止跳动的心进去见两位老人。我不知道我将怎样离开他们的家,但是我知道,在我离开的时候无论如何也要使老人答应原谅他的女儿,愿意同她和解。

已是三点多钟了。两位老人像通常那样孤孤单单地坐在那里。尼古拉·谢尔盖伊奇十分沮丧,他生着病,伸开腿半卧在他那张舒适的圈椅里,面色苍白,精疲力竭,头上缠着一块手帕。安娜·安德烈夫娜坐在他旁边,不时用醋敷在他的太阳穴上,同时不停地以探询的、痛苦的神情瞧瞧他的脸,这似乎使老人十分不安,甚至使他苦恼。他倔强地一言不发,她也不敢说话。我们的突然到来使他俩都吃了一惊。安娜·安德烈夫娜看到我和涅莉,不知为什么突然感到害怕,最初的一会儿工夫,她看着我们的那副神情就像她蓦地感到自己犯了什么过失似的。

"我把我的涅莉给你们送来了,"我进门时说,"她拿定主意了,现在她愿意上你们这儿来了。请你们接待她、爱护她吧……"

老人怀疑地看看我,凭他的眼神就能猜到他什么都知道了,这就是说,他知道娜塔莎现在已是孑然一身,被抛弃、被遗弃了,说不定还遭到了侮辱。他很想识破我们前来的秘密,于是探询般地看着我和涅莉。涅莉发着抖,紧握着我的手,看着地面,只是偶尔胆怯地四面张望,宛如一只被捕获的小兽。但是安娜·

安德烈夫娜很快醒悟过来,猜到了是怎么回事:她急忙向涅莉走去,吻她,爱抚她,甚至哭了起来,她温存地让涅莉坐在自己身边,攥住她的小手不放。涅莉好奇地,也有点惊讶地斜视着她。

但是,老太太把涅莉爱抚了一番,又让她在自己身边坐下以后,就不知道下一步该怎么办了,于是带着天真的期待神色看着我。老人皱眉蹙额,几乎已经猜到了我把涅莉带来的目的。他看到我在注意他那不满意的神色和蹙起的前额,便举起一只手来摸着脑袋,没头没脑地说:

"头痛,万尼亚。"

我们照旧坐在那儿一言不发;我在考虑怎么开头。室内光线暗淡,乌云临近了,远方又传来隆隆的雷鸣。

"打雷了,今年春天雷雨来得真早,"老人说,"我记得,在一八三七年,我们那里的雷雨来得更早。"

安娜·安德烈夫娜叹了口气。

"是不是把茶炊端上来?"她怯生生地问道;然而谁也没有回答她,她便又向涅莉转过脸去。

"我亲爱的,你叫什么名字?"她问涅莉。

涅莉用微弱的声音说出自己的名字,脑袋耷拉得更低了。老人目不转睛地看着她。

"叫叶莲娜,对吗?"老太太接着说,她活跃起来了。

"是的,"涅莉答道,接着又是片刻的沉默。

"我姨子普拉斯科维娅·安德烈夫娜有个侄女叫叶莲娜,"尼古拉·谢尔盖伊奇说,"我记得你也叫涅莉。"

"你是没有亲人吗,我亲爱的,既没有爸爸,也没有妈妈?"安娜·安德烈夫娜又问。

"没有。"涅莉生硬而胆怯地低声说。

"这一点我听说了,听说了。你妈妈死了很久啦?"

"不久。"

"我亲爱的、孤苦伶仃的孩子。"老太太满腔怜悯地看了看她,接着说。尼古拉·谢尔盖伊奇不耐烦地用手指敲打着桌子。

"你妈妈是个外国人,是吗?您不就是这么告诉我的吗,伊凡·彼特罗维奇?"老太太怯生生地接着问道。

涅莉的一双黑眼睛仓促瞥了我一眼,仿佛向我求援。她的呼吸有点吃力,有点不均匀了。

"安娜·安德烈夫娜,"我开始说道,"她的妈妈是一个英国男子和一个俄国女子的女儿,所以不如说她是个俄国人;涅莉是在外国生的。"

"那么她的妈妈为什么要跟丈夫到外国去呢?"

涅莉蓦地满面绯红。老太太立刻猜到自己失言了,看到那老人愤怒的目光,她不禁打了个寒战。他严厉地看了看她,便转过脸去看着窗子。

"她的妈妈被一个卑鄙的坏蛋欺骗了,"老人突然转过脸来对安娜·安德烈夫娜说,"她和他背着她父亲私奔了,还把父亲的钱给了情人;那人把她的财物骗到了手,把她带到国外,抢光了她的东西就把她抛弃了。有一个好人没有离开她,而且帮助她,直到他死去。他死后,她在两年前回到了她父亲身边。你是这么说的吧,万尼亚?"他蓦地问道。

涅莉异常激动地站了起来,打算向门口走去。

"上这儿来,涅莉,"老人终于向她伸出手去,说道,"坐在这儿,坐在我身边,就是这儿,——坐吧!"他俯身在她的额头上吻了一下,开始轻轻抚摸她的小脑袋。涅莉浑身战栗……但她控制住了自己。安娜·安德烈夫娜大为感动,她怀着愉快的希望瞧着尼古拉·谢尔盖伊奇终于心疼起孤女来了。

"我知道,涅莉,一个坏蛋,一个无耻的坏蛋毁掉了你的妈妈,我还知道,她热爱而且尊敬自己的爸爸。"老人激动地说,继续抚摸着涅莉的小脑袋,他憋不住要在这个时候向我们提出这一挑战。他苍白的双颊泛起淡淡的红晕;但他竭力不看我们。

"妈妈爱外公,比外公爱她爱得厉害。"涅莉胆怯地、然而很肯定地说,她也竭力不看我们任何人。

"你怎么知道?"老人不客气地问道,他像孩子般憋不住了,又好像对自己的缺乏耐性感到羞愧。

"我知道,"涅莉生硬地答道,"他不收留妈妈……还把她赶走了……"

我看到,尼古拉·谢尔盖伊奇本想说点什么,本想加以反驳,譬如可以说那老人不收留他女儿是有道理的之类,但他看了看我们却默不作声了。

"怎么,外公不收留你们,那么你们上哪儿去住呢?"安娜·安德烈夫娜问道,她忽然变得固执起来,定要就这个话题继续谈下去。

"我们来了以后,花了很长的时间寻找外公,"涅莉答道,"可是怎么也找不到。那时候妈妈告诉我,外公早先很有钱,他还想盖一个工厂,现在他却很穷了,因为那个带着妈妈逃走的人从她那里拿走了外公所有的钱,也不还给她。这是她亲口对我说的……"

"哼……"老人不以为然。

"她还对我说,"涅莉接着说道,她越来越富于生气,似乎想反驳尼古拉·谢尔盖伊奇,但却朝着安娜·安德烈夫娜说了下去,"她对我说,外公很生她的气,她非常对不起他,现在除了外公以外,她在世界上再没有一个亲人了。她一边对我说,一边哭……'他不会原谅我的,'当我们还在从外国回来的路上的时候她就这么说,'但是他看见你说不定会爱上你的,为了你他兴许会原谅我。'妈妈十分爱我,她说这话的时候老是吻我,可是却很怕去见外公。她还叫我为外公祈祷,她自己也祈祷,她还对我说了许多事情,说她早先怎么样跟外公住在一起,外公是怎么样爱她超过了爱所有的人。她每天晚上给他弹钢琴、读书,外公就吻她。还送给她许多东西……什么东西都送,有一次,在妈妈的命名日,他们还为这事吵起来了;因为外公以为妈妈还不知道会送给她什么礼物,其实她早就知道了。妈妈想要耳环,而外公却老是故意骗她,说他不送给她耳环,要送给她胸针;当他把耳环拿来,发现妈妈已经知道是耳环而不是胸针的时候,他就为了妈妈已经知道是什么礼物而大发脾气,半天没有跟她讲话,后来他自己走上前去吻她,请求她原谅……"

涅莉说得津津有味,她那苍白的、病态的小脸蛋上甚至泛起了红晕。

她的妈妈显然不止一次对她的小涅莉谈起自己早先的幸福日子,当时她坐在地下室的一个角落里,拥抱着、吻着自己的小姑娘(这是给她留下的人生的全部欢乐),一面对着她哭泣,同时毫不怀疑,她说的这些事情将在生病的孩子具有病态的敏感而且早熟的心灵上引起多么强烈的反应。

但是入了迷的涅莉似乎霍然醒悟过来,她疑虑重重地环顾一下四周,便不做声了。老人蹙起前额,又在桌子上轻轻敲打起来;安娜·安德烈夫娜的眼里闪耀着泪花,她默默地用手绢把它擦去了。

"妈妈来到这儿的时候病得很厉害,"涅莉轻声补充道,"她的胸部得了很重的病。我们找外公找了很久也没能找到,就在地下室里租了一个角落。"

"一个角落,生着病!"安娜·安德烈夫娜叫道。

"是的……是一个角落……"涅莉回答,"妈妈很穷。妈妈告诉我,"她活跃起来,补充道,"穷,不是罪过;富,而且欺负别人,这才是罪过……还说上帝在惩罚她。"

"你们租的地方是在瓦西里耶夫岛上吧?是在布勃诺娃的房子里吧?"老人转脸看着我问道,他竭力想使人感到他这不过是随便问问罢了。他所以要问,仿佛是由于他觉得默不作声地坐在那儿有些不自在。

"不,不在那儿……起初是在小市民街,"涅莉答道,"那里很黑,又很潮湿,"她沉默了一会儿又接着说,"妈妈病得很厉害,但那时她还能走。我给她洗衣服,她就哭。那里还住着一个老太太,是一个大尉的寡妇,还住着一名退职的官员,他回来时老是醉醺醺的,每夜都是又叫又嚷。我很怕他。妈妈就让我睡在她的床上,她搂着我,而她自己却常常浑身发抖,那个官员又叫又骂。他有一次想揍那个大尉的寡妇,可她是个老太太,拄着拐棍。妈妈很可怜她,就出面为她鸣不平;那官员打我妈妈,我就打他……"

涅莉不往下说了。回忆使她十分激动,她两眼闪闪发光。

"我的天哪!"安娜·安德烈夫娜叫道,她完全被这故事吸引住了,目不转睛地瞧着涅莉,涅莉主要是对着她在讲。

"于是妈妈就离开了,"涅莉接着说,"把我也带走了。这是在白天。我们老是在街上走来走去,一直走到晚上,妈妈老是边走边哭,用手牵着我。我很累了,那天我们又没有吃东西。妈妈老是自言自语,还老是对我说:'要做一个穷人,涅莉,我死了以后,不管什么人说什么话,你都不要听。别去求任何人;你就一个人过,做个穷人,去找活儿干,要是找不到活儿,就去讨饭,别去求他们。'天黑的时候,我们穿过一条大街;忽然,妈妈叫了起来:'阿佐尔卡!阿佐尔卡!'——忽然有一条没有毛的大狗,跑到妈妈跟前,尖叫着向她扑去,妈妈吓坏了,她脸色煞白,叫了起来,跪倒在一个高高的老头子面前,那老头子拄着拐棍走着,看着地面。这个高高的老头子就是外公,他又干又瘦,穿着破烂衣服。那是我第一次看到外公。外公也大吃一惊,脸色全都白了,他看到妈妈躺在他的身边,抱着他的两腿,——他挣脱出来,推开妈妈,拿拐棍在石板上敲了一下,很快离开我们走了。阿佐尔卡还留在后头叫个不停,它舔着妈妈,后来就向外公跑去,咬住他的衣裾把他往回拉,外公就拿拐棍打它。阿佐尔卡又想跑到我们这儿来,外公叫了它一声,它就跟着外公跑了,还不停地叫着。妈妈像死人一样躺在地上,周围挤满了人,警察也来了。我不停地叫喊,把妈妈扶起来。她站了起来,四下里看了看,就跟着我走了。我把她带回家里。人们看了我们很久,不停地摇头⋯⋯"

涅莉停下来喘喘气,并克制一下自己的情绪。她面色惨白,但目光中闪烁着坚毅的神色。她显然终于下定决心把一切都说出来。此时她甚至有一种挑战的神气。

"嗯,"尼古拉·谢尔盖伊奇用游移不定的声音说道,语气里有一种容易动怒的急躁情绪,"嗯,你妈妈侮辱了她的爸爸,他有理由抛弃她⋯⋯"

"妈妈也是这样对我说的,"涅莉突然打断了他的话说道,"我们回到家里,她老是说:那是你的外公,涅莉,我对不起他,他就诅咒我,为了这件事现在上帝也在惩罚我,整个那天晚上和以后的几天,她老是这么说。她说的时候就像她不明白自己说些什么似的⋯⋯"

老人不做声了。

"后来你们是怎么搬到另一个房子里去的呢?"安娜·安德烈夫娜问道,她仍在轻声啜泣。

"妈妈就在那天夜里生病了,大尉的寡妇在布勃诺娃那儿

407

找到了住处,第三天我们就搬过去了,大尉的寡妇也和我们一起搬了过去;搬过去以后,妈妈就卧床不起了,一直躺了三个礼拜,我照料她。我们的钱全花光了,大尉的寡妇和伊凡·阿列克桑德雷奇帮助我们。"

"就是那个棺材匠,棺材店老板。"我作了说明。

"当妈妈能下床走路的时候,她就把阿佐尔卡的事也告诉我了。"

涅莉停了一会儿。谈话转到阿佐尔卡身上,老人好像为此感到高兴。

"关于阿佐尔卡,她对你说了些什么?"他问。他坐在圈椅里,身子弯得更低了,仿佛更加不愿让别人看到他的面孔,他的眼睛瞧着地面。

"她老是对我讲外公的事,"涅莉答道,"她生病的时候也老是讲他,说胡话的时候也讲。等到她开始好起来的时候,她就又对我讲起她先前生活的情况了……这时候她也谈到阿佐尔卡,因为有一次在城外河边的一个地方,有几个小孩子用绳子拉着阿佐尔卡要把它淹死,妈妈给了他们一些钱,把阿佐尔卡买下了。外公看到阿佐尔卡,把它大大嘲笑了一番。不过阿佐尔卡跑啦。妈妈哭起来了;外公害怕了,就对别人说,谁能把阿佐尔卡找回来,就给他一百个卢布。第三天就有人把阿佐尔卡找了回来:外公给了那人一百卢布,从此就喜欢阿佐尔卡了。妈妈是那么喜欢它,甚至让它跟自己睡一个床。她告诉我,阿佐尔卡早先跟卖艺的走街串巷,它也会表演,让猴子骑在它背上,还会玩枪使棒,表演许多节目……妈妈离开外公以后,外公就把阿佐尔卡留在自己身边,老是带着它一起上街,所以妈妈只要在街上看到阿佐尔卡,她马上就会猜到,外公也在那儿……"

老人显然并不是要听阿佐尔卡的这些事,他的眉头越皱越紧了。他什么都不再打听了。

"那么说来,你们就再也没有见到过外公?"安娜·安德烈夫娜问道。

"不,妈妈的病开始好转以后,我又遇见了外公。我到铺子里去买面包;忽然看见一个人带着阿佐尔卡,我看了看,就认出了外公。我躲到一边,贴在墙根上。外公看了看我,他看了很久,样子那么可怕,我很怕他。后来他从我身边走过去了。阿佐尔卡也记起了我,便在我身边跳来跳去,舐我的手。我赶快回家,回头一看,外公又走进那个铺子里去了。这时候我想:他一定是去打听我们的情况,于是我更加害怕了。回到家里,我什么都没有对妈妈讲,怕她又生起病来。第二天我也没有上那个铺子去,说我头疼。第三天我去的时候,谁也没有碰到,我非常害怕,就赶快跑了。又过了一天,我刚刚走到拐弯的地方,忽然看见外公和阿佐尔卡就在我前面。我跑到另一条街上,从另一个方向朝小铺走去;不料我又忽然撞见了他,把我吓得站在那里都不能动了。外公站在我面前,又把我看了很久,后来就摸我的头,拉着我的手把我带走了,阿佐尔卡跟在我们后头摇尾巴。这时候我看见外公走路都很吃力了,他老是拄着拐棍,两手颤抖得很厉害。他把我领到一个小贩跟前,那小贩正坐在街角上卖蜜糖饼干和苹果。外公买了一块公鸡饼干、一块鱼饼干、一块糖和一个苹果,他从皮夹里掏钱的时候,手抖得非常厉害,把一枚五戈比的钱掉在地上了,我给他拾了起来。他把这五戈比和蜜糖饼干都送给我了,还摸摸我的头,但又是啥也没说,离开我回家去了。

"那时我见到妈妈,就把外公的事全都告诉她了,我说起初我怕他,躲着他。妈妈起初不相信我的话,后来她高兴了,整个晚上都盘问我,一边吻我一边哭,当我把一切都对她说了以后,她就叫我往后再也别怕外公了,因为外公既然故意走到我面前来,那么他一定是喜欢我。她还嘱咐我对外公要亲热,要跟他讲话。第二天一早,她好几次催我出去,尽管我告诉她,外公总是在天快黑的时候才出来。我出去的时候她老是远远地跟着我,躲在街角里,第二天也是这样,可是外公没有来,这几天老是下雨,妈妈得了重伤风,因为她老是跟我一起出门,她又倒在床上了。

"过了一个礼拜,外公出来了,他又给我买了一块鱼饼干和一个苹果,又是啥也没说。他离开我的时候,我偷偷地跟着他,因为我早就想知道外公住的地方,然后告诉妈妈。我远远地在街对面走着,好让外公看不见我。他住的地方很远,不是他后来居住和死去的那个地方,而是在戈罗霍瓦亚街上,那也是个大房子,在四层楼上。我全都搞清楚了,回家就迟了。妈妈十分害怕,因为她不知道我上哪儿去了。当我讲给她听的时候,妈妈又很高兴,马上就想去看外公,第二天就去;但是第二天她想了想就害怕了,一连怕了三天;这样她就没有去。后来她把我叫到跟前,说:你瞧,涅莉,我现在生病,不能去了,我给你外公写了一封信,你去把信交给他。你去看看,涅莉,看他怎么读信,说些什么,做些什么;你就跪在那里,吻他,请求他饶恕你的妈妈⋯⋯妈妈哭得很厉害,她不停地吻我,祝福我一路平安,还祷告上帝,让我跟她一起跪在神像前,她虽然病得很厉害,可是还把我送到门口,我回头看看,她还一直站在那里看着我走⋯⋯

"我走到外公那儿,把门打开,门上没有挂钩。外公坐在桌前吃面包和土豆,阿佐尔卡站在他面前看着他吃,摇着尾巴。在外公住的那个屋子里,窗子也是又低又暗,也是只有一张桌子和一把椅子。他一个人住。我一进去,他吓得脸色煞白,浑身发抖。我也吓坏了,我啥也没说,只是走到桌子跟前把信放在上面。外公一看到信便大发脾气,跳起来就冲着我挥动拐棍,但没有打我,只是把我拉到穿堂里推了我一下。我还没有走下第一段楼梯,他又把门打开,把那封没有拆开的信扔回给我。我回到家里把一切都说了。妈妈又病倒了……"

第 八 章

这时打了一个很响的雷,倾盆大雨开始敲击着玻璃窗;室内暗了下来。老太太仿佛有点害怕,在自己身上画了个十字。我们顿时都不做声了。

"马上就会过去的。"老人看了看窗子说;接着他站起来在室内踱来踱去。涅莉斜视着他。她处于非常强烈的、病态的激动状态中。我看到了这一点;但她不知为什么回避着我。

"哦,往后呢?"老人问,他又在自己的圈椅里坐下了。

涅莉胆怯地环视了一下。

"那么说来,你就再没有见到自己的外公?"

"不,我见到过……"

"那好啊,好啊!你说吧,我亲爱的,你说吧。"安娜·安德烈夫娜急忙说道。

"我有三个礼拜没有见到他,"涅莉开始说,"直到冬天到了,冬天到了,下起雪来。当我在先前那个地方又碰到外公的时候,我十分高兴……因为妈妈为了他不出来而感到忧愁。我一看到他,就故意跑到街对面去,让他看到我是在躲他。不过我回头一看,看见外公起初很快跟着我走,后来就跑了起来,想追上我,他开始向我喊叫:'涅莉,涅莉!'阿佐尔卡跟着他跑。我觉得他怪可怜的,便站住了。外公走到我跟前,抓住我一只手,领着我走,他看到我在哭,便站住了,看了看我,弯下腰来吻我。这时候他看见我的鞋破了,便问我:难道你没有别的鞋啦。我赶紧告诉他,妈妈一个钱也没有,棺材匠夫妇完全是因为可怜我们才给我们东西吃。外公啥也没说,但是把我领到市场上,给我买了一双鞋,叫我立刻穿上,然后把我领到戈罗霍瓦亚街他的住处,在这之前他还到小铺里去买了个大馅饼和两块糖果。我们到了以后,他叫我吃馅饼,我吃的时候他就看着我,后来又给了我两块糖。阿佐尔卡把两只前爪趴在桌子上,也要吃馅饼,我给了它一块,外公就笑起来了。后来他拉住我,让我坐在他身边,开始摸我的头,并问我是不是上过学,知道什么事情?我对他说了,他就吩咐我说,只要我有空,我每天下午三点都可以去找他,他可以教我。后来他叫我转过脸去看着窗外,直到他让我回过头来的时候我才能重新回头看他。我就这样站着,但是我偷偷地回头看看,看见他把自己的枕头拆开,从底下的一个角落里掏出四个卢布。他掏出来以后就拿到我面前,说:'这只给你一个人用。'我本想收下,但是后来想了想,就说:'要是只给我一个人用,我就不要。'外公忽然生气了,对我说:'好吧,随你的便,你拿了就走吧。'我走了,他没有吻我。

"我回到家里,全告诉了妈妈。妈妈的身体越来越坏了。有一个大学生常去找棺材匠;他给妈妈看了病,还让她吃药。

"我常常去找外公,妈妈是这样吩咐我的。外公买了一本新约和一本地理书,开始教我;他有时告诉我,世界上有些什么国家,这些国家里住着一些什么样的人,世界上有哪些海,古代是什么样子,基督怎样饶恕我们大家。每当我问他什么,他就很高兴;所以我开始常常问他,他也老是给我讲,关于上帝的事情他也说了很多。有时我们不学习,就跟阿佐尔卡一起玩:阿佐尔卡已经很喜欢我了,我教会它从拐棍上跳过去,外公笑了,一直摸着我的头。不过外公是很少笑的。有一次他说了很多话,忽然不做声了,坐在那里像是睡着了,眼睛却睁着。他就这样一直坐到天黑,天黑以后他变得那么可怕,那么老……有的时候我去找他,而他却坐在他的椅子里想心事,什么都听不见,阿佐尔卡躺在他身边。我等着,边等边咳嗽;外公还是不回头看看。我就走了。妈妈已经在家里等我了。她躺在床上,我就把一切都告诉她,一直说到夜里我还在说,她也一直听着外公的事:他今天干了什么,对我说了什么,讲了哪些故事,给我上了什么课。当我开始谈到阿佐尔卡,说我逼着它从拐棍上跳了过去,外公笑了的时候,她也忽然笑了起来,而且笑了很久,高兴了很久,然后又让我再说一遍,后来就开始祷告。我一直在想:为什么妈妈这么爱外公,而他却不爱她。当我到了外公那里,我就故意告诉他,妈妈是怎么样爱他。他老是听着;样子很生气,可老是听着,一句话也不说;那时我就问他,为什么妈妈这么爱他,老是打听他的情况,而他却从来不问妈妈的情况。外公发脾气了,把我赶出门外;我在门外站了一会儿,他忽然又把门打开,把我叫了回去,一直气呼呼的不说话。后来当我们开始读福音书的时候,我又问他:为什么耶稣基督说:'你们要彼此相爱,还要饶恕那些冒犯了你们的人。'而他却不愿意饶恕妈妈?这时候他跳了起来,叫喊着说,这是妈妈教给我的,于是又一次把我推了出去,说是要我永远也不敢去看他。我说,现在我自己就不去他那里,于是就离开他走了……外公第二天就从他的住处搬到……"

"我刚才说过,雨很快就会过去,这不是过去了吗,太阳也出来了……你瞧,万尼亚。"尼古拉·谢尔盖伊奇转脸看着窗外,说道。

安娜·安德烈夫娜非常诧异地看了看他,突然,至今一直那么温驯而害怕的老太太的眼里闪现了怒火。她默默地抓住涅莉的手,让她坐在自己的膝上。

"告诉我,我的天使,"她说,"我要听你讲……让那些狠心的人……"

她没有说完便哭起来了。涅莉用询问的目光看了看我,似乎有点纳闷,又有点害怕。老人看看我,耸耸肩,但马上又转过脸去了。

"接着说,涅莉。"我说。

"我有三天没有去找外公,"涅莉又开始说道,"这期间妈妈病得厉害起来。我们的钱全花光了,没有钱买药,我们也没有任何吃的东西,因为棺材匠夫妇自己也什么都没有了,他们开始埋怨我们,说我们依赖他们过日子。第三天早晨,我一起床就开始穿衣服。妈妈问我上哪儿去?我说,去找外公要钱,她很高兴,因为我已经全都对妈妈说了,我告诉她,他怎样把我赶了出来,还对她说,我再也不愿意去找外公了,虽说她哭着劝我还是要去。我到了那里,知道外公搬走了,就到他的新住处去找他。我一走进他新的住处,他就跳起来,冲到我面前直跺脚,我马上告诉他,妈妈病得很厉害,需要钱买药,五十个戈比,而我们一个钱也没有。外公嚷了起来,把我推到楼梯上,随后关上门,挂上门钩。但是他推我的时候我曾告诉他,我要坐在楼梯上,一直坐到他给了钱我才走。我就在楼梯上坐下了。过了一会儿,他把门打开,看见我坐着,又把门关上了。后来过了很久,他又打开门,又看见了我,就又把门关上了。后来他又开门出来看了好多次。最后,他和阿佐尔卡出来,把门锁上,经过我的身边出门去了,一句话也没有对我说。我也一句话不说,还是坐在那里,一直坐到天黑。"

"我亲爱的,"安娜·安德烈夫娜叫道,"坐在楼梯上那可冷哪!"

"我穿着皮袄。"涅莉答道。

"穿着皮袄嘛……我亲爱的,你吃了多少苦哇!他怎么样啦,你的外公?"

涅莉的嘴唇颤抖起来,但是她费了很大的力气,克制住了自己的情绪。

"他回来了,那时天已完全黑了,他上来碰到我就叫了起来:谁在那儿?我说,是我。他准以为我早就走了,不料看到我还在那里,便大吃一惊,在我面前站了很久。忽然他拿拐棍敲了敲台阶,跑去把门打开,过一会儿就给我拿来一些铜板,全是五戈比的,把它们扔在我身边的楼梯上。'给你,'他叫道,'拿去,我的钱全在这儿了,去告诉你妈妈,我诅咒她。'他把门砰的一声关上了。五戈比的铜板在楼梯上滚。我开始摸着黑去捡铜板,外公准是知道他把铜板扔了一地,我摸着黑不容易把它们都捡起来,于是开开门拿出一支蜡烛,我借着蜡烛的光,很快就把铜板都捡起来了。外公也跟我一起捡,他还告诉我,总共是七十戈比,然后就走了。我回到家里,把钱给妈妈,把一切都告诉了她,妈妈的病情加重了,我也病了一夜,第二天还浑身发烧,但是我的脑子里只有一个想法,因为我生外公的气,妈妈睡着以后,我就上街朝外公的住处走去,还没有走到,便在桥上站住了。这时候那个人就走过去了……"

"那是阿尔希波夫,"我说,"就是我向你谈到过的那个人,尼古拉·谢尔盖伊奇,——他跟一个商人去布勃诺娃家,在那里挨了一顿痛打。那是涅莉第一次见到他……接着讲,涅莉。"

"我叫住了他,向他要钱,要一个银卢布。他看了看我,问道:银卢布?我说:是的。那时他笑了起来,对我说:跟我走吧。我不知道是不是该跟他走,忽然走来一个老头儿,戴着金边眼镜;他听到我要银卢布,就向我弯下腰来问道:为什么我非要这么多钱不可。我告诉他,妈妈病了,需要这么多钱买药。他问,我们住在哪儿?他记了下来,就给了我一张一个银卢布的钞票。

那个人一看到戴眼镜的老头儿便走了,再也不要我跟他一块儿去了。我到一个小铺里去把银卢布换成了铜板;三十个戈比我包在一张纸里,留给妈妈用,七十个戈比我没有用纸去包,我故意把它们攥在手心里,便到外公那儿去了。我到了他那里,把门推开,站在门口,把手一挥就把所有的钱都扔给他了,那些钱都在地板上滚。

"'把您的钱拿去吧!'我对他说,'妈妈不要您的钱,因为您诅咒她。'我把门砰的一声关上,马上就跑走了。"

她两眼闪闪发光,带着天真的挑战神气看了看老人。

"就该这么办,"安娜·安德烈夫娜说,她不看尼古拉·谢尔盖伊奇,把涅莉紧紧地搂在自己怀里,"对他就该这么办,你的外公又坏又狠……"

"哼!"尼古拉·谢尔盖伊奇回敬道。

"喂,往后呢,往后呢?"安娜·安德烈夫娜焦急地问道。

"我再也不去找外公,他也不来找我了。"涅莉答道。

"哦,那么你和妈妈又怎么过呢?啊,你们真可怜,真可怜啊!"

"妈妈病得更加厉害了,她已经很少下床,"涅莉接着说,她的声音发抖,而且停顿了一下,"我们一个钱也没有了,我开始跟大尉的寡妇上街去。大尉的寡妇挨门挨户乞讨,也在街上拦住好人要钱,她就这么过日子。她对我说,她不是叫花子,她有证件可以证明她的官衔,还可以证明她穷。她把这些证件拿给别人看,别人就为这给她钱。她还对我说,向大家要钱并不可耻。我就跟她一起乞讨,人们给我们钱,我们就这么过日子。妈妈知道了这件事,因为别的房客开始把我叫做叫花子,布勒诺娃也跑去对妈妈说,不如把我交给她,以免上街讨饭。她早先也找过妈妈,还给妈妈送钱去;妈妈不要她的钱,布勒诺娃就说:您为什么这么骄傲?她还给妈妈送去吃的东西。现在她这样谈到我的事,妈妈就哭了,害怕了。布勃诺娃就开始骂她,因为布勃诺娃喝醉了,她说,反正我是个叫花子,老跟大尉的寡妇上街讨饭,当天晚上她就把大尉的寡妇赶出了那幢屋子。妈妈知道了这一切,就哭起来了,后来她忽然从床上起来,穿好衣服,抓住我一只手就把我带走了。伊凡·阿列克桑德雷奇不让她走,但是她不听,我们就走了。妈妈几乎走不动,隔一两分钟就要在街上坐一会儿,我扶着她。妈妈老是说,她要去找外公,要我领她去,那时候早就到夜里了。忽然我们走到一条大街上;在那里的一座房子前面停着一些轿式马车,走出许多人来,窗子里灯火通明,可以听到音乐的声音。那时妈妈停下来,抓住我对我说:'涅莉,要做一个穷人,穷一辈子,别去找他们,不管是什么人叫你去,也不管是什么人来找你,你都别去理他。你本来也可以上那儿去,做一个有钱的人,穿上漂亮衣服,但是我不愿意你这样。他们又坏又狠,你听我的嘱咐:永远做一个穷人,找活儿干,要不就去讨饭,要是有人来找你,你就说:我不愿意跟您去!……'这是妈妈对我说的,那时她生着病,我要一辈子听她的话,"涅莉补充道,她激动得发抖,小脸蛋涨得通红,"我要一辈子侍候人,找活儿干,我到你们这儿来也要侍候人,找活儿干,我不愿意像你们的女儿那样……"

"够了,够了,我亲爱的,够了!"老太太紧紧地搂着涅莉,叫道,"你知道,你妈妈说这话的时候生着病呢。"

"她发疯了。"老人尖刻地说。

"就算她疯了吧!"涅莉突然向他转过脸去,叫道,"就算她疯了吧,但是她是这样嘱咐我的,我要一辈子听她的话。当她这样对我说的时候,她都昏过去了。"

"天哪!"安娜·安德烈夫娜叫道,"她生着病,在大街上,又是冬天？……"

"人们想把我们送到警察局去，但是有一位先生走上前来，他打听到我的住处，给了我十个卢布，吩咐别人用他的马车把妈妈送回我们家里。妈妈从此再没有下床，——过了三个礼拜就死了……"

"那么她的爸爸呢？他还没有原谅她？"安娜·安德烈夫娜叫道。

"没有原谅！"涅莉回答，她十分痛苦地克制住自己的感情，"妈妈在她死前的一个礼拜把我叫到跟前，说道：'涅莉，再去找一次外公，最后一次，请求他到我这儿来饶恕我；你告诉他，再过几天我就要死了，就要把你一个人留在世界上。你还要告诉他，我这样死去，心里很难过……'我去了，敲敲外公的门，他开开门，一看到是我，马上就要把我关在门外，但是我用双手抓住门，对他叫嚷：'妈妈快死了，她叫您去，走吧！……'但是他把我推开，砰的一声把门关上。我回到妈妈身边，躺在她身边，搂着她，一句话也没有说……妈妈也搂着我，一句话也没有问……"

这当儿，尼古拉·谢尔盖伊奇用一只手撑着桌子吃力地站了起来，但他用一种古怪的、模糊的眼神环视了我们大家一眼，仿佛精疲力竭一般又颓然坐在圈椅里了。安娜·安德烈夫娜已经不再看他，但是却搂着涅莉号啕大哭……

"到了她临死的前一天，天快黑的时候，妈妈把我叫到她跟前，抓住我的手说：'今天我要死了，涅莉，'她还想说点什么，可是说不出来了。我看着她，她好像已经看不见我似的，只是把我的一只手紧紧地攥在她的两只手里。我轻轻地把手抽了出来，从屋里跑了出去，一直跑到外公那里。他一看到我就从椅子上跳了起来，他盯着我，觉得非常害怕，脸色煞白，浑身哆嗦。我抓住他的手，只说了一句：'她快死了。'这时候他忽然焦急起来；

419

他抓起拐棍就跟着我跑,连帽子也忘记拿了,可是天气很冷。我抓起帽子,给他戴上,我们就一起跑了出来。我催他赶快跑,还让他雇一辆马车,因为妈妈马上就要死了;但是外公总共只有七个戈比。他叫住几辆马车,跟车夫讲价钱,但他们只是嘲笑他,还嘲笑阿佐尔卡,阿佐尔卡跟我们一起跑,我们就跑啊,跑啊。外公累了,喘气很吃力,但他还是急急忙忙地跑着。忽然他跌倒了,帽子也掉了。我把他扶起来,又给他戴上帽子,开始搀着他,直到黑夜快要降临的时候我们才走到家……但是妈妈已经死了。外公一看见她,举起双手一拍,发着抖站在她面前,一句话也不说。这时候我走到死去的妈妈跟前,抓住外公的一只手,对他叫道:'你这个狠心的坏人,你瞧!……你瞧!'这时外公叫了起来,像死人一样跌倒在地板上了……"

涅莉跳了起来,挣脱了安娜·安德烈夫娜的拥抱,面色苍白、疲惫不堪、神色惊恐地站在我们当中。但是安娜·安德烈夫娜向她扑去,又把她搂住,像是灵机一动似的叫道:

"我,我现在要做你的妈妈,涅莉,你就是我的孩子!是的,涅莉,咱们走,离开他们这些狠心的坏人!让他们去嘲笑人吧,上帝,上帝会跟他们算账的……咱们走,涅莉,咱们离开这儿,咱们走!……"

无论是以前还是后来,我从来没有看到过她这副模样,我也不曾料到她居然会如此激动。尼古拉·谢尔盖伊奇在圈椅里挺直身子,站了起来,用断断续续的声音问道:

"你上哪儿,安娜·安德烈夫娜?"

"去找她,找女儿,找娜塔莎!"她叫道,一面拉着涅莉向门口走去。

"别忙,别忙,等等!……"

"没啥可等的,狠心的坏人!我等了好久了,她也等了好久了,现在再见吧!……"

老太太说完了,转身看看丈夫,不禁呆住了:尼古拉·谢尔盖伊奇站在她面前,抓着自己的帽子,正用一双簌簌直抖的、软弱无力的手焦急地穿大衣。

"你也……你也跟我一块儿去!"她叫道,一面哀求地把双手交叉在一起,将信将疑地看着他,仿佛都不敢相信竟会有这样幸福的事。

"娜塔莎,我的娜塔莎在哪儿!她在哪儿!我的女儿在哪儿!"这呼号终于从老人的胸中迸发出来了,"把我的娜塔莎还给我!她在哪儿,在哪儿!"他抓起我递给他的拐杖便向门口冲去。

"他饶恕了!他饶恕了!"安娜·安德烈夫娜叫道。

但是老人还没有走到门口,门就迅速打开了,娜塔莎跑了进来,她面色苍白,两眼火红,像是得了热病。她的大衣揉皱了,被雨淋湿了。包在她头上的头巾,滑到她的后脑勺上,在她那一绺绺蓬乱而浓密的头发上,闪耀着一大滴一大滴的雨水。她跑进来,一看见爸爸,便大叫一声,在他面前跪下了,同时向他伸出双手。

第 九 章

　　但是他已经把她搂在怀里了!……

　　他搂住她,把她像一个孩子似的抱起来,让她在他的圈椅里坐下,然后跪在她面前。他吻她的双手、双脚;他急匆匆地吻她,急匆匆地看她,似乎还不相信,她又和他团聚了,他又看到了她的模样,听见了她的声音——她,自己的女儿,自己的娜塔莎!安娜·安德烈夫娜一面搂着她,一面号啕痛哭,让她的头贴在自己的胸前,一动不动地这样搂着,一句话也说不出来。

　　"我的亲人!……我的生命!……我的欢乐!……"老人断断续续地叫道,他抓住娜塔莎的双手,像情侣一样看着她苍白、憔悴、然而美丽的容貌,看着她那双闪耀着泪花的眼睛。"我的欢乐,我的孩子!"他一再说,接着又沉默了,怀着虔敬的狂喜看着她。"你们为什么,为什么告诉我,说她瘦了!"他面带性急的、孩子般的笑容对我们说,依然跪在她面前,"她瘦了,这不错,她面色有些苍白,但是你瞧,她有多么好看! 比早先更漂亮了,是的,更漂亮了!"他补充道,精神上的痛苦,一种欢乐带来的痛苦,使他都说不出话来了,这种痛苦仿佛使他的心裂成了两半。

　　"您站起来,爸爸! 您站起来呀,"娜塔莎说,"我也想吻您!……"

"啊,亲爱的!你听见了吗,你听见了吗,安努什卡①,她这话说得多好啊。"他痉挛着拥抱了她。

"不,娜塔莎,我,我应当躺在你的脚下,一直躺到我的心听见你饶恕了我,因为我现在永远、永远也不配得到你的宽恕!我抛弃了你,我诅咒过你,你听见了吗,娜塔莎,我诅咒过你,——我居然会干出这种事来!……而你,你,娜塔莎:你能相信,我诅咒过你!你相信了——你是相信了!不该相信啊!你不该相信,简直不该相信!冷酷的小心肝!你为什么不来看我?你不是知道我会怎样接待你的吗!……啊,娜塔莎,你一定记得,我早先是多爱你呀!现在呢,这一段时期,我对你的爱比先前增加了一倍,增加了一千倍!我怀着满腔热血爱你!我巴不得把我的心血淋淋地掏出来,把它切成几块放在你的脚下!……啊,我的欢乐!"

"那么您就吻我吧,您这个狠心的人,吻我的嘴,吻我的脸,像妈妈那样吻我吧!"娜塔莎用虚弱无力、充满欢乐之泪的声音叫道。

"还要吻眼睛!还要吻眼睛!你记得吗,跟先前那样,"老人久久地、甜蜜地拥抱了女儿一阵,又再三地说道,"啊,娜塔莎!你梦见过我们吗?我几乎天天夜里都梦见你,你每天夜里都上我这儿来,我看到你就哭。有一次你来了,你还记得吗,那时你还是个小姑娘,只有十岁,刚刚开始学弹钢琴,——你来的时候穿着短外衣,穿一双漂亮的小鞋,两只红红的小手……那时候她的小手总是那么红红的,你记得吗,安努什卡?——她走到我跟前,坐在我膝头上,搂着我……你呀,你呀,你这个坏丫头!你怎么会以为,要是你上这儿来,我会诅咒你,不愿接待你

---

① 安娜的昵称。

423

呢!……是啊,要知道我……你听呀,娜塔莎:你要知道,我常去看你,妈妈不知道,谁也不知道;有的时候我站在你的窗下,有的时候我就等你:有一次我等了你半天,就在你门外人行道上的一个地方;只要你偶然出来走走,我就可以远远地看看你!晚上你的窗台上常常点一支蜡烛;我有好多次在晚上去你那儿,娜塔莎,哪怕看看你的蜡烛也好,哪怕能看到你映在窗上的影子也好,我就可以祝福你一夜平安。你可祝福过我一夜平安?你想到过我吗?你的小心儿听到过我站在你的窗外吗?在冬天,我有好多次深更半夜爬上你的楼梯,站在黑漆漆的穿堂里,隔着门倾听,希望能听到你的声音:你是在笑呢,还是在骂我呢?是啊,那天晚上我去找你,想原谅你,走到你门口我又回来了……啊,娜塔莎!"

他站了起来,把她从圈椅里抱起来,紧紧地、紧紧地把她搂在自己的胸前。

"她又在这里了,又在我的怀里了!"他叫道,"啊,感谢你,上帝,为了一切,为了一切,为了你的愤怒,也为了你的慈悲!……也为了在雷雨之后如今重又照耀着我们的你的阳光!为了此时此刻的一切,我感谢你!啊!哪怕我们受了欺负,哪怕我们受了侮辱,但是我们又团圆了,就让欺负和侮辱过我们的那些高傲的、目空一切的人现在去得意吧!让他们向我们扔石头吧!别害怕,娜塔莎……我们要手挽着手一齐走,我还要告诉他们:这是我宝贵的、心爱的女儿,这是我清白无辜的女儿,你们侮辱了她、欺负了她,但是我爱她,我要永生永世为她祝福!……"

"万尼亚,万尼亚!……"娜塔莎用微弱的声音说,从她爸爸的怀中向我伸出一只手来。

啊!我永远不会忘记,她在此刻想到了我,并且呼唤着我!

"涅莉上哪儿去啦?"老人东张西望地问道。

"哦,她上哪儿去啦?"老太太叫了起来,"我亲爱的!我们把她给忘啦!"

但是她不在室内;她偷偷地溜到卧室里去了。大家都走进了卧室。涅莉站在门后的角落里,胆怯地躲着我们。

"涅莉,你怎么啦,我的孩子!"老人叫道,想拥抱她。但是她不知为什么却久久地盯着他……

"妈妈呢,妈妈在哪儿?"她说道,仿佛神志不清了,"我的妈妈在哪儿,在哪儿?"她又一次叫道,把一双颤抖的手伸向我们,蓦地从她的胸中迸发出一声可怕的、令人毛骨悚然的尖叫;她的面部抽搐起来,旧病剧烈发作,她倒在地板上了……

尾 声

序

最后的回忆

六月中旬。这一天又热又闷；城里简直待不下去：到处都是尘土、石灰、脚手架、滚烫的石头、被蒸汽污染了的空气……所幸终于传来了雷声，真是谢天谢地！天空渐渐阴沉下来；起风了，卷起城里一团团的尘土。几滴很大的雨点沉重地落在地面上，随后整个天空仿佛都裂开了，豪雨如注向城市倾泻下来。半小时以后，太阳重又露面，我打开我那间斗室的窗户，贪婪地把新鲜的空气深深吸入我疲惫的胸腔。我悠然神往，本想抛开那支秃笔，抛开我的一切工作，也抛开出版商，跑到瓦西利耶夫岛上去找我的朋友们。虽说诱惑力是如此强烈，但我还是抑制住了自己的冲动，悻悻然重又伏案工作：无论如何也得把它完成！这是出版商的要求，倘若我不脱稿，他就不会付酬。那里有人在等着我，然而到了晚上我就能得到自由，像风儿一样的彻底的自由，今晚将是对我的犒赏，因为我在这两天两夜里写了三个半印张。

工作终于完成了；我把笔一掷，站了起来，感到腰酸背痛、头昏脑涨。我知道，此时此刻我的神经已紧张过度，我仿佛听见我那位老大夫对我说的最后那句话："不成，再好的身体也经不住这样的紧张，因为这是不可能的！"然而目前这居然是可能的了！我头昏目眩，几乎站不住了；但是我心里却充满了喜悦，无限的喜悦。我的小说已全部脱稿，尽管我现在欠出版商很大一笔债，但当他看见原稿已经到手，他毕竟得付给我一点报酬，哪怕是五十个卢布也好,我久已不曾见到自己的手中有偌大的一笔钱了!自由和金钱!……我欣喜若狂地抓起帽子,挟着手稿,拼命地飞奔,想趁我们最最亲爱的阿列克桑德尔·彼特罗维奇尚未出门之前找到他。

我找到了他,但他已经打算出门了。他也刚刚做成一笔生意,这笔生意虽说跟文学无关,但是能赚一笔大钱。他跟一个皮肤黝黑的小犹太人一起在他的书房里一连坐了两个小时,当他终于把那个犹太人送走之后,便彬彬有礼地向我伸出手来,用他那温和可亲的男低音询问我的健康情况。他是一位异常善良的人,不是开玩笑,我受了他很多恩惠。虽说在文学事业上他一辈子只不过是一个出版商,可是这又算得了他的什么罪过呢?他明白,在文学事业上少不了出版商,而且他是十分及时地明白这一点的;因此他自然应该受到尊敬,也应该享受这份光荣——出版商的光荣。

他听说我的小说已经脱稿,不禁欣然一笑,因为这么一来下一期刊物的主要部分就有了保证。他还对于我总能如期完稿这一点表示诧异,而且十分亲切地说了几句俏皮话,然后他便朝他那一口铁箱走去,要把他答应支付的五十卢布付给我,与此同时,他又递给我一本厚厚的敌对的刊物,指了指批评栏里的几行文字,那里有几句话提到我最近发表的那部小说。

我一看:这篇文章的作者署名"文抄公"。他既不是骂我,也不是捧我,我很满意。但是"文抄公"顺便提到,我的作品一般说来"散发出一股汗味",换言之,我为它们流了太多的汗水,呕心沥血,精雕细琢,刻意求工,结果有点腻人了。

我和出版商哈哈大笑起来。我告诉他,我的前一部小说是两夜写成的,现在我两天两夜又写了三个半印张,——倘若这位指责我写作过于吃力而又写得太慢的"文抄公"知道了这一点,不知作何感想!

"不过这倒是您自己的不是,伊凡·彼特罗维奇。您为什么老是浪费时间,结果就只得在夜里写作呢?"

阿列克桑德尔·彼特罗维奇当然是一位非常可爱的人物,尽管他有一个特殊的弱点——总是爱在一些人面前吹嘘自己的文学见解,然而对于这些人是否彻底了解他的见解,他自己也表示怀疑。但是我不想跟他讨论文学问题,我收下钱便拿起我的帽子。阿列克桑德尔·彼特罗维奇正打算乘马车去瓦西里耶夫岛上自己的别墅,听说我也要去该岛,便亲切地表示要我乘他的马车前往。

"我有一辆新的轿式马车,您没有看到吗?非常漂亮。"

我们走到大门外。马车确实很漂亮,阿列克桑德尔·彼特罗维奇在最初拥有这辆马车的时候感到非常满意,甚至总想让自己的朋友坐坐他的马车。

在马车上,阿列克桑德尔·彼特罗维奇有好几次又对当前的文学事业发起议论来了。他在我面前毫不拘束,泰然自若地重复着他最近从某些文学家那儿听到的各种意见,他信任这些文学家,尊重他们的见解。有时他也尊重一些非常古怪的意见。他偶尔也会把别人的意见说错,或者引用别人的意见用得不是地方,结果闹出笑话。我坐在那儿,默默地听着,人类的欲望居然如此多种多样、千奇百怪,这使我感到诧异。"就拿这个人来说吧,"我暗自思量,"他善于攒钱,那么他就去攒钱好啦;可是他并不满足,他还需要名气,文学上的名气,优秀的出版家、批评家的名气!"

此刻他正卖力地向我详细阐述三天前他就是从我这儿听去的一种文学主张,不过三天前他是反对这种主张的,还跟我争论了一番,可如今他却把它当成自己的主张了。但是这种健忘在阿列克桑德尔·彼特罗维奇是屡见不鲜的,在他的一切熟人中间,他的这个无害的弱点是无人不知的。现在他坐在自己的马车里高谈阔论,显得何等高兴,对自己的命运何等满意,又是何等的和蔼可亲!他谈的是学术上、文学上的问题,就连他那柔和的、彬彬有礼的男低音,也使他显得那么博学。但他渐渐地滑到自由主义立场上去,改而倾向于一种天真的怀疑派信念,即认为在我们的文学界,乃至于在任何一个领域,任何人都永远不可能具备正直和谦逊的美德,而是只有"互打耳光"——尤其是在开始签合同的时候。我暗自寻思,阿列克桑德尔·彼特罗维奇甚至想把任何一个正直而诚实的文学家都当作傻瓜,起码是当作糊涂虫,就是因为他们为人正直而又诚实。当然,这种见解是直接来自阿列克桑德尔·彼特罗维奇的过于天真。

但是我已经不听他的了。到了瓦西里耶夫岛,他让我下了马车,我就向我的朋友们那儿跑去。这就是十三号街,这就是他们的小房子。安娜·安德烈夫娜看到我便伸出一根手指警告我,向我摇晃双手,并对我嘘了一声,让我别大叫大嚷。

"涅莉刚刚睡着,可怜的孩子!"她赶紧低声对我说,"看在上帝分上别吵醒她!亲爱的人儿,她的体质太弱了。我们都为她担心哩。大夫说,眼下还不要紧。可是从您那位大夫嘴里哪里听得到什么有用的话呢!这不是您的过失吗,伊凡·彼特罗维奇?我们一直在等您,等您吃午饭……您两天两夜没来啦!……"

"可是我前天不是说过,这两天我不会来的嘛,"我低声对安娜·安德烈夫娜说,"我得把工作做完呀……"

"您不是答应今天上这儿来吃午饭的吗,您怎么不来呢?涅莉特意从小床上起来了,我的小天使,我们让她坐在安乐椅里,抬着她去吃午饭。她说:'我要跟你们一起等万尼亚,'可是咱们的万尼亚却老是不来。很快就到六点钟啦！你上哪儿逛荡去啦？瞧您这个浪荡鬼！您让她那么伤心,我都不知道该怎么劝她好了……幸亏她睡着了,我亲爱的人儿。尼古拉·谢尔盖伊奇也进城去了(他要回来喝茶的!),剩下我一个人在这里发愁……他弄到了一个职位,伊凡·彼特罗维奇;不过我一想到工作的地方远在彼尔姆,我的心就凉了……"

"娜塔莎在哪儿？"

"在小花园里,我的宝贝,在小花园里！去找她去吧……她也有一点那个……我也搞不清楚……噢,伊凡·彼特罗维奇,我的心里沉甸甸的！她向我保证,说她又快乐又满意,可是我不信她的话……去看她去吧,万尼亚,往后你再悄悄地告诉我,她是怎么啦……你听见啦？"

但是我已不去听安娜·安德烈夫娜的唠叨了,我跑到小花园里。这座小花园附属于这幢房屋;它长宽各二十五步,园内绿阴密布,长着三株枝权延伸得很远的又高又老的大树,几株小白桦树,几丛丁香和金银花;一个角落里长着几丛马林果,还有两畦草莓;两条弯弯曲曲的狭窄的小径,一纵一横地穿过花园。老人为这座小花园沾沾自喜,他断定花园里不久就会长出蘑菇。主要的是涅莉爱上了这座小花园,人们经常让她坐在安乐椅里,把她抬到花园的小径上去,涅莉现在已成为全家的宠儿了。但是这当儿我看到了娜塔莎;她欣喜地迎接我,向我伸出一只手来。她是那样的憔悴,那样的苍白！她也是病后刚刚复原。

"完全脱稿了吗,万尼亚？"她问我。

"完全脱稿了！整个晚上我完全自由了。"

"好啊,谢天谢地！你写得很匆忙吧？撕掉重写的地方多吗？"

"那有什么办法！不过这不算什么。这样紧张的工作,使我的神经受到一种特殊的刺激；我的想象更加鲜明,我的感情也更为生动与深刻了,甚至文风也完全听从我的摆布,所以紧张的工作产生的效果反而倒更好一些。一切顺利……"

"唉,万尼亚,万尼亚!"

我注意到,娜塔莎近来对我在文学上的成就和我的名气感到非常嫉妒。我近一年来发表的作品,她全都读了,她还经常向我打听下一步的创作计划,对于每一篇评论我的作品的文章她都感兴趣,对于有些批评则感到恼火,她一定要我力争在文坛上取得很高的地位。她的心愿表达得非常强烈而执拗,甚至使我对她目前的观点感到诧异。

"你会使得自己文思枯竭的,万尼亚,"她对我说,"你这样强制自己会使文思枯竭的,此外还会葬送你的健康。C＊＊＊用两年时间写一部中篇,N＊用了十年时间只写出一部长篇。可是他们却是那样地精雕细刻、修饰润色!你挑不出一点粗枝大叶的地方。"

"不错,但是他们的生活有保障,没有人给他们限定完稿日期,而我却是一匹拉邮车的驽马!不过这一切都是废话!咱们不谈它了!我的朋友。哦,有什么新闻吗?"

"多着呢。首先是他来了一封信……"

"又一封?"

"又一封。"她递给我一封阿辽沙的来信。这是别后的第三封来信了。第一封信他还是从莫斯科写来的,似乎是在一种狂乱的情绪中写的。他通知她,情况发生了变化,因此他绝无可能像在分别时设想的那样从莫斯科回彼得堡去。在第二封信里,他匆匆告知,他将于日内到我们这儿来尽快和娜塔莎成婚,这是已经决定了的,任何力量也不能阻止这件事。然而从全信的语气却可以明显看出,他已陷于绝望,外来的势力已经完全压倒了他,他自己都不相信他自己了。他还顺便提到,卡佳是他的上帝,只有她一个人安慰他和支持他,我急切地打开了他现在寄来的第三封信。

这封信写了两张信纸,写得缺乏条理、语无伦次、仓促而又潦草,信纸上滴着墨水和眼泪。在信的开头,阿辽沙便宣布同娜塔莎脱离关系,并劝她忘掉他。他竭力证明,他们的结合是不可能的,外来的敌对势力比什么都强大,此外,他和娜塔莎在一起肯定是不会幸福的,因为他俩不相配。然而他憋不住了,蓦地抛开他的推理和论证,既未把信的前半部分撕去,也未把它抛掉,接着就坦率地承认,他在娜塔莎面前是一个罪人,他是不可救药的了,他没有勇气违抗来到乡下的爸爸的愿望。他写道,他难以形容他的痛苦;他还顺便承认,他深信能使娜塔莎幸福,接着突然开始论证,他俩是完全般配的;他顽强地、愤激地驳斥他爸爸的结论;他绝望地描绘着他和娜塔莎一旦成婚必将白首偕老的幸福情景,诅咒自己懦弱无能,并表示将和娜塔莎永别了!信是在满腔痛苦中写成的;他写信的当儿显然已神志失常;我不禁潸然泪下……娜塔莎给了我另一封信,是卡佳写的。这封信和阿辽沙的信装在同一个信封里,但却单独封了起来。卡佳十分简短地用寥寥数行告诉娜塔莎,说阿辽沙的确十分忧愁,常常哭泣,似乎已万念俱灰,甚至生了点病,然而有她陪着他,他是会幸福的。卡佳顺便竭力向娜塔莎说明,请她不要认为阿辽沙很快就能感到安慰,似乎他的忧伤并不真诚。"他永远忘不了您,"卡佳补充道,"也永远不可能忘记您,因为他的心不是如此健忘的;他无限爱您,他将永远爱您;一旦他不再爱您,一旦他在想到您的时候不再伤心,那么我也会因此而立刻不再爱他了……"

我把两封信退还给娜塔莎;我和她互相看了看,一句话也没有说。在看前两封信的时候也是这样,总而言之,我们现在避而不谈往事,仿佛我们之间有什么默契似的。她心里有难以忍受的痛苦,我看出了这一点,然而即便在我的面前她也不愿倾诉。回到父母的家中以后,她因患热病而在床上躺了三个礼拜,现在刚刚复原。我们甚至也很少说到我们不久便将发生的变化,虽说她也知道,老人谋到了一个职位,我们很快就得分手。尽管如此,在这期间她对我却一直是那么亲热,那么关怀,对于有关我的一切又是那么关切;凡是我必须告诉她的有关我自己的事情,她总是那么全神贯注地倾听,一个字也不放过,起初这甚至使我心情感到沉重:我觉得,她是想偿还我的旧债。然而这种沉重的心情很快就消失了:我懂得了,她完全是出于另一种心愿,她只不过是爱我罢了,她无限地爱我,没有我,她就活不下去,她不能不关心有关我的一切,我认为,从来没有一个做妹妹的爱自己的哥哥像娜塔莎爱我那么热烈。我清楚地知道,即将到来的分别使她心里感到压抑,娜塔莎很难过;她也知道,没有她,我也活不下去;但是我们没有谈过这一点,虽然我们对于种种往事却谈得很细……

我问起尼古拉·谢尔盖伊奇的情况。

"我想,他很快就会回来的,"娜塔莎答道,"他答应回来喝茶。"

"他一直在为他的职位奔走吗?"

"是的,不过职位现在已经没有什么疑问了,他今天好像根本用不着出去,"她若有所思地补充道,"他可以明天出去。"

"那他为什么出去了呢?"

"因为我收到了一封信……"

"他为了我就像生了一场病似的,"娜塔莎沉默了一会儿之后又补充道,"这真叫我难过,万尼亚。他好像在梦里也只看到我一个人。我深信,他现在满脑子都是这样一些问题:我怎么样啦？我过得可好？我现在想些什么？——此外他什么都不想了。我的任何烦恼都会引起他的烦恼。我看得出来,他有的时候很不自然地竭力抑制自己的感情,装出一副并不为我发愁的高兴样子,竭力使自己乐呵呵的,还要逗我们开心。在这种时候妈妈也惘然若失,她也不相信他的笑是真的,老是唉声叹气……她是那么不自在……纯朴的心！"她笑着补充道,"今天我收到了信,他就只得马上跑出去,以免看到我的眼神……我爱他超过爱我自己,超过爱世上的任何人,万尼亚,"她补充道,一面低下头来,并抓住我的一只手,"甚至也超过爱你……"

我们在花园里来回走了两趟,她又说了起来。

"马斯洛鲍耶夫今天上咱们这儿来了,他昨天也来过。"她说。

"是啊,近来他经常上你们这儿来。"

"你可知道,他上这儿来做什么？妈妈对他的信任超过了一切。她认为,他对这一类的东西(就是法律之类的东西)十分精通,什么事他都办得到。你可知道她现在打的是什么主意？由于我没能当上公爵夫人,她心里暗暗地感到十分痛苦和惋惜。这种想法简直叫她都活不下去了,她好像把自己的心事全都告诉了马斯洛鲍耶夫。她不敢对爸爸谈起这件事,她想知道,马斯洛鲍耶夫是不是能帮帮她的忙,按照法律是不是办得到这件事？马斯洛鲍耶夫好像并不反对她的想法,于是她就请他喝酒。"娜塔莎带着嘲笑的神气补充道。

"这个无赖还干得出什么好事。可你是怎么知道的呢？"

"是妈妈自己透露的……用暗示的办法……"

"涅莉呢？她怎么样？"我问。

"我简直对你感到惊讶,万尼亚,你直到现在才问起她的情况！"娜塔莎用责备的口吻说。

437

涅莉是全家的宠儿。娜塔莎非常喜欢她,涅莉最后也把自己的心全都献给了她。可怜的孩子!她没有想到,她居然有这么一天能碰到这样一些好人,能够得到这样深厚的爱,我高兴地看到,她那满怀怨恨的心终于软化了,她的心灵向我们大家敞开了。她怀着一种痛苦的热情急于报答周围每一个人对她的爱,这种爱同那激起了她心中的不信任感、怨恨和执拗的过去的全部经历是截然相反的。不过,涅莉至今仍一直表现得很固执,她长期地故意向我们隐瞒郁积在她心中的和解之泪,末了终于向我们解除了武装。她深深地爱上了娜塔莎,后来又爱上了那位老人。对于她来说,我也成了一个不可缺少的人,倘若我久不前往,她的病情就会恶化。最近这一次,为了最后完成被我耽误了的工作,我得有两天的时间不能来看她;在向她告别的时候,我费了好多口舌去安慰她……当然,我是绕着弯子说的。涅莉依然不好意思太坦率、太没有顾忌地表达自己的感情……

她使我们大家都深为不安。我们未做任何商量就默默地决定,她将永远留在尼古拉·谢尔盖伊奇家中,然而动身的日子越来越近,她的病情却日益恶化。从我带她去见两位老人那一天开始,从两位老人同娜塔莎和解的那一天开始,她就病了。不过我现在说的是什么呢?她不是一直在生病吗。先前她的病情就在逐渐发展,然而现在却发展得特别快。我不懂她的病,也不能确切地说明她患的是什么病。诚然,她的病发作得比过去频繁了;然而主要的则是她显得体质虚弱、精疲力竭,经常处于忽冷忽热、神经紧张的状态,——到了最近几天,这一切症状使得她已经不能起床了。奇怪的是,涅莉的病情越重,她对我们的态度就越是温柔、亲热和坦率。三天以前,我从她的小床旁边走过,她抓住我的一只手,把我拉到她跟前。室内没有别人。她的脸在发烧(她已瘦得厉害),两眼像火一般的红。她痉挛而热情地向我探过身来,我向她俯下身去的当儿,她伸出两只黝黑、消瘦的手臂紧紧地搂住我的脖子,热烈地吻了我一下,接着立刻就要娜塔莎去看她;我把娜塔莎叫来了,涅莉定要娜塔莎坐在她的床上看着她……

"我也想看着您,"她说,"我昨天梦见了您,今天夜里我还会梦见您……我常常梦见您……每天夜里都梦见您……"

她显然想说点什么,但感情压抑着她;她自己不明白自己的感情,也不知道该如何加以表达……

她对尼古拉·谢尔盖伊奇的爱,几乎超过了对于除我以外的所有人的爱。应该说,尼古拉·谢尔盖伊奇几乎就像爱娜塔莎那样爱她。他非常善于使涅莉高兴、逗涅莉发笑。他一走到涅莉跟前,就会立刻引起一阵笑声,甚至开始一场嬉戏。生着病的小姑娘会像孩子一般乐不可支,向老人撒娇,嘲笑他,把自己做的梦讲给他听,而且总是要编造一点故事,还逼着他给她讲一点故事,老人看着他的"小女儿涅莉",不禁心花怒放、得意洋洋,一天比一天喜欢她了。

"上帝把她送给我们大家以弥补我们所受的痛苦。"有一次他离开了涅莉,像往常那样祝福了她一夜平安,然后对我这样说道。

每天晚上,当我们大家聚在一起的时候(马斯洛鲍耶夫几乎每晚也来),那位老大夫有时也会前来,他对伊赫缅涅夫夫妇已是恋恋不舍了;还让涅莉坐在安乐椅上,把她抬到圆桌边跟我们坐在一起。通阳台的门开着。沐浴在晚霞中的绿色小花园尽收眼底。花园里弥漫着新鲜的绿叶和初开的丁香散发出来的芳香。涅莉坐在她的安乐椅里,温柔地看着我们大家,谛听着我们的谈话。有的时候她活跃起来,不知不觉地也说起什么来了……然而在这种时候,我们大家往往怀着惴惴不安的心情听着她讲,因为在她的回忆里总有一些我们不愿意提及的话题。有一天,她战战兢兢、痛苦不堪地不得不把自己的往事全都告诉我们,这当儿,我、娜塔莎和伊赫缅涅夫夫妇,都感觉到并意识到这全是我们的过错。大夫尤其反对这种回忆,我们通常总是竭力改变话题。在这种情况下,涅莉竭力装出一副并不理解我们这一番苦心的样子,同大夫或尼古拉·谢尔盖伊奇开起玩笑来了……

但是她的病情却日益沉重。她变得非常敏感。她的心脏跳动得不规律了。大夫甚至告诉我,她可能很快就会死去。

我没有把这件事告诉伊赫缅涅夫夫妇,以免引起他们的惊恐。尼古拉·谢尔盖伊奇完全相信,她会在动身之前恢复健康。

"你听,爸爸回来了,"娜塔莎听到他的声音便说,"咱们走吧,万尼亚。"

尼古拉·谢尔盖伊奇像往常一样,刚刚跨进门槛便大声说起话来。安娜·安德烈夫娜忙向他挥手示意。老人立刻安静下来,他见到我和娜塔莎,便匆匆忙忙地低声向我们谈起他外出奔走的结果来了。他谋求的那个职位已经到手,他很高兴。

"过两个礼拜就可以动身了。"他搓着手说,一面关切地斜视了娜塔莎一眼。但是娜塔莎却报以嫣然一笑,而且拥抱着他,于是他的疑虑霎时便烟消云散了。

"我们要走了,要走了,我的朋友们,我们要走了!"他兴致勃勃地说道,"只有你,万尼亚,只有不得不同你分手这一点叫人痛苦……(我要指出,他一次也不曾向我提到让我跟他们一同去,然而从他的性格来看,他本来肯定会这样做的……在另一种情况下,也就是说,倘若他不知道我爱娜塔莎的话,他肯定会这样做。)

"唉,有什么办法呢,朋友们,有什么办法呢!我很难过,万尼亚;但是换一个地方能使我们大家都获得新的生机……换一个地方——也就是换了一切!"他补充道,再次看了看女儿。

他相信这一点,而且对自己的信念感到高兴。

"那么涅莉呢?"安娜·安德烈夫娜说。

"涅莉?是啊……她嘛,我亲爱的,她生了一点儿病,不过到了那个时候她准会好起来的。她现在就好一些了:你认为怎么样,万尼亚?"他仿佛吃了一惊似的说道,忐忑不安地看着我,似乎必须由我来打消他的疑虑。

"她怎么啦?她睡得怎么样?她没有出什么事吧?她现在还没有醒吧?你知道吗,安娜·安德烈夫娜,我们要尽快把小桌搬到凉台上去,把茶炊端上去,咱们的朋友们一来,我们就一起坐下,涅莉也会出来跟我们坐在一起……那该有多好啊。她还没有醒来吗?我去看看她。我只看她一眼……不会把她弄醒的,你别担心!"看见安娜·安德烈夫娜又向他挥手示意,他便补充了一句。

然而涅莉已经醒了。一刻钟以后,我们大家就像往常一样,围着桌子坐下来喝晚茶了。

涅莉坐在安乐椅里被抬出来。大夫来了,马斯洛鲍耶夫也来了。他给涅莉带来一大束丁香花;但他自己却心事重重,而且像是为什么事感到烦恼。

顺便说说:马斯洛鲍耶夫几乎天天都来。我已经说过,所有的人,尤其是安娜·安德烈夫娜,都非常喜欢他,但是我们对于阿列克桑德拉·谢苗诺夫娜却从来一字不提:马斯洛鲍耶夫自己也不提她。安娜·安德烈夫娜从我这儿获悉,阿列克桑德拉·谢苗诺夫娜还没有成为他的合法妻子,便暗暗拿定主意,现在既不接待她,也不在家里谈到她。这个决定被执行了,它很突

441

出地反映了安娜·安德烈夫娜的个性。不过倘若娜塔莎不在她身边,更主要的是,倘若不曾发生过已经发生的那些事,她也许就不会如此挑剔了。

涅莉这天晚上显得特别忧郁,甚至是在为什么事情担心。她似乎做了一个噩梦,现在正在回忆梦中的景象。但是看到马斯洛鲍耶夫送来的礼物她却十分高兴,喜盈盈地观赏着插在她面前一只茶杯中的鲜花。

"你很喜欢花吧,涅莉?"老人说,"等一等!"他兴奋地补充道,"明天……嗯,你会亲眼看到的!……"

"我喜欢花,"涅莉答道,"我还记得我们用鲜花迎接妈妈的情景。那时候我们还住在那儿(那儿现在指的是国外),有一次妈妈得了重病,病了整整一个月。我和海因里希商量好,当她起来以后第一次走出她的卧室的时候,我们要用鲜花把每一个房间都装饰起来,她已有整整一个月没有离开卧室了。我们就这样做了。有一天晚上,妈妈说她第二天早上一定要出来跟我们一起吃早饭。我们一大早就起来了。海因里希拿来了许多鲜花,我们就把整个房间都用绿叶和花环装饰起来了。还有常春藤,还有一种带着很宽的叶子的东西,——我也不知道叫做什么,还有别的一些见着什么就抓住不放的叶子,很大的白花,水仙花,我最喜欢的花就是水仙花,还有玫瑰花,那么漂亮的玫瑰花,还有许许多多的花。我们把它们全部插在花环上和花盆里,大木桶里的花就像一座座树林那样;我们把那些大木桶放在每一个屋角里,放在妈妈的安乐椅旁边,妈妈一出来,不禁吃了一惊,她很高兴,海因里希也乐了……我现在还记得这件事……"

这天晚上,涅莉显得格外虚弱,她的神经也特别脆弱。大夫惴惴不安地打量着她。但是她很想说话。她滔滔不绝地叙述过去在那里的生活情况,一直说到天黑;我们没有打断她的话。她和妈妈与海因里希在那里游历了许多地方,往昔的回忆鲜明地在她的记忆中浮现出来。她激动地描述着蔚蓝色的天空、她看到的和路过的那些布满冰雪的高山、山间的瀑布。接着她又描述意大利的湖泊和峡谷、鲜花和树林、农村的居民、他们的服饰、他们黝黑的脸庞和黑色的眼睛。她叙述他们遇到过的种种人和事。后来她谈到了一些大城市和宫殿,谈到一座很高的教堂,教堂的圆顶突然被五彩缤纷的灯光照得通明;接着她又谈到一个有着蔚蓝色天空和蔚蓝色大海的炎热的南方城市……涅莉还从来不曾这么详细地向我们叙述自己的回忆。我们聚精会神地听着她讲。在那以前,我们大家所知道的只是她的另一些回忆——一个阴沉而忧郁的城市,使人感到压抑的昏沉的气氛,被污染了的空气,总是沾满污迹的珍贵的宫殿;晦暗而苍白的阳光,邪恶的、半疯狂的人们,她和她的妈妈在这些人的手中受了多少苦啊。我们眼前浮现出这样一幅景象:在一个肮脏的地下室里,在一个潮湿而阴暗的角落,在一张寒碜的床上,她们娘儿俩搂在一起,回忆着她们的过去,回忆着已故的海因里希和异乡的名胜古迹……我的眼前也浮现出涅莉的身影:她已失去了妈妈,如今只能独自一人回忆这一切往事,而布勃诺娃则想用殴打和野兽般的残酷来摧残她,逼她去干邪恶的事……

然而涅莉终于支持不住了,我们把她送回室内。老人大为震惊,后悔不该让她说这么多话。她的病又发作了,处于一种昏迷状态。她已经发作好几次了。涅莉恢复过来以后,坚决要求看到我。她有话要对我一个人说。她要求得那么殷切,使得大夫这一次也只得决定满足她的愿望,于是他们全都离开了这个房间。

"你听我说,万尼亚,"只剩下我们两人的时候,涅莉说道,"我知道,他们以为我会跟他们一起走;但是我不会走的,因为我不能走,眼下我要留在你的身边,这就是我得告诉你的。"

我开始劝她。我说,伊赫缅涅夫一家人全都那么爱她,把她当作亲生女儿看待。他们会十分疼爱她的。可是留在我的身边却正好相反,她会觉得日子难过,虽然我也十分爱她,但是毫无办法,我们还是得分手的。

"不,不行!"涅莉倔强地答道,"因为我常常梦见妈妈,她对我说,我不该跟他们走,应该留在这儿。她说,要是我把外公独自留在这儿,那么我的罪过就太大了,她说这话的时候一直在哭。我想留在这里照顾外公,万尼亚。"

"可是你的外公已经死啦,涅莉。"我诧异地听完了她的话,说道。

她想了想,便凝视着我。

"你再给我讲一遍,万尼亚,"她说,"讲讲外公是怎么死的。全都告诉我,什么都不要漏掉。"

我对她的要求感到惊讶,但我还是详详细细地向她叙述了一遍。我怀疑她是在说胡话,起码也是在发病以后头脑还没有完全清醒。

她聚精会神地听着我的叙述,我还记得,她那双黑眼睛闪烁着患热病似的光芒,在我叙述的当儿一直牢牢地盯着我。室内已经黑了。

"不,万尼亚,他没有死!"她听完了我的全部叙述,想了一想,然后斩钉截铁地说道,"妈妈常常向我谈到外公,昨天我对她说,'外公不是死了吗',她听了非常伤心,哭着对我说他没有死,别人是故意这么对我说的,他现在正在街上讨饭,'就像早先我和你那样在讨饭,'妈妈这么说,'他一直在我和你第一次遇到他的那个地方走来走去,当时我倒在他的面前,阿佐尔卡认出了我……'"

"这是梦,涅莉,是病人的梦,因为你现在生着病。"我对她说。

"我也一直在想,这只不过是个梦,"涅莉说,"我没有对任何人说过。我只想把一切都告诉你一个人。但是今天我看到你没有来,我就睡着了,我梦见了外公。他坐在自己家里等着我,他是那么可怕,那么瘦,他说他有两天没有吃任何东西了,阿佐尔卡也一样,他很生我的气,还责备我。他还告诉我,他一点儿鼻烟也没有了,而没有鼻烟他是活不下去的。早先有一次他真是这么对我说过,万尼亚,那是在妈妈死了以后我去找他的时候。当时他病得很厉害,几乎什么事都不明白了。今天我一听到他这么说,我就寻思:我要出去,站在桥上乞讨,讨到了钱就给他买面包、熟土豆和鼻烟。后来我就像是站在那里乞讨,看见外公在附近走来走去,他迟疑了一会儿便走到我面前,看我讨了多少钱,然后就把钱拿走了。'这点钱是买面包的,'他说,'现在再讨点钱买鼻烟。'我讨来了钱,他便走过来把钱从我手里拿走了。我对他说,就是他不来拿,我也会全都给他,不会给自己留一个钱。'不,'他说,'你偷我的钱;布勒诺娃告诉我,你是个小偷,所以我今后再不带你上我的家里去了。还有五个戈比你藏到哪儿去啦?'我哭起来了,因为他不相信我,可是他不听我分辩,老是叫嚷着:'你偷了五个戈比!'还动手打我,就在桥上狠狠地打我。我使劲地哭……所以我现在觉得,万尼亚,他一定活着,一个人在什么地方走来走去,等着我去找他……"

我又开始劝她,设法打消她这种想法,末了我好像把她说服了。她说她现在就怕睡着,因为一睡着就会看见外公。最后她紧紧地拥抱了我……

"可我还是离不开你,万尼亚!"她对我说,一面把她的小脸蛋贴在我的脸上,"就算外公不在了,我还是离不开你。"

全家的人都被涅莉这一次的旧病复发吓坏了。我悄悄地把她的种种幻觉转告大夫,并问他对于她的病能得出什么样的最后结论?

"现在什么都还不能肯定,"他一边思索一边回答,"目前我还在猜测、思考、观察,——但是……什么都不能肯定。总之康复是不可能的。她会死的。我没有告诉他们,因为您要求我这样做,但是我很难过,明天我要建议给她会诊。说不定会诊以后病情会突然好转。但是我很可怜这个小姑娘,就像她是我的女儿……可爱的,可爱的小姑娘!她的头脑是那么顽皮!"

尼古拉·谢尔盖伊奇尤为激动。

"我告诉你,万尼亚,我有一个想法,"他说,"她很喜欢鲜花。你知道该怎么办吗?明天等她醒来,我们就用鲜花来接待她,就像她和海因里希接待她的妈妈那样,就像她今天说的那样……她说这件事的时候是那么激动……"

"她确实很激动,"我答道,"可是激动现在对她是有害的……"

"不错,但是愉快的激动却是另一回事!相信我,亲爱的,相信我的经验,愉快的激动是没有一点坏处的;愉快的激动甚至能治病,有益于健康……"

总之,老人完全被自己的想法迷住了,他不禁欣喜若狂。无法反对他的意见。我向大夫请教,但是大夫还没有来得及考虑,老人就已经抓起自己的便帽跑出去张罗了。

"你知道,"他外出的时候对我说,"不远有一个温室;是个豪华的温室。花匠们出售鲜花,可以用非常便宜的价钱买到。简直便宜得出奇!……你要是让安娜·安德烈夫娜知道了这件事,她马上就会发脾气,怪我不该花这笔钱……嗯,准是这样……噢!还有一件事,朋友:你现在上哪儿去?你不是完成了自己的工作,无事一身轻了吗,那么你又为什么急着回家去呢?就在咱们楼上那个明亮的小房间里过夜吧,你可记得,先前你就在那儿睡过。你的褥垫,你的床,都还放在老地方,没有人去动过。你会睡得像法国国王那么舒服。怎么样?你就留下吧。明天咱们早一些起床,他们会把鲜花送来,不到八点钟我们就能把整个房间都装饰起来。娜塔莎也会帮忙的:她的审美力比咱们俩都强……喂,你同意吗?愿在这儿过夜吗?"

最后决定,我留在这儿过夜。老人把买花的事安排好了。大夫和马斯洛鲍耶夫同我们告别以后便走了。伊赫缅涅夫家睡觉的时间比较早,十一点就躺下了。马斯洛鲍耶夫临走的时候若有所思地本想对我说点什么,但是他决定推到下一次再说。但当我向两位老人道了晚安,上楼走进我那个明亮的小房间时,竟然在那儿又见到了他,这使我感到惊讶。他坐在一张小桌旁边等我,一面翻阅着一本书。

"我走到半路上又拐回来了,万尼亚,因为不如现在就告诉你的好。你坐下。你瞧,这真是一件蠢事,真伤脑筋……"

"怎么回事?"

"你那个卑鄙的公爵两个礼拜以前就大发雷霆;他对我大发脾气,使得我至今还一肚子气。"

"怎么,怎么回事?难道你还跟公爵有什么往来吗?"

"你干吗老问'怎么,怎么回事'?其实上帝也未必知道是怎么回事。你呀,老弟,万尼亚,你跟我的阿列克桑德拉·谢苗诺夫娜一模一样,跟这帮讨厌的娘儿们也没有什么两样……我受不了这些娘儿们!……'怎么,怎么回事?'——就跟乌鸦叫一样讨厌。"

"你别生气呀。"

"我一点儿也没有生气,可是任何事情都得拿平常的眼光去看,不要夸大……这就是我要说的。"

他沉默了一会儿,仿佛还在生我的气。我没去打搅他。

"你瞧,老弟,"他又开口了,"我偶然发现了一个线索……其实根本不是偶然发现的,也根本谈不上是什么线索,只是我有这么一种感觉……也就是说,根据一些想法,我认为涅莉……可能是……哦,一句话,可能是公爵合法的女儿。"

"你说什么!"

"唉,你现在又嚷起来了:'你说什么!'跟你这种人简直什么话都没法说!"他发狂般地挥了挥手,叫道,"难道我是用肯定的口气对你说的么,你这个笨蛋?我对你说过已经证实她是公爵合法的女儿了么?我说过没有?……"

"你听呀,我亲爱的,"我非常激动地打断了他的话,"看在上帝的分上,你别嚷啦,还是清楚而明确地解释一下吧。说真的,我会理解你的。你要明白,这件事非同小可,它会产生什么样的后果……"

"当然会产生后果,但是从哪里产生呢?证据何在?事情可不能这么办哪,我现在是秘密对你说的。至于我为什么要跟你谈起这件事,我以后再解释。总是有缘故的。你别吭气,好好地听着,你得知道,这完全是个秘密……

"你瞧,是这么一回事。那还是在冬天,史密斯还没有死,公爵刚从华沙回来就开始调查这件事。也就是说,他很早就开始调查了,去年就开始了。但是他当时只打听一件事,而现在则开始打听另一件事了。主要问题在于他失去了线索。他在巴黎同史密斯的女儿分手,并把她抛弃,已有十三年了,但在这十三年里,他一直在监视着她,他知道她跟海因里希一同生活,今天涅莉谈到过这个人;他还知道她生了涅莉,知道她生着病;总之,他什么都知道,不过他突然失去了线索。这好像发生在海因里希死后不久,史密斯的女儿动身回彼得堡去的时候。在彼得堡,他当然很快就能找到她,不论她回俄国的时候换了什么姓名;但是问题在于,他在国外的那些密探提供的假情报把他给骗了:他们使他相信了她住在德国南部的一个偏僻的小镇里;他们由于疏忽大意自己也受了骗:把另一个女人当成是她了。这样一直过了一年多的时间。但是一年以后,公爵开始怀疑了:有些事情使他早就感觉到那个女人似乎并不是他要监视的那一个。如今的问题是:真的那个史密斯的女儿上哪儿去了?他不禁想到(尽管他并无任何根据):她会不会在彼得堡?他一方面派人在国外调查,同时也着手在这里进行调查,但他显然不愿意通过官方的渠道来调查这件事,于是他就认识了我。有人把我介绍给他,说我如何如何,是个业余的侦探,——等等,等等……

"于是他就把这件事向我说明了;不过他说得吞吞吐吐,这个鬼东西,说得含糊其辞,模棱两可。他的话矛盾百出,他重复了几次,在同一个时间里用不同的方式说明同样的事实……好吧,我们都知道,不管你有多么狡猾,你总不能把所有的线索都隐瞒起来。当然,我就开始奴颜婢膝地、心地单纯地干起来了,总之,我是奴隶般的忠心耿耿。但是,根据我一贯的原则和自然法则(因为这是自然法则),我便想道,第一,他是不是把他的真正目的告诉我了呢?第二,在他说出来的那个目的后面,是不是还隐藏着另一个没有说出来的目的?因为在后一种情况下,我亲爱的,就连你那个诗人的脑袋瓜大概也能明白,——他就占了我的便宜:因为他的一个目的,譬如说值一个卢布,而他的另一个目的却值四个卢布;那么我就成了傻瓜了,因为我为了挣一个卢布却给了他四个卢布。我开始琢磨和猜测,渐渐发现了一些线索;一条线索是从他那儿刺探出来的,另一条线索是从别人那里打听来的,第三条线索是我凭自己的头脑琢磨出来的。你说不定会问我:我怎么会想到干这种事呢?我可以回答你:公爵显得十分着急,像是很怕碰到什么事情,就凭这一点我也得干这个差事。因为说实在的,他有什么值得害怕的呢?他把自己的情妇从她父亲那儿拐骗出来,她怀了孕,他就把她抛弃了。这种事有什么奇怪的呢?无非是一桩逢场作戏的风流韵事罢了。像公爵这样的人物对这种小事有什么可怕的呢!可是他却害怕……于是我就起了疑心。顺便说说,老弟,我通过海因里希发现了一些非常有趣的线索。当然,他已经死了;但是他有一个表妹(现在嫁给了这儿的一个面包师,就在彼得堡),这个表妹早就热烈地钟情于他,而且十五年来一直爱着他,尽管她身不由己地为那个肥胖的面包师养了八个子女。我告诉你,我施展了种种妙计,从这个表妹那里获悉了一桩重要的事情:海因里希按照德国人的习惯,经常给她写信,还记日记,临死以前还把他的一些文件寄给了她。她这个傻瓜并不懂得这些信件的重要性,她只懂得信中谈到月亮、谈到《我亲爱的奥古斯汀》①,可能还有谈到维兰②的那些地方。然而我却得到了我所需要的情报,并通过这些信件发现了新的线索。譬如说,我知道了史密斯先生的情况,知道了被他的女儿偷去的那一笔钱财,还知道公爵把这笔钱弄到自己手里了。透过种种感叹、暗示和譬喻,我终于在这些信件中隐隐约约地察觉了真相:这就是说,万尼亚,你要明白!这是一点儿也无法肯定的。——海因里希这个蠢货故意隐瞒这一点,他只作了一些暗示,但是从这些暗示中,从所有这些情况中,我产生了一种天衣无缝的想法:公爵肯定已正式同史密斯的女儿结了婚!至于结婚的地点、方式、时间,是在国外还是在这儿,

---

① 见本书第7页注①。
② 维兰(1733—1813),德国作家。

450

结婚证书又在哪里？——这一切全都不得而知。这就是说,万尼亚老弟,我只得满腔懊恼地揪自己的头发,并且四处打听,也就是说,日日夜夜地进行调查。

"我终于也找到了史密斯,但他突然死了。他活着的时候我都没有来得及见到他。这时候我碰到一个机会,忽然得悉有一个使我觉得可疑的女人在瓦西里耶夫岛上死去了,我一打听,便发现了线索。我急忙赶往瓦西里耶夫岛,你还记得吗,当时我们碰过面。那一次我得到了很多情况。总之,涅莉在这件事上帮了我很大的忙……"

"你听我说,"我打断了他的话,"莫非你认为,涅莉知道……"

"知道什么?"

"知道她是公爵的女儿?"

"你自己不也知道她是公爵的女儿嘛,"他带着气愤的责备神气看着我,回答道,"你为什么要提这种无聊的问题,你是个无聊的人吗?主要的问题并不在于这一点,而是在于她知道她不但是公爵的女儿,而且还是公爵合法的女儿,——这你明白吗?"

"这不可能!"我叫了起来。

"起初我也对自己说'这不可能',即使现在我有时也对自己说'这不可能!'然而事实上这是可能的,而且看来就是如此。"

"不对,马斯洛鲍耶夫,这不对头,你是想入非非了,"我叫道,"她不但不知道这一点,实际上她也是一个私生子。既然那个妈妈手里掌握着某些证件,她又怎么能够忍受像她在这儿,在彼得堡所遭到的那么悲惨的命运,甚至还让自己的孩子落入这种孤苦伶仃的境地?得了吧!这是不可能的。"

"我也这么想过,也就是说,这一点至今也还使我感到纳闷。但是问题依然在于史密斯的女儿是世界上最疯狂也最乖僻的女人。她是一个不寻常的女人;你只要把所有的情况都考虑一下,你就会明白这是一种浪漫主义,——这一切都是达到了最野蛮、最疯狂的程度的天国里的荒唐行径。就拿这样一件事来说吧:她一开始就总是幻想着一种尘世的天国和天使,她的爱是忘我的,她的信任是无限的,我深信,她日后之所以发疯,并不是由于他厌弃了她,而是由于她受了他的欺骗,由于他居然能够使她受骗并遭到抛弃,由于她心目中的天使居然变成了粪土,而且还污辱她、欺侮她。她那浪漫主义的荒唐心灵受不了这种剧变。此外她又受到了委屈:你可明白,那是多大的委屈! 她出于恐惧,主要是出于高傲,便怀着无限的轻蔑跟他断绝了往来。她中断了一切联系,销毁了一切文件;她唾弃钱财,甚至忘了那些钱财并不属于她,而是属于她的父亲,她把金钱视若粪土,拒绝接受,为的是拿她高尚的情操来压倒欺骗了她的那个人,为的是可以把他当作偷了她的钱财的贼,并且得到鄙视他一辈子的权利,当时她可能还曾说过,她认为被人称作他的妻子也是可耻的事。在我们俄国是不兴离婚的,但是 de facto① 他们是离婚了,以后她又怎能去恳求他的帮助呢! 你想想她临死的时候疯疯癫癫地对涅莉说的那一番话吧:别去找他们,你要干活,一直干到死,但是别去找他们,不论是谁叫你去你都别去(这就是说,到了那时她还幻想着会有人来叫她,因此就会有报复的机会,就能再一次用蔑视来压倒前来叫她的那个人,总之,她不是靠面包度日,而是以充满怨恨的幻想为生)。老弟,我在涅莉那儿也刺探到许多情况,甚至如今我有时也在刺探。当然,她的妈妈病了,得了

---

① 拉丁语:实际上。

肺痨,这种病特别容易助长病人的怒气与愤恨。但是我通过布勒诺娃的一个干亲家确切地知道,她给公爵写过信:是的,给公爵写的,写给公爵本人……"

"她写过信!他收到信了吗?"我急不可耐地叫道。

"问题就在于我不知道他是不是收到了信。有一次,史密斯的女儿碰到了布勒诺娃的干亲家(你可记得,布勒诺娃那儿有一个涂脂抹粉的姑娘?她现在进了妓女收容所),她已经把信写好了,便托那个女人把信送去,可是她末了并没有把信送出,又把信收回来了。这件事发生在她去世前的三个礼拜……这件事很重要:既然她已经下过一次决心要把信寄出,纵使她后来又把它收了回来,那么她就有可能再一次把信寄出。因此她究竟把信寄出了没有,——我就不知道了;但是根据一个情况可以相信,她没有把信寄出,因为公爵确切地知道她在彼得堡,至于她究竟住在什么地方,则仿佛直到她死了以后他才知道。他准是很高兴!"

"对了,我记得,阿辽沙曾谈起过一封信,这封信使公爵十分高兴,不过这是不久以前的事,还不到两个月的时间。哦,后来怎么样啦:你怎么跟公爵打交道的呢?"

"你问我怎么样跟公爵打交道?你要明白:我在道义上是信心十足的,但没有任何确切的证据,——不论我多么努力,但是一个也没有找到。情况危急!应该去国外打听打听,但是上国外的什么地方去打听呢?——我不知道。我自然明白,我面临一场战斗,我只能用种种暗示来吓唬他,装出一副我所知道的事情实际上比我说出来的要多的神气……"

"后来又怎样了呢?"

"他没有受我的骗,不过他害怕了,他怕得至今还惴惴不安。我们碰过几次面:他简直把自己装扮成了一个可怜的乞丐!

有一次他真情流露,便把这件事原原本本全都告诉我了。因为他当时认为我全都知道了。他讲得头头是道,带着感情,也很坦率,——当然,他是恬不知耻地在撒谎。那时我就搞清楚了他怕我怕到了什么样的程度。我有一个时期在他面前装扮成一个十足的傻瓜,但又向他表明我是在耍滑头。我笨头笨脑地吓唬他,也就是说,我是故意装出笨头笨脑的样子;我故意用有点粗鲁的态度来对待他,开始威胁他,——这一切都是为了让他把我当成一个傻瓜,让他能吐露一点真情。他识破了,这个混蛋!又有一次我装出喝醉了的样子,但是也毫无结果:他真狡猾!老弟,你能够明白这一点吗,万尼亚:我总得搞清楚他怕我怕到什么程度,其次,我得让他相信,我所知道的事情实际上比我说出来的要多……"

"噢,最后又怎样了呢?"

"没有任何结果。需要证据,需要事实,可是我都没有。他只明白一点,那就是我依然能够制造一起丑闻。当然,他怕的就是把他的丑事张扬出去,何况他已经开始在这里攀龙附凤了。你可知道他快结婚了吗?"

"不知道……"

"就在明年!他去年就把未婚妻相中了;当时她还只有十四岁,现在好像已经十五岁了,还带着围嘴呢,可怜的孩子。她的爹妈很高兴!你明白,他是多么希望他的妻子已经死了吗?一位将军的千金,一个有钱的小姑娘——钱可多啦!万尼亚老弟,我和你是永远不会缔结这种婚姻的……不过有一件事我却一辈子也不能原谅自己,"马斯洛鲍耶夫用拳头狠狠地捶了一下桌子,叫了起来,"两个礼拜以前,我上了他的圈套……这个混蛋!"

"怎么回事?"

"是这么一回事。我看到他明白我没有任何确凿的证据,此外,我还感到,这件事时间拖得越长,他也就会越快地发现我对他无可奈何。于是我就同意收下他的两千卢布。"

"你收了两千卢布!……"

"两千银卢布,万尼亚,我是不得已才收下的。哦,这件事哪能只值两千卢布!收下这笔钱使我感到屈辱。我站在他面前实在觉得委屈;他说:'马斯洛鲍耶夫,您过去给我做了那么些事,我还没有给您报酬呢(对于我过去给他做的那些事,他早就按照协议付给了我一百五十卢布),现在我就要走了;这里是两千卢布,因此,我希望咱们的事到此就全部了结了。'这时我回答他说:'全部了结了,公爵。'可是我却不敢看他的那副嘴脸;我想:现在他的脸上分明写着这样的话:'怎么样,拿得不少吧?我仅仅是出于好心才把这笔钱送给一个傻瓜!'我都记不得是怎样离开他的了!"

"但这是可耻的,马斯洛鲍耶夫!"我叫道,"你对涅莉做了一件什么样的事啊!"

"这不仅是可耻,这是犯罪,这是卑鄙下流……这是……这是……简直找不到词儿来形容!"

"我的天!他起码也应该养活涅莉呀!"

"当然应该。但是用什么办法去逼着他这么办呢?吓唬他?他未必害怕:因为我已经把钱收下了。我自己,自己在他面前承认,他对我的恐惧总共才值两千卢布,我自己给自己定了这么个价钱!现在拿什么能吓住他呢?"

"难道说,难道说涅莉的事就这么完结啦?"我叫了起来,几乎陷于绝望了。

"没有这么容易!"马斯洛鲍耶夫激动地叫了起来,他甚至猝然一振,"不成,我不能就这样放过他!我要重整旗鼓,万尼亚:我已经下了决心！我收了两千卢布又算得了什么？去它的吧。我觉得,收了这笔钱,却丢了我的人,因为他这个坏蛋骗了我,所以他才嘲笑我。骗了我,还嘲笑我！不成,我不能让人嘲笑……万尼亚,现在我要从涅莉身上着手。从我观察到的一些情况来看,我完全相信,这件事的谜底完全在她身上。她全都知道,全都知道……她妈妈亲自告诉她的。可能是在患热病的时候,在苦恼中告诉她的。她找不到任何人诉苦,只有涅莉在她身边,于是就告诉了涅莉。说不定我们还能发现什么证件呢,"他搓着双手沾沾自喜地补充道,"现在你明白了吧,万尼亚,为什么我老是上这儿来逛荡？首先,这是出于我对你的友谊,这是不消说的;然而主要的原因是我要观察涅莉;第三,我的朋友万尼亚,不管你愿意还是不愿意,你都得帮助我,因为你对涅莉有影响！……"

"那是一定的,我向你起誓,"我叫道,"我还希望,马斯洛鲍耶夫,你能把主要的精力用在涅莉身上,——用在这个可怜的、受尽了屈辱的孤女身上,而不要只是为了自己的利益……"

"我把主要精力用来为什么人谋利益,这跟你有什么相干,我的老好人？要把事情办成,——这才是主要的！当然,主要是为了那个孤女,为人总得有慈悲之心。但是你呀,万纽沙①,要是我也关照一下自己,你也别把我看得太坏啦。我是一个穷人,而他对穷人是不敢欺侮的。他要夺走我的灵魂,此外他还骗了我,这个混蛋。你以为我对这么一个骗子还得讲什么客气吗？决不！"

但是我们第二天却没能欢度花节。涅莉病情恶化,已经离不开她的房间了。

---

① 万尼亚的昵称。

而且她从此以后再也没有离开这个房间。

她在两周以后死去了。在这临死前的两周里,她一次也没能完全清醒过来,也没能摆脱她那些古怪的幻想。她的理智仿佛已经模糊了。直到快咽气的时候,她还深信外公在叫她前去,由于她没有去而生她的气,还用拐棍敲打她,叫她去向好人们乞讨面包和鼻烟。她常常在梦中哭起来,醒来后便说她看见了妈妈。

她只是偶尔像是完全清醒过来。有一次只剩我和她两人待在一起,她向我探过身来,用她的一只消瘦的、热得发烫的小手抓住我的一只手。

"万尼亚,"她对我说,"我死了以后,你就跟娜塔莎结婚吧!"

这似乎是很久以来一直盘旋在她脑际的想法。我默默地对她笑笑。看到我的笑容,她也笑了,还带着顽皮的神气伸出一根瘦瘦的指头吓唬了我一下,立刻又吻起我来了。

在她死前的三天,在一个非常美好的夏日黄昏,她要求把她卧室里的窗帘卷起来,把窗户打开。窗外是个小花园;她久久地盯着浓密的绿阴和落日,蓦地要求只留下我一个人陪伴她。

"万尼亚,"她用几乎听不见的声音说道,因为她已经十分虚弱了,"我快死了。很快。我想告诉你,好让你记住我,我把这件东西留给你作个纪念(她把跟十字架一起挂在她胸前的一个大护身符指给我看)。这是妈妈临死的时候留给我的。现在我快死了,你也把这护身符从我身上摘掉,拿去读读里面写的东西。我今天还要告诉他们大家,让他们把这护身符只交给你一个人。你把它里面写的东西读了以后,就到他那儿去告诉他,说我已经死了,但是我没有宽恕他。你还要告诉他,我不久以前读过福音书。那上面说:要宽恕自己的一切敌人。我读到了这一句话,可我还是不宽恕他,因为妈妈临死前还能说话的时候,她说的最后一句话是:'我诅咒他。'所以我现在也诅咒他,并不是为我自己,而是为了妈妈而诅咒他……你要告诉他,妈妈是怎么死的,我是怎样孤苦伶仃地留在布勃诺娃那里的;你告诉他,你怎样在布勃诺娃那儿看到了我,把一切都告诉他,一切,还要对他说,我宁肯留在布勃诺娃那里,也不愿去找他……"

涅莉说这番话的时候,面色变得惨白,两眼炯炯发光,心脏开始剧烈跳动,使她不得不倒在枕头上,一两分钟说不出一句话来。

"把他们叫来,万尼亚,"末了她用虚弱的声音说道,"我想跟他们大家告别。别了,万尼亚!……"

她最后一次紧紧地拥抱了我。大家都进来了。老人不能理解,她怎么就要死了;他不能容忍这种想法。直到最后,他还一直同我们大家争论,断言她一定会好起来。他因操劳过度而憔悴不堪,他一整天一整天地守候在涅莉的床前,甚至通宵也不离开……最后的几夜他根本就没有阖眼。他竭力迎合涅莉最微小的古怪念头和最微小的愿望,当他离开她那儿到我们这儿来的时候,总是伤心地流着眼泪,但是过了一会儿他又开始抱着希望,并要我们相信,她会恢复健康的。他把鲜花摆满了她的房间。有一次,他买了很大一束鲜艳夺目的白玫瑰和红玫瑰,他是跑到很远的地方去买来送给他的涅莉契卡的……他这一切使她十分激动。她不能不用她整个心灵来报答每一个人的爱。在这一天黄昏,在她同我们诀别的这一天黄昏,老人无论如何也不愿跟她诀别。涅莉向他嫣然一笑,整个晚上都竭力做出快活的样子,跟他开玩笑,甚至还笑了起来……我们大家在离开她的时候几乎产生了一线希望,但是翌日她已经不能说话了。两天以后,她死了。

我还记得,老人是怎样用鲜花把她的小棺材装饰起来,伤心绝望地瞧着她那瘦削的、死板的小脸蛋,瞧着她死后的笑容和她那十字交叉放在胸前的双手。他像哭自己的亲生孩子一般地哭她。娜塔莎、我、我们大家都安慰他,然而并没有减轻他的悲痛,涅莉安葬以后,他生了一场大病。

安娜·安德烈夫娜亲自把那个护身符从涅莉的胸前取下来给了我。护身符里放着涅莉的妈妈给公爵的信。我在涅莉死去的那天读了此信。她诅咒公爵,说她不能宽恕他,她描述了自己整个后半生的生活,描述了她留下的涅莉将落入多么可怕的境地,并恳求他为孩子做点什么。"她是您的孩子,"她写道,"她是您的女儿,您自己也知道,她是您的真正的女儿。我让她在我死后去找您,并把此信交给您。倘若您不抛弃涅莉,那么到了那时我也许会宽恕您,到了最后审判的那一天,我会站在上帝的宝座前恳求他赦免您的罪孽。涅莉知道此信的内容;我把信读给她听过;我向她说明了一切,她知道一切,一切……"

但是涅莉没有按她的嘱咐去做:她知道了一切,然而却没有去找公爵,而且至死也没有宽恕他。

我们安葬了涅莉回来,我和娜塔莎走进花园。那天天气炎热,阳光明亮。一周以后他们便要动身了。娜塔莎用奇异的眼神久久地看着我。

"万尼亚,"她说,"万尼亚,这简直是一场梦!"

"什么是一场梦?"我问道。

"一切,一切,"她答道,"这整整一年里发生的一切。万尼亚,我为什么要葬送你的幸福呢!"

从她的眼睛里我还读到这样一句:

"我们本来是可以永远幸福地在一起的!"

一八六一年七月九日